ASSASSIN'S CREED
VALHALLA

A SAGA DE GEIRMUND

ASSASSIN'S CREED
VALHALLA

A SAGA DE GEIRMUND

Matthew J. Kirby

Tradução
Petê Rissatti

 Planeta   minotauro

Copyright© 2020 Ubisoft Entertainment
Todos os direitos reservados. Assassin's Creed, Ubisoft e o logo da Ubisoft são marcas registradas ou não registradas da Ubisoft Entertainment nos Estados Unidos e/ou em outros países.
Copyright desta edição© Editora Planeta do Brasil, 2020
Título original: *Assassin's Creed Valhalla Geirmund's Saga*

Publicado primeiramente por Aconyte Books em 2020 nos Estados Unidos da América e no Canadá.

Este é uma obra de ficção. Nomes, personagens, lugares e acontecimentos são fruto da imaginação do autor ou são usados de forma fictícia. Qualquer semelhança com a realidade é mera coincidência. Nenhum trecho dessa publicação pode ser reproduzido, armazenado ou transmitido, em qualquer formato ou por qualquer meio, eletrônico, fotocópia, gravação ou outro meio, sem a autorização prévia da editora. Este livro é vendido sujeito à condição de que não seja, por meio de comércio ou outra forma, emprestado, revendido, alugado ou distribuído sem o consentimento prévio do editor em qualquer forma de encadernação ou capa diferente daquela em que é publicado e sem condição semelhante, sendo esta condição imposta ao comprador subsequente.

Preparação: Fernanda Cosenza
Revisão: Fernanda Guerriero Antunes e Laura Folgueira
Diagramação: Márcia Matos
Capa: adaptada do projeto gráfico original de Jung Gi Kim

Dados Internacionais de Catalogação na Publicação (CIP)
Angélica Ilacqua CRB-8/7057

> Kirby, Matthew J.
>   Assassin's Creed Valhalla: a saga de Geirmund / Matthew J. Kirby; tradução de Petê Rissatti. – São Paulo: Planeta, 2020.
>   368 p.
>
> ISBN 978-65-5535-201-6
> Título original: Assassin's Creed Valhalla Geirmund's Saga
>
> 1. Ficção norte-americana I. Título II. Rissatti, Petê
>
> 20-4145   CDD 813.6

Índices para catálogo sistemático:
1. Ficção norte-americana

2020
Todos os direitos desta edição reservados à
Editora Planeta do Brasil Ltda.
Rua Bela Cintra, 986, 4º andar – Consolação
São Paulo – SP – 01415-002
www.planetadelivros.com.br
faleconosco@editoraplaneta.com.br

Para Josh

PARTE UM
UMA FACA COMUM

CAPÍTULO 1

OS LOBOS APARECERAM QUASE NO MESMO INSTANte em que o cervo-vermelho caiu, e Geirmund se perguntou por quanto tempo os animais os haviam seguido. A flecha de seu irmão não acertara direito no flanco do cervo, e o animal ferido tinha berrado e deixado uma trilha vívida de sangue, conduzindo-os por uma longa perseguição antes de enfim desabar na neve, soltando um último grunhido suspirado. Os sons e cheiros de sua morte provavelmente alcançaram as profundezas dos vales ao redor e o topo das colinas, tão fortes para a matilha de lobos quanto a convocação de uma trombeta de batalha.

— Quantos você conta? — perguntou Hámund.

Geirmund sondou a floresta, já na penumbra daquele fim da tarde, escurecendo cada vez mais. Os bosques de carvalhos mais abertos de antes haviam dado lugar a uma densa floresta montanhosa, onde todos os tipos de animal podiam se esconder. Troncos negros de pinho e bétula se viam dispostos em um arranjo silencioso e evanescente, pilares de um salão para o qual Geirmund e seu irmão não haviam sido convidados. Nenhuma lareira ou lanterna de pedra-sabão queimava por ali, e se tal salão tivesse um rei ou chefe, fosse troll ou espírito, aquele governante não lhes ofereceria proteção.

— Eu conto cinco — disse Hámund.

E aqueles eram apenas os lobos que se permitiam ser vistos. Geirmund desembainhou a espada e puxou o machado.

— Pode haver o dobro disso na retaguarda.

— Na retaguarda? — Hámund franziu a testa. — Você atribui a esses lobos a astúcia militar de um grupo de ataque.

— É o que eles são, à sua maneira. — Geirmund avistou a líder da alcateia quando ela se esgueirou entre as árvores e parou em plena vista, como se olhasse fixo em seus olhos para ter a certeza de que ele entendera que ela sabia tudo sobre ele. Seus pelos se eriçaram, uma pelagem da cor de madeira molhada, e, embora fosse grande, havia outros ali ainda maiores. Isso significava que ela não governava apenas pela força.

— Esses lobos podem não conduzir navios, mas são como vikings.

Hámund continuou provocando.

— Só falta você dizer que eles vão tentar nos flanquear.

— Certamente tentarão fazer isso.

Agora Hámund estava zombando dele, e Geirmund explodiu.

— Talvez se você tivesse passado menos tempo bebendo cerveja e elogiando jarls com nosso pai, saberia como os lobos caçam.

Hámund parou de rir, porém não respondeu. Geirmund avaliou o silêncio do irmão gêmeo mais velho e soube que o insulto lhe valeria uma resposta mais tarde, por mais verdadeira que fosse a observação, mas não no perigo daquele momento. Vários membros da alcateia tinham avançado alguns passos em direção a eles, mantendo as cabeças baixas, os lábios retorcidos, com um trovão baixo nas gargantas.

— Eles querem o cervo — disse Hámund. — Talvez devêssemos deixá-los ficar com ele.

Geirmund olhou para a caça abatida: um cervo jovem, que ainda não havia lutado a fim de reivindicar seu rebanho de esposas. Sendo apenas o início do inverno, o animal ainda tinha seus chifres e, embora não fossem verdadeiros "troféus", eram grandes o suficiente para serem usados como matéria-prima para se esculpir algo útil. Além disso, a pelagem vermelha e imaculada mantinha um brilho sedoso. E, claro, a carne daria uma boa refeição.

— Você os deixaria pegar o que é seu? — Geirmund perguntou.

— Você morreria por um cervo quando há uma despensa cheia em casa?

A franqueza da pergunta obrigou Geirmund a parar e reconsiderar. Fazia três dias que estavam longe do salão em Avaldsnes. O que havia começado como uma breve busca por pequenos animais rapidamente se tornara algo muito mais ambicioso. Sem encontrar animais de maior porte nas proximidades, seguiram o Álfjord a nordeste até as terras altas que se erguiam a sudoeste da vila de Olund, perto da fronteira com Hordaland. No entanto, ainda estavam a mais de um dia da vila, seu único refúgio caso a batalha corresse mal para eles. Geirmund não sentia o cheiro de fumaça no vento, nem de fogueiras. Apenas a fragrância das árvores e o almíscar do solo encharcado sob a neve.

— Viemos até aqui porque você queria um cervo — disse Geirmund.
— Mas não à custa da minha vida. Ou da sua.

Geirmund estava inclinado a concordar com o irmão quando a líder da alcateia reapareceu de repente, tão fria e silenciosa como uma névoa saída de Niflheim, agora mais perto deles do que qualquer um dos outros lobos. Então, com a mesma rapidez, ela sumiu de vista, com a cabeça erguida. Geirmund, porém, tinha visto as brasas de Muspelheim naqueles olhos amarelos, um desafio ardente e destemido, uma fome por mais do que carne de cervo. Aquela loba conhecia caçadores e já os caçara. Geirmund podia sentir o ódio implacável daquele animal por eles, os dois homens que ousaram invadir suas montanhas, seu castelo na floresta.

No entanto, aquelas montanhas não lhe pertenciam de fato, e aquele cervo não era sua presa. Ela precisava ser informada disso.

— Se corrermos — disse Geirmund —, eles vão seguir nosso rastro e cortar nossas gargantas enquanto dormimos.

— Certamente não — respondeu Hámund, mas sem convicção.

— Eu também aposto que o povo de Olund conhece bem essa loba.

— E se conhecerem?

Geirmund virou-se para o irmão, carrancudo.

— Eles são de Rogaland e leais ao nosso pai. São nosso povo. E um dia você será o rei deles.

Hámund endireitou-se com a acusação que Geirmund quase tinha feito. Sua honra agora estava em jogo e seu destino, decidido.

— Venha, irmão. — Geirmund sorriu e ergueu as armas. — Você quer lutar? Ou prefere tentar negociar um acordo comercial pelo cervo? — Ele acenou com a cabeça em direção aos lobos. — Eles ficariam contentes em fazer uma oferta, mas não a nosso favor.

Hámund deslizou o arco de teixo pelas costas.

— Você pode ficar surpreso, irmão, mas aprendi algumas coisas úteis em minhas viagens. — Ele puxou uma flecha da aljava e a encaixou. — Por exemplo, aprendi que não se pode negociar com o mar, não importa quantas ofertas você faça, e não acho que é preciso ser caçador para saber que o mesmo se aplica aos lobos.

Geirmund se aproximou mais do irmão.

— Mire melhor do que fez com o cervo.

— Mantenha-os longe de mim para que eu possa fazê-lo.

Geirmund colou as costas às de Hámund, e os dois firmaram os pés para a luta iminente, enquanto os lobos começavam o cerco em busca de uma fraqueza ou de uma abertura em suas defesas. A respiração dos animais criava uma névoa no ar, a luz fria da tarde tendo diminuído ainda mais nos últimos momentos, dando uma vantagem aos seus olhos de lobos.

Quando duas das feras finalmente atacaram, fizeram-no como uma só, mas vindas de lados diferentes. Geirmund ouviu o som do arco do irmão sobre seu ombro, seguido instantaneamente por um ganido, e então se abaixou e acertou com a espada o segundo animal, que se lançava para pegar a mão que segurava o machado. A lâmina atingiu a pata dianteira esquerda do macho maior, e a fera, quando recuou, o fez mancando, a pata pingando sangue pendurada por pouco mais do que a pele.

Geirmund olhou por cima do ombro para o alvo do irmão, que estava dobrado sobre si mesmo, a cabeça embaixo do corpo na neve, uma flecha saindo do espaço entre o pescoço e o ombro. Um tiro fatal e uma morte rápida.

— Muito bem, irmão — disse Geirmund.

— E o seu?

— Fora de combate. Mas nós…

A leva seguinte de lobos avançou rosnando em direção a eles. Eram quatro feras, com outras três ou quatro já circulando, prontas para contribuir com seus dentes e garras. Hámund disparou uma flecha e puxou outra da aljava, enquanto Geirmund batia o machado na cabeça do primeiro lobo que se aproximava do irmão. A flecha acertou o alvo, mas não fatalmente, e o lobo ferido tombou, levantou-se cambaleando e caiu novamente, enquanto o animal que Geirmund havia atingido rolou e ficou imóvel.

— Atrás de você! — gritou Hámund, preparando o arco.

Geirmund desviou-se para o lado quando a flecha passou assobiando por ele; ouviu um baque e um gemido, mas não teve tempo de se virar e olhar. O quarto agressor saltou sobre ele antes que conseguisse erguer qualquer uma das armas. Então, o homem caiu sob o peso do animal, ouvindo o estalar dos dentes afiados nos ouvidos e sentindo o hálito rançoso no nariz. Geirmund ergueu o braço que segurava a espada para manter aquela boca longe de sua garganta, e o lobo o agarrou. Os dentes afundaram na carne, perfurando couro, lã e pele, e ele sabia que aquelas mandíbulas seriam capazes de quebrar seus ossos.

Ele arregalou os olhos e rugiu nas orelhas do lobo, então Hámund também rugiu, e o lobo se sacudiu de repente e largou o braço de Geirmund. O animal deu alguns passos vacilantes para longe, tateando o focinho, com uma flecha espetada em um dos olhos. Para dar fim à luta, Hámund afundou mais a flecha, como se fosse uma adaga, pois ela não penetrara fundo o suficiente no cérebro para matar a fera de uma vez. Em seguida, ele puxou outra flecha para terminar o trabalho, e sua atenção ficou concentrada no animal que se debatia.

Geirmund ainda não havia se recuperado quando um quinto animal atacou, aproveitando aquela brecha em suas defesas. Ele lutou para se levantar, sangrando e escorregando na neve, mas não conseguiu alcançar o irmão a tempo. O lobo voou em Hámund, agarrou-o pelas roupas e pela carne embaixo do braço e o derrubou no chão.

— Não! — Geirmund gritou.

Ele havia perdido a espada, mas se lançou contra o lobo com o machado, cravando-o no meio das costas da fera com as duas mãos, cortando a espinha em duas. O lobo gritou e tentou fugir, arrastando as patas traseiras inúteis, e Geirmund pôs um fim rápido ao sofrimento dele antes de se virar para enfrentar a próxima investida.

No entanto, não houve investida, e a batalha terminou de repente. A matilha parecia ter simplesmente desaparecido, pelo menos por enquanto, deixando para trás os companheiros mortos e feridos. Geirmund pegou a espada e matou os dois lobos que ainda se contorciam. Foi quando percebeu a pata familiar, quase decepada, pendurada na perna dianteira do último algoz de seu irmão: uma ferida grave, mas que não impediu aquele lobo de voltar à luta com ainda mais bravura e ferocidade. Ou talvez o lobo simplesmente soubesse que estava para morrer e tivesse decidido enfrentar seu destino com os dentes arreganhados. Geirmund considerou ambas as escolhas dignas de honra. Ajoelhou-se ao lado do lobo com admiração, que silenciosamente se transformou em uma espécie de arrependimento.

— Eles foram embora? — perguntou Hámund.

Geirmund concordou com a cabeça.

— Vão voltar?

— Sempre — disse Geirmund. — Mas não hoje.

— Como está seu braço?

Geirmund olhou para baixo e percebeu algo pálido projetando-se da manga rasgada e avermelhada. A princípio, pensou que poderia ser o osso do braço, mas, no momento seguinte, percebeu que era apenas um dente de lobo. Ele o puxou e segurou na palma da mão, uma presa de marfim com uma raiz ensanguentada.

— Eu vou sobreviver — respondeu. Então, virou-se para avaliar o irmão, que o encarava, os olhos ainda brilhantes com o delírio enfraquecido da batalha, e viu a mancha vermelha escorrendo pela lateral do corpo de Hámund. — Temo que sua ferida esteja pior.

Hámund desviou o olhar do braço de Geirmund e olhou para si mesmo.

— Eu também vou sobreviver. O sangramento parece pior do que é.

— Tem certeza?

Hámund engoliu em seco e acenou com a cabeça, depois olhou para o campo de batalha.

— Pegamos seis deles.

Geirmund colocou a outra mão no flanco do lobo e pressionou os dedos no pelo espesso, sentindo as costelas do animal.

— Estão pele e osso — disse ele —, e com os dentes moles.

Não estavam sedentos por sangue nem eram malvados ou vingativos. Estavam apenas desesperados, mas Geirmund sabia que isso não mudava nada no fim das contas e fechou o punho ao redor do dente. Mesmo que o desafio e a raiva que vira nos olhos da líder da matilha fossem uma invenção de sua mente, simplesmente não havia terra e presas suficientes em Rogaland para alimentar todas as barrigas. A luta e a morte eram inevitáveis.

Geirmund ficou de pé.

— Precisamos montar acampamento. Acender uma fogueira e limpar nossas feridas; depois, tirar a pele dos animais. Partimos pela manhã.

Hámund piscou e acenou com a cabeça, e eles passaram a última parte do dia antes do pôr do sol limpando um pedaço do terreno e cortando lenha. Em seguida, Geirmund arrastou as carcaças dos lobos para mais perto da fogueira, enquanto Hámund se curvava para acender o fogo com o ornamentado acendedor que adquirira em uma das viagens com o pai para o leste, na Finlândia. O objeto tinha uma alça de bronze reluzente entalhada com dois cavaleiros opostos, montados em seus cavalos. No entanto, apesar de toda a decoração, não parecia produzir faíscas melhores do que o aço liso de Geirmund. Hámund demonstrava estar tendo dificuldades, por suas batidas fracas e ineficazes com a pederneira. Geirmund estava prestes a intervir quando finalmente alguns fios de fumaça subiram da madeira. Hámund demorou a se levantar, aparentando estar cambaleante.

— Você não parece bem — disse Geirmund.

Hámund acenou com a cabeça.

— Eu me sinto... — ele falou, mas não terminou a frase.

— Sente-se. Deixe-me dar uma olhada no seu...

Hámund caiu no chão como se de repente tivessem lhe faltado os ossos.

Geirmund correu até ele.

— Olhe para mim — falou, dando um tapa na bochecha pálida do outro. — Olhe para mim!

Os olhos do irmão, porém, simplesmente se reviraram para trás das pálpebras semicerradas.

As camadas de roupa na lateral do corpo de Hámund pareciam pesadas e encharcadas. Geirmund cortou-as com a faca e descobriu uma ferida profunda, que ainda sangrava profusamente, embaixo do braço do irmão. Sugou o ar por entre os dentes ao vê-la e saltou em direção à fogueira. Colocou a ponta do machado nas chamas crescentes e em seguida encheu de neve um copo de pedra-sabão. Deixou o recipiente perto do fogo para a neve derreter e esquentar enquanto voltava para o lado do irmão, fazendo o possível para estancar o fluxo de sangue com a pressão das mãos.

— Hámund, seu tolo — sussurrou ele.

Alguns momentos depois, pegou o copo e despejou o conteúdo fumegante sobre o ferimento para limpá-lo. Então, pegou o machado e testou seu calor, jogando sobre o metal um pouco de neve, que chiou e desapareceu.

— Não sei se você consegue me ouvir — disse Geirmund, de pé ao lado do irmão —, mas se prepare. Isto vai doer.

Com isso, ele se abaixou e agarrou o pulso do irmão. Em seguida, ergueu o braço para expor totalmente o ferimento e pressionou a ponta do machado contra a carne rasgada. Hámund gemeu, mas não se encolheu quando o metal quente queimou sua pele, fazendo subir até o nariz de Geirmund fumaça e um aroma de carne cozida, que lhe causaram ânsia por saber de onde vinham.

Depois de alguns momentos, Geirmund puxou o machado, que desgrudou suavemente da pele, e ficou aliviado ao ver que a ferida de aparência maligna parecia ter sido estancada. Geirmund esperava que o fluxo não tivesse se voltado para dentro para encher a barriga e as costelas de Hámund, mas não poderia fazer nada a respeito se assim fosse. Enrolou uma tira de pano e encharcou-a com o resto do hidromel que havia deixado no odre. Enfiou a peça embaixo do braço do irmão, comprimindo-a contra o ferimento, e amarrou o braço ao lado dele para segurar o curativo no lugar e manter a pressão sobre a ferida.

— Agora eu só preciso arrumar um jeito de tirar você deste lugar — disse ele, e voltou a atenção para os lobos mortos.

Escolheu os dois maiores – um deles, o lobo com a pata decepada – e os amarrou para esfolá-los à luz do fogo, procedendo da forma mais cuidadosa e mais rápida que podia com aquele trabalho bruto. Normalmente, teria cortado a barriga e as pernas para esticar as peles e deixá-las planas, mas, para o objetivo atual, precisava que a pele permanecesse inteira, o que exigia tempo, cuidado e força. Começou pelas pernas, fazendo cortes mínimos, e desgrudou o pelo deslizando-o pelo avesso ao longo do corpo, como se removesse calças justas que tivessem encolhido depois de molhar. Em alguns momentos, teve de usar o peso do próprio corpo para arrancar a pele da carcaça, suando com o esforço mesmo no frio, mas por fim conseguiu dois tonéis de pelo macio. Então, usou o machado para derrubar duas bétulas jovens, cada tronco da espessura de seu pulso, e cortou-as pela metade, na altura do irmão. Estendeu as peles de lobo do nariz à cauda e atravessou-as com as duas varas. Depois que os troncos de bétula foram separados, as peles ficaram bem esticadas, criando um trenó resistente e macio, ao mesmo tempo que isolava o ar frio e a neve embaixo dele.

Geirmund puxou essa cama móvel até Hámund e gentilmente o rolou sobre ela. Depois de amarrar o corpo dele ao trenó, junto com o arco e as outras armas, estavam prontos para partir.

Seria perigoso viajar à noite, mas Geirmund temia que fosse mais perigoso ficar ali, não apenas por causa dos lobos, mas também pelo risco que o irmão corria. Hámund precisava das habilidades de um curandeiro em Avaldsnes, alguém com a capacidade de evitar que aquela ferida ficasse pútrida, e precisava desse cuidado com urgência. Uma demora provavelmente significaria a morte de Hámund.

Geirmund baixou as carcaças dos lobos até a neve e as deixou ali, para o caso de a matilha retornar. Ele sabia que os lobos às vezes comiam os seus, mas, do contrário, também encontrariam o corpo do cervo-vermelho esperando por eles. Cortou alguns pedaços grandes de carne das ancas do animal, apenas o suficiente para alimentar a si mesmo e ao irmão na viagem de volta, e deixou o resto para trás.

Então, enrolou nas varas de bétula a corda que usara para amarrar os lobos, criando alças que cruzavam sobre o peito e os ombros.

Isso permitiria que Geirmund carregasse a maior parte do peso com as costas, deixando as mãos livres para firmar as varas e manter o nível do trenó. Quando içou a carga pela primeira vez, porém, o peso combinado do corpo do irmão, das peles de lobo e das varas de bétula o deixou sem fôlego e o fez tropeçar antes mesmo de dar o primeiro passo.

— Thór, conceda-me força — sussurrou, esforçando-se para recuperar o equilíbrio.

Em seguida, ele partiu.

CAPÍTULO 2

DEPOIS DE UMA NOITE, UM DIA, OUTRA NOITE E outro dia, os músculos dos ombros de Geirmund finalmente ficaram dormentes onde as cordas impiedosas pressionavam sua carne como lâminas de machado. Os pés também estavam entorpecidos, por causa do peso empurrando os calcanhares contra o solo e da neve e do gelo que os recebiam, e as costas rígidas rangiam como um carvalho velho que cairia com a próxima tempestade. As varas tinham esfolado suas mãos através das luvas, e o peito queimava, bem no fundo, onde o ar gelado que inalava encontrava o fogo dos pulmões.

Já passava da madrugada do terceiro dia e, durante a noite, ele finalmente descera das rochas e da neve nas montanhas para as terras baixas, onde os prados e os campos abertos lhe davam menos problemas. Em alguns lugares, a grama alta molhada pela chuva oferecia um solo macio e escorregadio para arrastar o trenó, o que tornava a caminhada mais fácil por um tempo.

Mas isso também não durou.

Conforme o sol se aproximava do meio-dia, a dor deixou de ser sua inimiga e foi substituída por um oponente muito mais mortal. Os músculos das pernas e dos braços de Geirmund tremiam de exaustão, e as juntas e os ligamentos pareciam soltos e desgastados. Se a dor era um ataque direto contra o qual ele poderia se recompor e continuar, a fadiga era o cerco sem fim, disposta a esperar até que ele tivesse consumido todas as reservas, e assim, esgotado, finalmente caísse. Para resistir a ela, sabia que precisava dormir bem, mas esperava chegar a Avaldsnes sem parar, permitindo-se apenas o mais breve dos descansos para avaliar a condição de Hámund, cozinhar a carne de cervo e mastigar alguns pedaços dela, tendo fechado os olhos não mais que duas vezes por um período sem sonhos. No entanto, percebia agora que não tinha escolha. Seu corpo não aguentava mais.

Alguns acres à frente, avistou um grupo de aveleiras perto de um pequeno lago e decidiu que serviria bem como um local de descanso. Assim que o alcançou, desceu o irmão ao chão e depois desabou nas folhas molhadas e cascas de nozes estraçalhadas, envolto pelo cheiro doce e úmido de vegetação apodrecida.

Antes de se permitir dormir, examinou a cor de Hámund e viu se ele estava com febre. E, embora o rosto pardo do irmão ainda parecesse pálido, a testa não estava quente ao toque, o que Geirmund interpretou como um bom sinal. O irmão parecia perdido em um sono agitado desde que caíra inconsciente, resmungando e gritando às vezes, mas nunca em seu juízo completo. Geirmund considerou esse estado atual uma sorte, dada a dor e o desconforto que certamente estaria sentindo de outro jeito, desde que não fosse um sinal de algo ruim acontecendo com ele. Por esse motivo, Geirmund não tinha tentado despertá-lo antes e não o fez naquele momento, ao finalmente levantar a âncora da própria mente e deixar a maré levá-lo para onde quisesse. Quando abriu os olhos novamente era noite, e ele estava tremendo.

A dor havia retornado, mas Geirmund a recebeu bem, com uma vontade renovada de enfrentá-la. Rangendo os dentes, levantou-se e juntou lenha para uma pequena fogueira, planejando examinar o irmão à luz e se aquecer antes de tentar o último esforço da jornada. Ficou surpreso, porém, ao encontrar os olhos de Hámund abertos e observando-o.

— Como está se sentindo — perguntou Geirmund, indo até ele.

— Com coceira. Estas peles de lobo têm pulgas. — Hámund tentou sorrir. — Eu também me sentiria melhor se pudesse mijar e cagar.

Geirmund deu uma risadinha e afrouxou as correias que o prendiam ao trenó, depois o ajudou a se levantar.

— Cuidado com seu braço. Não tente levantá-lo.

— Não sei se conseguiria, mesmo que você não tivesse me amarrado.

Hámund mancou um pouco além do alcance da luz do fogo, e Geirmund esperou alguns instantes antes de chamá-lo. Em resposta, Hámund voltou, sem dizer nada, e deitou-se no trenó, soltando um gemido de dor. Geirmund ofereceu-lhe os últimos pedaços de carne fria de cervo que assara no dia anterior, ou no dia antes daquele. Era difícil lembrar.

— Onde estamos? — quis saber Hámund.

Geirmund sentou-se em frente ao fogo.

— Espero chegar ao salão antes do anoitecer de amanhã.

O irmão parou de mastigar.

— Você me carregou até aqui?

Geirmund jogou outro pedaço de aveleira nas chamas, lançando no ar fagulhas e uma espessa nuvem de fumaça com cheiro de nozes.

— O que mais eu deveria ter feito? Você estava com preguiça de andar.

— Isso eu estava mesmo. — Hámund riu, estremeceu e deu outra mordida na carne. — Acho que ainda estou com preguiça.

Geirmund via o orgulho e a preocupação nos olhos do irmão e conhecia os pensamentos dele tão bem quanto os próprios. Hámund não tinha forças para andar, mas também não queria ser um fardo. Geirmund deu de ombros.

— Mais um dia não é nada para mim.

— Mas para mim é — disse Hámund. — Sou eu que estou sendo picado por pulgas.

— Você já estava todo picado de pulgas. Seu clã de pulgas e o clã dos lobos podem formar um Parlamento.

Hámund deu uma risadinha, depois estremeceu novamente.

— Não me faça rir.

— Duvido que você tenha qualquer motivo para rir depois que partirmos. — Geirmund se levantou e pegou um punhado de folhas molhadas com as duas mãos. Jogou-as na pequena fogueira e apagou as chamas, mergulhando o bosque de aveleiras na escuridão. — Está pronto?

Hámund olhou para o céu noturno e para as estrelas, como se tentasse determinar a que distância estavam do amanhecer.

— Agora?

— Sim. Acho que devemos ir. — Geirmund bateu as mãos para tirar o resto das folhas e sua voz ficou pesada, sem que tivesse intenção. — Você precisa de um curandeiro com habilidade maior do que a minha.

Hámund acenou com a cabeça, lentamente.

— Então, acho que devemos.

Geirmund moveu-se para amarrar o irmão ao trenó mais uma vez, pela última vez, mas agora Hámund estava acordado para gemer de dor. O som de seu sofrimento despertou pena em Geirmund, mas não mudava em nada o que precisava ser feito. Hámund, por sua vez, não proferiu uma única palavra ou qualquer reclamação, simplesmente fechando os lábios e os olhos com força durante sua provação. No entanto, quando Geirmund terminou, ele fez um pedido.

— Dê minha espada.

Geirmund fez uma pausa.

— Sua espada?

— Para segurá-la.

Geirmund percebeu o significado por trás do desejo do irmão e tentou afastar seus medos.

— O destino não acabou com você. E nem o pai. Ele iria para Valhalla pessoalmente para te buscar...

— Por favor, irmão. — Hámund abriu a mão perto do peito. — Minha espada.

Fosse necessário ou não, Geirmund não conseguia encontrar nenhum bom motivo para recusar ao irmão a honra de ter sua espada nas mãos, para o caso de chegar ao fim da vida antes de alcançarem Avaldsnes. Em seu íntimo, jurou que venceria as Nornas e seus fios, enquanto desamarrava a espada de Hámund de onde a prendera e a puxava da bainha. A arma tinha uma lâmina de aço fino de Frakkland – um presente do pai deles antes da primeira viagem marítima de Hámund – e, até onde Geirmund sabia, nunca havia provado o sangue de homem ou animal algum. Tinha um cabo enrolado em cordão de couro, um guarda-mão e um pomo incrustados com padrões circulares intrincados em prata e ouro. As ondulações e espirais que serpenteavam em seu comprimento frio brilhavam como um rio à luz das estrelas.

— Se você a deixar cair, não vou voltar para buscar — disse Geirmund com falsa severidade.

— Eu sei.

Ele enfiou a ponta da lâmina embaixo de uma das tiras perto dos joelhos do irmão, para mantê-la no lugar caso a pegada falhasse, e colocou o cabo na mão aberta dele.

— Obrigado. — Hámund fechou o punho em torno da espada e puxou-a para perto do coração.

Geirmund acenou com a cabeça e se moveu para a posição na frente do trenó; em seguida, se ajoelhou para deslizar as cordas sobre os ombros. Ao erguer o irmão, o peso das cordas cortou seus ombros com nova ferocidade, e ele se perguntou se seria capaz de remar depois disso, quando finalmente chegasse a hora de navegar no próprio navio.

— Acho que você está mais leve — disse ele. — Meu muito obrigado por ter largado aquela merda toda.

Hámund riu atrás dele, mas o riso logo foi sufocado por um gemido, que ficou mais intenso quando Geirmund se apoiou nas cordas e o trenó avançou.

Ele fez o possível para buscar terreno plano enquanto seguia um trecho de planície entre o Ålfjord ao norte e o Skjoldafjord ao sul, mas ainda estava escuro. Empurrões e solavancos eram inevitáveis, e Hámund parecia gemer mais alto a cada tranco. Durante grande parte daquela noite, Geirmund usou as estrelas para permanecer na direção certa, mas perdeu esse referencial pouco antes do amanhecer, atrás de uma espessa nuvem escura que trouxe trovões e chuva. Hámund então ficou em silêncio, embora os pés de Geirmund escorregassem com mais frequência no solo úmido, fazendo-o tombar o trenó. Ele parou para ter certeza de que o irmão não havia piorado e caído inconsciente de novo, mas o achou apenas impávido.

— Poderia pelo menos cobrir meu rosto? — pediu ele com os dentes cerrados, o rosto voltado para o céu, olhos fechados com gotas de chuva presas nos cílios.

— Claro, eu deveria ter feito isso... — Geirmund puxou o capuz da capa de Hámund o máximo que pôde para cobrir o rosto do irmão, alcançando a ponta do nariz. — Está melhor assim?

Hámund acenou levemente com a cabeça. Os nós dos dedos que apertavam a espada estavam pálidos.

Geirmund suspirou e pegou o jugo novamente como um boi. A chuva caía forte e fria e ensopava a capa, a pele de animal e o couro nas costuras, mas ele finalmente chegou a uma região agrícola com estradas. Ao sudeste, uma elevação rochosa se erguia nua e cinza, mas ele a circundou rumando para o sul, perto da costa do Skjoldafjord, e, conforme a manhã avançava, a chuva diminuía e uma névoa descia das alturas, reunindo-se nas partes baixas e na água. Geirmund seguiu a linha costeira do fiorde e, depois disso, as margens de um lago.

As estradas deveriam ter tornado o caminho mais fácil, mas a chuva transformara a terra em um atoleiro que sugava as botas de Geirmund e aderia às varas do trenó, endurecendo-as com lama pesada. Seu ritmo diminuiu mesmo que o corpo se esforçasse no limite das forças e o coração parecesse prestes a explodir. Duas vezes suas pernas simplesmente falharam, fazendo ele e o irmão caírem na lama; na terceira vez, ele simplesmente permaneceu lá, sem saber se conseguiria ficar de pé novamente.

— Alguma casa à vista? — perguntou Hámund. — Ou um lugar para buscarmos abrigo?

— Ainda não — respondeu Geirmund, com a mão no peito enquanto lutava para recuperar o fôlego, embora sentisse o cheiro de madeira queimada. — E mesmo... se houvesse, eu... eu ainda... precisaria buscar um curandeiro e... isso levaria muito tempo.

Geirmund pôs-se de joelhos e, a partir daí, levantou-se de novo.

— Posso esperar por um curandeiro — disse Hámund. — Encontre um lugar para me deixar e vá embora.

Geirmund pegou o jugo mais uma vez.

— Não vou deixar você em lugar nenhum.

— Mas você não pode...

— Já disse que não vou... — Geirmund tentou levantar a voz, mas o esforço apenas o deixou sem fôlego. — Não vou deixar você.

Ele pensou em sair da estrada com o trenó para buscar um terreno mais fácil, mas os campos de cevada ao redor haviam sido colhidos e pareciam mais intransponíveis do que no caminho à frente. Não havia nada a fazer a não ser seguir em frente. Nada além de estrada, de lama e das braças que ainda tinha que caminhar, mesmo que caísse mil vezes mais. Logo perdeu a noção das distâncias entre as colinas e árvores ao longe, concentrado apenas no intervalo entre cada passo, sem pensar em nada além do alcance de sua marcha enfraquecida. Ignorou até mesmo a crescente certeza de que não suportaria, não conseguiria suportar muito mais tempo, e de que não chegariam em casa. Ele continuou em frente.

Por fim, as nuvens de chuva se espalharam e a luz do sol fez o mundo úmido brilhar. Quando chegaram à ponta ao norte do Førresfjord, viraram para sudoeste, seguiram a costa em direção ao estreito de Karmsund e depois para casa. Embora talvez estivesse menos frio, Geirmund não recuperou suas forças com a mudança do clima, e ainda descobriu que agora tinha de apertar os olhos contra o brilho do sol refletido nas inúmeras pequenas poças na estrada.

— Você ouviu isso? — perguntou Hámund.
— Ouvi... o quê?
— Cavalos. Cavaleiros.

Geirmund parou e tentou escutar algo além do rugido ensurdecedor do esforço em seus ouvidos. Hámund tinha razão. Havia viajantes à frente deles. Pelo barulho, na curva seguinte. Suas vozes ecoavam pelas estradas enlameadas, amaldiçoando as más condições do clima e a chuva.

— Barulhentos demais para serem bandoleiros — disse Hámund.

Ele tinha razão novamente. Os bandoleiros não viajavam pelas estradas, exceto quando ficavam de tocaia em lugares vazios para assassinar e saquear os viajantes. Antes que Geirmund pudesse aguçar os sentidos para decidir se seria prudente sair da estrada, porém, os viajantes apareceram. Logo depois, os cavaleiros gritaram ao vê-los, e Geirmund pensou ter reconhecido a voz rouca e familiar de Steinólfur. Imaginou se uma loucura ou delírio não o teria tomado enquanto os cavaleiros corriam em direção a eles, mas quando se aproximaram ele viu não apenas Steinólfur, mas também seu jovem protegido, Skjalgi, um rapaz com uma cicatriz inconfundível no olho esquerdo. Junto com outros quatro homens de Avaldsnes, cavalgaram o pedaço da estrada entre sua companhia e Geirmund como se não fosse nada. Geirmund quase cambaleou de alívio ao vê-los.

— Espere! — Steinólfur chamou, puxando as rédeas a alguns passos de distância. — Geirmund, é você?

— Sou eu! — Geirmund respondeu. Um tremor tomou seus braços.

— O que é esse trenó que você está arrastando? — Steinólfur apeou e caminhou na direção dele. — Onde está Hámund?

— Este trenó *é* Hámund — disse Hámund.

Skjalgi também havia apeado, e os dois homens correram para pegar as varas do trenó das mãos de Geirmund. Tiveram de liberar as varas à força, não porque Geirmund se recusasse a soltá-las, mas por ele não conseguir abrir os dedos. Skjalgi então segurou o peso do trenó com os braços, enquanto Steinólfur erguia as cordas dos ombros de Geirmund.

— Pelos deuses — ele sussurrou ao fitar os olhos de Geirmund. — O que aconteceu com vocês?

— Lobos — explicou Hámund.

— Lobos? — Skjalgi lentamente colocou o trenó no chão. — Onde?

— A um ou dois dias daqui — Geirmund completou. — Perto de Olund.

— Olund? — Steinólfur balançou a cabeça. — Vocês tinham saído para caçar esquilos. Seu pai mandou grupos de busca, mas nenhum foi para tão longe quanto Olund.

— Queríamos mais do que esquilos — disse Hámund.

— Steinólfur, me escute. — Geirmund finalmente encontrou as palavras para dizer o que precisava ser dito. — Meu irmão está gravemente ferido embaixo do braço. Precisa de um curandeiro.

Steinólfur olhou para Hámund.

— Você consegue montar?

— Consigo — disse Hámund. — Mas seria uma viagem bem curta.

— Ele vai precisar de alguém para segurá-lo no cavalo — avisou Geirmund.

Um membro da companhia falou, um homem chamado Egil.

— Meu cavalo pode carregar o Hel-hide.

Geirmund ignorou o uso do nome, ainda que o odiasse, pois ninguém que o usava tinha a intenção de insultá-lo de verdade.

Steinólfur acenou com a cabeça e disse:

— O cavalo de Egil é o mais forte. — Ele apontou para o cavaleiro e pediu a Skjalgi para desamarrar Hámund do trenó. Então, voltou-se para Geirmund: — E você? Esse braço não parece bom.

Geirmund olhou para baixo. Havia se esquecido do próprio ferimento, e àquela altura o sangue já secara nas camadas de roupa, misturando-se com lama onde o tecido e o couro haviam rasgado.

— Não cuidei dele ainda.

— Vou dar uma olhada nele — disse Steinólfur —, assim que seu irmão estiver a caminho.

Geirmund então observou enquanto Egil se aproximava em seu poderoso cavalo, um garanhão com uma crina e pelagem dourados, e então vários homens se reuniram para colocar Hámund sobre a sela na frente do cavaleiro. Quando ele estava acomodado, Steinólfur dirigiu-se aos outros de seu grupo.

— Skjalgi e eu iremos atrás de você com Geirmund. Hámund precisa chegar ao salão do rei Hjörr antes do pôr do sol.

Os cavaleiros assentiram e, um momento depois, Geirmund os observou galopar levando seu irmão, a lama voando alto dos cascos dos cavalos.

— Tenho que ir com ele — disse. — Nós temos que...

— Você não vai a lugar nenhum até que eu dê uma olhada no seu braço. — Steinólfur tirou Geirmund da estrada e o levou para a sombra de um grande freixo. Geirmund estava exausto demais para reclamar. — Depois disso — acrescentou Steinólfur —, você pode me dizer por que não deixou Hámund lá para morrer.

CAPÍTULO 3

GEIRMUND MONTOU EM UMA RAIZ DO FREIXO COM as costas apoiadas no tronco. Os galhos nus alcançavam o alto, se estendiam longe, e as folhas douradas que haviam caído pareciam uma coroa no chão ao redor dele. À esquerda, o Førresfjord brilhava ao sol, sua costa talvez a cem braças de distância, enquanto terras agrícolas e pastagens cobriam as colinas baixas à direita.

Ao lado da árvore, Steinólfur foi fazer uma pequena fogueira. O guerreiro mais velho se movia de forma rígida, um indício de batalhas passadas e suas cicatrizes, e muitas vezes parecia a Geirmund que os quinze verões entre eles continham mais fios de vida do que naturalmente preencheriam aquele tempo. Steinólfur já estava com a barba castanha grisalha e a pele, se fosse de couro, já não daria para um novo uso. Era capaz de falar com Geirmund como amigo e conselheiro, às vezes no mesmo fôlego. Uma vez, bêbado e perdido em lembranças, ele mencionara um tempo no remo, e isso fez Geirmund se questionar se Steinólfur tinha sido um escravo. No entanto, não era certo perguntar a um homem sobre algo que fora dito depois que a bebida o fizera perder o juízo e a língua já não lhe pertencia. Então, Geirmund guardara essa pergunta para si.

— Você não parece estar com febre. — Steinólfur puxou uma pitada da madeira preta de sua bolsa de pó inflamável, junto com o acendedor de fogo. — Quanta dor está sentindo?

— Só um pouco — disse Geirmund, mas era mentira. Aliviado de seu fardo fraternal, agora notava um forte inchaço no braço, uma dor aguda quando se movia e um latejar constante quando ficava parado. No entanto, não reclamaria daquilo com Steinólfur. Queria primeiro voltar para Avaldsnes e terminar de cuidar de Hámund. — Não precisamos de fogo. Não há tempo para isso.

— Não é mais uma questão de tempo. — O guerreiro mais velho lançou faíscas sobre o pó inflamável, em seguida soprou as chamas com lábios apertados até que o fogo vivesse por conta própria. — Seu irmão encontrará um curandeiro e viverá. Ou não, o destino é quem dirá. Nada que você possa fazer agora vai mudar isso, e precisamos cuidar de seus ferimentos.

Geirmund não disse nada em voz alta, mas sussurrou um apelo interior às Nornas, que determinariam o resultado da cura de seu irmão, se ainda não tivesse sido decidido.

— Pronto. — Steinólfur acenou com a cabeça para o fogo, satisfeito com ele, e olhou para Geirmund. — Mas sei que você não está preocupado com seu irmão, e sim com a raiva de seu pai.

Geirmund fez uma careta.

— Eu *estou* preocupado com meu irmão.

Steinólfur levantou-se e cruzou os braços, esperando até que Geirmund concordasse.

— Mas também estou preocupado com meu pai — ele admitiu, enfim.

O calor do fogo atravessou suas roupas do lado esquerdo, mais próximo das chamas, mas a umidade e o frio ainda tomavam conta do outro lado, e um arrepio de Ginnungagap desceu por sua espinha, entre as duas metades do corpo.

— Quando meu pai vir Hámund — disse Geirmund —, ele vai me procurar e vai me culpar.

Steinólfur relaxou os braços e deu um passo na direção dele.

— Ele vai culpar você, estando lá ou não.

Skjalgi voltou carregando dois odres de água fresca do fiorde.

— Quem vai culpar você? — perguntou o que acabava de chegar.
— Meu pai — respondeu Geirmund.
— Do que ele vai te culpar? — Skjalgi indagou.
— De se intrometer em assuntos que não lhe dizem respeito — disse Steinólfur. — Agora coloque algumas pedras no fogo, garoto.

Skjalgi olhou para Geirmund, e os dois trocaram sorrisos. Em seguida, ele começou a recolher pedrinhas do tamanho certo, as quais jogou nas chamas na beira do fogo para que fossem aquecidas.

— Bem, vamos dar uma olhada em você — disse Steinólfur.

Ele e Skjalgi retiraram a túnica de couro de Geirmund sobre a cabeça, depois a lã, tomando cuidado ao puxar as duas camadas para longe do braço. Geirmund estremeceu quando as fibras repuxaram as feridas, mas as duas vestimentas externas saíram sem reabrir sua pele. Entretanto, a túnica de linho seria mais desafiadora. O tecido havia se misturado com o sangue, que, por sua vez, tinha virado uma coisa só com a carne dilacerada. Para amolecê-lo, Skjalgi tirou as pedras quentes do fogo e jogou-as nos odres com água, que borbulharam e incharam com o vapor. Então, ele pingou a água escaldante no braço de Geirmund enquanto Steinólfur esfregava e afrouxava a túnica o melhor que podia. Geirmund grunhiu e cerrou os dentes por causa da dor, que durou algum tempo até que finalmente conseguissem remover a túnica e examinar o ferimento.

— Muito sangue e bagunça só por causa de um arranhão — disse Steinólfur.

Geirmund olhou para o braço, quase se engasgou e então riu. Muito pior que um arranhão, os dentes do lobo tinham deixado um arco vívido de perfurações e pele rasgada, e a carne ao redor da mordida estava preta, com hematomas quentes e purulentos.

— Tenho certeza de que você já viu piores — comentou ele.

— Já *tive* piores — respondeu Steinólfur. — Até o menino aqui já teve piores.

Skjalgi não disse nada, mas manteve seu rosto impassível ao ver a situação de Geirmund, pois claramente nunca tivera um ferimento daquela natureza. No entanto, a cicatriz profunda e retorcida sobre seu olho provava que vira outros ferimentos, sim, e piores. A árvore que quase lhe tirara a vida esmagara seu pai ao cair. Tinha idade suficiente para carregar uma lança, mas a barba ainda não se desenvolvera, embora, ao contrário de Geirmund, um dia fosse deixá-la crescer, quando a penugem facial de garoto decidisse que ele havia atingido a maioridade.

— Ele é filho de Hjörr, afinal de contas. — Steinólfur suspirou e cutucou Skjalgi, tentando despertar alguma alegria no menino e aliviar sua apreensão. — Significa que devemos cuidar dele como um cachorrinho indefeso e assumir a culpa se algo lhe acontecer.

— Acho que sim — concordou Skjalgi, mas em voz baixa.

— Agora — Steinólfur disse, franzindo a testa para o braço de Geirmund —, presumo que você queira manter este membro.

— Se for possível — Geirmund disse. — Minha espada sentiria falta dele.

— Será? Uma espada precisa ser usada, e aposto que ela ficaria feliz em encontrar outro braço que cuidasse melhor dela.

— Como o seu? — Skjalgi perguntou, dessa vez sorrindo.

Steinólfur deu de ombros.

— Possivelmente. Mas já tenho uma espada e farei meu melhor para manter Geirmund unido à dela. — Ele então se despiu da zombaria no olhar e na postura. — Mas, como seu irmão, você também precisará de um curandeiro quando voltarmos.

Geirmund meneou a cabeça.

— Talvez isso acalme um pouco a raiva do meu pai.

— É provável. — Steinólfur voltou-se para Skjalgi. — Pegue mais água. E um pouco de camomila se você encontrar.

Skjalgi tirou as pedras dos odres e saiu correndo, e Geirmund esperou até que o menino estivesse fora do alcance de sua voz antes de falar:

— Você não me segurou aqui apenas para cuidar do meu braço. Tem algo a me dizer.

— Eu tenho. — Steinólfur jogou as pedras dos odres de volta no fogo. — E é isto: ninguém teria pensado mal de você. Ninguém o teria culpado.

— Pelo quê? — Geirmund perguntou como um desafio, porque sabia muito bem o que Steinólfur queria dizer.

O guerreiro mais velho esfregou a testa e suspirou.

— Pessoas morrem. É assim que as coisas são.

Geirmund inclinou-se na direção dele, o calor do fogo em suas bochechas.

— Ele é meu irmão.

Steinólfur concordou com a cabeça, cutucando as pedras e brasas com um graveto.

— Irmãos também morrem. No sul, de onde venho...

— Aqui é Rogaland. — Geirmund sentiu um nó na garganta. — Você não está mais em Agðir, e seria sábio lembrar-se disso antes de falar.

— Sou seu homem de confiança, Geirmund. Se eu não puder falar abertamente com você, então quem poderá?

Geirmund fitou os olhos dele e não viu malícia ali, uma qualidade rara naqueles que o cercavam no salão de seu pai.

— Fale francamente, então. Mas tome cuidado.

Steinólfur hesitou, como um homem prestes a cruzar o gelo da primavera.

— Anos atrás, quando você era ainda mais jovem do que Skjalgi, o vi lutando com Hámund. Observei vocês dois por um tempo e depois fui direto a Hjörr pedir permissão para me tornar seu confidente.

Geirmund lembrou-se do dia em que seu pai o apresentara a Steinólfur. Embora tivesse passado a valorizar a companhia do guerreiro mais experiente, se ressentia de Steinólfur na época, imaginando que ele estava lá para espioná-lo e mantê-lo longe de travessuras, e houve muitos dias em que parecia que Steinólfur se ressentia de seu dever tanto quanto ele. Nunca ocorrera a Geirmund que o homem havia se oferecido voluntariamente para o trabalho.

— Por quê? — perguntou.

Steinólfur deu uma risadinha.

— De fato, por quê? Seus braços eram magros como gravetos, e você mal conseguia empunhar uma espada de treinamento feita de madeira. Mas, mesmo assim — Steinólfur sorriu e apontou o dedo para Geirmund —, você me assustou. Vi fome em seus olhos, e vi raiva, do tipo que nunca se esgota. Eu sabia que você estava destinado a ser rei. Não notei isso nos olhos de Hámund. Nem antes, nem agora. É por isso que sou seu confidente, e não dele. É seu destino ser rei de...

— Chega — Geirmund falou, e então se sentou em silêncio, sopesando as próximas palavras. O guerreiro mais velho o enchera de um orgulho súbito e de uma vergonha oculta; seus pensamentos saltavam em todas as direções, puxados por lealdades opostas, e, à medida que a turbulência diminuía, ele começou a tremer de raiva e dor. — Agradeço por falar abertamente — disse ele.

Steinólfur concordou com a cabeça.

— E agora *eu* vou falar abertamente com você. Nunca mais dirá tais palavras, nem para mim, nem para ninguém. Hámund é mais do que alguém a quem jurei lealdade. É meu irmão — Geirmund falou com a voz aguda e perigosa. — Nunca mais você falará comigo sobre o que vê nele ou sobre o que acha que falta nele. Jamais saberá das batalhas que travamos, lado a lado, dentro do salão do nosso pai.

O velho guerreiro encarou-o, mudo. Geirmund sabia que Steinólfur tinha ouvido a história de como os irmãos haviam começado a vida na palha com os ratos, o que representava apenas uma fração da história toda.

— Você não conhece a fome e a raiva do meu irmão — continuou Geirmund. — Nem conhece as minhas de verdade.

Steinólfur baixou o olhar para o chão e concordou com a cabeça, aparentemente sentindo que aquilo era o mais longe que poderia chegar em seu propósito sem sofrer consequências irreversíveis.

Momentos depois, Skjalgi trotou de volta, bufando, as bochechas tão vermelhas quanto seu cabelo, e Steinólfur tomou os odres de água das mãos dele. O menino encolheu-se um pouco, olhou de um para o outro segurando alguns caules secos de camomila que sobraram do verão. Parecia sentir que algo havia acontecido em sua ausência, mas sabia que era melhor não perguntar. Steinólfur foi à fogueira para pegar as pedras e acrescentou-as aos odres, depois tomou o braço ferido de Geirmund nas mãos.

— Tente não gritar — pediu ele.

Geirmund cerrou os dentes com força, recusando-se a fazer qualquer tipo de som ou protesto, embora a dor o cegasse. Steinólfur derramou água quente sobre as feridas e as esfregou com um pedaço de linho limpo para enxaguá-las o melhor que podia. Algumas das perfurações reabriram, exsudando uma mistura fedorenta de pus e sangue. Steinólfur apertou as pústulas até que o sangue fluísse puro e escuro, depois ferveu a camomila para cobrir os ferimentos antes de amarrá-los.

— Eu acho que seu braço vai ficar bom — o velho guerreiro disse ao terminar.

O suor escorria pela testa de Geirmund enquanto ele assentia.

— Obrigado.

— Gostaria de ter trazido cerveja ou hidromel — comentou Skjalgi. — Para aliviar a dor.

— Você não teria condições de carregar o suficiente para isso — disse Geirmund.

Colocaram de novo as túnicas em Geirmund pela cabeça e, assim que ele se vestiu, partiram em direção a Avaldsnes. Por insistência de Steinólfur, Geirmund montou o cavalo de Skjalgi enquanto o garoto caminhava na lama ao lado, mas mantiveram um ritmo que ele poderia acompanhar com tranquilidade. A discordância anterior entre Geirmund e Steinólfur permaneceu não dita, mas ainda presente, e ambos viajaram em silêncio, quebrado apenas por comentários ocasionais de Skjalgi sobre a terra ou a mudança da estação. Por fim, o menino perguntou se algum deles tinha ouvido falar de um dinamarquês chamado Guthrum.

— Ouvi meu pai usar esse nome — disse Geirmund. — É um jarl, eu acho.

— Por que pergunta? — quis saber Steinólfur.

Skjalgi semicerrou os olhos para ele.

— Alguns homens de um navio mercante mencionaram o nome dele.

— E por que você pensou nele agora? — Geirmund perguntou.

— Sem motivo. — O menino colocou a mão na ponta do machado que pendia ao seu lado. — Dizem que Guthrum está reunindo navios e homens sob o comando do rei Bersi da Dinamarca. Não apenas os dinamarqueses, mas nórdicos também. Talvez até Geats e Svear.

— Para quê? — questionou Steinólfur.

— Para se juntar ao exército de Halfdan e conquistar as terras saxãs.

— Quais terras saxãs? — Geirmund perguntou.

Skjalgi deu de ombros.

— Todas, eu acho.

Geirmund olhou para Steinólfur. O guerreiro mais velho olhou para a estrada à frente como se estivesse segurando a língua, mas Geirmund sabia o que ele estava pensando. Steinólfur sempre falava dos filhos de Ragnar Loðbrok, elogiando seus êxitos no mar. Não mais contentes com os ataques de verão, começaram a tomar coroas e reinos saxões, e, se Steinólfur não tivesse sido jurado confidente de Geirmund, sem dúvida teria cruzado os mares há muito tempo para se juntar à batalha e conquistar a própria casa e terras.

Geirmund olhou para Skjalgi.

— Ouço ansiedade em sua voz. Você quer se juntar a esse dinamarquês?

O menino hesitou, olhando além de Geirmund para Steinólfur.

— Talvez eu queira, sim.

— Não culpo você — comentou Geirmund. — Na verdade, compartilho um pouco dessa ânsia.

— Então, vamos lá — disse Steinólfur em voz baixa. — Peça um navio ao seu pai.

— Você sabe que ele não vai me dar um navio. Não para ataques.

— Por que não para ataques? — Skjalgi perguntou.

Geirmund balançou a cabeça, não sabendo como dizer a verdade sem soar desleal.

— Isso não é um ataque, e você sabe disso. — Steinólfur girou na sela e olhou Geirmund nos olhos. — Hjörr também sabe disso. Ele tem o sangue do pai e do avô correndo nas veias, mesmo que tenha escolhido um caminho diferente. Não seria traição perguntar. É o que um segundo filho deve fazer para abrir o próprio caminho.

Geirmund virou-se, fixou o olhar na estrada à frente e, por algum tempo, não respondeu. Steinólfur falava a verdade, e Geirmund não podia negar. Também era verdade que Geirmund havia muito desejava um navio para sair de Rogaland e encontrar o próprio destino, aonde quer que fosse. No entanto, era um homem dividido e ainda não conseguia deixar o irmão para trás.

— Vou pensar — respondeu por fim.

Após uma pausa, Steinólfur concordou com a cabeça, porém acrescentou:

— Pense nisso, então. Mas pergunte a si mesmo se conhece sua mente. Acredito que sim, e pensar mais não vai mudar nada. Tudo o que resta é agir.

Não falaram mais no assunto enquanto cavalgavam e caminhavam, comendo peixe defumado ao longo do caminho, e logo alcançaram um território familiar. Enquanto o sol descia diante deles, passaram pelas fazendas e propriedades de Avaldsnes, e poderiam ter procurado abrigo em uma delas para passar a noite se desejassem, mas Geirmund queria chegar ao irmão. Assim, depois que o sol se pôs, seguiram adiante na escuridão, a estrada iluminada apenas por uma lua fina e por fogueiras distantes, até depararem com as águas negras do Karmsund.

De Avaldsnes, aquele estreito alcançava quase vinte milhas marítimas ao sul até o enorme Boknafjord, enquanto na outra direção se abria para o Caminho do Norte de rotas baleeiras e comerciais. Do outro lado do Karmsund ficava a casa de Geirmund, na longa ilha-escudo de Karmøy, cujos reis ancestrais tinham suas linhagens traçadas a partir dos deuses. Os mares ferozes além daquela ilha forçavam quase todos os navios em direção ao norte a tomar o canal de Karmsund, e as marés garantiam que parassem em Avaldsnes para adquirirem suprimentos e realizar reparos. Aí residiam a força e a riqueza do salão de seu pai.

Aproximaram-se do Karmsund no ponto mais estreito e passaram sob cinco pedras antigas que se erguiam em ampla formação a cinquenta braças da costa, todas brancas e finas como costelas ao luar. Ninguém conseguia lembrar que povo as erguera ou mesmo se poderiam ser obra de gigantes ou deuses, mas o poder nelas era sentido de forma muito clara. Ficavam perto do local onde Thór teria cruzado o Karmsund, e onde uma balsa agora transportava viajantes para a ilha. O grupo avançado que conduzia Hámund devia ter avisado da chegada de Geirmund, pois os três encontraram um barco esperando para atravessá-los.

À medida que se aproximavam da margem oposta, Geirmund via as silhuetas negras e distantes dos túmulos de seus ancestrais contra o céu noturno ao norte, a maior delas pertencente ao pai de seu pai, Half. Ao aportarem na ilha, viraram para o sul e seguiram a estrada para descansar, e do outro lado de uma pequena enseada chegaram finalmente a Avaldsnes.

Tochas brilhantes queimavam no portão da cidade, o qual se abriu quase no mesmo instante em que o avistaram; sem dúvida, os guardas tinham sido alertados sobre a chegada deles. Assim que entraram na cidade, o portão se fechou, e Geirmund encontrou a estrada principal igualmente iluminada, cuja extensão era percorrida por uma procissão de tochas em direção ao leste a partir do portão, atravessando a cidade e subindo a colina até o cume, onde o salão de seu pai dominava o Karmsund.

— Parece que estavam nos esperando — comentou Skjalgi. — É um conforto.

Geirmund sentiu o início de pavor em seu peito, mas conseguiu rir.

— Ou um aviso.

— Melhor esperar pelas boas-vindas para decidir — disse Steinólfur.

Eles seguiram as tochas pela cidade, e vários rostos familiares surgiram nas portas e janelas por onde passavam, muitos deles dando bênçãos a Geirmund e seu irmão. O cheiro de lenha queimada e os aromas de fogueiras os rodeavam, assim como sons abafados de risadas e até mesmo música vindos de dentro de algumas das casas.

Ao se aproximarem da subida para o salão de seu pai, Geirmund avistou um movimento acima deles, uma sombra entre as pedras monolíticas que haviam sido erguidas no topo daquela colina muito antes de qualquer um de seus ancestrais construir uma casa lá. Ao contrário das pedras pelas quais tinham acabado de passar no Karmsund, essas tinham três vezes a altura de um homem e se inclinavam umas em direção às outras, como as garras de um dragão estendendo-se do solo.

O longo telhado em arco do salão de seu pai erguia-se do cume próximo, mais alto do que as pedras e, de alguma forma, dividido entre a reverência e o desafio à presença delas. Quando Geirmund e seus companheiros alcançaram o topo da colina, a figura entre as pedras saiu para a luz do fogo.

— Geirmund Hel-hide — ela disse, aproximando-se deles enquanto desmontavam.

Geirmund conhecia aquela voz. Reconheceu os chifres projetando-se do capuz de peles de cabra e gato da völva, e imaginou os olhos perturbadores da mulher, azuis e gelados, embora não pudesse vê-los na escuridão.

— Yrsa — disse ele. — Meu pai chamou a senhora?

— Não, não chamou. — A vidente caminhou em direção a eles, os anéis de prata nos pés descalços brilhando na grama, até que ela se aproximou o suficiente para Geirmund ver o sangue na túnica de linho e no rosto dela. Ele esperava que fosse de uma oferenda, e não de seu irmão. — Eu já estava aqui quando Hámund voltou — explicou ela, aparentemente não afetada pelo frio da noite. — Sabia que precisariam de mim e fiquei esperando.

— Claro que ficou. — Steinólfur cruzou os braços e olhou para a mulher com a mesma desconfiança cautelosa que tinha com qualquer praticante de magia que se colocasse entre ele e os deuses, ou que alegasse falar por eles. — Mas, se sabia que Hámund seria ferido, por que não o avisou antes que partisse para a caça?

A vidente sorriu, um sorriso frio, e o pobre Skjalgi se encolheu à sombra de Steinólfur.

— Eu só sabia que precisariam de mim — respondeu ela. — Não sabia o porquê.

— Mesmo assim — voltou a falar Steinólfur, sem se deixar abater. — Quantas razões existem para que um rei possa precisar de uma bruxa?

— Tenho certeza de que meu pai ficou grato por sua presença — disse Geirmund, na esperança de silenciar o guerreiro mais velho. Também tinha dúvidas sobre alguns videntes e feiticeiros, cujas profecias pareciam astuciosamente vagas e convenientes, mas não duvidava dos poderes de Yrsa. — Como está meu irmão?

— Ele vai viver e se curar — respondeu ela.

Skjalgi deu um passo corajoso à frente.

— Geirmund também está ferido. A senhora vai cuidar dele?

A völva se virou para Geirmund e olhou para o braço dele. Então, se aproximou e fitou seus olhos. Ele não sabia a idade dela. Às vezes, parecia mais velha do que a mãe dele; outras vezes, mais jovem. Mas os olhos não tinham idade.

— Não há necessidade.

Geirmund imaginou se isso significava que ele iria se curar ou se estava condenado e nada poderia ser feito para evitar sua morte, mas Steinólfur falou antes que pudesse buscar esclarecimentos.

— Por que não há necessidade? — perguntou.

Yrsa não desviou os olhos de Geirmund, nem ele dos dela.

— Porque o destino dele está ligado ao do irmão — revelou ela. — Seus fios de vida estão entretecidos por muitos anos vindouros. Se um viver, o outro também viverá.

Steinólfur zombou.

— E se um deles morrer?

A vidente voltou seu olhar de lâmina e o enterrou no guerreiro mais velho, que deu um pequeno passo involuntário para trás.

— Vejo a grandeza alcançada antes de ver a morte deles — disse ela.

Steinólfur tossiu e assentiu com a cabeça.

— Pelo menos estamos de acordo sobre isso.

— Obrigado, Yrsa — agradeceu Geirmund. — Por estar aqui.

Ela concordou com a cabeça e se virou, porém proferiu antes de descer a encosta:

— Um dia, Ægir vai engolir você, mas também vai cuspi-lo. É hora de viajar pelas rotas baleeiras, Geirmund Hel-hide.

Então ela se foi.

Skjalgi empalideceu.

— Como ela sabia?

— Sabia do quê? — perguntou Steinólfur.

— Que você disse a Geirmund para pedir um navio.

— Mas não foi isso que ela disse, foi? — Steinólfur segurou firme o ombro do menino e puxou-o para perto. — Escute uma coisa agora. Quando os adivinhos falam, contam com você para consertar os furos nas palavras deles, e você não deve preenchê-los com madeira ou piche para deixá-los prontos para navegar. Um verdadeiro vidente não precisaria da sua ajuda. Ela disse o que disse sabendo que seria a hora de qualquer filho de rei na idade de Geirmund assumir o comando de um navio. Nada de anormal nisso. Percebe?

Skjalgi assentiu com a cabeça, franzindo a testa.

— Ótimo. — Steinólfur soltou o ombro do menino. — Agora, vá dar água aos cavalos e alimentá-los.

Skjalgi assentiu novamente, depois pegou as rédeas dos dois animais e os conduziu para os estábulos.

— É nisso que você acredita? — Geirmund perguntou. — Não há nada no que ela disse?

Steinólfur resmungou e rosnou antes de falar.

— Acredito em tudo o que acabei de dizer àquele menino. Mas também acredito que aquela mulher me assusta, e não gosto de ter medo.

— "Mostre-me um homem que nunca tem medo e eu lhe mostrarei um idiota." Essas são suas palavras, caso tenha esquecido.

— Eu sempre fui um idiota.

Geirmund sorriu. Então, olhou para o braço ferido.

— Você pode ser um idiota, mas tem minha gratidão. E espero que não fique ofendido quando eu pedir a um curandeiro que dê uma olhada no seu trabalho.

Steinólfur riu.

— De modo algum. Eu insisto.

Geirmund concordou com a cabeça e se virou para entrar e enfrentar o pai, mas o guerreiro mais velho o segurou.

— Mais uma palavrinha deste idiota aqui — ele disse, olhando para além de Geirmund até a porta do salão. — Ele pode culpá-lo. Pode estar com raiva de você e repreendê-lo. Mas não dê atenção a isso. Descanse esta noite sabendo que salvou a vida do seu irmão, e há honra suficiente nisso para cobrir qualquer erro que ele possa lhe atribuir.

Geirmund inspirou fundo, então concordou com a cabeça novamente.

— Descanse esta noite sabendo que você provavelmente salvou nossas vidas.

— Vou esperar um bracelete pela manhã — comentou Steinólfur.

Geirmund deu uma risadinha e seguiu até a porta. Antes de abri-la, endireitou as costas e ergueu o queixo. Então, ele e Steinólfur entraram no salão de seu pai.

CAPÍTULO 4

O CORREDOR ESTAVA QUENTE, BEM ILUMINADO E repleto de lamparinas. Os restos de um porco estavam pendurados em um espeto sobre a fogueira do outro lado da lareira, os ossos e os últimos pedaços de carne com uma crosta marrom-escura que chiava, enchendo o salão com seu aroma. Os cães latiram quando Geirmund entrou, e vários homens e mulheres levantaram-se para cumprimentá-lo, segurando seus braços, ombros e mãos. As pessoas ali presentes no salão eram parentes de seu pai ou haviam jurado lealdade a ele, embora também houvesse muitos negociadores e mercadores, e alguns enviados de reis de outras províncias. Todos expressaram seu alívio e alegria pelo seguro retorno de Geirmund.

Ele os cumprimentou, não querendo ofendê-los, mas estremecia quando o agarravam ou encostavam em seu braço ferido, e não mais queria ficar ali na porta. Steinólfur conhecia bem seus pensamentos sem nem mesmo precisar ouvi-los.

— Agora chega! — pediu ele à multidão depois de um tempo, abrindo caminho através das pessoas para dar a passagem a Geirmund. — Deixem-no passar! A mãe dele vai querer beijar essa bochecha lisinha.

Geirmund deu ao guerreiro mais velho um aceno de agradecimento e fugiu, caminhando por toda a extensão do salão, passando pelas pesadas vigas manchadas de fumaça que sustentavam o teto alto e pelas tapeçarias de tecido que seu pai trouxera de Frakkland. Os visitantes que não se achavam no direito de cumprimentar Geirmund na porta, por falta de familiaridade ou status, ficaram mais afastados e o reverenciaram quando o rapaz passou, e ele os saudou de volta com acenos em agradecimento.

Uma dessas pessoas chamou sua atenção: uma mulher da mesma idade que ele, ou talvez um pouco mais velha, vestida para a batalha. Era uma donzela-escudeira com uma cicatriz na bochecha esquerda e no pescoço, e tranças douradas banhadas de bronze pela luz do fogo do salão. Ele nunca a vira antes, mas ela estava perto de um homem que Geirmund sabia ser Styrbjorn, um jarl de Stavanger ao sul. Ambos estavam perto de Bragi Boddason, o antigo skald de Götaland, e os três cumprimentaram Geirmund com acenos de cabeça quando ele passou. Ele reconheceu nos olhos verdes da mulher a curiosidade que muitos sentiam ao ver um dos filhos Hel-hide de Hjörr pela primeira vez.

Devolveu um aceno para os três, ainda se perguntando quem seria ela, e continuou até o final do corredor, passando pelo trono do pai e, em seguida, ao redor da divisória entalhada que separava o salão dos aposentos privativos de sua família.

Encontrou o irmão na sala do conselho, onde o pai recebia delegações menores e conversava com seus conselheiros. Hámund estava deitado em um tablado coberto com peles tiradas de seu armário. Geirmund presumiu que ele estava deitado ali no chão, e não na própria cama, para que as duas læknar de pé ao seu lado pudessem cuidar dele mais facilmente. Ele parecia estar dormindo profundamente, o peito subindo e descendo como a maré, lento e constante. O suor brilhava em sua testa.

Hjörr e Ljufvina estavam aos pés de Hámund, próximos um do outro, de costas para Geirmund, mas a mãe se virou para olhar para trás como se sentisse sua presença.

— Geirmund! — ela gritou, correndo para ele e puxando-o para um abraço apertado. — Agradeço aos deuses por seu retorno.

Geirmund colocou os braços em volta dela e segurou-a por um momento antes de perguntar:

— Como está meu irmão?

O pai respondeu:

— Yrsa diz que ele vai sobreviver, porém está com febre. Thyra læknir diz que ele sangrou muito. Mas abatemos um porco e ele comeu um bolo de seu sangue, como ela disse para fazer. Agora está descansando.

— E o ferimento? — Geirmund perguntou. — Fiz o melhor que pude, mas...

— Já cuidamos dele — adiantou Thyra, gesticulando em direção a Hámund, onde novas ataduras apareciam sob as peles. — Inga me ajudou. Mas você fez bem, Geirmund. Acredito que ele vai melhorar e ainda terá pleno uso do braço de combate.

Algo dentro de Geirmund se aliviou quando ela disse isso. Era uma farpa de medo que, mesmo sem que ele se desse conta, estava consumindo seu coração.

— Obrigado! — agradeceu ele.

— Mas e você? — A mãe olhou para ele e gentilmente ergueu seu braço. — Quando Hámund estava acordado, ele contou que você também havia se machucado.

— Sim. Steinólfur cuidou disso.

— Steinólfur? Aquele velho Egðir? — Thyra cruzou a sala como se estivesse marchando para a batalha. — Por favor, Geirmund, permita-me. — Mas ela não estava realmente pedindo permissão. Em vez disso, empurrou-o para a cadeira do pai na cabeceira da longa mesa da sala, onde estendeu o braço dele e checou o trabalho que Steinólfur havia feito. — Ah, camomila — ela aprovou. — Mas essa atadura está imunda. Inga, traga um linho novo.

A atadura feita por Steinólfur não parecia suja aos olhos de Geirmund, mas ele sabia que era melhor não protestar quando a filha de Thyra trouxe para a mesa uma cesta que continha as ferramentas de trabalho da mãe.

— Ficará melhor — disse a læknir mais velha. — Linho novo e limpo. — Ela aplicou, nas feridas dele, um pouco do próprio unguento, uma substância pegajosa que queimou a pele, e depois voltou a fazer o curativo no braço.

— Isso não é um ferimento comum. — Ljufvina ficou ao lado do filho e colocou a mão em seu ombro.

Geirmund olhou para ela e notou vermelhidão em seus olhos, de choro ou insônia, talvez ambos, e parecia que as lamparinas do quarto revelavam mais fios prateados em seu cabelo negro do que antes da caçada.

— Lamento por tê-la deixado angustiada — começou ele.

— Deveria mesmo lamentar — disse o pai.

Hjörr estava a alguns passos de distância, com os braços para trás. Também parecia cansado e desgastado, a pele pálida contra o castanho-escuro da barba, embora Geirmund não sentisse o mesmo remorso pela preocupação paterna, pois a maior parte disso sem dúvida tinha sido pelo irmão. Mesmo assim, conseguiu dizer:

— Sinto muito pelo que aconteceu, pai.

— O que importa agora é que vocês dois estão aqui e estão bem. — A voz da mãe era firme, dando ênfase às palavras que indicavam uma trégua temporária, com a qual o pai concordou com um grunhido.

Alguns momentos depois, Thyra terminou de atar o braço de Geirmund. A mãe agradeceu às læknar e conduziu-as de volta ao salão principal para acomodá-las em bancos com cobertores que as aqueceriam à noite. Elas ficariam lá pelo menos até que a febre de Hámund passasse, e provavelmente por mais tempo, dependendo dos desejos do rei e da rainha. Geirmund permaneceu sentado e em silêncio na cadeira do pai depois que elas saíram, com o braço apoiado na mesa, esperando que o pai começasse a falar.

— Seu irmão está dormindo agora, mas nos contou o que aconteceu.

— Lobos. — Geirmund acenou com a cabeça quase distraidamente, com o olhar enterrado nos veios de madeira da mesa. — Hámund lutou bem.

Um momento se passou. O pai se aproximou da mesa, e Geirmund quase se levantou por instinto para oferecer ao rei seu lugar de direito. No entanto, alguma âncora de ressentimento e raiva o manteve imóvel ali, e, para sua surpresa, o pai simplesmente se sentou na cadeira ao lado dele, largado e claramente exausto. O rei suspirou, esfregando os olhos e a testa, e Geirmund fortificou suas defesas com o material que Steinólfur lhe dera fora do salão.

— "Hámund lutou bem" — repetiu o pai. — Esse é o seu relato completo? — Antes que Geirmund pudesse responder, o rei continuou: — Se meu pai estivesse vivo, lhe diria que os laços de parentesco não protegem contra a inveja e a traição. — Ele acenou com a cabeça na direção do grande salão. — Não duvide de que há homens e mulheres por aí que pensam que você foi um tolo por salvar a vida do seu irmão, especialmente arriscando a própria. Eles o acham honrado, sim, mas um tolo.

— E você? O que você acha?

Os olhos do rei se estreitaram.

— Nunca duvidei de sua honra. O que lhe falta é paciência, sabedoria e moderação. Em muitos aspectos, você é um tolo e imprudente. Foi para as montanhas, enfrentar o perigo, completamente despreparado.

Geirmund não podia discordar disso, mas também não se submeteria ao julgamento do pai.

— Certamente seus filhos podem caçar, meu rei...

— Calado! Não negue o que é claro para cada homem e mulher neste salão, incluindo Steinólfur, seu confidente. Uma coisa seria você arriscar apenas a própria vida com seus atos estúpidos, mas arriscar a vida de seu irmão... — Ele se sentou e se inclinou para a frente. — Você colocou em perigo a vida do futuro rei de Rogaland.

A queimação do bálsamo de Thyra havia começado a diminuir, substituída por uma coceira odiosa, mas Geirmund manteve o braço sobre a mesa, recusando-se a coçá-lo, e se manteve imóvel diante do pai.

— E também a salvei. Há muito tempo sei o que é mais importante para você, meu rei.

O pai soltou um suspiro forte e recostou-se, balançando a cabeça.

— Suas palavras e ações são a prova de que você nasceu no lugar certo. Como pai, me fere dizer essas coisas a você; como rei, porém, devo dizê-las. Você não tem temperamento nem sabedoria para governar, mas meu maior medo é que não aprenda a obedecer.

A mãe de Geirmund voltou nesse momento, seguida por seu leal cão, Svangr. O grande cão de caça saltou para dentro da sala de um jeito que fez Geirmund pensar nos lobos que ele e o irmão haviam enfrentado alguns dias antes. Foi apenas a devoção nos olhos do cão ao olhar para a mãe que o lembrou de que o animal era domesticado.

— Bem — disse a rainha, olhando para trás e para a frente entre Geirmund e o pai. — Vejo que nada está resolvido entre vocês dois.

O rei olhou para Geirmund.

— Eu gostaria que estivesse.

— E eu gostaria que pudesse estar — Geirmund respondeu.

Svangr caminhou pela sala até o lado de Hámund, cheirou seu ombro e deitou-se ao lado dele com um suspiro alto e gemendo.

— Ele ficará bem — disse a mãe de Geirmund ao cachorro. — Não se preocupe.

O cachorro virou a cabeça para olhá-la por um instante, depois se acomodou como um guerreiro que vigia os portões. A rainha sorriu para o cão e então se virou para o pai de Geirmund.

— Styrbjorn está esperando — avisou ela.

— É tarde — disse o pai. — Não posso falar com ele amanhã?

— Isso depende do humor em que você gostaria que ele estivesse. — A rainha sentou-se na cadeira em frente ao rei, com Geirmund entre eles. — Se precisar, ele vai esperar. Mas ele sabe que Hámund e Geirmund agora estão de volta em segurança, e ainda não é nem meia-noite, então ele não está vendo muitas razões para não ser recebido.

O pai de Geirmund fez uma careta, mas acenou com a cabeça.

— Pois bem. — Ele se virou para Geirmund. — Vá! Mande Styrbjorn entrar.

Quando Geirmund se levantou, a mãe tentou segurar sua mão ao passar, mas ele saiu depressa da sala do conselho e voltou ao salão principal. Encontrou Styrbjorn onde o tinha visto antes, agora sentado em um banco com a donzela-escudeira. Bragi tinha ido para outro lugar. Os dois ergueram os olhos ao vê-lo se aproximando, e Geirmund escondeu a raiva persistente o melhor que pôde para falar respeitosamente com o jarl.

— Meu pai vai recebê-lo agora — disse ele.

Styrbjorn tomou de um gole o resto da cerveja em seu chifre e levantou-se. Era um homem alto e de ombros largos, mas envelhecido além da plenitude de sua força.

— Seu pai tem sorte de ainda ter os dois filhos.

Geirmund suspeitou que essas palavras continham um significado oculto e possivelmente até um insulto, mas não conseguiu entender com certeza suficiente para responder. Em vez disso, simplesmente inclinou a cabeça, e Styrbjorn saiu em direção à sala do conselho que conhecia tão bem. Geirmund observou-o partir, sentindo-se exausto, ciente de que, mesmo dormindo e com febre, Hámund era incluído em conversas nas quais ele próprio não era.

— Você é o irmão mais novo — falou a donzela-escudeira, olhando para ele. — Geirmund Hel-hide. — Apontou para o lugar vago de Styrbjorn no banco à esquerda. — Sente-se.

Embora cansado, Geirmund estava curioso sobre o que ela queria, e juntos olharam a ponta da fogueira que ficava perpendicular à longa lareira central do salão.

— Isso o incomoda? — ela perguntou.

— O que me incomoda?

— Ser chamado de Hel-hide.

Ele não tinha paciência para essas perguntas.

— É o epíteto que meu pai concedeu a meu irmão e a mim.

— Isso não responde à minha pergunta.

Geirmund virou-se para olhá-la. Ela era mais velha que ele de um jeito que ia além do tempo e dos verões. Cheirava a fumaça e a mar, e algo em seus olhos lhe parecia familiar, uma espécie de parentesco que o atraía.

— Quem é você? — ele perguntou.

O sorriso dela dizia que ele havia evitado sua pergunta, mas também que ela tinha decidido deixar passar.

— Sou Eivor.

— Estou honrado em conhecê-la. — Geirmund abaixou a cabeça. — Não sabia que Styrbjorn tinha uma filha.

— Não sou filha dele, embora ele tenha me criado como uma nos últimos onze verões.

— Você tem sorte — disse ele. — E onde está seu pai?

Ela desviou o olhar de repente, ao longo do salão e em direção às portas, e ele pensou que a pergunta poderia tê-la ofendido.

— Perdoe minha grosseria. Estou cansado e com os pensamentos bagunçados. Por favor, apenas ignore isso se…

— Meu pai está morto. Não é segredo. — Ela deu um sorriso fugaz que não continha alegria. — Se você perguntasse para as pessoas aqui, tenho certeza de que algumas diriam que o conheceram. Talvez aquele Egðir com quem você veio.

— Steinólfur? Por que ele conheceria seu pai?

Ela tomou um longo gole de seu chifre de cerveja.

— Porque foi Kjötve, rei dos Egðir, quem assassinou meu pai.

Geirmund engoliu em seco, sentindo as palavras fugirem.

— Kjötve veio ao salão do meu pai para matar Styrbjorn, que era nosso convidado. Falhou nisso, mas tirou a vida do meu pai.

— Qual era o nome do seu pai?

Eivor franziu a testa para sua cerveja e balançou a cabeça.

— Não importa. Ele morreu como um covarde.

O insulto sincero o surpreendeu.

— Você fala muito abertamente.

— Falo a verdade. Há uma diferença entre uma língua solta e uma língua honesta…

Geirmund ficou sentado por um momento refletindo sobre isso, percebendo o que a fazia parecer familiar. Como ele, a pedra rúnica de sua vida já era um lugar assombrado, cercado por fantasmas e esculpido por um passado do qual ela não podia escapar. Sua honestidade o inspirou.

— Isso me incomoda — disse ele.

— O quê?

— Ser chamado de Hel-hide.

Ela passou para ele seu chifre de cerveja.

— Então, não o chamarei mais assim.

Geirmund aceitou a bebida compartilhada.

— Você também pode ser honesta sobre por que está aqui?

Ele sabia que o salão de Styrbjorn em Stavanger ficava do outro lado do Boknafjord e que as terras de Styrbjorn incluíam grande parte do sul de Rogaland, na fronteira com Agðir. O jarl podia até se considerar um rei em Rogaland, mas tal reivindicação não era apoiada por nenhum poder. Como sempre, Rogaland pertencia a quem controlava o curso de água de Karmsund, e esse era o pai de Geirmund.

— Styrbjorn quer discutir o assunto de Harald — disse ela.
— Qual Harald?
— O rei de Sogn.

Geirmund concordou com a cabeça. Sogn ficava ao norte de Rogaland, do outro lado de Hordaland. Corriam boatos de que havia surgido uma questão de honra entre Harald de Sogn e Eirik, o rei de Hordaland, criando tensão na fronteira.

— Por que Harald? — Geirmund perguntou.
— Styrbjorn não confia nele. Muitos guerreiros foram para a Inglaterra. Hordaland é fraca. Agðir é fraca. Styrbjorn acredita que algo deve ser feito agora, antes que a ambição de Harald se torne grande demais para ser contida.
— Isso não é assunto para os Gulating?
— Harald controla os Gulating.

Geirmund devolveu o chifre de cerveja.

— Então é de guerra que você está falando.

Ela deu de ombros.

— Claro.

A desenvoltura dela com o assunto combinava com as roupas de guerreira, o couro e a cota de malha apresentando sinais de uso frequente.

— Você tem o porte de alguém que enfrentou muitas batalhas — Geirmund disse.

Ela se virou e olhou para ele em detalhe, para o rosto, as mãos, os nós dos dedos e o braço ferido, como se estivesse fazendo uma avaliação antes de comprá-lo.

— E você tem o porte de quem já lutou uma batalha ou duas, mas gostaria de lutar mais.
— Sua língua permanece sincera.
— E quanto ao seu ataque? Você tem um navio e os homens do seu pai, certo?

Geirmund não respondeu, mas isso já era uma resposta. Eivor franziu o cenho para ele em confusão, então bebeu o resto da cerveja. Vários momentos de silêncio se seguiram. O calor da fogueira e o cheiro de ossos de porco carbonizados lentamente reviraram o estômago de Geirmund, e ele começou a se sentir tonto de cansaço. Ela era uma estranha para ele e estava sob a tutela de um dos rivais de seu pai, mas algo o fazia sentir que podia confiar nela. E queria confiar, por mais imprudente que fosse.

— Não tenho navio — disse ele por fim. — Sou maior de idade, mas meu pai não me deu um.

Ela não disse nada, mas esperou que ele continuasse.

Geirmund se inclinou para a frente e algo o espetou no quadril. Apalpou para ver o que era e se lembrou da presa do lobo ainda em sua bolsa.

— Não há terra e presas suficientes para alimentar todas as barrigas — ele continuou num meio sussurro. — As pessoas acham que sou tolo por ter salvado a vida do meu irmão. Talvez você concorde. Talvez eu seja mesmo. Mas, se eu também puder falar com sinceridade, digo que não há nada para mim aqui em Avaldsnes.

— Então você deve ir para outro lugar — sugeriu ela. — Por que não tem um navio?

Geirmund olhou para as chamas e brasas da fogueira.

— Meu pai não acredita que invasões possam estabelecer reinos duradouros. Diz que um reino não pode ser construído apenas com pilhagem. Foi por isso que fortaleceu Rogaland e Avaldsnes por meio de alianças e do comércio. Ele faz muitos negócios com Frakkland e vê como as coisas são por lá, onde eles constroem seus reinos sem invadir.

Eivor bufou.

— Em Frakkland, eles simplesmente chamam isso de guerra.

— Eu sei disso. — Seus olhos começaram a lacrimejar e queimar. Ele os fechou contra o fogo na lareira e a queimação em seu peito. — Não importa.

Um momento se passou e Geirmund ouviu Eivor levantar-se. Abriu os olhos e viu que ela o observava, o rosto suavizado por uma expressão de pena.

— Styrbjorn e eu partiremos com a maré da manhã. Estou cansada, por isso agora vou procurar um lugar para dormir. Mas gostei de conversar com você, Geirmund. Você também deve saber que, embora eu fale a verdade, não traio o que me é dito em sigilo.

— Eu agradeço. — Geirmund meneou a cabeça. — Também gostei de falar com você, Eivor. Vou pedir aos deuses que garantam a você e a Styrbjorn uma viagem segura.

Ela acenou com a cabeça e fez menção de sair, mas hesitou e então voltou.

— Se realmente não há nada para você aqui, pense no que eu disse. — O sorriso dela era gentil. — Você deve ir para outro lugar.

Então Eivor se foi, e Geirmund observou-a se afastar até perdê-la de vista na multidão e nas sombras.

Antes que ele pudesse se levantar e ir para a própria cama, Steinólfur e Skjalgi estavam diante dele.

— Como foram as coisas com seu pai? — o guerreiro mais velho perguntou, mordendo o que restava de um osso queimado que havia arrancado do porco.

— Como era de se esperar — respondeu Geirmund. — Mas não estou com humor para discutir isso.

— Como quiser — falou Steinólfur. — Devemos deixá-lo sozinho?

— Ainda não. — Geirmund baixou a voz. — Preciso que você reúna homens.

O olho bom de Skjalgi arregalou-se um pouco, mas ele não disse nada. A seu lado, Steinólfur cuspiu algo e jogou o osso de lado, onde logo seria encontrado por Svangr.

— Que tipo de homens? — Steinólfur perguntou.

— Homens que possam remar e lutar — disse Geirmund. — Homens que deixariam meu pai e Avaldsnes pela promessa de prata e ouro.

— Homens assim são bem comuns — comentou Steinólfur. — Mas você não quer traidores ao seu lado. Precisa de homens livres e dispostos a jurar lealdade a você.

— Consegue encontrar homens assim? — Geirmund quis saber, embora Steinólfur já tivesse insinuado antes que poderia fazer exatamente isso, caso Geirmund desejasse. — O suficiente para tripular um navio?

Steinólfur olhou para Skjalgi, cujos olhos arregalados e sorriso continham medo e excitação, como se tivesse esperado muito por esse momento.

— Vai levar algum tempo — avisou o guerreiro mais velho. — Mas acredito que possamos.

— Faça isso — pediu Geirmund. — Mas em sigilo.

— Você tem um navio, então? — Skjalgi indagou.

— Ainda não — disse Geirmund. — Mas terei.

CAPÍTULO 5

O FERIMENTO DE GEIRMUND SAROU BEM, ASSIM como o de Hámund, embora mais devagar.

O inverno chegou e trouxe consigo as tempestades sazonais que mantinham a maioria dos navios atracados nos portos. Com menos navios navegando nas rotas baleeiras, havia menos viajantes e convivas em Avaldsnes, e uma paz silenciosa recaiu sobre o salão de Hjörr. Apesar disso, Steinólfur conseguiu reunir uma tripulação que estava pronta para navegar com Geirmund quando o verão chegasse, desde que ele tivesse um navio para carregá-los.

Até então, ele não tinha.

Geirmund reunira toda a sua riqueza, porém não era o suficiente para comprar ou fabricar um navio, mesmo que pudesse de alguma forma construir uma embarcação sem que o pai soubesse, o que era improvável. Várias vezes havia considerado pedir a ajuda da mãe, que possuía prata e ouro, e chegou a pensar que ela poderia simpatizar com sua causa, mas não tinha certeza suficiente disso para lhe perguntar. Sobrava Hámund como possível aliado, contudo Geirmund sentia-se relutante em falar com o irmão a respeito de seus planos. Disse a Steinólfur e Skjalgi que era porque queria deixar Hámund curar-se completamente antes de incomodá-lo, e isso era verdade, mas o que ele não falou, sequer para si mesmo, foi que começara a duvidar de que poderia confiar no irmão.

Tudo havia começado com as peles de lobo.

Depois de limpá-las, Hámund fez uma homenagem ao pai em seu grande salão, dedicando sua vitória sobre as feras à honra do rei Hjörr. O fato de Geirmund ter matado vários daqueles lobos e retirado suas peles não mereceu inclusão no discurso de Hámund, nem Hámund mencionou o plano para Geirmund de antemão. Embora irritado, Geirmund permaneceu em silêncio, mas desde então passou a questionar a lealdade do irmão.

Quando a tirania do inverno sobre o mar e o vento chegou ao fim, os navios voltaram às rotas marítimas, e rumores a respeito de Guthrum chegaram a Avaldsnes. O dinamarquês estava vindo ao salão de Hjörr, convocando os nórdicos para se juntarem à frota de Bersi a fim de conquistar a Inglaterra. Com a notícia, Geirmund decidiu que teria de agir rapidamente se quisesse ter um navio, então convidou Hámund para ir pescar com ele, a primeira vez que perseguiriam uma criatura viva desde aquela última caçada fatídica.

Não foram muito longe, apenas até uma pequena baía do outro lado da ilha, dois descansos a oeste do salão do pai, onde as árvores eram esparsas e pássaros vermelhos bicavam e arrancavam bichinhos das rochas com seus longos bicos para se alimentar. Viajaram a cavalo e não conversaram muito no caminho nem por algum tempo depois de terem alcançado o destino. As águas daquela enseada eram de um azul profundo e calmo, protegidas por várias ilhotas que quebravam as ondas, e não haviam fisgado nenhum peixe até o meio-dia, embora lá eles fossem abundantes.

— Parece que Ægir está contra nós — comentou Hámund por fim. Seu corpo continuava exaurido pelos ferimentos e pelo tempo em que ficara acamado, mas a pele morena havia recuperado um pouco do vigor.

— Mas talvez os deuses não estejam — supôs Geirmund.

Hámund se virou para ele, perplexo.

— O mar oferece outras oportunidades — disse Geirmund. — Há riquezas disponíveis. Na Inglaterra.

Hámund soltou a linha de pesca enquanto um vento repentino soprava do norte, cheirando a salmoura e trazendo histórias de terras onde o gelo e o frio nunca recuavam.

— Do que você está falando?

— Já ouviu falar do dinamarquês Guthrum? — Geirmund respondeu com outra pergunta.

— Claro que já. O que tem ele?

Geirmund agora olhava para o mar, para o oeste além das rochas, para o oceano aberto e selvagem a distância.

— E se você e eu navegássemos com ele?

Hámund então se virou e olhou para Geirmund de soslaio. Em seguida sorriu, como se de repente tivesse ouvido uma piada, mas aquele sorriso desapareceu quando não foi correspondido, e ele pareceu perceber que Geirmund falava sério.

— Há honra a ser conquistada na frota de Bersi — disse Geirmund. — Na Inglaterra, vamos fazer nosso nome ser conhecido, como nosso avô Half fez. Os filhos de Hjörr e Ljufvina trarão riquezas e renome a Avaldsnes.

O vento norte ganhou força, empurrando as ondas contra aquelas que, vindas do mar, encontravam o caminho até a baía. A ventania soltou alguns fios das tranças de Hámund quando este olhou para o céu, onde uma parede maciça de nuvens se formava. Ele se agachou e começou a recolher as linhas de pesca.

— Temos de ir antes que a tempestade nos alcance.

— Não, irmão, me escute. — Geirmund saltou sobre as rochas ao lado de Hámund. — Guthrum está indo ao salão de nosso pai. Tenho homens dispostos a nos jurar lealdade. Preciso apenas de um navio para podermos navegar.

— Você tem homens? — Hámund ficou imóvel, com a linha de pesca molhada nas mãos. — Que homens você tem?

— Homens livres. Homens que querem o que posso oferecer-lhes.

Hámund não disse nada até terminar de puxar e enrolar as cordas vazias, e então se levantou.

— E o que você oferece a esses homens?

— O mesmo que estou oferecendo a você. O que Guthrum e Bersi nos oferecem. Terras e riquezas dos saxões.

— E ainda assim você não tem navio.

Hámund passou por ele, foi até as linhas de pesca de Geirmund e começou a recolhê-las também, estremecendo um pouco com a dor no braço ainda rígido.

— Agora entendo por que você me chamou para vir pescar.

— Sim — disse Geirmund. — Preciso de um navio. E preciso da sua ajuda com nosso pai para consegui-lo. Ele vai ouvir você.

— Então, você pegaria um dos navios de nosso pai e levaria os homens dele? Homens de Rogaland?

— Já disse, são homens livres.

— E esses homens prestarão lealdade a você?

— Sim.

O vento agora soprava com força ao redor deles, e as nuvens haviam avançado o suficiente no céu para bloquear o sol. Tendo terminado de enrolar a última linha, Hámund avançou na direção dos cavalos, e Geirmund o seguiu.

— Eles também prestarão lealdade a você — disse Geirmund. — Se vier comigo.

Hámund guardou os apetrechos de pesca, com os olhos no céu, e desamarrou o cavalo do pinheiro atarracado ao qual o amarrara. Então, montou no animal.

— Se cavalgarmos rápido, podemos fugir da chuva. Mas esta tempestade...

— Irmão — começou Geirmund, segurando o freio do cavalo de Hámund. — Sinto que esse é meu destino. Ele está me chamando. Tenho sua palavra de que você vai me ajudar?

Hámund ergueu o queixo.

— Farei o que puder.

— Não posso pedir mais que isso — disse Geirmund.

Ele foi até seu cavalo, e os dois irmãos partiram para casa em alta velocidade, açoitados pelo vento e depois pela chuva, que os encontrou exatamente ao cruzarem os portões de Avaldsnes.

Após seis dias, Guthrum chegou com um navio dinamarquês.

Eles festejaram no salão, com a lareira acesa. A mãe de Geirmund, envolta em seda de Frakkland e paramentada com ornamentos de ouro e prata, passou o chifre de hidromel primeiro para o pai de Geirmund, depois para Guthrum. Sentado ao lado de Hjörr, o dinamarquês parecia um tipo muito diferente de governante, com vários anéis nos braços e dedos, peles sobre os ombros, bordados na túnica e joias no cinto, sem dúvida os despojos de seus muitos saques. Com relação à idade, parecia ter visto cerca de quarenta verões ou mais, muitos deles difíceis a julgar pela quantidade de cicatrizes, e ele comia e ria com uma paixão que Geirmund imaginou ser equivalente à fúria que devia levar para a batalha.

— As histórias da simpática senhora de Rogaland são todas verdadeiras — disse Guthrum. — Sua beleza e graça são famosas, rainha Ljufvina, embora agora eu veja por mim mesmo que as histórias lhe fazem pouca justiça.

A rainha baixou a cabeça.

— Agradeço, Jarl Guthrum.

Geirmund sabia muito bem que todos os homens que passavam pelo salão de Hjörr viam-se obrigados a expressar admiração por Ljufvina, embora secretamente sentissem desgosto e desconfiança pela cor de sua pele, pela textura de seu cabelo e pelo formato de seus olhos. O elogio de Guthrum, porém, parecia sincero.

— Se todas as mulheres de Bjarmaland são tão bonitas quanto a senhora — continuou o dinamarquês —, fico surpreso por seus filhos ainda não terem navegado até lá em busca de esposas.

A mãe de Geirmund riu.

— Se cortejar todas as mulheres neste salão dessa maneira, ficarei surpresa se o senhor ainda precisar de navios, Jarl Guthrum.

Ele sorriu.

— Então, sabem qual é o motivo da minha visita?

— Claro que sim — respondeu o rei Hjörr, parecendo ligeiramente insultado. — Mas a discussão desse assunto vai esperar até depois de comermos.

O dinamarquês gesticulou em direção ao salão aberto.

— Acredito que os homens e mulheres de Rogaland gostariam de ouvir o que vim aqui dizer...

— Não — disse o rei. — Falaremos em particular.

O dinamarquês cutucou algo entre os dentes e inclinou a cabeça.

— Como quiser.

À menção do propósito de Guthrum, Geirmund olhou para Hámund e fez um leve aceno de cabeça para afirmar que havia compreendido. Hámund olhou rapidamente para o pai, e então retribuiu o aceno de Geirmund.

Bragi, o skald, sentou-se perto de Geirmund e inclinou-se em sua direção.

— Quando os soberanos falam, mudam o clima das armas.

Geirmund virou-se para olhar para o velho poeta, cuja barba já era branca quando ele chegou ao salão de Hjörr, catorze verões antes. Os olhos lacrimejantes e o sorriso distraído levavam alguns a acreditar que a idade havia entorpecido sua inteligência, mas Geirmund sabia que ele continuava tão astuto como sempre fora e que nada escapava ao seu olhar atento. Gostava de Bragi e sempre seria grato por ele ter vindo para Avaldsnes.

— E que tipo de clima para armas o senhor prevê? — Geirmund perguntou a ele.

— Não sou vidente — disse Bragi. — Mas penso na guerra como penso na agricultura. Com a aproximação do inverno, nem rei nem escravo podem esperar colher outra coisa senão o que semearam no verão.

— Não estou convencido disso. — Geirmund terminou a última mordida do porco em seu prato e usou um pedaço de pão de cevada para enxugar a gordura, que tinha gosto de nozes e do solo escuro da floresta. — A guerra pode encontrar um rei mesmo sem ser convidada.

— Isso é verdade. — Bragi tomou um gole de cerveja. — As ervas daninhas também não são convidadas, mas o fazendeiro cuidadoso sabe como evitar que destruam a plantação.

— E quanto às inundações? Ou à fome?

— Ah! Mas agora você está falando dos deuses. Do destino.

— E o que fazer com o destino?

— O covarde acredita que viverá para sempre se evitar a batalha, mas não há trégua com a morte. — Bragi colocou a mão no ombro do rapaz. — Quando você vê seu destino, há apenas uma coisa a ser feita. Deve marchar para enfrentá-lo.

Geirmund riu, e a noite se aprofundou. Os convidados de Avaldsnes esvaziaram as travessas de comida tão rapidamente quanto foram servidas, e a cerveja e o hidromel desciam pelas gargantas e barbas como cachoeiras, mas logo chegou a hora de conversar. O rei levantou-se de seu assento e abriu caminho pelo grande salão em direção à sala do conselho, seguido pela mãe de Geirmund, depois por Guthrum e finalmente por Hámund. Geirmund estava prestes a segui-los quando Bragi segurou seu braço e o impediu.

— Quando eu era mais jovem — disse ele, olhando na direção em que os outros haviam ido —, era incluído em tais assuntos.

Geirmund ainda era um jovem e estava ansioso para se juntar a eles.

— Você quer que eu peça ao meu pai para...

— Bah, não. — Bragi soltou seu braço. — Quando jovem, eu também tinha interesse nessas coisas. Mas não tenho mais.

Geirmund franziu a testa.

— Então o que você...

— Quero que você me encontre na sepultura de seu avô. Amanhã ao nascer do sol.

— Encontrar você? — Geirmund balançou a cabeça. — Não entendo.

— É muito simples — disse Bragi. — Gostaria de falar com você, mas não agora. Gostaria de te dar uma coisa, mas não aqui. E desejo fazer isso diante do túmulo do seu avô. Ao amanhecer.

Geirmund acenou com a cabeça, ainda confuso.

— Muito bem, eu... eu estarei lá.

— Ótimo. — Bragi acenou para ele. — Agora, vá e fale sobre o clima.

Geirmund o deixou, perplexo e carrancudo, mas curioso, e foi para a sala do conselho. Estava preparado para contestar caso o pai tentasse mandá-lo embora, mas isso se revelou desnecessário. Guthrum estava falando, sentado à mesa na extremidade oposta ao rei, porém parou de falar quando Geirmund entrou.

— Peço desculpas pela interrupção — Geirmund falou.

— Não há necessidade de pedir desculpas — disse Guthrum. — Por favor, junte-se a nós. É melhor que os dois filhos ouçam o que tenho a dizer.

Geirmund sentou-se ao lado da mãe e em frente ao irmão, e então seu pai pediu ao dinamarquês que continuasse.

Guthrum estendeu a mão como se fosse pegar a cerveja, obviamente um movimento habitual e mal pensado, mas não havia nada sobre a mesa, então simplesmente colocou a mão vazia sobre a toalha de linho que a cobria.

— Parece que o motivo da minha visita não é segredo — começou ele. — Gostaria de falar sobre a Inglaterra. Os dinamarqueses, com alguns nórdicos, conquistaram grandes vitórias sobre os saxões na Nortúmbria. Halfdan Ragnarsson garantiu Jorvik, a partir de onde acabou de conquistar a Ânglia Oriental. Ele logo tomará a Mércia, e sobrará apenas Wessex.

— Ouvimos notícias de suas vitórias, é claro — disse o pai de Geirmund.

— A Mércia e Wessex não cairão facilmente — acrescentou o dinamarquês. — Wessex tem um rei forte, um homem chamado Æthelred. É por isso que meu rei, Bersi, está reunindo uma frota, maior do que qualquer outra já vista, para navegar e juntar-se aos dinamarqueses de Jorvik. Juntas, as forças de Bersi e Halfdan conquistarão todas as terras saxãs, incluindo Wessex. — Ele olhou para Hámund e depois para Geirmund. — Os guerreiros de Rogaland que se juntarem a nós ganharão renome e riqueza, bem como terras.

Essas eram as riquezas que Geirmund queria. Se Avaldsnes fosse pertencer a Hámund, Geirmund teria de procurar outras terras e campos, ou nunca teria nada para chamar de seu. No entanto, sabia que Guthrum exigiria mais do que apenas sua espada. Esperava-se que um filho de Hjörr trouxesse consigo um navio com homens para tripulá-lo e lutar, mas Geirmund relutava em falar fora de hora e dar a seu pai um motivo para dispensá-lo da sala do conselho. Então, esperou.

— A Mércia e Wessex são fortes, e sei que há riquezas a serem conquistadas com ataques. — O rei Hjörr fez um gesto ao redor da sala. — Este salão foi construído com prata saqueada da Via Leste, na Curlândia e na Finlândia.

— Os feitos de Half e sua companhia são famosos — disse Guthrum. — A reputação de seu pai é conhecida até mesmo entre os dinamarqueses.

Geirmund endireitou as costas e ergueu a cabeça com orgulho.

— Esses são feitos de muitos anos atrás — comentou o rei. — Foi uma época diferente. O senhor fala agora de muito mais do que saques e prata. Fala de coroas. Sabemos que, mesmo que todos os reinos saxões caiam pelas mãos de Bersi e Halfdan, as coroas da Inglaterra repousarão sobre cabeças dinamarquesas. E não sobre cabeças nórdicas.

— O senhor presume muito, rei Hjörr. — Guthrum descruzou os braços e ergueu as mãos, o ouro nos dedos brilhando. — Bersi e Halfdan são homens dignos. Recompensam aqueles que vivem e honram os que morrem como convém a seus feitos de batalha. Juro ao senhor, a terra e a prata serão condizentes com o que oferecer à frota de Bersi.

— E se os dinamarqueses não conseguirem derrotar os saxões da Mércia e de Wessex? — perguntou o rei. — Os vencidos serão deixados para disputar a Nortúmbria e os pântanos da Ânglia Oriental, não é?

— Sua dúvida é um insulto a todos os dinamarqueses. — A mandíbula e a boca de Guthrum se contraíram, embora sua expressão não fosse exatamente carrancuda. — Nós *vamos* derrotar os saxões.

— É possível que consigam. — O pai de Geirmund fez uma pausa. — Talvez seja até provável. Mas Rogaland não enviará nossos navios ou guerreiros com você. Eles são necessários aqui.

— Para quê? — Guthrum fez uma careta flagrante, e sua voz ficou áspera. — Para proteger seus peixes e ovelhas? Ou talvez para proteger seu cais, onde o senhor se aproveita dos navios que passam por aqui precisando de reparos? — Ele apontou o dedo para o pai de Geirmund. — Não pense que suas táticas aqui passaram despercebidas.

Geirmund se perguntou como o pai responderia a isso, mas foi Hámund quem se inclinou para a frente.

— E o senhor não deveria pensar que seu desrespeito passou despercebido, Jarl Guthrum. Preciso lembrá-lo de que está aqui como convidado do meu pai?

— Não esqueci — respondeu Guthrum. — Mas não podia permitir que o desrespeito de seu pai para com os dinamarqueses ficasse impune.

Se a súbita hostilidade de Guthrum perturbou o pai de Geirmund, ele não demonstrou, pois manteve a calma tanto na voz quanto no comportamento.

— Dizem que Harald de Sogn planeja fazer guerra contra os outros reis do Caminho do Norte. É por isso que agora nego a convocação para nos juntarmos à frota de Bersi. Rogaland não pode dispensar nenhum guerreiro ou navio até que a ameaça às nossas terras cesse.

— Ah, claro — disse Guthrum. — O rei Harald iria querer Avaldsnes pelos mesmos motivos que tornaram seu pai e seu avô poderosos. — Ele ergueu as sobrancelhas e suavizou a voz em tom de falsa preocupação. — Mas o que você vai fazer? Se suas terras estão em perigo, certamente pretende travar uma guerra com Harald. Deve atacar primeiro, antes que Harald fique forte demais, ou correrá o risco de ser atropelado.

Havia rumores de que Styrbjorn propusera uma estratégia semelhante durante sua visita no início do inverno, mas Geirmund não ouvira falar mais nada sobre isso desde a noite em que conversara com Eivor, e ele sabia que o rei Hjörr nunca seria aquele que inicia uma guerra. Enquanto Geirmund ouvia Guthrum agora, pensava no que Bragi tinha dito no grande salão sobre campos e ervas daninhas, e se perguntou se o dinamarquês não estaria certo.

— Certamente o senhor não deve esperar mais — Guthrum disse.

A rainha pigarreou.

— Não tenho a intenção de ofender quando digo isso, mas por que pediríamos conselho a um dinamarquês sobre o assunto? Estas terras não são suas nem de seu povo, e Harald não é da sua conta.

— Sou dinamarquês, é verdade. — Guthrum se levantou e se inclinou sobre a mesa, os dois punhos plantados à sua frente. — Mas nós, dinamarqueses, não amolecemos em nossos salões. Estamos familiarizados com a guerra. Quando o rei Horik morreu, velhos rancores e ambições vieram à tona, e muito sangue foi derramado desde então. — Começou então a tremer com a lembrança da fúria, e não fez nenhuma tentativa de esconder isso. — Há quinze verões não conheço nada além da guerra, e é por isso que estou indo para a Inglaterra. Se devo fazer a guerra, prefiro matar saxões a dinamarqueses. Se tiver de lutar, lutarei pelas terras e pela paz que espero assegurar por tempo suficiente para legar aos meus filhos, e eles aos filhos deles.

— Admiro seus objetivos. — O pai de Geirmund estava de pé, tão equilibrado e rígido como uma pedra. — Tenho os mesmos desejos. Também quero deixar para meus filhos e netos uma Rogaland forte e duradoura. Essa é precisamente a razão pela qual não enviarei navios e homens com o senhor.

— E se Harald o derrotar? — Guthrum perguntou. — O que restará para seus filhos quando Avaldsnes for tirada do senhor?

Geirmund esperava que o pai negasse a possibilidade de vitória de Harald, mas ele não respondeu, e Geirmund se perguntou que acordo havia sido firmado entre Avaldsnes no norte e Stavanger no sul. Olhou para a mãe, que observava o pai como se também esperasse que ele falasse. Quando ele não o fez, ela se voltou para Guthrum.

— Acho que já deixei claro que Harald não é problema dos dinamarqueses.

Guthrum balançou a cabeça.

— O senhor presta um desserviço aos seus filhos...

— Quem vai decidir o que é certo para meus filhos sou eu! — Hjörr olhou furioso, finalmente atingindo o limite de sua paciência. — Não um dinamarquês sem terras e com fome de guerra.

Guthrum bateu na mesa com o punho, e Geirmund se levantou por instinto, pronto para lutar. Hámund também se levantou, assim como sua mãe, com a mão na adaga que usava no cinto. No entanto, quase imediatamente o dinamarquês se inclinou para trás, com as palmas das mãos erguidas.

— Perdoe meu temperamento — pediu ele, ainda com o rosto vermelho e mordendo as bochechas e os lábios. — Vim aqui para buscar uma aliança, não para fazer novos inimigos.

— Não somos inimigos de nenhum dinamarquês — disse a mãe de Geirmund. — E nossa recusa de enviar homens e navios não deve nos tornar inimigos.

O queixo de Guthrum caiu sobre o peito, e ele balançou a cabeça.

— Lamento dizer que o rei Bersi pode não ver dessa forma, rainha Ljufvina. Ele vai considerar sua recusa um insulto. Espero que estejam preparados para as consequências disso, com Harald ao norte e Bersi ao sul.

Geirmund viu o corpo de Hámund ficar tenso, as mãos cerradas, e chegou a sentir a raiva do irmão pelo dinamarquês, mas ficou surpreso ao descobrir que não compartilhava dela. Guthrum não havia mentido para eles, até onde ele sabia. Bersi precisava de navios, e Guthrum estava simplesmente executando as ordens recebidas de seu monarca. Se tivesse sido incumbido da mesma tarefa para Rogaland, Geirmund talvez falasse da mesma maneira, e concordou que seria um desserviço para ele caso seu pai o impedisse de navegar para a Inglaterra.

— Jarl Guthrum, o senhor está abusando da minha hospitalidade. — A calma do rei havia retornado, mas agora era a quietude de uma víbora pronta para o bote. — Bersi sabe que o senhor ameaça um rei do Caminho do Norte em nome dele?

Guthrum riu.

— Diga-me, se o senhor encontrar um companheiro de viagem na estrada que lhe avisa sobre os perigos à frente, ele o ameaça com esse perigo? Não, ele não o faz, porque há uma diferença entre um aviso e uma ameaça, e meu rei não teria me dado esta missão se não confiasse em mim para falar por ele. Mas não vou abusar mais de sua hospitalidade, rei Hjörr. Tenho sua resposta e vejo que o senhor não a mudará. Eu e meus homens dormiremos em meu navio esta noite; pela manhã, partiremos de Avaldsnes.

— Em qual direção? — perguntou Hámund.

— Por quê? — O dinamarquês sorriu. — O senhor se preocupa com a possibilidade de que eu navegue para Sogn? Pergunta-se se Harald atenderá ao chamado do rei Bersi? — Ele puxou a barba em uma contemplação exagerada. — Consideremos as opções. Se Harald enviar guerreiros para a Inglaterra com os dinamarqueses, isso significará menos homens lutando aqui em Rogaland. — Ele fez uma pausa. — Mas, se ele enviar guerreiros para a Inglaterra, pode ser que ganhe prata saxônica suficiente para comprar os navios e guerreiros de que precisa para tomar todo o Caminho do Norte.

— Hámund pergunta por causa das marés — disse o rei — e por nenhum outro motivo. O senhor deve navegar para onde seu rei comandar.

Guthrum baixou a cabeça, mas havia zombaria no gesto.

— Devo. — Então, se virou para Hámund. — Navegarei para o sul, Hel-hide. Estive em Agðir antes de vir para cá, e, assim como seu pai, Kjötve também teme Harald de Sogn. Agora parece inútil seguir caminho para Hordaland até que os nórdicos encontrem a coragem de seus pais. Não vejo os filhos de Half aqui.

Antes que alguém pudesse responder a isso, ele se virou e saiu da sala do conselho. Hámund foi atrás dele e, um momento depois, ouviu-se a voz do dinamarquês gritando uma ordem para seus homens saírem do salão. Devem ter obedecido quase instantaneamente, porque Hámund logo voltou e acenou com a cabeça indicando que haviam partido.

— Devemos enviar homens para vigiar seu navio? — perguntou Ljufvina.

O rei, ainda de pé, colocou uma das mãos sobre a mesa e pensou.

— Dois homens, por precaução. Não mais. Uma grande companhia de guerreiros pode enfurecê-lo ainda mais, e duvido de que ele vá causar qualquer dano.

— Você cuidará disso, Hámund? — a rainha perguntou.

O irmão se virou para novamente sair da sala.

— Hámund, espere — pediu Geirmund. Precisava do apoio dele para o que estava prestes a perguntar.

Hámund fez uma pausa e se virou, esperando que o irmão falasse. Então, pareceu perceber o que Geirmund pretendia e baixou a voz.

— Não, agora não é uma boa hora.

— Você me deu sua palavra — lembrou Geirmund.

A rainha se aproximou deles.

— Agora não é uma boa hora para quê?

— Nada — respondeu Hámund, a sobrancelha baixa, os olhos fixos em Geirmund. — Certo, irmão?

Uma tempestade devastou o mar da mente de Geirmund, golpeando-o com ondas e ventos de dúvida, mas ele tinha sua bússola e sabia qual era seu destino, então seguiu em frente.

— Irei com Guthrum — disse em voz alta. — Vou me juntar a Bersi e ir para a Inglaterra.

Os olhos de Hámund se fecharam e seus ombros caíram, enquanto a mãe e o pai simplesmente encaravam Geirmund. Então, o rei balançou a cabeça e olhou para a esposa, a boca parcialmente aberta em descrença.

— Meus ouvidos me enganam?

— Geirmund — disse a rainha, a voz baixa e exausta. — Você bebeu cerveja demais. Acho que devemos deixar isso para amanhã.

— Não — falou Geirmund. — Não bebi cerveja demais. Vou para a Inglaterra, onde tomarei terras dos saxões para...

— Você não vai a lugar nenhum — interrompeu o pai —, exceto para a cama, como a criança que é.

— Pai, sou um homem com ideias próprias, e elas são bem diferentes das suas. — Geirmund abriu bem os braços. — Você sabe que não fui feito para isso. Não há nada para mim aqui. Você não confia em mim para nenhuma função importante. Não me dá tarefas nem responsabilidades...

— Dou-lhe apenas ordens que você tenha demonstrado ser capaz de cumprir — explicou o pai. — Se quiser mais, deve provar que...

— Mas não quero mais suas ordens. Não desejo mais provar nada a você. Em vez disso, vou procurar o meu destino.

— Como? — a mãe quis saber.

— Com um navio. Tenho homens que prestarão lealdade a mim. Se me der um navio, nada mais pedirei. — Geirmund engoliu em seco e se virou para o irmão, que agora estava olhando para o chão. — Hámund me apoia nisso. Talvez até possa decidir navegar para a Inglaterra comigo.

Agora o pai de Geirmund olhava para Hámund, com os olhos arregalados.

— Isso é verdade?

Hámund olhou para o rei, depois para Geirmund, depois de volta para o chão, e Geirmund sentiu um gelo no peito.

— Apoiei Geirmund nisso — disse o irmão. — Ele merece uma chance de buscar seu destino. Sei que precisamos de guerreiros e navios em Rogaland, pai, mas acreditei que poderíamos ceder uma embarcação para ele. — Então, olhou para a rainha. — Mas, agora que conheci Guthrum, minha opinião mudou. Ele o insultou, pai, e ameaçou nosso reino. Recuso-me a dar a ele ou aos dinamarqueses qualquer coisa de Rogaland, especialmente o serviço de meu irmão.

A rainha suspirou e meneou a cabeça, como se estivesse agradecida.

— Você é sábio, Hámund — falou o rei —, ao contrário de seu irmão. Geirmund, você não terá navio nem homens. Este assunto está encerrado.

Estava longe de estar encerrado, mas por um momento Geirmund sentiu-se atordoado demais pela traição do irmão para dizer qualquer coisa e ficou ali, incrédulo. Então, uma raiva cresceu dentro dele, que sabia que levaria a uma violência terrível se ficasse naquela sala por muito mais tempo.

— Você é um grande traidor, Hámund — acusou ele. E então gritou: — Olhe para mim, seu covarde!

Hámund estremeceu e ergueu a cabeça.

— Depois de tudo que passamos juntos. — Geirmund apontou o dedo na direção do rei e da rainha. — Depois de tudo que eles fizeram conosco, de tudo que fizeram com você, agora me dá as costas e fica ao lado deles?

— Irmão, eu...

— Não ouse me chamar assim. Você não é mais meu irmão.

A rainha ofegou.

— Geirmund, você não pode estar falando sério...

— Estou. — Geirmund se voltou para ela. — E você nunca foi minha mãe.

Com isso, o rei berrou de raiva e avançou contra ele, com o objetivo de acertá-lo com um soco, mas Geirmund esquivou-se facilmente – e poderia ter retribuído com outro golpe, porém, em vez disso, recuou. A mãe tinha começado a chorar, meio que estendendo as mãos trêmulas para ele, e o pai foi para o lado dela. Hámund não se moveu, porém o ódio em seus olhos excedia o que havia demonstrado por Guthrum.

— Vejo agora que isso era inevitável — disse Geirmund. — Tenho sido um tolo por esperar algo diferente. O destino quis que eu fosse um filho de escravo. Então, fez de mim o segundo filho de um rei. Agora descobrirei o que ele me tornará na Inglaterra.

Ao dizer isso, tal qual Guthrum, deixou a sala do conselho sem esperar uma resposta.

CAPÍTULO 6

Na luz de águas profundas pouco antes do amanhecer, Geirmund cavalgou para o norte de Avaldsnes em direção ao túmulo do avô. Apenas as estrelas mais brilhantes que restavam da noite ainda podiam ser vistas, as últimas brasas desbotadas de Muspelheim. Steinólfur e Skjalgi haviam insistido em cavalgar com ele, mas concordaram em parar e esperar quando o túmulo surgisse, já que parecia que Bragi queria Geirmund sozinho.

Os três cavalgaram em silêncio. Pouco havia a dizer depois que Geirmund descreveu os acontecimentos da noite, porque pensar num passado que já não fazia mais parte do destino de Geirmund não traria benefício algum. Na verdade, Steinólfur parecia mais relaxado do que nunca, como se estivesse aliviado por algo que temia havia muito tempo finalmente ter acontecido e acabado. Foi a raiva de Skjalgi pela traição de Hámund que surpreendeu Geirmund. A postura tranquila do garoto tendia ao bom humor e ao rápido perdão, mas ele amaldiçoou Hámund com palavras que Geirmund nunca ouvira de sua boca, embora tivesse esfriado um pouco nas horas seguintes.

Steinólfur olhou através do Karmsund, em direção às colinas no horizonte oriental.

— Precisamos estar no cais antes de o sol nascer totalmente se você pretende navegar com Guthrum.

— Não temos navio — disse Geirmund. — Guthrum é nosso único caminho para a Inglaterra.

— Então, não podemos permitir que os dinamarqueses partam sem nós.

— Algum dos homens que você reuniu ainda se juntará a nós?

— Como você disse, não temos navio. E correrá a notícia de que o rei quer os guerreiros de Rogaland por perto.

— Então, estamos sozinhos.

Steinólfur ficou em silêncio por alguns instantes.

— Alguma ideia do que Bragi quer com você?

— Nenhuma. Ele mencionou que queria me dar uma coisa.

— Bragi é estranho — disse Skjalgi.

Steinólfur deu uma risadinha.

— Ele é um skald. Ser estranho já é de se esperar.

A dois descansos de Avaldsnes, eles chegaram ao cume no qual os túmulos de reis do passado se erguiam acima da água, visíveis para qualquer navio que viajasse pelo canal. Um fogo distante tremeluziu na base do túmulo de Half, e os três pararam ao vê-lo. Geirmund, então, separou-se dos companheiros e continuou em frente até chegar à luz, onde encontrou Bragi sentado no chão, envolto em pele de urso perto de uma fogueira acesa. O skald havia montado um tabuleiro de hnefatafl, com seus pedaços de pedras coloridas e ossos, sobre uma rocha plana à sua frente, e fez um gesto para Geirmund se juntar a ele do outro lado.

— Lamento não ter tempo para jogar — disse Geirmund.

— Então vou derrotá-lo rapidamente — avisou o skald. — Sente-se.

Geirmund suspirou e desmontou do cavalo. Quando se acomodou, encontrou a grama fria e já molhada de orvalho.

— De qual lado você vai jogar? — perguntou.

— Você será o rei. — Bragi piscou.

— Você está pensando em meu irmão. — Geirmund deu o primeiro passo, uma finta inicial para fazer Bragi acreditar que pretendia que seu rei escapasse para um dos cantos inferiores, quando sua verdadeira estratégia era o canto superior direito.

— Eu não disse que você seria rei em Avaldsnes. — Bragi fez seu primeiro movimento de contra-ataque, mas foi hesitante, e Geirmund não sabia se o skald havia mordido a isca. — Talvez você seja um rei dos saxões.

Geirmund ergueu os olhos do tabuleiro.

— Com quem você andou falando?

— Ninguém. Fui para minha cama depois que você e eu conversamos ontem à noite. Mas você vai com Guthrum, não vai?

Geirmund fez seu segundo movimento, depois o terceiro, e o skald posicionava seus guerreiros com cada uma das voltas, como se conhecesse a verdadeira estratégia oculta de Geirmund. Conforme o jogo progredia, ficou claro que Geirmund ia perder, então pensou em algo que tinha vontade de perguntar desde que era um menino, e percebeu que seria improvável ter outra oportunidade.

— Você é vidente, Bragi?

Os olhos do skald pareciam faiscar com as chamas do braseiro.

— Os deuses e as Três Fiandeiras não falam comigo, se é isso que você quer dizer. Simplesmente vivi o suficiente entender o clima.

— E o suficiente para ler o tabuleiro de hnefatafl.

— Prometi a você um jogo curto. — Bragi posicionou um guerreiro de forma que, de repente, o rei de Geirmund ficou preso em dois lados. — Se estou entendendo o clima corretamente, seu pai recusou Guthrum por medo de Harald.

Por mais zangado que Geirmund estivesse com o pai, não gostou de ouvir a verdade de que o rei estava com medo, especialmente de um skald que contava histórias, e por estar frustrado fez um movimento imprudente e agressivo.

— Não pretendo ofender nem desonrar seu pai — continuou Bragi. — Hjörr tem razão em temer Harald, e ele não está sozinho nisso. É o que ele fará com esse medo que determinará o destino de Rogaland. — O skald então moveu um guerreiro e fechou uma terceira rota de fuga para o rei de Geirmund. — Mas não acho que o destino de Avaldsnes seja o mesmo que o seu. Você vai partir com o dinamarquês?

Geirmund moveu um dos guerreiros de modo a abrir caminho para a retirada do rei.

— Vou.

— Eu antecipei isso, por essa razão chamei você aqui. — Bragi fez uma pausa antes de executar a próxima curva e virou-se para olhar para o túmulo. Uma névoa fina havia se erguido ao redor dele, e um corvo crocitou em algum lugar próximo. — O que seu pai diz quando fala do pai dele?

— Muito pouco — respondeu Geirmund.

Bragi assentiu devagar.

— Isso não me surpreende. Seu pai até me proibiu de contar a história de Half dentro do salão que ele mesmo construiu. — Inalou o ar frio profundamente pelo nariz. — Mas agora não estamos dentro do salão.

— Conte-me — Geirmund pediu.

Então Bragi continuou.

— Half era mais jovem que você quando pegou as rotas das baleias. As histórias dizem que ele escolheu para sua tripulação apenas homens fortes o suficiente para levantar a pedra de moinho de um grande mastro, e que ele e seus guerreiros encurtaram as próprias espadas para que tivessem que se aproximar dos inimigos. Quando o navio deles navegava muito baixo em uma tempestade, cada um dos guerreiros de Half lutava pela honra de se jogar ao mar para salvar os outros.

— Isso é verdade?

Bragi sorriu.

— É verdade que Half e seus homens foram muito corajosos. — De dentro da pele de urso, Bragi tirou uma faca com uma bainha de couro. — Também dizem que Half e seus guerreiros não mataram nenhuma mulher ou criança em seus ataques. E se um deles quisesse trazer uma mulher para si, seu avô o fazia se casar com ela e lhe dar presentes generosos.

Bragi puxou a faca da bainha, e Geirmund ficou surpreso ao ver que o objeto tinha uma lâmina fina de bronze. Fora isso, era uma faca comum com cabo de madeira e um ricasso simples de cobre.

— Half realizou invasões por dezoito verões, ganhando muita prata e uma reputação temível. Durante esse tempo, seu padrasto, Åsmund, governou Rogaland em seu lugar. Quando Half voltou para reivindicar seu trono, Åsmund deu-lhe as boas-vindas com um caloroso abraço e realizou um banquete em homenagem a ele e seus heróis. Comeram e beberam até tarde da noite, cantando e contando histórias. Então, enquanto Half e seus homens dormiam, Åsmund trancou as portas do salão por fora e o incendiou.

— O quê? O padrasto dele...

— Sim, Åsmund assassinou seu avô. Apenas dois guerreiros sobreviveram àquela noite sangrenta, um homem chamado Utstein e outro chamado Rok, o Negro. Eles reuniram um exército e mataram Åsmund, vingando seu rei deposto, e tomaram de volta Avaldsnes para o jovem Hjörr, o filho de Half.

Geirmund sempre soubera que uma grande traição havia provocado a morte de seu avô, mas nunca tinha ouvido os detalhes do que acontecera e jamais ousara perguntar ao pai. Era uma história com o poder de alterar a forma como um homem vê a si mesmo e é visto pelos outros, e pode ter sido essa a razão pela qual o rei não a tenha compartilhado. Geirmund desejou que seu pai tivesse falado mais abertamente sobre o assunto, mas agora era tarde demais para isso.

Bragi deslizou a lâmina de volta em sua bainha e ofereceu a faca a Geirmund.

— Este é meu presente para você.

— Oh. — Geirmund aceitou, mas não conseguiu esconder sua confusão. — Estou... grato.

— Não está.

Geirmund olhou para o tabuleiro, onde os guerreiros do skald haviam cercado seu rei por três lados, e soube que não poderia mentir para o velho. Duvidava que alguém pudesse.

— É uma boa faca — disse ele.

— E ainda assim você acha que é um presente comum.

— Sim.

— Porque é comum. Não é feita de aço. Eu a tenho há muitos anos e já a afiei inúmeras vezes. Usei-a para cortar minha carne ontem à noite. Estou dando-a a você agora *porque* é comum.

— Não entendo.

— Ao deixar o salão de seu pai, e você deve deixá-lo, leve consigo a memória de seu avô. Embora eu não o conhecesse, ainda há alguns em Rogaland que se lembram dele e veem muito dele em você. — Bragi estendeu a mão sobre o tabuleiro hnefatafl e colocou-a sobre o braço de Geirmund. — Antes de atravessar qualquer porta, é preciso olhar ao redor e analisar o ambiente, para saber com certeza onde os inimigos estão posicionados no salão à frente. Uma faca comum não vale nada contra um machado ou espada no campo de batalha, mas se torna a arma mais letal quando empunhada nas sombras ou, pior, por alguém próximo em quem você não deveria ter confiado.

Geirmund apertou o punho da faca, começando a entender.

— Sou grato, Bragi.

O skald soltou seu braço e olhou para o jogo.

— É a minha vez.

— É, mas acho que a vitória é claramente sua.

— Ainda não ganhei — disse o skald. — Mas vou encerrar o jogo aqui e deixar seu rei com um caminho aberto. Isso permite que ele saia e encontre seu destino, enquanto possivelmente evita uma rixa de sangue. Prefiro não considerar nenhum homem meu inimigo.

Geirmund acenou com a cabeça, e então os primeiros raios de sol alcançaram o horizonte para coroar a crista do túmulo de Half com uma luz dourada. Steinólfur devia estar preocupado, imaginando por que estava demorando tanto, e Geirmund ainda tinha mais uma visita a fazer antes de embarcar no navio de Guthrum.

Levantou-se e amarrou a faca do skald no cinto.

— Muitas vezes me perguntei como teria sido minha vida se você não tivesse vindo ao salão do meu pai.

Bragi encolheu os ombros.

— As Nornas não serão negadas. Mas fico orgulhoso por ter feito parte de sua história.

— Me entristece saber que nossos caminhos provavelmente nunca mais se cruzarão.

— Não se cruzarão. — O skald levantou-se lentamente sob o peso da pele de urso. — Também vou deixar Rogaland, muito em breve.

— Para onde irá?

Bragi olhou para o leste.

— Parece que a Árvore do Mundo está tremendo, Geirmund. As guerras que travamos agora não são apenas entre nórdicos, dinamarqueses e saxões, mas entre deuses. Voltarei ao meu povo e à minha terra em Uppsala.

— Que os deuses o protejam enquanto viaja — disse Geirmund.

— Ofereço a mesma oração a você.

Ele deu ao velho outro aceno de cabeça e foi para seu cavalo.

— Mais um conselho — falou Bragi.

Geirmund subiu na sela.

— Por favor.

— Fique atento aos homens do mar. O pai de Half, Hjörrleif, certa vez pegou um homem do mar em sua rede, e a criatura fez uma profecia que mais tarde salvou a vida do rei.

Geirmund tinha perguntas, mas não havia tempo.

— Adeus, Bragi Boddason.

Alguns momentos depois, Geirmund se juntou a Steinólfur e Skjalgi, e os três cavalgaram rápido para o sul em direção a Avaldsnes. O sol já havia nascido quase totalmente antes de chegarem à cidade, e Geirmund avistou um movimento distante no cais ao redor do navio de Guthrum.

Steinólfur inclinou-se em sua sela na direção de Geirmund e baixou a voz.

— Você ainda planeja ir até ela?

Geirmund concordou com a cabeça.

— Vá na frente e diga a Guthrum que estou indo.

O guerreiro mais velho abriu a boca como se objetasse, mas assentiu.

— Diga a ele que logo estarei lá — falou Geirmund.

— Esteja mesmo. — Steinólfur então se virou para Skjalgi. — Venha, garoto.

Puseram os cavalos a trotar pela estrada. Algumas braças depois, Geirmund tomou um caminho que conduzia a oeste em direção a um pequeno bosque na base de uma colina gramada. Quando chegou lá, apeou e conduziu o cavalo para dentro da trilha, sentindo o estômago apertar a cada passo. Temeu que fosse muito cedo para a visita, mas o cheiro de fumaça de lenha o assegurou de que alguém tinha acordado para acender a lareira.

A construção que logo apareceu era uma casa humilde aninhada na colina atrás dela, com um telhado pontiagudo e íngreme coberto de grama macia. Geirmund conduziu seu cavalo até o estábulo vazio que se estendia do lado sul da casa e, enquanto amarrava as rédeas a um poste, Ágáða saiu carregando um saco de ração para as galinhas. Ao vê-lo, deu um pulo de susto e largou o saco, depois levou a mão ao peito com um suspiro e um sorriso.

— Geirmund, seu menino mau — disse ela, a voz quase um sussurro. — Você me assustou.

— Sinto muito. — Ele manteve a voz baixa também. — E Loðhatt?

— Está dormindo. — Ela caminhou até ele, jogando a longa e fina trança de cabelo amarelo sobre o ombro. — Melhor não o acordar.

Geirmund não visitava aquele lugar desde o verão anterior, antes da caçada fatídica com Hámund, e sua ausência lhe causava tanta inquietação quanto a ideia de vê-la. Ela trajava o mesmo vestido de avental que usara da última vez em que estivera ali, o vermelho agora desbotado e quase marrom, mas o broche de prata que ele lhe dera brilhava, sem manchas. As rugas ao redor dos olhos cor de tempestade pareciam mais profundas.

Ágáða pegou uma das mãos dele com firmeza e o levou para longe da casa.

— Você está bem? Ouvi dizer que foi ferido.

— Eu fui — ele disse.

— Fiz uma oferta a Óðinn, pedindo para você ser curado.

— E eu estou curado.

— Então farei outra oferta de agradecimento. — Ela sorriu e largou a mão dele. — O que o traz aqui esta manhã?

Geirmund sentia-se estranho, como sempre acontecia quando estava em sua presença, inseguro de suas palavras e até mesmo de seus motivos para ter ido até ali. Sabia apenas que isso tinha de ser feito.

— Estou indo embora de Avaldsnes, Ágáða.

— Oh? — Os músculos de sua garganta fina se contraíram. — Para onde você vai?

— Lutar contra os saxões.

— Você... — Ela engoliu em seco. — Você vai ficar fora por algum tempo, então.

— Vou. Estou aqui para dizer adeus.

Ela assentiu e agarrou a si mesma com força.

— Estou honrada.

— Não, Ágáða. — Geirmund se aproximou dela. — A honra é minha.

Os olhos da mulher ficaram marejados.

— Hámund vai com você?

— Não. — Ele não sabia quando fora a última vez que Ágáða tinha visto seu irmão ou ouvido falar dele, mas sabia que havia sido um longo período, e não estava com tempo ou com vontade de sobrecarregá-la com toda a verdade, então simplesmente disse: — Ele ficará aqui, com o rei Hjörr.

— E com a mãe dele — acrescentou ela.

Geirmund hesitou.

— Sim, e com a rainha.

— Como deveria ser. — Ela balançou a cabeça, piscando as lágrimas. — Quando você parte?

— Hoje — respondeu ele. — Esta manhã.

— Tão cedo?

— Só foi decidido ontem à noite. — Esse era outro assunto que ele não queria explicar, então apontou para o estábulo. — Gostaria que você ficasse com meu cavalo.

— O quê? — Os olhos dela se arregalaram. — Geirmund, eu não posso aceitar...

— Pode, sim. Ele se chama Garmr e tem bom temperamento. Se você não tiver um uso para ele, pode vendê-lo. E aqui. — Ele puxou do cinto uma pequena bolsa cheia de peças de prata e colocou nas mãos dela. — Pegue isto.

Ela olhou para baixo e balançou a cabeça, tentando empurrar a sacola.

— Geirmund, eu não quero...

— Pegue — pediu ele. — Por favor, pegue! Eu gostaria de poder fazer mais. Você merece muito mais, por tudo o que minha mãe fez a você.

— Ela não fez isso para... — Ágáða afastou-se, deixando a prata nas mãos de Geirmund, e alisou o vestido de avental. — Isso tudo foi resolvido há muito tempo. A rainha já acertou tudo.

No entanto, havia algumas injustiças e algumas feridas que nenhuma quantidade de prata ou ouro poderia curar, não importava o preço que o Parlamento lhes tivesse dado.

— Então aceite como um presente. Esta prata e o cavalo não são para consertar as coisas. São apenas para homenagear e mostrar minha gratidão à minha primeira mãe.

— Geirmund! — Ela olhou ao redor como se para ter certeza de que eles não estavam sendo ouvidos. — Você não deve dizer essas coisas.

— Estou dizendo exatamente o que vim dizer. — Embora Geirmund só agora tivesse percebido isso. — Você não precisava nos tratar como seus filhos, Ágáða. — Ele apontou para a casa. — Loðhatt nos via como cachorros, e não o culpo. Mas você fez o melhor por nós, e se estou aqui hoje é por causa disso.

Ela baixou a cabeça e ficou em silêncio por vários minutos, como se medisse as palavras.

— O orgulho que sinto quando vejo você é o mesmo que o de uma mãe por seu filho.

Geirmund sentiu as próprias lágrimas brotando e percebeu que não havia ido lá apenas para falar, mas também para ouvir.

— Vou continuar a deixar você orgulhosa.

— Eu sei que vai.

Ele tentou novamente colocar a bolsa de prata em suas mãos, e dessa vez ela aceitou.

— Que os deuses cuidem de você — disse ela.

— E de você também, Ágáða.

Geirmund virou-se e voltou pela trilha da floresta, esperando até que a casa estivesse bem para trás antes de começar a correr. O esforço tinha como objetivo acelerá-lo em direção ao navio de Guthrum, mas as batidas de suas botas e de seu coração também ajudaram a conter as ondas de tristeza e de dor que ameaçavam inundá-lo, e o vento secou seus olhos. Quanto mais rápido ele corria, maior era a distância que colocava entre ele e tudo o que tinha vindo antes. Tudo o que importava agora era o que estava por vir.

Chegou ao cais e encontrou o navio de Guthrum ainda atracado, mas quase pronto para zarpar. Steinólfur e Skjalgi haviam mandado seus cavalos de volta aos estábulos e estavam parados num cais próximo, esperando por Geirmund, carregados com mochilas pesadas contendo todo seu equipamento. Steinólfur empunhava uma espada familiar.

As botas de Geirmund tamborilaram nas pranchas de madeira quando ele se aproximou dos outros dois.

— Hámund esteve aqui? — perguntou.

— Esteve — respondeu Steinólfur. — Ele me pediu para lhe dar isso.

Ele adivinhou que o presente de Hámund era uma expressão de vergonha por sua traição, a mesma vergonha que o havia compelido a deixar a arma com Steinólfur em vez de esperar para dá-la pessoalmente a Geirmund.

— Ele disse alguma coisa? — quis saber.

— Não — disse Steinólfur. — Não deixou mensagem. Mas, se eu puder falar por ele, acho que quis dizer que você a alimentará melhor do que ele jamais o faria.

Se Hámund tivesse esperado e a oferecido pessoalmente, Geirmund poderia ter recusado a arma, porque nenhum presente jamais apagaria a traição. No entanto, como Hámund havia deixado a espada para trás, Geirmund dificilmente poderia abandoná-la no cais. Ele a invejara desde o dia em que seu pai a dera a Hámund.

— É a lâmina de um rei — falou Steinólfur.

— É uma excelente arma — disse Skjalgi.

Geirmund olhou para o menino.

— Acho que é hora de você ter uma espada para chamar de sua. — Desafivelou a própria arma, uma lâmina simples de bom aço, e apresentou-a a Skjalgi. — Esta não é a lâmina de um rei, mas me serviu bem e servirá bem a você, se deixar Steinólfur lhe mostrar como cuidar dela.

Poucos guerreiros podiam comprar uma espada antes do primeiro ataque, e Skjalgi recebeu a arma como se fosse feita de ouro.

— Obrigado, Geirmund — ele agradeceu.

Um canto da boca de Steinólfur se ergueu em um sorriso, e ele deu a Geirmund um aceno de aprovação.

— Hel-hide!

Geirmund voltou-se para o navio e avistou Guthrum no convés. Atrás dele, a tripulação erguia o mastro e colocava-o no lugar.

— Ouvi dizer que você deseja navegar comigo! — disse o dinamarquês.

Geirmund se aproximou, mas ainda sem embarcar.

— Sim, Jarl Guthrum.

— Admito que estou surpreso em vê-lo — continuou Guthrum —, depois da ofensa que seu pai me fez.

— Não sou meu pai. E não vou me desculpar por ele.

— Certo. Nenhum homem deve se desculpar por outro. Cada um deve responder pelas próprias ações e pela própria honra. — Guthrum acenou com a cabeça em direção a Steinólfur e Skjalgi. — Mas você veio até mim sem navio, com apenas um homem de confiança e um menino.

— Temos espadas — avisou Geirmund —, e agora presto lealdade a você.

— Você consegue usar essa espada? — perguntou o dinamarquês, apontando para a lâmina de Hámund.

— Fui treinado para usá-la, mas ainda não tirei a vida de outra pessoa com ela. Isso é o suficiente?

Guthrum deu de ombros.

— É o suficiente. Mas, antes de tirar qualquer vida, você terá sua vez nos remos. E não se engane, Hel-hide. Você pode ser neto de Half, porém não liderará nenhum dinamarquês até que tenha provado seu valor.

— Não espero nada diferente. Mas não se engane, Jarl Guthrum. Um dia, até você terá medo dos guerreiros que me seguirão.

O dinamarquês riu e acenou para que subissem.

— Aguardo esse dia como uma pedra aguarda o musgo.

Geirmund cruzou a prancha do cais até o navio, seguido por Steinólfur e Skjalgi, e os três encontraram lugares entre a tripulação no convés em direção à proa. Geirmund olhou ao longo do comprimento do navio e contou dezesseis remos de cada lado, com a primeira companhia de remadores já sentados em seus nichos, prontos para puxar segundo as ordens do comandante do navio. O timoneiro estava na plataforma, cercado por mais uma dúzia de homens prontos para assumir um remo quando aqueles já sentados atingissem a marca das mil remadas, enquanto o vigia assumia sua posição na proa. Um momento depois, Guthrum deu a ordem para partir.

O comandante assumiu a posição no mastro e berrou comandos para os marinheiros, que se moveram ao longo do navio, desamarrando o cordame de pele de morsa e empurrando a embarcação para longe do cais com longas varas. Em seguida, os remadores jogaram os remos na água, e o comandante direcionou seus movimentos, conduzindo o navio para longe do cais, para as correntes do Karmsund, onde a água espirrou contra a fina pele de lascas de madeira.

Os homens remaram para oeste e sul, ao redor da península em que ficava o salão do rei Hjörr, e, embora o navio tivesse passado sob as vistas do edifício, Geirmund se sentiu fora de alcance pela primeira vez na vida. Sentiu-se livre.

Guthrum derramou na água uma oferta de vinho caro e pediu a Rán que lhes proporcionasse uma viagem segura, e então cruzou o convés do navio para ficar perto de Geirmund.

— Não vou zombar de você se quiser dar um aceno de adeus — avisou ele.

— Vai, sim — disse Steinólfur, sorrindo para o dinamarquês. — E eu vou me juntar a você.

Geirmund riu e não falou nada. Também não acenou, mas em vez disso deu um adeus silencioso que foi o fechamento de uma porta que ele aceitava que nunca mais se abriria. Com Avaldsnes ficando para trás e as margens do Karmsund a leste e oeste, Geirmund sentiu-se encurralado em três lados, mas fixou os olhos no único caminho que estava aberto para ele. Não muito depois disso, o comandante ordenou que a vela fosse levantada para pegar o vento do norte. Os remadores puxaram os remos e o navio acelerou para o sul.

PARTE DOIS
A TRAVESSIA

CAPÍTULO 7

A DEUSA RÁN LHES PROPORCIONOU MARES CALMOS durante a maior parte da jornada de Rogaland a Jutland, e o vento influ a vela do navio com tanta força que Geirmund teve de dar apenas alguns giros no remo. Isso, porém, foi o suficiente para esfolar a pele de suas mãos e enrijecer os músculos de seus braços, ombros e costas. Quando reclamou, Steinólfur disse que ele não sabia nada sobre a verdadeira fúria e brutalidade do oceano, as tempestades que alcançavam o navio e roubavam o homem no remo mais próximo, as ondas como montanhas ondulantes que torciam e retorciam as embarcações como trapos molhados.

O navio de Guthrum era nomeado *Amante das Ondas*, mas às vezes chamado de *Rameira das Ondas* pelos homens, dependendo de seu humor e do temperamento das filhas de Rán. A tripulação do navio enxergava Geirmund com suspeita. Ele flagrava os homens lançando olhares cautelosos em sua direção, e raramente falavam com ele, mas durante a jornada conseguiu saber alguns de seus nomes.

O comandante do navio chamava-se Rek. Tinha uma cicatriz no couro cabeludo que marcava a linha da testa, como se alguém tivesse tentado escalpelá-lo. Os xingamentos e reclamações que proferia para Geirmund sempre que ele se sentava no remo, e com frequência quando não estava fazendo nada, transmitiam um ódio inexplicável e instantâneo. O capitão tinha um irmão a bordo, um homem gigante com costas largas e ombros poderosos cujo temperamento parecia ser menos violento do que o de Rek. Seu nome era Eskil, e era um simples remador, embora os outros remadores parecessem respeitá-lo, e, ao contrário deles, meneava a cabeça quando Geirmund o flagrava encarando, sem desviar o olhar.

No quarto dia de navegação, chegaram a Ribe, na costa oeste de Jutland, onde se uniram a uma frota de cerca de duzentos navios ou mais. As marés regulares ao longo do litoral empurravam os mares rasos contra a costa cheia de grama e juncos; em seguida, puxavam a água para longe, abrindo canais e expondo grandes planícies de areia e lodo. Geirmund nunca tinha visto nada parecido, e Guthrum disse que, se navegassem para o sul até o fim daquele mar de lama, a viagem duraria pelo menos mais três dias e os levaria até Frisland.

Permaneceram ociosos em águas mais profundas ao largo da costa de Jutland, até que pudessem usar a maré da noite para aproximar o navio da praia e ancorar mais perto da terra firme com o restante da frota. No entanto, a maré recuou, encalhando o *Amante das Ondas* junto com os outros barcos, como baleias na praia.

Desembarcaram por uma prancha que se curvava sob o peso deles, em seguida caminharam por entre moitas de algas marinhas, pisando em um pântano salgado que fervilhava com caranguejos e mariscos enterrados. Cegonhas brancas orgulhosas caminhavam por aquela terra, banqueteando-se com as presas que seus bicos puxavam da lama e jogavam para o ar. O vento ali cheirava a peixe e salmoura, e até mesmo aquele solo macio parecia resistir aos pés dos homens depois dos dias passados navegando em mares instáveis.

— Quanto tempo acha que ficaremos aqui? — perguntou Skjalgi.

— Depende de todos os jarls estarem aqui — respondeu Steinólfur.

— Mas os dinamarqueses vão esperar pelo menos por ventos e ondas favoráveis.

Skjalgi olhou para trás e avistou os navios.

— Os mares parecem favoráveis agora.

— Navegando para o sul, sim — disse Geirmund. — Mas daqui vamos para o oeste.

No faixa de maré, a areia sob os pés deles secou, ficando leve e pálida, soprada pelo vento em dunas. Os três saíram cambaleando daquela praia para um terreno gramado mais alto, onde encontraram o acampamento da frota espalhado por centenas de acres, quase tão longe quanto os olhos de Geirmund alcançavam. O local ribombava como um trovão distante e contínuo.

— Isso sim é uma visão e tanto — comentou Skjalgi.

— Hel-hide! — Guthrum saiu da praia para a campina e fez sinal para que Geirmund o seguisse. — Venha comigo.

Geirmund concordou com a cabeça, porém, antes de sair, disse a Steinólfur para montar acampamento perto dos homens de Guthrum, mas o mais longe da água que pudesse para não acordarem nadando no mar caso viesse uma tempestade durante a noite. Em seguida, acompanhou Guthrum até uma via larga que atravessava o acampamento na direção do que parecia ser o seu centro. Passaram por ferreiros martelando perto de forjas improvisadas, artesãos de couro e madeira, costureiros e tecelões, açougueiros e fogueiras, e quanto mais avançavam, mais o acampamento cheirava a vida e seus refugos, uma cidade móvel muito maior do que Avaldsnes.

Havia muitas donzelas-escudeiras entre os guerreiros pelos quais passaram, e Geirmund observou seus rostos, imaginando se Eivor estaria entre elas. Todos os guerreiros ali curvavam a cabeça para Guthrum, enquanto a passagem de Geirmund atraía olhares das tendas ao longo daquela estrada improvisada, e Guthrum pareceu notar.

— Nunca viram ninguém tão feio antes — disse ele.

— Eles não viram Rek? — perguntou Geirmund.

A risada de Guthrum explodiu como uma corneta de chifre de cabra.

— Eu tomaria cuidado com essa língua quando Rek estiver por perto. Você ficará alocado na companhia dele por enquanto.

Era o que Geirmund temia.

— Entendo por que ficam olhando — começou o dinamarquês. — Você não parece um nórdico.

— Foi o que me disseram.

— Hjörr é seu pai?

A franqueza da pergunta impediu Geirmund de responder imediatamente e quase o fez parar na estrada do acampamento.

— Ou você já estava na barriga da sua mãe quando ela deixou Bjarmaland? — indagou Guthrum.

Geirmund estacou, lutando para evitar que sua mão buscasse o punho da nova espada.

— Você vai retirar o que disse, Jarl Guthrum.

O dinamarquês parou, se virou e endireitou o corpo, a cabeça inclinada para o lado.

— Vou?

— Vai. Insulte-me se quiser, mas não vai insultar minha mãe.

Um momento tenso se passou, e então Guthrum assentiu.

— É justo, retiro o que disse sobre sua mãe. Mas e quanto a Hjörr?

— Ele é meu pai. — Geirmund retomou a marcha através do acampamento, sentindo o cheiro de gado no ar, vindo de onde os animais estivessem presos. — Meu irmão e eu puxamos ao povo de minha mãe.

O dinamarquês pareceu satisfeito com a explicação.

— Pelo jeito como você partiu, eu me pergunto se ainda o chama de pai. Se ele ainda é seu rei.

Geirmund não fizera essa pergunta a si mesmo, ou, pelo menos, não com essas palavras.

— Francamente, não sei ao certo como responder.

— É preciso coragem para fazer o que você fez — opinou Guthrum. — Vindo até mim como um mendigo, sem navio e sem guerreiros.

— Eu não mendiguei nada — protestou Geirmund.

— Não quis insultar. Admiro sua coragem. Mas coragem e honra não são a mesma coisa. Mesmo traidores e violadores de juramentos podem mostrar bravura. Estou simplesmente imaginando a quem você dedica sua lealdade.

— Acho justo. — Geirmund notou uma grande tenda a distância e presumiu que fosse o destino deles. — Mas eu diria que lealdade e honra nem sempre são a mesma coisa. Há momentos em que a honra exige o fim da lealdade.

O dinamarquês franziu a testa, como se duvidasse da verdade daquela afirmação.

— Talvez — disse ele.

— Mas fiz um juramento a você por minha honra — completou Geirmund.

Guthrum olhou para ele por um momento e fez que sim com a cabeça, depois apontou para a alameda na direção da grande tenda.

— Você está prestes a conhecer meu soberano. Não dirá nada ao rei Bersi até que lhe dirijam a palavra.

— Sim, herra.

Eles chegaram à tenda, cuja entrada era guardada por dois guerreiros em cota de malha, armados com lança, espada e machado. Eles reconheceram Guthrum e baixaram a cabeça, mas deram um passo à frente da porta para bloquear o caminho de Geirmund.

— Quem é seu companheiro, Jarl Guthrum? — perguntou um deles, enquanto o outro manteve a atenção em Geirmund, ambos de armas em punho.

— Este é Geirmund Hjörrsson — falou Guthrum. — Um filho do rei de Rogaland.

Os dois guardas trocaram um olhar, então se afastaram para permitir a entrada.

Geirmund seguiu Guthrum, e eles entraram em um recinto escuro. Um fogo queimava em uma lareira perto do centro, fumaça azul subindo preguiçosamente até a abertura no topo da tenda. Geirmund notou várias tapeçarias e capachos das distantes Serkland e Tyrkland, enquanto altas telas dobráveis de madeira esculpida separavam algumas áreas menores da câmara central. Havia meia dúzia de homens sentados ou em pé ao redor do fogo, alguns com chifres de cerveja dourados, e, a julgar por suas peles e anéis, eram todos jarls.

— Guthrum! — um dos homens berrou enquanto caminhava desajeitado pela sala para cumprimentá-los. Falava alto, era ruivo nos cabelos e na barba e vermelho nas bochechas, e sua presença dominava a tenda. Era mais alto que Guthrum e a maioria dos outros dinamarqueses, provavelmente não era um lutador rápido ou ágil, mas poderoso e forte. Geirmund soube imediatamente que aquele era Bersi. — Agradeço a Óðinn por seu retorno seguro — disse o rei dinamarquês. — Quantos navios você me trouxe do Caminho do Norte?

Guthrum baixou a cabeça.

— Entristece-me dizer que nenhum.

— Nenhum?

— Os nórdicos estão consumidos pelos próprios problemas. Em todos os salões que visitei, falaram da guerra contra Harald de Sogn.

— Mais uma razão para se juntarem a nós em busca de novas terras.

— Eu dei o mesmo motivo, mas eles não se deixaram persuadir. Com uma exceção. — Guthrum apontou para Geirmund. — Este é um dos filhos de Hjörr Halfsson e Ljufvina.

— Um dos Hel-hides? — Bersi olhou para Geirmund de cima a baixo, e a boca se abriu em um largo sorriso que revelou duas lacunas nos dentes. — Qual deles é você?

— Sou Geirmund.

— E quantos homens me trouxe, Geirmund Hjörrsson?

Geirmund hesitou e olhou para Guthrum antes de responder.

— Dois.

— Um e meio — interveio Guthrum.

O sorriso de Bersi desapareceu em sua barba, e seus olhos se estreitaram.

— Desafiei meu pai para me juntar ao senhor — continuou Geirmund. — Foi por isso que não recebi nada dele.

Os outros jarls ficaram esperando, tão silenciosos e imóveis quanto pinheiros no inverno, enquanto Bersi olhava Geirmund dos pés à cabeça.

— Pelo que parece, ele lhe deu uma bela espada — concluiu o rei por fim.

Geirmund pensou melhor em vez de corrigi-lo.

— Ela tem sede de sangue saxão — disse.

O sorriso de Bersi reapareceu.

— E será saciada. Sua espada se banhará em sangue saxão, se for o que deseja. — Então, ele se virou e se dirigiu a seus jarls. — Com Guthrum de volta, podemos considerar a travessia. — Ele caminhou para um lado da sala e subiu para tomar seu lugar sobre um estrado elevado, fazendo a cadeira gemer com o peso do corpo. — Halfdan agora marcha pela Mércia, para um lugar chamado Readingum, no rio Tâmisa, e usaremos o Tâmisa para levar nossos navios até esse mesmo lugar. Se os deuses estiverem conosco, Halfdan o terá tomado antes de chegarmos a ele. Mas nossos navios ficarão vulneráveis no rio. — Ele chamou um jarl mais velho com cabelos grisalhos, que trazia uma espada saxônica atarracada na cintura. — Osbern, quais são as últimas novidades de seus homens em Thanet e Lunden?

Enquanto o jarl respondia, Guthrum se inclinou para perto de Geirmund.

— Meus homens ficarão no canto sudoeste do acampamento — disse ele. — Vá encontrá-los. Coma e depois descanse.

Geirmund queria ficar e saber mais sobre o que estava por vir, mas concordou com a cabeça e se afastou da reunião, saindo da tenda em seguida.

Lá fora, o sol havia se posto, e o crepúsculo descia sobre o acampamento, que agora estava iluminado pelo brilho disperso de fogueiras e tochas. Geirmund voltou pelo caminho que ele e Guthrum tinham tomado na ida, seguindo para o oeste em direção ao mar, cercado pelos sons da folia e do frenesi de guerreiros ávidos por guerra e pilhagem.

Perto da borda do acampamento, o mar de lama entrou em seu campo de visão, salpicado com as corcovas escuras dos navios que aguardavam, e Geirmund tomou o rumo sul, vagando por entre os aglomerados de tendas. Olhou para os rostos iluminados pelo fogo dos guerreiros por quem passou, procurando homens que conhecia do navio de Guthrum, e, por fim, avistou Eskil sentado diante de uma pequena fogueira em um círculo de vinte ou mais dinamarqueses.

Aproximou-se do guerreiro e perguntou se ele tinha visto Steinólfur. Eskil ergueu os olhos para Geirmund, depois acenou com a cabeça para a direita sem dizer uma palavra. Geirmund agradeceu e foi nessa direção.

— Hel-hide! — uma voz áspera gritou do outro lado do círculo.

Geirmund se virou, reconhecendo a voz.

— O que foi, comandante?

Rek ficou de pé, inclinando-se um pouco devido à cerveja.

— Diga-me uma coisa. Os homens do povo de sua mãe são guerreiros?

— Não sei dizer — respondeu Geirmund. — Nunca estive em Bjarmaland. Por que pergunta?

Rek entrou no círculo dos dinamarqueses e contornou a fogueira na direção de Geirmund.

— Só estou imaginando que tipo de homem você é. Porque está claro que não é um nórdico.

— Já chega, irmão — pediu Eskil atrás de Geirmund.

Mas Rek continuou seu ataque.

— Não até que eu esteja satisfeito, irmão.

— Satisfeito com o quê? — questionou Geirmund, recusando-se a ceder terreno.

Rek aproximou-se e deu um passo direto na direção dele, cara a cara, encarando os olhos do outro com seu bafo de cerveja, a fogueira às costas.

— Satisfeito com o seu caráter, mestiço.

A essa altura, alguns dos outros dinamarqueses já estavam de pé, prontos para o que viesse a acontecer. Geirmund, porém, sabia bem o que estava para acontecer. Já tinha acontecido antes. Muitas vezes.

— Quer me testar? — desafiou, enquanto a palpitação da raiva alcançava seus ouvidos. — Porque se o fizer, eu vou...

— Você! Rek! — Steinólfur entrou no círculo com os braços estendidos. — Talvez queira testar o meu caráter.

— Já chega disso. — Eskil parecia irritado quando também entrou no círculo. — Todos vocês, sentem-se — disse ele, olhando feio para os dinamarqueses ao redor do fogo.

Os guerreiros acomodaram-se como estavam antes, mas com relutância, e Geirmund se perguntou como um remador tinha tanta autoridade. Apenas Eskil, Rek, Steinólfur e Geirmund permaneceram de pé enquanto o mesmo vento norte que havia trazido o navio de Guthrum para Jutland varria o acampamento, agitando faíscas e brasas no fogo.

O comandante apontou para Geirmund.

— Você é um mau presságio, Hel-hide — afirmou ele, e murmúrios de concordância percorreram o círculo. — Eu me livraria de você.

Steinólfur deu alguns passos e se pôs na frente de Geirmund, de braços cruzados.

— Ele é um mau presságio para você se continuar a falar desse jeito. Seria muito fácil me livrar de você.

— Ele não pode falar por si mesmo? — perguntou Rek. — Ou sempre se esconde atrás de seu...

— Basta! — gritou Eskil, fazendo Rek se encolher.

— Irmão, eu só...

— Você bebeu cerveja demais — Eskil falou. — Sugiro que vá para sua tenda enquanto ainda consegue encontrá-la.

Alguns dos dinamarqueses riram disso, e o rosto de Rek ficou vermelho. Ele encarou Geirmund, tremendo com uma raiva assassina, mas por fim se virou e saiu do círculo, desaparecendo na noite escura. Eskil balançou a cabeça e depois voltou para onde estava sentado, deixando Geirmund sentir o peso dos olhares dos outros dinamarqueses.

Steinólfur olhou ao redor do círculo.

— Venha — chamou ele. — O menino deve estar querendo saber onde estamos. — Apontou com a cabeça na direção de onde tinha surgido.

Geirmund, porém, ainda se sentia pronto para a batalha, como se armado com lanças e flechas que precisassem de um novo alvo. Virou-se e olhou de novo para Eskil, que por sua vez fitava apenas a fogueira, e, em seguida, procurou no rosto dos outros dinamarqueses um novo desafiante. Quando pareceu que ninguém o enfrentaria, praguejou e seguiu Steinólfur, que o conduziu pelas tendas e sacos de dormir de couro em direção a um grande espinheiro.

— Fique longe de Rek por um tempo — aconselhou o guerreiro mais velho. — Como todos os homens do mar, ele procura sinais e sempre os encontra.

— Como posso ficar longe dele? — Geirmund perguntou. — Ele é o comandante.

— No *Amante das Ondas*, sim, mas tenho conversado com os dinamarqueses. Embora Rek seja um navegante habilidoso, todos sabem que o irmão dele é melhor guerreiro. No mar, Eskil opta por puxar o remo com a tripulação; em terra, porém, sua autoridade só perde para a de Guthrum.

Chegaram a uma pequena fogueira, ao redor da qual o inquieto Skjalgi andava de um lado para o outro.

— Quem só perde para Guthrum? — o rapaz quis saber.

— Isso explica muito — disse Geirmund, lembrando-se da maneira como os outros remadores se submetiam a Eskil, e de como o irmão lhe obedecera momentos antes. — Quantos guerreiros Guthrum reuniu para o rei dinamarquês?

— Dizem que ele tem quarenta navios. — Steinólfur sentou-se perto do fogo e acenou para Skjalgi fazer o mesmo. — Acalme-se, garoto, você está me deixando agitado.

Skjalgi piscou, mas fechou a boca e se sentou, e então Geirmund se juntou a eles. Steinólfur distribuiu comida de suas provisões, algumas tiras de carne seca e salgada, um pouco de pão de centeio crocante, queijo duro e frutas secas. Enquanto comiam, o guerreiro mais velho continuou.

— Os navios de Guthrum, em sua maioria, são snekkja como o *Amante das Ondas*. Mas alguns são skeiðar com sessenta remos.

Geirmund calculou o número de guerreiros que muitos navios podiam carregar.

— Então, Guthrum tem um exército de pelo menos dois mil.

— Tem — disse Steinólfur. — Por que pergunta?

— Estou tentando medir sua posição com Bersi e os outros jarls.

— Para ter certeza de que nos jurou ao dinamarquês certo? — O guerreiro mais velho jogou outro pedaço de madeira no fogo.

— Guthrum é o dinamarquês certo — respondeu Geirmund, embora ainda não pudesse explicar por que lhe parecia assim. Só sabia que o destino o colocara na nau capitânia de Guthrum. — Devemos dormir agora, enquanto podemos. Acho que partiremos em breve.

Eles desenrolaram os sacos de dormir de couro de morsa, um para Geirmund e outro para Steinólfur e Skjalgi compartilharem, embora cada húðfat fosse grande o suficiente para acomodar dois homens adultos. Não havia sobrado muita madeira seca perto do acampamento para juntar, mas Skjalgi jogou o restante no fogo antes de entrar no saco de dormir com o guerreiro mais velho.

— Segure seus peidos até de manhã, garoto — pediu Steinólfur, deitado de costas, olhos fechados e mãos cruzadas sobre o peito.

Geirmund sorriu para Skjalgi, mostrando ao garoto que ele sabia quem seria o verdadeiro culpado por aquele crime. Então, entrou no próprio saco de dormir, mas não adormeceu de imediato. Olhou para as estrelas, pensando no que Bragi havia dito sobre a guerra entre homens e deuses, e imaginou as estrelas se apagando como lanternas após a batalha final e o destino de Óðinn, Thór e todos os outros Æsir e Vanir, deixando o céu como um abismo escancarado, um novo Ginnungagap em que tudo cairia. Geirmund pairou naquele devaneio até quase adormecer, mas Skjalgi sussurrou seu nome e o trouxe de volta.

— O que foi? — perguntou ao rapaz.

— Por que travamos guerra contra os saxões? — quis saber ele. — É uma disputa de sangue?

Geirmund suspirou.

— Alguns podem chamar assim. Os saxões assassinaram fazendeiros e suas famílias. Os dinamarqueses só estão tentando se assentar e viver em paz.

— Por que os saxões assassinaram os dinamarqueses?

— Porque os dinamarqueses assassinaram os saxões — disse Steinólfur com um rosnado, acordado pela conversa deles. — Sim, é uma disputa de sangue, garoto. Nenhum dos lados vai admitir quem começou. Você pode deixar que isso o mantenha acordado se quiser, contanto que pare de falar e nos dê um pouco de paz.

Skjalgi ficou em silêncio depois disso.

Geirmund fechou os olhos, aquecido na pele da morsa, apesar do vento que varria aquela costa. Dormiu bem, embora o corpo e seus sonhos se lembrassem do balanço do navio sobre as ondas nas últimas noites.

Passaram o dia seguinte e mais dois treinando Skjalgi no uso da nova espada. Embora fosse magro, os braços e pernas fortes do menino aprenderam rapidamente, e ele conseguia atacar com a velocidade de um falcão. Durante esse tempo, os três se mantiveram afastados dos dinamarqueses, e, dessa forma, Geirmund evitou um segundo confronto com Rek. No entanto, sabia que isso era apenas postergar o inevitável, a menos que estivesse disposto a pedir a Guthrum que os colocasse em um navio diferente, e ele não estava inclinado a fazer isso. De qualquer forma, Geirmund quase não viu Guthrum, que passava a maior parte do tempo em reunião com Bersi e os outros jarls. A cada dia, as marés traziam mais alguns navios e guerreiros desgarrados, mas a união de suas lanças ao exército era como a união de um único talo de cevada a um acre inteiro de plantação.

No quarto dia em Ribe, Geirmund foi ao acampamento para ver se conseguia escudos para comprar, pois nenhum dos três os trouxera de Avaldsnes. Passou a manhã perguntando e seguindo pistas infrutíferas. O acampamento era enorme e caótico, e só ao meio-dia finalmente encontrou um frísio disposto a vender.

Os escudos que tinha em oferta eram usados, mas fortes e feitos de abeto. O couro costurado em torno de seus aros era justo, as tiras de ferro azeitadas e sem ferrugem. Geirmund esperava pagar muito por qualquer escudo que conseguisse, mas o frísio parecia não ter intenção de se juntar a Bersi, querendo apenas vender suas mercadorias antes que a frota partisse daquela costa, então Geirmund adquiriu os três escudos por duas peças de prata.

No caminho de volta para a parte do acampamento de Jarl Guthrum, passou por várias tendas nas quais as mulheres se ofereciam por menos que prata. Uma delas acenou e o chamou, e por um momento seus cabelos loiros e bochechas vermelhas o atraíram. No entanto, estava carregando três escudos, um nas costas e mais um em cada mão, e tinha muita prata com ele para arriscar o roubo por um dos amigos da mulher, então fez a escolha mais segura e continuou seu caminho.

No dia seguinte, ele e Steinólfur planejaram mostrar a Skjalgi como se posicionar em uma parede de escudos, mas mal haviam começado a aula quando correu a notícia pelo acampamento de que a frota estava prestes a partir. Então, Guthrum apareceu entre eles, cheirando a hidromel, e deu a ordem oficial de que fossem feitas as oferendas aos deuses e de que os navios fossem carregados para a invasão da Inglaterra.

CAPÍTULO 8

A FROTA APROVEITOU DOIS DIAS DE MAR CALMO, mas, no terceiro, uma tempestade veio rugindo do norte sem sinal ou aviso. Os ventos uivantes e as ondas ferozes espalharam os navios, deixando cada um lutar a própria batalha pela vida ou morte da tripulação. Rek ordenou que a vela do

Amante das Ondas fosse abaixada para evitar que se soltasse, e cada homem deu suas mil remadas.

Geirmund remou, depois pegou no balde de escoar, então voltou ao remo até as pernas e braços parecerem tão inúteis quanto juncos encharcados, e ele mal conseguia enxergar com todo o vento, a chuva e os borrifos de água salgada que ardiam nos olhos. Sem o sol, não havia as marcações do dia, e a tempestade parecia interminável. Geirmund logo se perdeu no ritmo do remo e não sabia mais dizer se dias ou horas tinham passado.

O *Amante das Ondas* era bem construído e singrava alto nas águas, fosse no topo de uma ondulação ou em uma depressão tão profunda que ficava escuro como a noite até saírem dela. No entanto, houve momentos em que as ondas e as correntes reviraram o navio até que a proa e a popa parecessem se curvar, cada uma para um lado, e essa torção abriu fendas entre as tábuas e deixou a água entrar. Quando Guthrum soube que Steinólfur tinha experiência no mar e entendia alguma coisa de barcos, deu ao guerreiro mais velho a tarefa de tampar os vazamentos com lã alcatroada. Skjalgi trabalhou com ele, e o menino logo aprendeu a técnica. Depois disso, Steinólfur o deixou com esse trabalho e voltou a remar e tirar água do navio – mas era inútil, pois, assim que Skjalgi tapava um vazamento, outros dois se abriam.

Enquanto Geirmund trabalhava ao lado de Guthrum, tirando a água que entrava, Rek cambaleou até eles e gritou.

— Ægir e Rán querem nos engolir! Querem nos matar!

Guthrum riu.

— Ignore-os! Óðinn está conosco!

Rek olhou para Geirmund.

— Óðinn salvará o navio que carrega um filho de Hel?

Essa pergunta pareceu mudar a direção do vento. Geirmund conseguiu ver a dúvida esgarçando os fios da coragem de Guthrum, e a fenda se abriu quase que instantaneamente por toda a tripulação do navio.

— Vamos oferecer o Hel-hide a Ægir! — propôs Rek. — Que o jötunn fique com ele!

— Não! — Steinólfur largou o remo e lutou para atravessar o convés. — Você vai ter que me matar primeiro, e juro que levarei dinamarqueses comigo! — Ele apontou para Rek. — Começando pelo covarde!

A altercação atraiu Eskil e Skjalgi, e Geirmund não precisava ser vidente para saber como terminaria.

— Irmão, pare com isso! — gritou Eskil.

— Não! — Os olhos de Rek arregalaram-se enquanto ele batia no peito. — Eu dou as ordens a bordo deste navio!

— Certamente Jarl Guthrum dá as ordens! — retrucou Steinólfur.

Geirmund, porém, conseguiu ver claramente que a tripulação estava ao lado de Rek.

Guthrum olhou para Geirmund, a água escorrendo da testa, e Geirmund sabia o que precisava ser feito. Podia ver que o jarl estava com tanto medo da tempestade e dos próprios homens que não recusaria a exigência do capitão. Independentemente do resultado, uma briga de fato aconteceria, e então Steinólfur e Skjalgi morreriam ao lado dele, mesmo que conseguissem matar alguns dos dinamarqueses, pois a tripulação os superava em uma proporção de dez homens para um. Para poupar a vida dos companheiros, Geirmund tinha de evitar a luta, e sabia que Rek só ficaria satisfeito com um resultado.

— Dizem que Half e seus homens estavam dispostos a se jogar no mar para salvar os companheiros. — Ele se virou para Steinólfur. — Adeus, meu amigo — falou, e saltou pela amurada do navio.

O mar se apressou para envolvê-lo em suas garras de gelo, e então tudo ficou silencioso quando ele mergulhou nas ondas. A fúria voltou um momento depois, enquanto ele lutava para subir e irrompia pela superfície, onde Steinólfur gritava seu nome e lhe estendia a mão, inclinando metade do corpo sobre a amurada. O guerreiro mais velho tentou pular na água para salvar Geirmund, mas Eskil o segurou.

A rápida corrente puxou Geirmund para longe da nau. Em uma tentativa instintiva de sobreviver, sua mão alcançou um remo que passava, mas ele rapidamente retirou o braço e deixou que remo e navio escapassem do seu alcance.

Aquele não era o fim de vida que ele havia imaginado ao deixar o salão de seu pai.

Claramente, porém, seria seu destino.

O navio de Guthrum não havia sequer desaparecido ainda da vista de Geirmund, e o peso da armadura e das roupas já o arrastava para baixo. A água do mar inundava sua boca e enchia seu nariz. Engasgou-se e tossiu várias vezes, mas não tinha mais forças para lutar contra o mar. Mesmo se tivesse, não faria diferença, pois ninguém poderia desafiar o que tivesse sido decidido pelas Três Fiandeiras.

Quando você vê seu destino, há apenas uma coisa a ser feita. Deve marchar para enfrentá-lo.

Uma calma tomou conta dele, uma resignação pelo que havia sido decretado. Geirmund puxou a faca da bainha, a única arma que poderia segurar para enfrentar sua morte como um guerreiro. Então, parou de lutar, deu um último suspiro e deixou o mar puxá-lo para baixo, cada vez mais para baixo, para o vazio escuro e infinito de um Ginnungagap aquoso. Lá onde não havia ondas e a tempestade não poderia alcançá-lo, onde o frio punho de ferro de Ægir esmagava tudo, fosse nórdico, saxão ou dinamarquês.

Geirmund prendeu a respiração – o instinto de seu corpo ainda não estava disposto a abandonar o controle desesperado sobre a vida –, mas logo não haveria escolha. A pressão do mar apertava sua cabeça e apunhalava seus ouvidos. A queimação nos pulmões se espalhou pelo corpo, cada músculo e junta parecendo faminto. Quando abriu os olhos, viu fagulhas na escuridão congelada, como as brasas de Muspelheim flutuando ao redor.

Uma das faíscas não se movia, um ponto de luz abaixo dele que ficava cada vez maior e mais brilhante. Rán estava vindo para testemunhar seu afogamento e reclamar sua oferenda. Ele fechou os olhos, mas a luz permaneceu, brilhante o suficiente para deixar sua visão vermelha, e ele estremeceu com um rugido dentro dos ossos. Quando não conseguiu mais prender a respiração, abriu a boca e engoliu o mar. Gelo e sal encheram seus pulmões com fogo frio. Ele tentou não lutar, porém perdeu o controle dos membros e se debateu contra um deus. A luz brilhou até queimar seus olhos, cegando-o e queimando seus pensamentos até que não restasse mais nada de si dentro do crânio.

Então, não viu mais nada. Quando abriu os olhos novamente, estava deitado no meio de um enorme salão, com paredes e teto distantes e escuros demais para serem medidos, e parecia estar sozinho. Todo o corpo doía, como se cada parte dele tivesse sido ferida. Sentou-se devagar, lembrando-se de si mesmo. Um momento antes estava se afogando, mas as roupas agora estavam apenas úmidas, e a faca voltara à bainha no cinto.

A cama em que descansava parecia ser de aço, com uma depressão no centro que tinha a forma de seu corpo. Geirmund nunca vira ou ouvira falar de uma cama como aquela, e não conseguia entender por que um ferreiro empregaria tanto metal de boa qualidade para um uso tão fútil. As paredes e o chão que o cercavam eram feitos de uma pedra escura, polida e cortada de uma única peça, como se esculpida no coração de uma montanha, e ele não conseguia ver nenhuma lanterna, tocha ou outra fonte de luz para a fraca iluminação do salão. Começou a pensar que devia ter encontrado o caminho para a casa de um deus, ou talvez de um jötunn.

Presumiu que estava morto, mas sabia que não estava em Valhalla. Não via nenhum outro guerreiro, não sentia o cheiro de comida para festejar nem ouvia sons de luta, e também sabia que não lutara e morrera de um jeito que agradaria a Óðinn, com apenas uma faca na mão. Em seguida, considerou a possibilidade de que o salão escuro pertencesse à deusa Hel. Sem dúvida estava frio o suficiente para ser o reino dos mortos, mas, se fosse, ele pensou por que parecia tão vazio. Se o salão não pertencia a Óðinn ou Hel, talvez tivesse afundado até o reino de Rán, contudo aquele lugar não lembrava as histórias de suas cavernas de coral. Sem uma resposta clara e nenhuma outra suposição de onde poderia estar, decidiu sair em busca do seu anfitrião.

Quando Geirmund se levantou da cama de metal, percebeu que suas pernas e pés estavam mais firmes do que esperava. A dor e a fraqueza nos ossos também começaram a diminuir, mas ele sempre havia pensado que os mortos não sentiam dor, portanto decidiu que essas sensações tinham sido apenas uma lembrança persistente da morte.

Ele olhou para o fundo do salão e vislumbrou uma porta distante. Enquanto se movia em direção a ela, descobriu que era um arco, afiado e estreito como a ponta de uma lança, tão elevado quanto três guerreiros altos e um pouco mais largo que a envergadura dos braços de Geirmund. A abertura levava a um longo túnel, que ele seguiu em direção a uma luz brilhante que tremeluzia na outra ponta.

A certa distância ao longo do corredor, a pedra polida acabou e, além desse ponto, as paredes e o teto pareciam ser feitos de uma espécie de cristal ou vidro. Geirmund não teria acreditado que tanto daquele precioso material pudesse ser reunido em um só lugar nem moldado por outro ser que não um deus. Enquanto admirava a beleza e a habilidade contidas ali, percebeu que o cristal era transparente, e o que ele havia interpretado como um tom escuro dentro do vidro estava fora dele. Recuou da parede até o centro do túnel e olhou para cima, boquiaberto.

Estava debaixo d'água. No fundo do mar. Rán o havia levado para o seu reino, o que significava que talvez ele não tivesse morrido no fim das contas.

Geirmund espiou novamente pela parede de cristal para o abismo escuro além dela, que parecia vivo com sombras enormes e quase imperceptíveis. Ao longo do fundo do mar, quase conseguia distinguir as formas do que imaginava serem monólitos ou troncos quebrados de árvores. E, em algum lugar naquela vastidão, a serpente Jörmungandr esperava sua hora de despertar e se erguer.

— Thór me proteja — sussurrou Geirmund, e até mesmo essas palavras ecoaram ruidosamente contra as paredes de cristal.

Ele se afastou do abismo e se virou novamente para encarar o fim do túnel com sua luz brilhante, da qual ele se aproximou com mais cautela agora que achava que talvez não tivesse se afogado; afinal, ainda poderia morrer. Havia deixado sua espada no navio de Guthrum, ficando com a faca de bronze de Bragi como única arma. Ele a sacou quando chegou ao final do corredor, onde espiou dentro de uma segunda câmara.

O espaço era menor que o primeiro corredor, mas feito da mesma pedra, as paredes e chão decorados com entalhes e trilhas de prata incrustada. Havia um altar contra uma parede, rodeado por uma mortalha de luz que parecia se mover e balançar como uma tapeçaria. Dentro daquela luz, sobre o altar, estava uma braçadeira de ouro, que cintilou e atraiu Geirmund para dentro da sala, embora ele tivesse parado a alguns passos de distância, com medo de mexer no tesouro divino.

— Pode pegar, se quiser.

Geirmund deu um grito e girou.

A voz parecia vir de todos os lugares, alta e forte. Quando Geirmund procurou sua fonte, descobriu que um homem havia aparecido em um canto da sala atrás dele. O estranho era dois palmos mais alto que Geirmund e brilhava com uma luz pálida como a da lua. Vestia uma túnica de linho fino ou de seda, com placas de armadura e um elmo feito de prata. Era obviamente um deus, mas Geirmund não queria se curvar até saber qual deus estaria honrando.

— Você é Ægir? — perguntou ao estranho.

— Sou conhecido por muitos nomes, mas você pode me chamar de Völund.

Geirmund ouvira histórias sobre um homem chamado Völund. Não era um deus, mas tinha relações com deuses e reis, pois era um ferreiro de grande astúcia e habilidade, e suas criações causavam inveja em todos.

— Que lugar é este? — quis saber, ainda segurando a faca de Bragi ao seu lado.

— É minha casa — disse Völund. — Minha forja.

Geirmund olhou para cima, para o teto.

— Estamos submersos?

— Sim, você está. Há muito tempo, montanhas de gelo cobriam grande parte das terras do norte, e este lugar ficava em solo seco. Seus antepassados caçavam os poderosos auroques e juntavam alimento nas florestas que cresciam aqui. Quando o gelo recuou, o mar se encheu. Inundou aquelas florestas e minha forja, e levou seus antepassados a se instalarem em novos lugares.

Aquele gelo e as inundações existiam apenas nas histórias. Búri, o pai de Borr, que era o pai de Óðinn, fora extraído da geada pela vaca Auðumbla enquanto o gelo de Niflheim também recuava, e foram os descendentes de Búri que mataram o jötunn, Ymir, para moldar o mundo com seu cadáver.

— Como vim parar aqui? — indagou Geirmund.

— Você estava se afogando — explicou Völund. — Então, eu convoquei você. — Ele se aproximou.

Geirmund, sentindo um arrepio ao perceber que podia ver a parede através do ferreiro, ergueu a faca e recuou.

— Você não é um homem.

Völund balançou a cabeça.

— Não sou.

— Você está vivo?

— Já estive.

— Se não está vivo, o que você é?

O ferreiro fez uma pausa.

— Pense em mim como uma lembrança.

— Lembrança de quem?

— Dos deuses.

Geirmund começou a perder o controle, e não sabia se estava mesmo onde estava ou se sonhava.

— Eu estou vivo?

— Está.

— Por quê?

— Por que você está vivo?

— Não. Por que você me salvou? Muitos navios se perdem em tempestades, suas tripulações morrem afogadas. — Geirmund olhou ao redor da sala. — Parece que fui o único que você trouxe para o seu salão. Então, eu lhe pergunto, por que salvou a mim, e não aos outros?

— Agora entendo sua pergunta. — Völund se voltou para o altar. — Este bracelete é, em parte, uma resposta a isso.

Geirmund não abaixou a faca de bronze, mas permitiu que sua atenção recaísse sobre o altar e o bracelete, que era diferente de tudo que tinha visto. Tinha sido forjado em sete peças, cada uma adornada com uma runa diferente, e cada runa parecia brilhar com uma cor diferente, de dentro para fora.

— Este bracelete tem um nome — disse Völund. — Seus antepassados o chamaram de Hnituðr.

Geirmund deu um passo em direção ao altar.

— Meus antepassados?

— Sim. — Völund acenou com a mão, e a tapeçaria de luz que circundava o bracelete desapareceu. — Expliquei que você tem o sangue de seus antepassados que viveram nesta terra antes de o mar a cobrir. Você me é familiar. Seu ancestral também me era familiar quando o salvei do afogamento.

Geirmund teve apenas um ancestral que quase se afogou.

— Está falando de Hjörrleif — disse ele. — O pai do pai de meu pai.

Völund assentiu com a cabeça.

— Mas isso significaria... que o senhor é o homem do mar. — Geirmund apontou a faca para o ferreiro. — Ele o pegou em uma rede.

— Não seria possível me pegar com uma rede.

— Mas o senhor é o homem do mar da história, não é? Previu o destino de Hjörrleif.

— Descrevi o mais provável dos destinos possíveis para ele.

Geirmund abaixou a faca.

— O que isso significa? Existe apenas um destino para cada um de nós, e ele é inevitável.

— Destino é simplesmente uma palavra para o resultado de escolhas e suas consequências. É a consequência que é inevitável depois que a escolha é feita. A ação terá uma reação. Diga-me, você acredita que as escolhas são inevitáveis?

— Não. Sempre posso escolher como vou encontrar meu destino.

— Pode? — Völund sorriu. — Você poderia ter optado por permanecer em terra em vez de tentar atravessar o mar?

Geirmund pensou naquilo por um momento.

— Não, isso foi uma questão de honra. Jurei seguir Guthrum.

— Você teve escolha quando fez esse juramento?

— Não, porque era a única maneira... —

Geirmund sabia que, se não tivesse feito aquele juramento, Guthrum não o teria levado a bordo de seu navio e, se Guthrum não o tivesse levado a bordo de seu navio, Geirmund teria permanecido preso no salão do pai em Avaldsnes. Para cada uma de suas escolhas, havia apenas um caminho a seguir, mas esse caminho fora determinado pelas escolhas anteriores, que foram determinadas pelas escolhas que as precederam. Fazer escolhas diferentes teria feito de Geirmund alguém diferente de quem ele era. No entanto, isso não significava que essas escolhas fossem inevitáveis, ou que outras escolhas fossem impossíveis. Eram simplesmente mais difíceis de fazer.

— A consequência é a lei — disse Völund. — A escolha está em seu sangue, e é em seu sangue que vejo o que está à sua frente.

— O senhor é sábio para um ferreiro — comentou Geirmund. — O que vê à minha frente?

— Traição e derrota — Völund falou como se estivesse listando o rendimento de uma colheita não muito notável. — Vai se render ao inimigo, mas não saberá quem é seu inimigo.

Geirmund zombou.

— Você está me confundindo com meu pai e meu irmão. Eu nunca me renderia ao meu inimigo.

— Você se rendeu ao mar.

Ele estava prestes a negar, mas percebeu que não podia e ficou com raiva do ferreiro. Havia se rendido ao mar, isso era verdade, contudo não significava que se renderia a um inimigo, independentemente de quem esse inimigo pudesse ser.

— Talvez você simplesmente não seja tão sábio quanto pensei.

— Falo a verdade. — O rosto de Völund permaneceu calmo dentro do elmo de prata. — Não sinto necessidade de convencê-lo disso.

Geirmund voltou sua atenção para o bracelete.

— Por que se chama Hnituðr? Qual é o plano para ele?

— Foi assim chamado porque faz parte do destino de cada um que o usa. O bracelete é a lei. A escolha de pegá-lo é sua.

A oferta do bracelete pareceu a Geirmund como a oferta da isca em uma armadilha, e ele se perguntou se era seu destino pegá-lo ou recusá-lo, ou mesmo se tinha escolha, pois quem poderia recusar a obra de Völund, o ferreiro?

Ele deslizou a faca de volta para a bainha e foi até o altar onde Hnituðr estava pousado, brilhando e esperando que ele fizesse sua escolha.

Geirmund, porém, começou a ver que não tinha escolha. Ele não o recusaria. O bracelete era um prêmio digno de um rei, e se haviam sido seus antepassados que lhe deram o nome, então Hnituðr era seu direito de sangue.

Geirmund estendeu a mão para pegar o bracelete, mas, quando sua mão o tocou, a luz ofuscante brilhou novamente em seus olhos, queimando sua mente até reduzi-la a cinzas.

CAPÍTULO 9

Quando a consciência de Geirmund voltou, ele estava deitado com o rosto e a barriga na lama, ouvindo o barulho da água e o chamado das andorinhas-do-mar. A princípio pensou que retornara a Ribe, mas depois se perguntou se havia sequer saído daquela margem, e se o encontro com Völund tinha sido uma visão ou um sonho. Quando abriu os olhos, porém, viu que não estava em Jutland. Não sabia onde estava.

Cambaleou até ficar em pé, com as roupas encharcadas de água do mar, e percebeu que segurava algo. Ao olhar para baixo e ver Hnituðr, soube que não tinha sonhado com aquele salão submarino e concluiu que Völund, ou algum outro poder, o trouxera para onde estava agora.

Os lodaçais estendiam-se por muitas léguas ao norte e ao sul, como a costa de Ribe, mas aqui o mar ficava do lado oposto, a leste, o que significava que ele desembarcara em algum lugar na costa da Inglaterra. A oeste, através de centenas de acres de vasta área plana, viu a beira de um pântano, que ele presumiu ser o pântano da Ânglia Oriental. Nesse caso, estava em um território conquistado pelos dinamarqueses, mas muito ao norte de Lunden e do rio Tâmisa, para onde Bersi dirigira a frota.

Quaisquer barcos que tivessem sobrevivido à tempestade teriam navegado até lá, deixando Geirmund com a missão de encontrar seu caminho para o lugar chamado Readingum, o ponto de encontro para o exército de Halfdan e os navios de Bersi. Ele sabia que Bersi planejava usar o Tâmisa para viajar para o oeste, o que significava que Readingum ficaria em algum lugar a sudoeste. Geirmund não sabia quanto tempo a jornada levaria, mas era uma jornada que precisava fazer, nem que fosse para se reunir com Steinólfur e Skjalgi. Eles tinham vindo para a Inglaterra porque prestara lealdade a ele, e a lembrança do rosto do velho guerreiro no navio esforçando-se para alcançá-lo doía em Geirmund.

Olhou novamente para o bracelete, de um jeito que o ouro parecia não apenas refletir a luz do sol, mas também possuir uma luz própria, e ele decidiu que deveria escondê-lo. Exibir tal tesouro tão abertamente seria um convite ao roubo para qualquer pessoa que ele encontrasse, fosse saxão, nórdico ou dinamarquês, e contava apenas com a adaga de bronze para sua defesa. Então, escondeu o bracelete dentro da túnica, preso no cinto e fora de vista. Depois, virou-se para o sudoeste e partiu através do lamaçal.

O ar da Inglaterra estava quente e úmido, e os lodaçais atolaram as botas de Geirmund. Algumas das poças e alguns dos canais que encontrou eram rasos o suficiente para que ele conseguisse atravessá-los, mas outros pareciam profundos e traiçoeiros, exigindo tempo e esforço extras para serem contornados. Os pântanos seriam piores, pelo que tinha ouvido falar. A travessia poderia levar dias, mesmo que ele conhecesse bem os caminhos e atalhos, o que não era o caso. Precisava encontrar um meio de transporte mais rápido ou um guia que lhe mostrasse o melhor caminho.

Ao se aproximar dos limites do pântano, viu uma lacuna nos juncos a alguma distância ao norte, onde um rio se derramava nas planícies de lama e escorria em direção ao mar. Um rio certamente levaria a um vilarejo ou cidade, em que talvez encontrasse um barco que pudesse comprar com a prata que restava em sua bolsa.

Traçou sua rota em direção àquela parte do pântano e, quando alcançou a foz do rio, encontrou um curso de água largo e lento, mas com aterros que ofereciam a seus pés um terreno firme e um caminho para chegar àquela região.

Quanto mais fundo viajava no pântano, mais pesado ficava o ar, carregado com nuvens de pernilongos. Em todas as direções ele não via nada além de grama alta, juncos, choupos e árvores frondosas em um labirinto de águas salobras, tudo envolto por uma névoa fina que nunca parecia se mover ou diminuir. Geirmund ficou com sede enquanto caminhava, mas somente parou para beber das águas mais frescas que conseguiu encontrar, geralmente riachos que desaguavam no rio, embora até mesmo aquelas tivessem gosto de turfa.

Quando o sol finalmente se moveu para o oeste e começou a descer, Geirmund deu mais atenção a como e onde poderia dormir naquela noite caso não encontrasse um povoado antes do pôr do sol. Ainda tinha o acendedor na bolsa, mas também sabia, sem nem ter de verificar, que o mar tornara suas lascas de madeira inúteis, e a maioria dos gravetos caídos pelos quais ele havia passado pareciam úmidos demais para queimar. Também precisaria comer logo, mas as roupas molhadas eram sua preocupação mais urgente. Ele passaria uma noite muito fria se não conseguisse encontrar madeira seca.

A marcação do anoitecer se aproximava, porém era difícil adivinhar o quanto ele viajara, dada a natureza sinuosa do rio e da terra. O que poderia ter sido seis ou sete descansos em uma estrada reta parecia ter o dobro dessa distância, ou mais, nos pântanos. Ele golpeou sem efeito as moscas e pernilongos e coçou os vergões que eles lhe deixaram, acreditando que os insetos poderiam drenar seu sangue se ficasse em um lugar por muito tempo.

Estava um tanto surpreso por ainda não ter encontrado outra pessoa no rio, saxã ou dinamarquesa, mas a terra não dava a sensação de ser inabitada, como se Geirmund fosse o primeiro a ter andado por lá. Em vez disso, o pântano parecia estar parado e em silêncio, como uma presa quando o perigo está próximo.

Foi quando o sol tocou o topo de uma linha de álamos no horizonte que ele finalmente sentiu o cheiro de madeira queimada. No entanto, era fumaça velha, de madeira carbonizada. O rio se alargava ali, enegrecido pelas cinzas e sujo pela morte. O primeiro corpo que viu flutuando nos juncos pertencia a um homem, inchado e azul, e coberto de moscas acima da linha da água. As pernas esticadas e distendidas escapavam da longa túnica, que combinava com as descrições que ele ouvira sobre as roupas usadas por videntes e sacerdotes cristãos. Sua cabeça fora aberta por um machado ou uma espada.

Mais adiante na margem, Geirmund descobriu outro cadáver, e depois outro, depois vários, todos usando as mesmas vestes de sacerdote, todos homens, todos os corpos rasgados, abertos ou esquartejados. Viu partes de corpos sozinhas, incluindo a cabeça de um menino que poderia ter a idade de Skjalgi.

Geirmund nunca tinha visto esse tipo de morte. A velhice, a doença e a desventura puseram fim à vida de pessoas que ele conhecia; jamais se deparara com a morte que se seguia a saques e guerra. Embora tivesse deixado o salão do pai preparado para matar guerreiros saxões, jamais tirara uma vida ou vira uma ser tirada com tal violência.

Quase vomitou com o fedor que lhe preenchia o nariz e com a visão que lhe enchia os olhos e a mente, e estava tão oprimido e distraído que quase foi de encontro aos homens à frente dele antes de notar suas vozes. Mas percebeu a tempo de parar e ouvir.

Eram dinamarqueses, pela maneira de falar, porém Geirmund não conseguia escutar as palavras que diziam. Avançou, mantendo-se abaixado para espiá-los, sem saber o que esperar, e viu uma pequena ilha arborizada cercada pelo rio e pelo pântano. Era desse lugar que vinha o discurso dinamarquês.

Uma ponte de pranchas de madeira conectava a ilha à margem do rio e aos outros pântanos mais distantes. Geirmund não via outra maneira de se aproximar dos dinamarqueses, o que significava que teria de se apresentar antes de conhecê-los.

Algo se mexeu nos juncos às suas costas, e ele se virou para encarar um dinamarquês que saía do pântano, carregando uma cesta. Era jovem, mas mais velho do que Geirmund, e tinha o cabelo amarelo trançado no topo da cabeça. Quando viu Geirmund, largou a cesta e puxou seu machado, mas pareceu relaxar ao perceber que Geirmund não tinha outra arma além de uma faca.

— Você não é saxão — afirmou ele.

Geirmund balançou a cabeça.

— Venho de Rogaland.

— Um nórdico? — Ele apertou os olhos. — Você também não parece nórdico. Nem dinamarquês.

Geirmund suspirou.

— Sou nórdico. Fiz um juramento a Jarl Guthrum.

O estranho olhou ao redor, como se procurasse outras pessoas nas árvores e no pântano.

— Estou sozinho — disse Geirmund. — E estou com fome. Há espaço na sua fogueira para mais um?

O estranho assentiu e deu um passo para trás.

— Claro. Você pode pegar a cesta. Eu a carreguei por uma grande distância e meus braços estão cansados. — Ele apontou para ela com o machado.

Geirmund hesitou. Para carregar a cesta, precisaria embainhar a faca e usar as duas mãos, o que o colocaria em desvantagem, algo em que o dinamarquês obviamente havia pensado.

— Sou Fasti — o estranho se apresentou.

— Sou Geirmund.

— Vou levá-lo a Odmar — disse Fasti. — É o líder do nosso grupo.

O sol estava ainda mais baixo, e o pântano escurecia. Geirmund via poucas opções e decidiu que seria melhor confiar nos dinamarqueses do que passar a noite ao relento. Se os dinamarqueses quisessem machucá-lo, seriam uma ameaça mesmo que ele não concordasse em ir com Fasti, porque saberiam que estava por perto.

Geirmund acenou com a cabeça para o dinamarquês, guardou a faca e abaixou-se para pegar a cesta, que continha várias dezenas de ostras. Algumas das conchas ásperas borbulharam nas bordas e, quando Geirmund as ergueu, elas chacoalharam e se chocaram umas contra as outras. Era realmente um fardo pesado.

Fasti acenou com a cabeça em direção a uma fenda na grama, pretendendo que Geirmund fosse por ali primeiro, mas ele não gostou da ideia de ter o dinamarquês e seu machado atrás dele.

— Você é o líder — disse ele.

Agora era Fasti quem hesitava.

— Estou desarmado — avisou Geirmund, mostrando a cesta. — A menos que você ache que eu poderia te atacar com essas ostras, mas prefiro dar outro fim a elas.

Um sorriso se espalhou lentamente pela boca de Fasti.

— É verdade. Vamos comê-las. — Ele caminhou na direção que acabara de apontar e Geirmund o seguiu.

Do outro lado da fenda na grama, desceram até uma escada de lajes inserida no dique e depois chegaram ao passadiço de madeira que Geirmund vira estendido sobre o rio. Tinha mais ou menos o comprimento de uma pequena horta caseira, e as pranchas de madeira pareciam quase tão sólidas quanto a terra seca enquanto ele caminhava sobre elas, sem o eco oco de uma ponte ou cais. Fasti olhou para trás e viu Geirmund olhando para a madeira.

— Os saxões enfiam estacas altas no fundo do rio — explicou ele. — Bem juntas umas das outras, como uma aljava de flechas. Então, constroem em cima disso. — Ele pisou com a bota na passagem elevada. — É resistente, mas ainda deixa o rio passar.

— Isso é inteligente.

— Os saxões são espertos, é verdade. — Fasti ergueu o machado. — Mas os dinamarqueses são mais fortes.

Eles alcançaram a ilha do outro lado da ponte, com uma vegetação cerrada de arbustos e árvores espinhosos. Fasti o conduziu através das amoreiras até um caminho que levava a uma ladeira suave; quando Geirmund o alcançou, viu um grande campo de terreno limpo. No centro ficava a ruína queimada e fumegante de um salão.

— Que lugar era este? — ele perguntou.

— Os saxões o chamam de Ancarig. Era um templo cristão. Um pequeno, de madeira. — Fasti apontou para o oeste. — Rio acima há um lugar que eles chamam de Medeshamstede, onde o templo é muito maior e feito de pedra.

Os restos dos vários outros edifícios estavam queimados e, intencionalmente ou não, o incêndio também reclamara o que parecia ser um pomar. Fasti passou pelos destroços e entrou no que restava do templo. Quando Geirmund o seguiu, foi saudado por uma dúzia de dinamarqueses sentados ao redor de uma fogueira no meio do esqueleto do edifício. Todos olharam para Geirmund quando ele entrou, mas um deles parecia chamar mais atenção, um guerreiro atarracado com cabelo escuro e linhas azuis gravadas na testa, com um machado barbudo ao seu lado.

— Fasti, quem é esse? — indagou.

— Sou Geirmund Hjörrsson.

— Não perguntei para você — retrucou o homem.

— Não preciso de homem nenhum para falar por mim. Você é Odmar?

O homem olhou furioso para Fasti.

— Sou.

— Eu o encontrei espreitando do outro lado do rio. — O jovem dinamarquês mudou de posição ao lado de Geirmund. — Ele afirma ser nórdico.

Odmar zombou.

— Não é nórdico. Ele é gyrwas. Um saxão do pântano.

— Eu sou de Rogaland. — Geirmund largou a pesada cesta no chão, e as ostras fizeram barulho. — Eu estava em Ribe, em Jutland, e naveguei com a frota do rei Bersi.

— Ah, é? — Odmar olhou para a esquerda e para a direita. — E onde ele está? Onde estão os navios de Bersi?

— Em Lunden, acredito eu, a caminho de Readingum. Uma tempestade me lançou ao mar, e vim parar aqui.

— Então você deve ter boa sorte ou a proteção de um deus. Ou é um mentiroso. — Odmar apontou para a cesta. — Essas são as nossas ostras?

Geirmund olhou para as conchas.

— São.

— Jogue-as na brasa — ordenou Odmar.

Geirmund parou e, em seguida, fez o que o homem pediu, despejando o conteúdo da cesta nas brasas perto da borda das chamas. Em poucos instantes, as conchas começaram a assobiar e zunir, e os dinamarqueses se reuniram para tirá-las do fogo enquanto os sucos ferventes as faziam estalar e abrir. Os guerreiros sorriam enquanto sorviam o caldo e usavam facas para abrir as conchas e cortar a carne de dentro. Geirmund ficou parado até Odmar fazer sinal para que ele se juntasse aos outros enquanto raspava o interior de uma concha com os dentes.

O líquido da ostra escaldou a língua de Geirmund com gosto de salmoura e mar, e a carne em seu interior era forte e gordurosa. Em poucos instantes, todas as ostras haviam sumido, mas Geirmund conseguiu arrebatar seis delas, depois jogou as conchas na mesma pilha que os dinamarqueses.

— Levei um dia inteiro para catá-las — disse Fasti, olhando para os restos de sua coleta.

— Não se desespere. — Odmar enxugou a boca e a barba com as costas da manga. — Você sempre poderá catar mais amanhã.

Alguns dinamarqueses riram, e então Odmar voltou sua atenção para Geirmund.

— Ainda acho que você não parece nórdico.

— Não pareço nórdico desde o dia em que nasci — disse Geirmund. — Acha que é o primeiro homem tão observador a ponto de notar isso?

Isso causou mais risadas, inclusive de Odmar, e ele deu de ombros.

— Então sente-se, nórdico. Junte-se a nós aqui. O cheiro de fumaça e de templo queimado evita que os pernilongos piquem.

— Agradeço, Odmar. — Geirmund sentou-se com eles ao redor do fogo, saciado e um pouco mais à vontade.

— Vejo que sua espada deve ter ficado no navio — supôs Odmar, e depois olhou para os guerreiros à sua esquerda e à direita. — Somos homens de Ubba. O jovem Fasti é parente de Ubba. Estávamos em Hagelisdun, onde Ubba matou Eadmund, o rei desses saxões do pântano. Agora ele marcha para a Mércia, mas ficamos nos pântanos para manter o povo sob controle.

Geirmund pensou nos corpos que vira no rio e imaginou como aqueles sacerdotes haviam sido desobedientes. Então, olhou novamente para os arredores do templo queimado e percebeu que um anexo havia escapado da destruição, uma cabana pequena e redonda de pau a pique perto dos restos do pomar, uma sombra solitária no crepúsculo que agora caía sobre o pântano. Tinha uma única janela estreita e nenhuma porta, e essas características a teriam destacado, mas sua sobrevivência em meio às cinzas sugeria que a construção fora deliberadamente salva.

Ele acenou com a cabeça em direção a ela.

— O que é aquele lugar?

— É um túmulo — respondeu Odmar.

Geirmund olhou para o prédio novamente.

— Os saxões enfiam seus mortos em tumbas de madeira?

— São mortos-vivos — disse Odmar.

As ostras ficaram frias e pesadas no estômago de Geirmund.

— Um haugbui?

O dinamarquês sorriu.

— Vá e veja.

Nenhum dos outros homens falou. Todos observavam Geirmund, esperando, e sua inquietação voltou. Odmar pregava alguma peça, óbvio, mas não estava claro se o dinamarquês pretendia tirar sarro ou fazer mal. Após alguns momentos de hesitação, Geirmund decidiu satisfazer a própria curiosidade, sem se importar com as intenções de Odmar. Deixou os dinamarqueses ao redor da fogueira nas ruínas do templo e caminhou na escuridão em direção à cabana, que cheirava a merda e mijo a vários passos de distância. Aquilo dissipou um pouco seu pavor, pois os mortos não cagavam e mijavam nas histórias que Bragi contava.

Enquanto ele se arrastava até o prédio, localizou o fedor que estava sentindo no chão do lado de fora da janela, sugerindo mais prisão que túmulo. Geirmund aproximou-se da janela pela lateral, inclinando-se e esticando o pescoço para espiar lá dentro, ouviu um chapinhado e teve um breve vislumbre de um homem pálido e selvagem no momento em que algo voou em seu rosto. Ele se esquivou e mal conseguiu se desviar de uma enxurrada de excrementos que espirrou no chão.

Os dinamarqueses perto do fogo explodiram em gargalhadas, e o rosto de Geirmund enrubesceu. A princípio, ele se xingou de idiota, mas logo abriu um sorriso relutante com a brincadeira. O homem dentro da cabana não riu, e era improvável que sorrisse enquanto gritava e praguejava na língua saxã, que Geirmund descobriu ser capaz de entender.

— Afaste-se, demônio pagão! — gritou ele.

Geirmund olhou para a quantidade de dejetos que o homem acabara de jogar pela janela e duvidou que houvesse mais de reserva, então arriscou uma segunda olhada.

O saxão usava roupas de padre, embora suas vestes estivessem imundas e seu cabelo e barba emaranhados escondessem grande parte do rosto. Quando viu Geirmund, ele se jogou contra a janela, uivando com lábios secos e rachados, e Geirmund recuou novamente.

— Deixe-o aí! — gritou Odmar, ainda rindo, e acenou para Geirmund voltar ao templo.

Ele olhou mais uma vez para a estranha cabana sem porta e depois voltou para o círculo. Os dinamarqueses zombaram e apontaram para ele, ainda se divertindo bastante, e Geirmund ergueu as mãos, admitindo que tinha sido enganado.

— Você é rápido, nórdico — comentou Odmar. — Vários desses guerreiros tiveram que ir se banhar no rio depois de falar com aquele defunto.

— Por que diz que ele está morto? — perguntou Geirmund.

— Já falei, é o túmulo dele.

Geirmund franziu a testa, ainda confuso, e Odmar deu um tapa no ombro de Fasti.

— Conte para ele.

O jovem dinamarquês pigarreou.

— Alguns padres cristãos vão para uma cabana como essa para orar ao seu deus, e em seguida são presos lá dentro. Então, outro padre ora pelo primeiro para dizer que ele agora está morto.

— Os padres que escolhem entrar na cabana?

Fasti concordou com a cabeça.

— Nunca saem?

— Não — respondeu Fasti. — O deus deles proíbe.

Odmar riu.

— Alguns deles saem quando colocamos fogo nos túmulos.

Geirmund imaginou quantos dos edifícios carbonizados ao redor deles haviam sido cabanas como a que restara de pé.

— Por que vocês o pouparam? — indagou.

— Quero ver se está realmente morto — disse Odmar. — Nenhum homem pode morrer duas vezes.

— E os padres que vi no rio? — quis saber Geirmund. — Morreram duas vezes?

— Saíram de seus túmulos — disse Odmar. — Se for algum galdur cristão, talvez os padres percam o poder se saírem. Um haugbui e um draugr podem ser mortos. — Ele se inclinou na direção de Geirmund e apontou para a cabana solitária. — Sem comida nem água. Se aquele lá morrer, então nunca esteve morto, e não há poder.

O pântano ganhara vida com sons noturnos em toda a ilha: sapos e insetos cantores. Geirmund fitou os olhos de Odmar. Viu medo e ódio.

— O que os padres fizeram?

— Como?

— Você disse que estava aqui para mantê-los obedientes. Como eles desobedeceram?

Odmar recostou-se.

— Eles se recusaram a nos dar sua prata.

— Eles não tinham prata — interveio um dinamarquês do outro lado da fogueira. — Viemos aqui para…

— Todos os padres têm prata! — gritou Odmar.

Fasti olhou para o chão.

— Não esses mortos.

Odmar levantou-se de um salto, cuspindo fúria.

— Algum homem aqui deseja me desafiar? — Ele puxou seu machado barbudo e o apontou para o círculo de guerreiros, descrevendo um arco longo e lento. — Falem! Vamos resolver as coisas entre nós agora.

Como nenhum dos dinamarqueses respondeu, ele voltou a sentar-se, o que pôs fim a toda a conversa depois disso. Os guerreiros se dispersaram e se acomodaram para dormir, enrolados em suas capas, e Geirmund também se deitou. Sabia que era um risco, mas, se tivessem desejado lhe fazer mal, poderiam tê-lo matado antes de ele comer parte de suas ostras, ou a qualquer momento desde então, e ficou feliz por ter uma fogueira para se manter aquecido.

Adormeceu rapidamente, porém, na noite mais profunda, um lamento distante o despertou. Por vários momentos ficou ali, no escuro, um calafrio subiu pela base do pescoço, e ele não sabia se tinha ouvido um animal, um homem ou qualquer outra coisa que assombrava os pântanos. Era um som de dor e sofrimento. Geirmund achou que poderia ter vindo do padre e não conseguiu dormir depois disso, imaginando se o morto havia morrido.

Parecia que nenhum dos dinamarqueses ao seu redor havia se mexido com o som, mas Geirmund se levantou e rastejou do meio deles em direção à cabana. Quando chegou à construção, parou perto da janela para ouvir os sinais de vida lá dentro.

Ouviu sussurros em uma língua que não entendia, e o pavor que sentira ao se aproximar da cabana voltou, pensando que talvez o padre agora estivesse fazendo alguma magia ou maldição. Quanto mais ouvia, porém, menos parecia galdur e mais se assemelhava com uma oração a seu deus.

Isso significava que o homem estava vivo, ou pelo menos tão vivo quanto estava ao jogar merda da janela. Satisfeito, Geirmund se afastou, mas a manga da roupa prendeu-se no revestimento áspero da cabana.

Os sussurros do padre cessaram.

— Tem alguém aí? — perguntou ele, falando mais uma vez na língua saxônica que Geirmund entendia, sua voz rouca e fraca.

— Sim — disse Geirmund, suavizando a própria voz. — Mas não vou te machucar.

O padre gargalhou, contudo era a risada dolorida dos loucos e dos condenados.

— Talvez você devesse me machucar. Talvez devesse acabar com minha miséria do jeito que acabou com a vida dos meus irmãos.

— Eu não os matei — defendeu-se Geirmund. — Não estou com esses dinamarqueses.

— Não? Com quem você está, então? Por sua fala, não é saxão.

— Estou com... — Geirmund silenciou por um momento. — Com outros dinamarqueses.

O padre riu novamente.

— Tenho certeza de que existem muitos tipos de demônio, mas nenhum deles serve a Deus.

Geirmund olhou de volta para o acampamento dinamarquês para verificar se algum guerreiro havia acordado, todavia todos pareciam dormir.

— Você está vivo aí, padre?

— Que tipo de pergunta é essa? Estou falando com você, não estou?

— Pergunto porque os dinamarqueses dizem que outro padre orou por você quando entrou na cabana, como se você estivesse morto.

— Ah. Isso é uma compreensão pagã — ele gemeu.

Geirmund ouviu um farfalhar. Quando o padre falou novamente, estava diante da janela.

— Meu corpo não morreu quando me tornei um anacoreta. Ao entrar no meu isolamento, renunciei ao mundo fora dele, abdicando de todas as riquezas e títulos, e isso é tratado como uma espécie de morte.

Geirmund balançou a cabeça. Os padres que abandonam a riqueza e o título não têm prata para ser roubada, e Odmar saberia disso se simplesmente tivesse perguntado.

— Quer dizer que você ainda pode morrer aí dentro — disse Geirmund.

O padre suspirou.

— Sim, significa que ainda posso morrer, e espero morrer muito em breve. Pedi a Deus que me libertasse deste tormento, mas até agora Ele me deixou aqui, talvez por algum propósito que ainda não enxergo.

— Por que você não acaba com a sua vida?

— Isso é um pecado contra o Deus a quem eu oro.

— Então, você não pode sair, mas também não pode acabar com a própria vida? Seu deus desonra você.

— Como assim?

— Ele nega a você o direito de encontrar seu destino da maneira que você escolher.

— Esse é o entendimento de um pagão.

Geirmund entendia a situação bem o suficiente para saber que nunca oraria para aquele deus, mas tinha pena do padre em sua prisão que o fazia.

— Seu deus permitiria que você aceitasse água de um pagão?

Um momento de silêncio se passou.

— Sim — respondeu o padre.

Geirmund ouviu mais movimento lá dentro, e então o padre estendeu o braço pela janela, segurando uma caneca simples de madeira.

— Os outros demônios vão punir você por isso? — Geirmund quis saber.

Geirmund pegou a xícara e se afastou da cabana e dos dinamarqueses por um canto do pomar queimado, indo em direção ao rio no lado oposto da ilha na qual estavam os cadáveres dos outros sacerdotes. A amoreira espinhosa o arranhou enquanto ele tropeçava na escuridão, mas finalmente alcançou a margem e encheu a xícara do homem. Mais adiante, ao longo do rio, a oeste, avistou várias formas escuras na água e soube que eram os barcos que haviam trazido os dinamarqueses até aquele lugar. Então, se levantou e olhou para a caneca, esperando que a água ali fosse limpa.

De volta à cabana, passou a xícara pela janela e ouviu o padre engasgar-se e beber a água.

— Deus te abençoe, pagão — disse ele.

— Você me abençoa? — perguntou Geirmund. — Ou seu deus me abençoa?

— Peço ao meu Deus que o abençoe — respondeu o padre com um suspiro.

Geirmund deu de ombros.

— Aceitarei um favor ou presente de qualquer deus. Ou de qualquer ferreiro.

O padre riu com os dentes cerrados.

— Eu não deveria ter aceitado aquela água de você. Só vai atrasar minha morte. Mas foi um bálsamo, então talvez você tenha sido enviado por Deus.

— Nenhum deus me enviou, padre. Estou aqui por escolha minha.

— Então, fico grato por você ter escolhido ser gentil comigo — disse o padre. — Meu nome é Torthred. Qual é o seu?

— Eu sou Geirmund.

— Estou feliz em conhecê-lo, Geirmund. Agora desejo orar e depois dormir. Mas digo mais uma coisa para você. — Ele se aproximou da janela, os olhos e rosto quase invisíveis na escuridão. — Acho que você não pertence ao grupo desses dinamarqueses. Acho que o matariam por muito pouco.

Geirmund concordou com ele.

— Eu também diria mais uma coisa a você. Se o seu deus quer que você fique, morra de fome e sozinho quando poderia sair daí e continuar fazendo oferendas para ele, então seu deus é um tolo.

Torthred não discutiu. Simplesmente sorriu, baixou a cabeça e se retirou para as sombras profundas de sua cabana.

Geirmund se virou e olhou para as ruínas do templo, pensou em Odmar e seus dinamarqueses e decidiu não retornar ao círculo deles. Em vez disso, voltou para o rio pelo caminho que fizera ao buscar água para o padre e depois se esgueirou pela margem na direção dos barcos.

Seria fácil pegar um deles, e Geirmund rapidamente desamarrou o mais próximo e se preparou para partir. No entanto, ouviu passos às suas costas e se virou para ver uma figura avançando, alguém designado a vigiar as embarcações, embora estivesse escuro demais para ver quem era.

— O que você está fazendo? — quis saber o dinamarquês. A voz era de Fasti.

— A corda não estava bem presa. — Geirmund puxou a faca da bainha, tentando mantê-la escondida, sabendo que tinha apenas alguns momentos para evitar a morte pelas mãos desse dinamarquês ou pelas de Odmar. — Eu precisava amarrá-la.

— Mentiroso. — Fasti estava agora a apenas um passo de distância. — Você estava tentando roubá-lo. — Ele inspirou para gritar e soar o alarme, mas Geirmund se lançou e cravou a faca na garganta do guerreiro até o cabo, silenciando-o antes que ele pudesse fazer isso.

Fasti agarrou os pulsos de Geirmund, e seus olhos se arregalaram tanto que o branco deles apareceu. Ele gorgolejou e cuspiu, e a mão de Geirmund ficou quente e úmida com sangue dinamarquês enquanto levava Fasti para o chão. Em seguida, puxou a faca, tremendo, o coração palpitando, e voltou para os barcos, ciente de que precisava se afastar dos dinamarqueses. Odmar não era homem de deixar um insulto como aquele ficar impune. Faria uma perseguição furiosa e parecia conhecer bem o pântano. Geirmund, porém, não tinha nenhum machado para arrebentar os outros barcos de modo permanente e se recusou a roubar a arma de um homem moribundo. De qualquer maneira, o barulho despertaria os dinamarqueses.

Fasti contorcia-se e dava chutes fracos na grama enquanto Geirmund ia até cada um dos barcos, juntava todos os remos e os jogava em sua embarcação, sabendo que Odmar teria dificuldade para empurrar os barcos rio acima sem eles. Então, impulsionou seu barco e saltou a bordo.

CAPÍTULO 10

A CORRENTEZA DO RIO NÃO ERA FORTE, MAS O barco era de construção saxônica, pesado e grande, com três forquetas de cada lado. Geirmund foi até o banco da frente, puxando dois remos com ele, e o fluxo já tinha arrastado a embarcação uma curta distância rio abaixo quando as lâminas de madeira bateram na água.

Para aumentar a velocidade, ele remou de frente para a popa, de costas para o rio adiante, observando a ilha onde Fasti jazia moribundo ou já morto. Ficou atento a gritos dos dinamarqueses e procurou nos arbustos espinhosos sinais de movimento, mas tudo parecia calmo perto dos barcos de Odmar, até que o pântano os tirou da vista de Geirmund.

Só então ele fez uma pausa na remada para mergulhar as mãos e a faca no rio e lavar o sangue. Quando deixou Rogaland, esperava que o primeiro homem que mataria fosse um saxão no campo de batalha, não um dinamarquês nas sombras de um pântano, mas agora se perguntava quanto importava a diferença entre eles. As Três Fiandeiras determinavam a duração de cada meada da vida, o que significava que Fasti havia chegado ao fim da sua, fosse pelas mãos de Geirmund ou por algum outro meio. O que importava, então, não era se Fasti morrera, mas se Geirmund precisava tê-lo matado. Sabia que, se pudesse evitar matar Fasti, o faria, e decidiu então que, como uma ferramenta do destino, poderia escolher a honra – e sempre o faria.

Algo se moveu nos juncos à esquerda e, embora tenha desaparecido quando se virou para olhar, ele pensou ter vislumbrado o rosto pálido de uma mulher e se perguntou se tinha visto uma væ ttr do rio. Não queria que o espírito o confundisse com um dos dinamarqueses que sujara a água com cadáveres, mas tinha apenas prata para oferecer. Jogou uma moeda na correnteza para ficar seguro, estremeceu e em seguida remou com força, querendo se afastar daquele lugar.

Com o tempo, o pântano passou da noite para o dia, e Geirmund viu o sol nascer opaco e distante através da névoa que pairava sobre o lamaçal. Logo depois da primeira marcação do dia, o rio onde ele viajava encontrou outro canal mais amplo, e não muito longe dessa junção ele chegou a uma segunda cidade.

Era maior do que Ancarig, porém, assim como Ancarig, também fora incendiada, embora não tão recentemente. Geirmund achou que fosse Medeshamstede, o lugar que Fasti mencionara ter um templo de pedra, mas, enquanto remava por toda a extensão do povoado, viu que nem todos os edifícios haviam sido queimados e nem todos os saxões tinham sido massacrados. Algumas cabanas redondas permaneceram de pé, longe das árvores, e as pessoas se moviam perto da margem, lavando roupas, enchendo jarros e bacias e saindo com os barcos pelo rio. Olharam a passagem de Geirmund, mas seus olhos estavam vazios, derrotados demais para sentir interesse ou medo.

Logo ele chegou a um cais de madeira construído com a mesma técnica que a ponte em Ancarig, onde parecia que comerciantes e viajantes desembarcavam quando visitavam Medeshamstede ou seu templo cristão. Geirmund decidiu fazer uma breve parada ali para comprar comida, se os habitantes da cidade tivessem alguma para vender, e talvez descobrir como poderia viajar até Readingum. Remou até o cais e amarrou o barco lá, então tocou o bracelete de Völund sob a túnica para ver se estava seguro.

Uma trilha gasta o conduziu do cais através de um bosque de amieiros e salgueiros até um amplo prado, onde se erguia o que restava do templo de pedra. O telhado havia queimado e despencado, mas as paredes, embora enegrecidas e chamuscadas, permaneciam de pé, altas e firmes, sobre as pesadas fundações do prédio.

Um acampamento ficava ao lado do templo, perto de sua entrada em arco, e Geirmund reconheceu os homens ali como sacerdotes pelas vestes que usavam. Havia cinco deles e três homens saxões que pareciam ser guerreiros de algum tipo, bem como um jovem rapaz louro. Um dos sacerdotes trabalhava com martelo e cinzel em um grande bloco de pedra branca, enchendo a campina com o som agudo das batidas regulares, mas Geirmund estava muito distante para ver o que ele esculpia.

Outro dos sacerdotes gritou um alarme com a chegada de Geirmund, e então um terceiro deu um passo à frente, flanqueado por dois dos saxões, ambos com porretes. O padre aproximou-se de Geirmund erguendo as mãos abertas e vazias, mas balançou com raiva a cabeça raspada.

— Não, não, não — disse ele. — Os dinamarqueses roubaram toda a nossa prata. Saquearam nossos estoques de comida e tiraram a vida do abade e de todos os monges, menos a nossa e a daquele noviço. O que mais vocês querem de nós?

— Não sou porta-voz de nenhum dinamarquês — respondeu Geirmund.

— O que você quer? — gritou o padre.

— Duas coisas. Primeiro, gostaria de comprar comida e cerveja...

A boca do padre estava aberta.

— Você... você gostaria... — Ele piscou e então ergueu a voz. — Olhe ao seu redor, dinamarquês! Veja o que seu povo fez! E você vem em busca de negócios e hospitalidade? Não vamos vender-lhe nada!

— Você não tem nada para vender? — Geirmund quis saber. — Ou não quer vender para mim?

— Para você, a resposta para as duas perguntas é a mesma. Você é um pagão e um demônio e não encontrará conforto aqui. Vá embora.

Geirmund estava com fome, com sede e cansado de tanto remar.

— Vejo que você perdeu muito — disse ele. — Mas pode perder ainda mais, e seria sábio cuidar da sua língua.

Os guerreiros saxões ao lado do padre olharam feio para ele, e Geirmund desejou ter mais que uma faca.

— Venho até você em paz, padre, para negociar com justiça. Quando encontrei um dos seus com sede, dei-lhe água…

— Não me interessa. — O padre apontou o dedo para Geirmund. — A única água que você receberá de mim é a água do batismo. — Ele fez uma pausa e olhou de volta para o acampamento, meneando a cabeça para si próprio. — Isso mesmo. Se você renunciar aos seus deuses pagãos e se tornar um cristão neste exato momento, será um prazer compartilhar o que temos com você.

Geirmund não sabia se o padre lhe oferecia a barganha com sinceridade ou se esperava que Geirmund recusasse, mas, em resposta, ele simplesmente riu e perguntou:

— O que seu companheiro está esculpindo naquela pedra?

O padre ficou mais ereto.

— A imagem de Cristo Jesus e seus seguidores.

Geirmund olhou para o templo queimado.

— Por que ele honra seu santo homem dessa maneira? Seu deus falhou em proteger o próprio templo e a vida de seus sacerdotes. Por que eu oraria para uma divindade dessas?

O rosto do homem enrubesceu.

— Somos poucos, mas certamente podemos matar um dinamarquês sem espada, e assim estaríamos fazendo a obra de Deus.

Geirmund não acreditava que nenhum dos sacerdotes pudesse matá-lo, mas os guerreiros certamente tentariam, e se ele não recebesse provisões deles, seria tolice permanecer ali por muito tempo quando Odmar já poderia estar em seu encalço. Abaixou a cabeça e recuou de mãos erguidas.

— Acalme-se, padre. Não há necessidade de mais derramamento de sangue.

O padre não disse nada, mas se manteve firme, aparentemente disposto a deixar Geirmund partir. Então, ele se virou, cruzou a campina e refez seus passos através da floresta em direção ao rio. Ao se aproximar da margem, ouviu alguém correndo por trás das árvores e se virou, pronto para lutar. No entanto, era apenas um dos outros padres, estendendo um pedaço de pão.

— Está duro como pedra — avisou ele. — Mas é seu, se quiser. Não vou sequer exigir que você se torne um cristão.

Geirmund perscrutou a floresta e ficou escutando, mas não ouviu nem viu mais ninguém. Deu um passo em direção ao homem e pegou o pão, que precisaria ser umedecido antes de ser mastigado.

— Por que me deu isto?

— O meu Deus ordena que eu alimente os famintos.

— Os meus deuses, não, mas eu agradeço.

— Você claramente não é dinamarquês — comentou o estranho. — É da Finlândia? Bjarmaland?

— Minha mãe é de Bjarmaland. — Geirmund agora olhava o padre mais de perto, um tanto surpreso com seu conhecimento. Era um homem baixo, com cabelo castanho curto, bochechas lisas e um nariz pontudo como um machado. — Como você conhece Bjarmaland? — Geirmund perguntou.

— Li sobre esse lugar, como muitos fizeram. As suas características correspondem à descrição das pessoas que vivem lá, mas também dos finlandeses.

— Não sou finlandês. Venho de Rogaland.

— O Caminho do Norte? — Sua expressão ficou sombria. — Não é dinamarquês, mas dizem que é tão mau quanto um.

Geirmund sorriu.

— Pior.

— Meu nome é John — disse o padre.

Era um nome comum entre os frakkar. Quando Geirmund se lembrou dos mercadores do sul que conhecera, viu algumas de suas características e modos naquele sacerdote.

— E você não é saxão — disse ele.

— Eu sou saxão — confirmou John. — Mas sou da França, por isso sou chamado de saxão antigo. Qual é o seu nome?

— Geirmund.

— Bem-vindo a Medeshamstede, Geirmund de Rogaland.

— Não há boas-vindas aqui. Até o seu deus parece ter abandonado este lugar.

John inclinou levemente a cabeça e, embora não respondesse, sorriu, como se gostasse mais do sabor das palavras que do som delas.

— Lá na campina, você disse que tinha vindo aqui por duas coisas. Em primeiro lugar, para comprar comida, mas qual era a segunda?

— Quero saber a rota para um lugar chamado Readingum.

— Em Wessex? — John franziu a testa. — Você está a quase cem milhas de lá.

— Você conhece o caminho?

Ele assentiu.

— Conheço. Se você seguir este rio para o oeste por cinco milhas ou mais, chegará a... — Ele fez uma pausa, e então olhou para trás, de volta para a campina. — Espere aqui. Volto logo. — Então, sem falar mais nada, correu de volta passando por entre as árvores.

Geirmund o observou partir, um tanto perplexo. Não via nenhuma ameaça naquele padre saxão antigo chamado John, mas tinha pouca paciência para qualquer cristão, mesmo um amigável, e decidiu não esperar por ele.

Alguns momentos depois, enquanto Geirmund estava em seu barco roubado, pronto para partir, John veio correndo das árvores pela segunda vez, agora carregando um saco de couro. Chamou Geirmund, acenando enquanto corria em direção ao rio, e então o estampido de suas botas ressoou no cais.

— Pedi que você esperasse por mim — disse ele, ofegante. — Vou viajar para lá. Irei com você e mostrarei o caminho.

A oferta surpreendeu Geirmund, e ele apontou com a cabeça na direção do templo.

— Vão deixar você ir?

— Me deixar ir? — John se virou para olhar, com a testa franzida. — Ah! Não, eles não me consideram um deles. Não sou um monge.

— Monge?

— Sim, monge. Esses homens da abadia são monges. Pense neles como padres que muitas vezes vivem e oram juntos no mesmo lugar até morrer.

Isso sugeria que os padres de Ancarig eram monges.

— Então, o que você é?

— Sou um padre que pode ir e vir aonde Deus me mandar.

— E para onde o seu deus o manda?

— Com frequência, só depois de chegar a um lugar é que me dou conta de que fui enviado para lá. É por isso que minha bolsa está sempre pronta para partir. — Ele jogou o saco de couro dentro no barco saxão.

— Mas, neste momento, tenho certeza de que Ele está me mandando partir com você.

Geirmund queria um barco e um guia quando entrou pela primeira vez no pântano. Agora tinha os dois, então talvez não tivesse sido o deus do sacerdote que o enviara, mas o destino.

— Entre — pediu Geirmund.

John inclinou a cabeça em agradecimento. Em seguida, pulou do cais para o barco, tropeçando ao tentar se acomodar no banco do meio.

— Seu barco tem um número excessivo de remos.

Geirmund saiu do cais para a corrente do rio.

— Um barco não vai a lugar algum sem remos.

— Bem verdade. — John inclinou a cabeça para o lado da mesma maneira de antes. — Cinco dias atrás, uma grande companhia de dinamarqueses deixou Medeshamstede em vários barcos como este. — Ele olhou para o resto dos remos de Odmar. — Parece que não vão a lugar nenhum.

Geirmund posicionou os braços e voltou a remar.

— Esperemos que não.

— Posso perguntar de onde você veio esta manhã?

— Ancarig.

— É um lugar sagrado — explicou John. — Como estão os monges de lá?

— Piores ainda que os daqui — respondeu Geirmund. — Todos mortos, exceto um em uma cabana. Ele se chama Torthred.

— Torthred? Já ouvi falar dele. Um homem piedoso, por reputação. Ele tinha um irmão, creio, Tancred, e uma irmã, Tova. Você viu algum deles?

— Não vi nenhum outro padre — disse Geirmund, pensando que, se a figura que vira tivesse sido a irmã, tinha desperdiçado uma moeda de boa prata. — Torthred estava vivo quando o deixei, mas acho que não por muito mais tempo.

— É o padre sedento de quem você falou?

— Sim. — Lá fora, no rio aberto e largo, Geirmund sentiu o calor do sol nascente na testa. — Mas ele também é um idiota. Devia ter saído da cabana para ser um padre livre, como você.

John ficou em silêncio e então suspirou.

— Essa conquista dos dinamarqueses é como a chegada de uma noite maligna. Mas há velas acesas na escuridão, lançando toda a luz que podem para fazê-la recuar.

Geirmund não sabia se o padre se referia a Torthred como uma luz ou se falava de si mesmo, ou até se pensava em Geirmund como uma das velas, mas não perguntou.

— O que existe a cinco descansos daqui?

— Cinco...? Ah, sim. — Ele apontou rio acima, por sobre o ombro de Geirmund. — Os romanos a chamavam de Durobrivæ. Era uma pequena cidade murada e uma fortaleza, mas não é mais. Muitas de suas pedras foram roubadas para construir a abadia em Medeshamstede.

— Por que vamos para lá?

— Porque os romanos também construíram estradas, e agora os dinamarqueses as usam. Durobrivæ é onde você encontrará a Via Earninga, que o levará para o sul em direção a Readingum.

— Entendo — disse Geirmund. — Obrigado.

John olhou para o céu, que pareceu a Geirmund mais azul e claro do que estava sobre o pântano, e, enquanto Geirmund remava, a terra ao norte e ao sul do rio parecia estar secando, abrindo-se em um território de charnecas e florestas.

— Talvez seja eu quem deva agradecer.

— Por quê?

— Porque eu gostaria de viajar com você.

— Comigo? — Geirmund parou por um momento em sua remada, surpreso. — Não estou há muito tempo na Inglaterra — continuou ele —, mas acho que é raro um padre procurar um pagão como companheiro de viagem.

John concordou.

— Isso é verdade. Mas esta terra está mudando. Deixei a Nortúmbria porque ela foi invadida por dinamarqueses; quando cheguei à Ânglia Oriental, ela também havia sido conquistada. Temo que a próxima queda será da Mércia, e então apenas Wessex permanecerá. Estou começando a pensar que um dia, em breve, o padre que não quiser viajar com um pagão prosseguirá sozinho. — Ele inclinou a cabeça para o lado. — Mas eu não pediria para viajar com qualquer pagão.

— Apenas com os sem espada — comentou Geirmund.

— Ah, sim, sobre isso. — John pegou o saco que havia trazido e procurou dentro dele. — Acho que você fará melhor uso disso do que eu — disse ele, e puxou um seax em uma bainha de couro que era comprida para uma faca e curta para uma espada. Tinha um cabo de madeira e um pomo simples de ferro. — A lâmina não é de aço franco, mas vai cortar.

Quanto mais tempo Geirmund passava com o padre, menos entendia o homem e mais acreditava que ele podia ser louco.

— Você daria uma lâmina ao seu inimigo?

— Não sabia que você era meu inimigo. — John descansou o seax sobre a coxa. — Saxões e dinamarqueses podem ser inimigos, mas isso não significa que John e Geirmund precisem ser inimigos. Não considero homem algum meu inimigo.

Essas palavras atingiram Geirmund. John parecia mais jovem do que seu pai, Hjörr, em muitos verões, mas falava com a sabedoria de um velho.

— Você me lembra um skald que conheço — disse ele. — Bragi Boddason é o nome dele.

— É um amigo?

Essa não era a palavra que Geirmund teria escolhido para descrever Bragi, mas não estava errada.

— Uma espécie de amigo, sim.

— E o que Bragi Boddason o aconselharia a fazer?

Geirmund deu algumas braçadas nos remos, considerando a resposta antes de dá-la. — Ele me lembraria de que não tenho espada e você está me oferecendo uma, e diria que você provavelmente é um tolo, mas que também não me quer mal.

— Quase tudo isso é verdade — falou John, e acenou com a cabeça. — O seax é seu.

Um pequeno falcão ergueu-se da grama ao sul e gritou para eles antes de sair voando. Geirmund observou-o ir, desejando poder ver através de seus olhos de longo alcance.

— Se você pretende viajar comigo, deve saber que estou indo lutar contra os saxões.

— Posso ser um tolo, Geirmund de Rogaland, mas isso eu já imaginava. É por isso que não pretendo ir a Readingum com você. Dois dias ao sul daqui fica uma encruzilhada em um lugar chamado Roisia, onde você pegará a Via Icknield para Wessex. Vou continuar para o sul até Lundenwic.

— Lunden? O que o espera lá?

— Um navio, espero, que me leve para minha casa na Saxônia. A menos que Deus tenha planos de me enviar a outro lugar.

— Suponho que descobrirá quando chegar.

— Em geral, descubro — disse John.

O rio fez curvas e serpenteou várias vezes em arcos largos, para a frente e para trás, antes de eles avistarem Durobrivæ, e o sacerdote estava certo sobre o estado do lugar. Do rio, Geirmund via que as muralhas da cidade, que podiam ter sido impressionantes quando construídas, haviam sido reduzidas a uma altura que não manteria ovelhas no pasto. No entanto, ao fazer o barco contornar a última curva do rio e pousar na costa sul, ele viu que a útil ponte romana, pelo menos, sobrevivera. Puxaram o barco para o fundo dos juncos e o deixaram para trás, depois escalaram o aterro.

Pararam ali à sombra da ponte, e os dois homens encharcaram e mastigaram um pouco do pão duro que John dera a Geirmund. Então, Geirmund amarrou o seax ao cinto, John pendurou a mochila no ombro, e juntos saíram para a estrada.

À direita, a rua cruzava o rio sobre a ponte e continuava para o norte – até Jorvik, de acordo com John. Ao sul, a estrada passava sob um arco solitário, branco como osso, que parecia ter sido um portal das muralhas da cidade, e então cortava o coração de uma cidade abandonada, reta como uma flecha de arqueiro.

— Já viu trabalhos romanos antes? — perguntou John quando eles entraram nas ruínas.

— Nunca — respondeu Geirmund, baixinho.

Embora nenhum dos prédios permanecesse inteiro, ele conseguia ver as fundações em meio aos arbustos e árvores que haviam voltado para reclamar a terra. As linhas e contornos daquelas paredes quase pareciam formar enormes runas no chão, falando sobre o que tinham sido em uma língua que Geirmund mal conseguia compreender ou acreditar. Parecia que alguns dos salões romanos eram maiores que os de Hjörr, sustentados por colunas de pedra grossas como carvalhos. A cidade cobria pelo menos cinquenta acres, e John havia dito que era pequena. Mesmo a rua em que caminhavam era diferente de qualquer estrada que ele já percorrera. Tendo seis braças de largura, era feita de pedra triturada e compactada, e onde havia sulcos estes eram rasos. Enquanto Geirmund se movia pela cidade, sentia ao redor de si os construtores havia muito desaparecidos, e, na presença deles, manteve os passos leves e a voz baixa, temendo acordar os mortos que ainda moravam lá.

Caminharam por quase meio descanso antes de chegarem à extremidade sul da ruína. Quando saíram pelo portão, Geirmund suspirou, aliviado de um pavor opressivo e pesado, feliz por deixar aquele lugar para trás.

— Se você tivesse estado em Roma, como eu — disse John, olhando para trás —, veria como esse é um pequeno posto de trânsito.

Geirmund queria chamá-lo de mentiroso, mas John não parecia esse tipo de homem.

— É um lugar assombrado.

— Acredita que os mortos podem fazer mal a você? — perguntou John.

— Claro — respondeu Geirmund. — Você não acredita?

— Não.

— Mas você disse que os dinamarqueses usam estas estradas romanas.

— Eles usam. E daí?

— Então, parece que os romanos mortos prejudicam você ao acelerar a aproximação do seu inimigo.

John sorriu e fez que sim com a cabeça.

— Você tem razão. E talvez isso não deva ser surpreendente, pois os romanos também já foram pagãos.

CAPÍTULO 11

A ESTRADA ABERTA PELOS ROMANOS MARGEAVA a borda oeste dos grandes pântanos, através de uma região plana de charneca e floresta. Enquanto caminhavam, Geirmund percebeu que a escolha de tomar aquele caminho havia sido acertada, pois cruzara o pântano ao norte de sua verdadeira vastidão. Se tivesse seguido diretamente para o sul da baía aonde tinha ido parar após lançar-se no mar, teria ficado preso por muitos dias em um território com cerca de quarenta descansos. Viu isso com os próprios olhos enquanto viajavam para o sul, e os pântanos estendiam seus lamaçais para o oeste, por vezes à vista e ao alcance da estrada.

A leste, uma planície verde se estendia até onde Geirmund conseguia ver, uma região de bosques densos, elevações suaves e campos abertos sem fim para o cultivo e o pasto, mas não viu casas, salões, plantações nem gado. Era o tipo de terra que Geirmund viera à Inglaterra buscar e, não estando reclamada nem utilizada, parecia aguardar para ser tomada.

— Esta terra pertence a alguém? — perguntou ele.

— Todas as terras pertencem a alguém — disse John. — Estamos a oeste do Ouse e do Granta, o que significa que estamos na Mércia. Não conheço nenhum ealdorman aqui, então suponho que esta terra pertença ao rei Burgred.

— Ealdorman?

— Uma espécie de jarl. Mas estamos perto da fronteira com a Ânglia Oriental, o que significa que agora pode haver dinamarqueses com a crença de as terem reivindicado.

A vários descansos de distância da cidade romana, por entre as árvores, um cintilar de água apareceu a oeste, do outro lado do pântano, amplo o suficiente no horizonte para ser um mar interior. John disse que se chamava Witlesig, em homenagem a um vilarejo em sua outra margem, e era um de muitos pequenos mares, raso, cheio de peixes e aves.

Caminharam três descansos completos antes que o brilho do mar de Witlesig chegasse ao fim. Outros três descansos além disso, campos cultivados surgiram da floresta a oeste. Então, Geirmund avistou uma aldeia à frente, à beira do pântano. Não viu fumaça saindo das casas e não ouviu nenhum som, como se estivessem tão vazias quanto as ruínas romanas.

— Você conhece aquele lugar? — questionou o padre.

— Não tenho certeza. Mas fiz um estudo da estrada antes de deixar a Nortúmbria, e talvez seja Salters Stream.

— Parece abandonado.

— Talvez esteja. — Ele parou na estrada e virou-se para Geirmund. — Se encontrarmos dinamarqueses na estrada, então serei seu prisioneiro. Se encontrarmos saxões ou ânglios médios, seremos mensageiros a caminho de Lundenwic.

Geirmund meneou a cabeça, e então continuaram em direção à aldeia.

Ao chegarem lá, encontraram-na vazia, exatamente como aparentava de longe, com apenas algumas galinhas ciscando. Era um pequeno povoado, com várias cabanas reunidas em torno de um modesto salão, junto com oficinas, estábulos e algumas outras construções anexas. As condições do lugar sugeriam que ele não fora abandonado muito tempo antes, nem tinha sido vítima da destruição dinamarquesa.

— Os aldeões não podem estar escondidos nos pântanos nem na floresta — disse Geirmund. — Levaram tudo, até as carruagens e carroças.

— Devem ter ido para o oeste, mais ao fundo da Mércia. Com os dinamarqueses em marcha e na fronteira, este lugar não é seguro. — O padre olhou em volta. — Mas vai nos servir muito bem. Não encontraremos alojamento melhor para passar a noite.

Geirmund concordou, então foram para o salão, pois seria a melhor das casas para dormirem. Acharam-no seco e confortável, com mais ou menos o mesmo comprimento que o navio de Guthrum. Restavam alguns bancos antigos, mas, pelo formato do carvão deixado na lareira, Geirmund via que alguém usara outros bancos como lenha, em vez de procurar madeira seca nas florestas ao redor.

— Não somos os primeiros viajantes a usar este lugar — comentou ele.

Ao contrário do salão de Avaldsnes, que era acessado pelo meio, a porta dessa construção saxã ficava em uma extremidade. John passou por Geirmund em direção à parede oposta, que exibia uma espécie de sombra, indicando que algo havia ficado pendurado ali por um longo período. A coloração diferente da madeira revelava uma forma de cruz, como a que o padre usava ao redor do pescoço, porém maior.

— Este era um templo cristão? — quis saber Geirmund.

— Não. Mas os habitantes deste lugar eram bons cristãos. Acho que continuam a ser, visto que levaram a cruz com eles.

Para a refeição, Geirmund saiu, agarrou uma das galinhas e torceu seu pescoço. Depois de depená-la grosseiramente, limpou-a usando água de um riacho próximo e assou-a em uma fogueira feita da madeira que havia juntado. Quando a noite caiu, o aroma de carne cozinhando preencheu o salão, junto com o leve cheiro de penas queimadas. Então, veio uma tempestade, batendo no telhado com a chuva e estrondeando com trovões distantes. Geirmund ficou feliz por terem parado ali para descansar e grato pelo salão permanecer quente e seco enquanto comia o frango e chupava os ossos. Até sentiu-se satisfeito. Salters Stream era um lugar humilde, mas tinha uma bela casa e um bom terreno, o tipo de propriedade que desejava para si, e ali estava, abandonada e vazia.

— Com alguns bons guerreiros e suas famílias — Geirmund disse —, eu poderia ocupar este lugar e mantê-lo.

— Contra um exército de dinamarqueses?

— Contra bandidos e ladrões, depois que a guerra for vencida.

O fogo na lareira lançou um brilho vermelho sobre as vigas e paredes do salão, enquanto lá fora a chuva transformava a noite escura em breu.

— É um bom lugar — disse John, olhando em volta e acenando com a cabeça. — Pode ter certeza de que muitos sabem disso. Antes de esta terra pertencer aos mercianos, os bretões estiveram aqui, e antes de suas tribos existiram os romanos, que conquistaram outro povo aqui antes deles. Onda após onda quebrando nessas praias.

— É assim que as coisas são — concluiu Geirmund. — Terra gera guerra.

— Precisa ser assim?

— Sim, se todas as terras precisarem pertencer a alguém.

— Discordo. Acredito que, se todas as terras se submetessem ao Único Deus Verdadeiro no batismo e na fé cristã comum, poderia haver paz entre os reinos.

Geirmund zombou disso.

— A inveja é o fim da paz. Nenhum deus ou deusa, não importa quão poderoso seja, pode refrear a natureza gananciosa do homem.

— Você tem razão, é claro. Somos nós que devemos negar as tentações de nossa natureza decaída e nos submeter à vontade de Deus.

— Então vocês, cristãos, não passam de escravos do seu deus.

O padre inclinou a cabeça, fazendo como se estivesse se divertindo.

— Se formos, é uma escravidão curiosa, pois nunca encontrei um escravo que fosse amarrado por vontade própria.

Geirmund sentiu os olhos ficando pesados.

— Chega de conversa de padre por hoje.

— Pois bem — disse John.

Quando Geirmund adormeceu, ouviu John orando baixinho, mas isso não o manteve acordado, nem a tempestade. Foi o fim repentino da chuva que o acordou pouco antes do nascer do sol, e, como não conseguiu voltar a dormir, ele saiu do salão e voltou para o riacho. Lá se despiu da armadura e das roupas, tomando cuidado com o bracelete de Völund, e se banhou na água fria. As folhas da floresta ao redor dele continuavam a pingar chuva represada, e pássaros emergiam de seus poleiros para cantar.

Na volta ao salão, Geirmund encontrou o galinheiro e pegou alguns ovos, que sabia que não estariam galados, pois não tinha visto nem ouvido galo algum no quintal. Encontrou um balde que havia ficado para trás, lavou-o e encheu-o no riacho, e usou pedras do fogo para aquecer a água e cozinhar os ovos. John não acordou até que os ovos estivessem prontos e então simplesmente se sentou e deu uma mordida inteira, triturando as cascas com os dentes enquanto olhava para o nada. Geirmund descascou o primeiro, e, depois que os dois fizeram o desjejum, retomaram a jornada para o sul.

Embora a tempestade tivesse passado, nuvens pesadas ainda faziam do céu um campo de batalha, com ameaça de chuva durante grande parte do dia, mas sem mais do que uma ocasional névoa fina. Uma estrada de terra plana teria se transformado em lama durante a noite, tornando a viagem difícil ou mesmo impossível, mas a pedra britada usada pelos romanos permitiu o escoamento da água, deixando o caminho firme e facilmente percorrível.

A região pela qual passaram era praticamente a mesma do dia anterior, floresta e campo, embora mais terras ali tivessem sido cultivadas. Também encontraram algumas pequenas aldeias e propriedades, todas abandonadas como Salters Stream, mas algumas mais destruídas pelos viajantes ou por quem esperasse encontrar riquezas escondidas deixadas para trás.

No meio da manhã, depois de terem caminhado quase quatro descansos, a estrada virou ligeiramente para o leste, em direção a uma abertura entre duas colinas baixas no horizonte. Geirmund sentiu cheiro de fumaça.

— Há uma aldeia à frente?

— Sim, um lugar chamado Godmundceaster, mas ainda está um pouco distante.

Procederam com cautela depois disso, especialmente ao passar por trechos de floresta que tinham crescido perto da estrada, um esconderijo fácil para os ladrões, e logo não apenas sentiam o cheiro da fumaça, mas também podiam vê-la subindo das árvores. Dezenas de fogueiras queimavam entre as duas colinas, porém não pareciam pertencer a uma vila ou cidade.

— Dinamarqueses — disse Geirmund.

— Acho que você tem razão — concordou John. — Mas ainda estamos na Mércia, onde o rei Burgred governa.

— Se são dinamarqueses, não é Burgred quem governa. Aqui é Daneland.

O padre ficou pálido, mas assentiu.

— Então, vamos para Daneland. A partir de agora, serei seu servo.

Geirmund sentiu que precisava ser honesto com o padre.

— Quando os dinamarqueses olham para mim, não veem outro dinamarquês. Não veem um nórdico. Se desconfiarem de mim, pode ficar ruim para nós, mas especialmente para você.

— Então, vou confiar em Deus para que os dinamarqueses confiem em você.

Geirmund suspirou.

— Eu avisei, padre.

Caminharam mais meio descanso, mas não tão rápido quanto naquela manhã, como se os pés estivessem relutantes em trilhar aquela estrada, sabendo quem a reivindicara. Geirmund acreditava que, se estivesse sozinho, poderia superar qualquer suspeita e convencer os dinamarqueses de seu nome, mas a presença do padre, servo ou não, os faria hesitar e deixaria Geirmund menos convincente. Ele começou a planejar o que poderia dizer em sua defesa, perguntando-se se poderia afirmar com segurança que John pertencia a Guthrum e que o cristão era importante para o jarl de alguma forma.

— Ei, padre! — uma voz chamou da floresta a oeste.

Geirmund virou-se naquela direção, arma em punho, e viu um guerreiro saxão se aproximando deles por entre as árvores, parecendo encharcado e taciturno, além de desconfortável com a armadura e com a lança que usava.

— Bom dia! — cumprimentou John. Ele parecia muito feliz ao ver o estranho, e Geirmund não entendeu se o sacerdote fazia isso para deixar o guerreiro à vontade, ou se realmente se sentia assim na presença de outro saxão. — Como você está hoje?

— Gostaria que estivesse mais seco, e gostaria de estar em casa em vez de estar aqui. — O guerreiro chegou à beira da estrada.

Geirmund manteve o seax desembainhado e pronto.

— O que o traz por estas bandas, padre? — indagou o estranho.

— Ah, sou apenas um humilde pároco — John respondeu — viajando para Lundenwic.

O guerreiro balançou a cabeça.

— Sugiro que reconsidere esse plano. Os dinamarqueses estão ao sul. Fortificaram a área ao redor de Huntsman's Hill.

— Sim, notamos isso. — John acenou com a cabeça e olhou para a estrada. — Parece que muitos dinamarqueses estão acampados na Mércia.

— Há uma trégua — disse o guerreiro. — O rei Burgred e o rei Halfdan entraram em um acordo. Os dinamarqueses podem se mover pela Mércia, mas sem causar problemas.

— Sem causar problemas? — Geirmund perguntou. — Acho que os monges de Ancarig e Medeshamstede discordariam.

O guerreiro olhou fixamente para ele e para o seax nas mãos dele.

— Quem é você?

— Ele viaja comigo — explicou John — como meu guarda contratado na estrada. E o que diz é verdade. Viemos de Medeshamstede, onde os dinamarqueses massacraram os monges e queimaram a abadia há poucos dias.

O saxão olhou para trás, mais ao fundo da floresta.

— Ouvimos relatos de bandos de soldados nos pântanos. Nossa fronteira com a Ânglia Oriental nem sempre é clara para os dinamarqueses. Erros foram cometidos.

— De fato, foram — disse John. — Erros fatais. Erros dispendiosos.

— Alguns erros podem até custar a coroa de um rei — Geirmund acrescentou.

Ele sabia muito bem que Halfdan moveria seu exército pela Mércia independentemente de qualquer acordo, mas era provável que tivesse recebido um pagamento em ouro e prata para não causar problemas, mesmo que por um curto período. Geirmund também sabia que os dinamarqueses não iriam embora da Mércia agora que tinham um ponto de apoio, e Burgred meramente ganhara algum tempo antes da queda.

— Nenhum acordo dura para sempre — finalizou Geirmund.

— É por isso que estamos aqui — disse o saxão. — Estamos vigiando esses dinamarqueses.

Se todos os saxões lidassem com os dinamarqueses de maneira tão estúpida, a Inglaterra certamente cairia. O homem parecia não compreender que havia sido incumbido de zelar pelo machado que um dia lhe arrancaria a cabeça.

John talvez tivesse entendido isso também, pois estava de cara fechada.

— E o que você vê esses dinamarqueses fazendo no acampamento deles em Huntsman's Hill?

— Eles marcham — disse o saxão. — Saem dos pântanos e rumam para o sul.

— Para onde estão indo? — Geirmund questionou, embora soubesse a resposta: os dinamarqueses marchavam para Readingum. Ele só queria entender se o saxão também sabia disso.

— Estão pegando o Caminho de Icknield para Wessex.

— Isso o preocupa? — John indagou.

O homem deu de ombros.

— Contanto que eles não venham para o norte ou atravessem a Via Earninga, não é da minha conta.

— Espero, pelo bem do rei Burgred e pelo seu, que continue assim. — John apontou para as fogueiras distantes. — Se há uma trégua, por que não podemos viajar por esta estrada?

— Ah, você pode viajar, padre — disse o saxão. — Eu apenas desaconselho. A menos que confie nos pagãos.

John olhou para Geirmund.

— Eu confio em alguns pagãos.

— Faça o que quiser, padre. — O guerreiro recuou da estrada. — Que o Senhor o proteja em sua jornada.

— Que o Senhor o proteja também — retribuiu o padre. — Que Ele proteja toda a Mércia.

O saxão desapareceu na floresta, sem dúvida retornando ao esconderijo de onde ele e seus homens vigiavam a estrada. Geirmund embainhou o seax.

— Protegidos por guerreiros como esse, não é de se admirar que os reinos saxões estejam caindo.

— Os guerreiros saxões, em sua maioria, são agricultores — falou o padre. — Lutam com o fyrd de seu ealdorman quando convocados, mas preferem ficar em casa com as colheitas e os rebanhos.

— E por que seu deus protegeria essas pessoas das próprias tolices?

John retomou a caminhada, em direção ao sul.

— Se você visse uma criança prestes a colocar a mão no fogo, não iria impedi-la?

— Claro que sim. Você está dizendo que Burgred é uma criança?

— Não, estou dizendo que somos todos filhos de Deus.

Geirmund riu novamente da fé do padre. Imaginou Valhalla e suas crianças, todas chorando para Óðinn lhes dar leite em vez de hidromel, e achou graça. Óðinn não queria filhos em Valhalla, e Thór não daria força àqueles que não conquistassem seu respeito.

— Você deve me achar um tolo — comentou John — por entrar em Daneland.

— Soube que você era um tolo quando me deu uma espada.

— E ainda assim você não a usou para me matar. Eu diria que o Senhor me protegeu, você não?

— O destino o protegeu.

O padre inclinou a cabeça.

— Ou talvez seu destino e meu Deus sejam o mesmo. Terei que pensar sobre isso.

Geirmund achou difícil fazer essa comparação. Quanto mais se aproximavam de Huntsman's Hill, mais ele percebia que nenhuma artimanha teria sucesso. Ouviu os sons distantes do acampamento, as vozes altas, os animais zurrando, as árvores caindo, o ferro ressoando, mas nada disso pareceu assustar ou perturbar o sacerdote. Tolo ou não, John caminhava como se seu deus tivesse removido o medo de dentro dele.

Eles avistaram os primeiros dinamarqueses em outra ponte romana, sobre um largo rio que John chamou de Ouse. O acampamento, Geirmund via agora, ficava do outro lado da ponte, em uma cunha de terra criada por uma curva do rio. A paisagem reduzia a necessidade de amplas fortificações, uma vez que o rio a protegia a oeste, norte e sul. Os dinamarqueses precisavam apenas segurar a ponte e defender a margem leste do acampamento. Essa localização também dava aos dinamarqueses o domínio sobre a estrada e todos os que desejassem percorrê-la, não restando a Geirmund outra escolha a não ser abordar os invasores como um deles.

— Sou Geirmund Hjörrsson — apresentou-se. — Prestei lealdade a Jarl Guthrum.

Um dos dinamarqueses na ponte deu um passo à frente. Tinha dois machados, e atrás dele havia meia dúzia de homens armados de forma semelhante, além de dois arqueiros.

— Jarl Guthrum não está aqui — disse o homem. — Você não é dinamarquês. De onde vem?

— Sou um nórdico de Rogaland. Fui levado pelo mar em uma tempestade e lançado à praia ao norte daqui. Viajo para me juntar a Jarl Guthrum em Readingum e levo para ele um servo valioso.

— Um padre? — O dinamarquês riu e olhou para os homens atrás dele, que se juntaram à risada. — Qual é o valor de um padre para Jarl Guthrum?

Geirmund lutou para encontrar uma resposta, mas nenhuma lhe veio à mente, e então John falou:

— Eu leio e escrevo na língua saxã — disse ele, de cabeça baixa. — Posso ler mensagens que os olhos dinamarqueses não entendem.

Essa não era uma habilidade que Geirmund teria sugerido, mas pareceu fazer o dinamarquês diante deles parar para pensar.

— Venha comigo — pediu ele por fim.

Os outros guerreiros na ponte afastaram-se para deixá-los passar, e o primeiro dinamarquês os guiou através do acampamento para uma grande tenda aberta, onde vários guerreiros estavam sentados comendo e bebendo. Dois dos homens encontravam-se sentados em cadeiras elegantes e tinham traços similares, especialmente o azul-claro dos olhos, mas a barba de um deles era grisalha. Geirmund imaginou que fossem pai e filho.

O guerreiro que os escoltava parou a alguns passos da tenda e esperou até que o mais velho dos dois homens acenasse e o mandasse avançar.

— O que é isso? — ele perguntou, olhando Geirmund e John.

— Este homem afirma ser um nórdico leal a Guthrum, meu senhor — contou o dinamarquês. — E diz que o padre é seu servo.

— É mesmo? — O mais jovem dos olhos azuis levantou-se da cadeira. — Não parece um nórdico.

— Sou um nórdico — disse Geirmund. — Sou Geirmund Hjörrsson e posso falar por mim mesmo. — Então relatou o que havia acontecido com ele, da mesma maneira que contara a Odmar; quando terminou, os guerreiros na tenda ficaram em silêncio. — Peço que me deixem passar para continuar minha jornada até Jarl Guthrum.

O homem mais velho cruzou a tenda e parou diante de Geirmund.

— Sou Jarl Sidroc, e este é meu filho, Sidroc. Ouvi falar sobre o rei Hjörr de Rogaland, e você é feio o suficiente para ser um dos filhos das histórias que contam. Mas preciso ter certeza.

— O que posso dizer ou fazer para convencê-lo?

— Nada, por enquanto — disse o velho jarl. — Marcho com destino a Readingum amanhã, com guerreiros para Halfdan. Guthrum estará lá. Você marchará conosco e, quando chegarmos a Readingum, saberemos a verdade do que conta sobre Guthrum. Se falou a verdade, tudo ficará bem. Se mentiu, nem tudo ficará bem.

Geirmund poderia aceitar de bom grado essa solução. Guthrum o apoiaria. Ele havia mesmo planejado ir para Readingum e, com o plano de Sidroc, não viajaria mais sozinho depois que se separasse de John. No entanto, John não planejava ir a Readingum nem marchar com os dinamarqueses para a batalha. O padre não estaria seguro com os guerreiros de Halfdan, e Geirmund não sabia o que Guthrum faria com John quando chegassem ao final da jornada.

— E quanto ao servo? — perguntou.

— O padre é para Guthrum, não é?

— Sim, é.

— Então você o levará. Mas estará sob sua responsabilidade.

Isso significava que Geirmund seria responsável por qualquer problema que John pudesse provocar, mas não previa os danos que poderiam ser causados a ele.

— Tenho sua palavra de que ele permanecerá ileso até chegarmos a Readingum?

— Sua propriedade será respeitada — respondeu Jarl Sidroc —, como seria a de qualquer dinamarquês, e você terá liberdade no acampamento.

Geirmund baixou a cabeça.

— Você é sábio e justo.

O velho jarl acenou para ele e voltou para sua cadeira. O Sidroc mais jovem olhou para Geirmund por mais um segundo antes de sentar-se, e então o guerreiro que os escoltara foi embora sem dizer uma palavra, retornando ao posto anterior. Geirmund saiu da tenda e procurou um lugar onde ele e John pudessem conversar sem serem ouvidos, mas também sem levantar suspeitas, e finalmente encontrou um ponto perto do rio.

— Desculpe, padre.

— Por quê?

— Você estava indo para Lundenwic.

— Eu estava — disse John. — Agora estou indo para Readingum.

— Mas temo ter colocado você em perigo.

O padre abanou a cabeça.

— Fui eu que ignorei seus avisos, então fui eu que me coloquei em perigo.

— Mesmo assim — continuou Geirmund —, perigo é perigo.

— E Deus é bom. — John sorriu. — Pense nisso como destino, se quiser, mas saiba que meu deus não parou de me guiar desde que joguei minha sacola em seu barco. Amanhã marcharemos para Readingum, Geirmund de Rogaland, aconteça o que acontecer.

PARTE TRÊS

O GRANDE EXÉRCITO PAGÃO

CAPÍTULO 12

SIDROC, O VELHO, FOI FIEL À SUA PALAVRA. OS DINAmarqueses já estavam marchando havia dois dias e, durante esse tempo, o jarl e seu filho trataram Geirmund como um dos trezentos guerreiros, ao passo que John foi tolerado ou simplesmente ignorado, nem bem tratado nem maltratado. Geirmund sabia que era apenas uma trégua temporária, e o padre continuava em perigo.

A Via Earninga subira gradualmente para fora dos pântanos e vales e, em uma encruzilhada, no segundo dia, os dinamarqueses dobraram para o oeste na estrada chamada Icknield. Essa trilha seguia a cordilheira ao longo de uma série de colinas de calcário, subindo e descendo por vales arborizados. Geirmund achava que era uma boa terra, verde e rica, e, embora parecesse ter sido pouco ocupada pelos saxões, certamente seria reivindicada por um dos ealdormen ou reis.

Na madrugada do terceiro dia de marcha, Sidroc, o Velho, convocou Geirmund e John para sua tenda antes que a névoa matinal se dissipasse. O jarl não levara nenhum deles à sua companhia desde o dia em que o conheceram em Huntsman's Hill.

— O que você acha que ele quer? — perguntou o padre enquanto caminhavam por entre as árvores e os dinamarqueses que acordavam.

— Não sei — respondeu Geirmund. — Mas me preocupa.

— Estamos a apenas um dia de Readingum — comentou o padre. — Talvez ele queira limitar nossa liberdade na última parte da jornada, até que tenhamos sido entregues a Guthrum.

— Talvez — disse Geirmund.

Quando chegaram ao jarl, o encontraram esperando acompanhado do filho e de vários dinamarqueses, todos atentos e bem armados. O clima na tenda parecia tão quente quanto brasas agitadas e Geirmund, embora não soubesse por que, acreditava que ele e o padre estavam em perigo. Sidroc, o Velho, segurava um pedaço de pergaminho, e Geirmund viu que havia algo escrito nele. O jarl deu um passo à frente para encarar o padre.

— Você sabe ler e escrever, certo? — ele deduziu.

John abaixou a cabeça.

— Sim, eu sei.

— Vai ler isto e me dizer o que está escrito. — Sidroc, o Velho, estendeu o pergaminho para ele.

John hesitou, olhou para Geirmund e então aceitou.

— Como quiser, Jarl Sidroc — disse ele, e então examinou a escrita por alguns segundos. Seus olhos se arregalaram. — É uma mensagem para o rei Burgred, enviada por alguém em Wessex para manter a Mércia informada sobre o que acontece lá.

Jarl Sidroc começou a andar.

— Continue.

John pigarreou.

— Diz que os dinamarqueses estão acampados em Readingum e que suas fortificações são resistentes. O rei Æthelred de Wessex e seu irmão, Ælfred, tentaram um ataque lá, mas Halfdan havia acabado de receber novos guerreiros do rio Tâmisa. Os saxões perderam muitos homens e foram rechaçados. Entre os mortos estava um ealdorman de Bearrocscire, chamado Æthelwulf, que recentemente derrotara um bando de dinamarqueses em uma escaramuça em Englefield.

— Algo mais? — perguntou o Sidroc mais jovem, mas com o sorriso leve de quem já sabia a resposta.

— Sim, há mais — respondeu John. — Æthelred e Ælfred agora estão em Wælingford. Esperam tirar os dinamarqueses de suas fortificações para uma batalha em campo aberto em Ashdown. John devolveu o pergaminho a Jarl Sidroc. — Esse é o fim da mensagem.

Jarl Sidroc olhou para John, depois pegou o pergaminho e acenou com a cabeça para seus homens. A esse sinal, os guerreiros saíram da tenda, e Geirmund e John ficaram a sós com o jarl e seu filho. O clima havia esfriado.

— Você já sabia o que a mensagem continha — disse Geirmund.

Jarl Sidroc assentiu, enquanto o mais jovem Sidroc continuou sorrindo.

— Meu pai não é tolo.

John suspirou.

— Certamente não.

— Aproveitei a oportunidade para testá-lo, padre — revelou o jarl. — Queria saber se você me contaria a verdade.

— E se eu não tivesse contado? — John indagou.

— Você estaria morto — falou o Sidroc mais velho, como se a resposta fosse óbvia. — Ou morrendo lentamente. Mas agora devo mantê-lo seguro. Você ficará para trás com as carroças.

— Para trás? — Geirmund perguntou.

— Vamos marchar. — O jarl ergueu o pergaminho. — Esta mensagem foi escrita dias atrás. Talvez a batalha já tenha sido travada, mas pode ser que aconteça hoje. Se for, precisamos estar lá. Mas será uma marcha longa e rápida. Se Æthelred fortaleceu Wælingford, não conseguiremos cruzar o rio lá. Em vez disso, tentaremos atravessar mais ao sul, em Moulsford. Se estiver bloqueado, teremos que ir ainda mais ao sul para atravessar em Garinges, e então viajar para o norte até Ashdown. Sugiro que encontrem algo para comer agora, enquanto podem.

Geirmund e John abaixaram a cabeça e saíram da tenda do jarl. Em seguida, foram em busca de uma fogueira, onde receberam tigelas de mingau com banha. Sentaram-se para comer longe dos outros dinamarqueses, e Geirmund perguntou ao padre como ele sabia que não deveria esconder o verdadeiro conteúdo da mensagem.

— Você sabia de alguma forma que o pergaminho fora lido?

— Não — disse John.

— Pensou em mentir?

O padre pareceu considerar a pergunta como se não soubesse a resposta de imediato.

— Talvez por um momento. Mas pensei primeiro em meu Deus, que me pede para ser honesto, e, em segundo lugar, no que uma mentira significaria para você, que havia me endossado. E decidi falar a verdade para o dinamarquês.

Geirmund balançou a cabeça e comeu um bocado de seu mingau.

— O que sabe sobre esse rei de Wessex e seu irmão, Ælfred?

— Ouvi dizer que são homens instruídos.

— Isso não os torna inteligentes.

— Mas dizem que também são inteligentes, e ouvi dizer que são guerreiros devotos e ferozes de Cristo.

— Se fossem inteligentes, não seriam cristãos. — Geirmund riu para si mesmo. — Você é um guerreiro de Cristo? Você sabe lutar, padre?

— Infelizmente, dediquei meu tempo ao uso da pena, não da espada.

— Sua pena pode escrever nossa vitória, então?

— Pode, mesmo que sejam derrotados, mas somente depois que a batalha acontecer.

Geirmund zombou.

— Sua pena pode mudar o passado?

— Só o que é dito a respeito do passado, o que é quase a mesma coisa.

Enquanto Geirmund terminava seu mingau, pensou em como uma história de guerra saxônica seria diferente de uma história de guerra contada pelos dinamarqueses, e entendeu o que o padre queria dizer. Quando morre o mais velho dos guerreiros que lutaram em uma batalha, e não há mais ninguém que se lembre do evento, a história daquela batalha pode tornar-se o campo de uma nova luta. Rixas de sangue haviam começado assim, pois as histórias podiam construir ou destruir reputação e honra.

— Você sabe lutar? — perguntou o padre.

— Aprendi a lutar — respondeu Geirmund. — Mas nunca estive em uma batalha.

— Está com medo?

— Conheço um homem que diria que só os tolos nunca têm medo.

— O skald de novo? Bragi Boddason?

— Não, um homem chamado Steinólfur. Com sorte, nós o veremos no campo de batalha hoje. — Ele sorriu para o padre. — Vou tentar impedir que ele mate você.

— Ficaria muito grato por isso.

— Não tema, padre. Você estará seguro com as carroças.

— Vou orar mesmo assim — disse John.

Os dinamarqueses também oraram. A notícia espalhou-se pelo acampamento de que eles marchariam para Ashdown, e os guerreiros fizeram oferendas a Thór, Týr e Óðinn, pedindo favores divinos e força na luta iminente. Sidroc, o Velho, sacrificou um cavalo diante de seus homens, visão que pareceu causar grande angústia a John. Ele fez o sinal da cruz da testa até a cintura, e então agarrou e beijou a cruz que usava no pescoço.

— Esqueceu que viaja com pagãos, padre? — Geirmund perguntou.

— Não esqueci. Acho que nunca soube de verdade.

Ele parecia quase trêmulo ao falar, o que Geirmund talvez tivesse visto como um sinal de covardia cristã. No entanto, depois de ter viajado com o padre por vários dias, Geirmund sabia que ele não era covarde. Sua angústia tinha outra fonte que Geirmund não entendia, e sentiu certa pena do padre ao despedir-se dele.

Jarl Sidroc conduzia seus dinamarqueses a uma velocidade furiosa, e eles progrediram rapidamente ao longo da cordilheira. Vários descansos adiante, Geirmund viu um rio lá embaixo, fluindo do noroeste em direção a eles e levando muitos navios para cima e para baixo. A uma curta distância dali, a Via Icknield e aquele rio quase se emparelhavam, mas a estrada fazia uma curva acentuada para o sul e seguia em um curso paralelo ao longo das colinas acima do canal. Geirmund presumiu que a cidade fortificada com uma ponte que vira perto do rio fosse Wælingford, para onde Æthelred havia batido em retirada.

Vários outros navios estavam reunidos lá, e os saxões sem dúvida viam os dinamarqueses de Jarl Sidroc marchando para o sul. Geirmund imaginou se iriam atacar ou deixá-los passar. Um ataque exigiria que centenas de homens deixassem a segurança das muralhas, e os saxões ou não os possuíam ou não queriam sacrificá-los, pois ninguém surgiu para detê-los, então eles seguiram em frente.

Depois do meio-dia, chegaram a Moulsford e encontraram o lugar desprotegido. Do outro lado do rio, a uma distância de talvez um descanso, Geirmund via dois exércitos encarando-se do topo calvo de dois duns opostos, formando multidões humanas sobre a terra. Um vale aberto ficava entre eles, e estava claro que nenhuma das forças queria abrir mão da posição em terreno elevado para cruzar o vale e atacar o inimigo morro acima. Os exércitos estavam muito distantes para que fosse possível discernir estandartes ou dizer quem era saxão e quem era dinamarquês, mas Geirmund presumiu que o dun mais próximo, ao norte, estava ocupado pelos saxões de Wælingford, enquanto os dinamarqueses de Halfdan seguravam o dun do sul, tendo marchado de sua fortaleza em Readingum. Do alto, ambos teriam visto a chegada dos homens de Jarl Sidroc, e os dois lados pareciam ter guerreiros que somavam milhares. Em uma batalha como aquela, o aparecimento de trezentas espadas que fossem, vindas de uma nova direção, poderia influenciar o resultado.

Moulsford cruzava o rio perto o suficiente dos saxões para colocar Jarl Sidroc em posição de flanqueá-los, pelo lado oriental do dun onde estavam. Halfdan e Æthelred sem dúvida veriam isso e se moveriam em resposta, embora ainda não se soubesse como.

Jarl Sidroc ordenou a seus homens que cruzassem o rio, em um ponto que fluía até os joelhos sobre um leito plano de rochas que se estendia por quase cinquenta braças de comprimento. Geirmund avançou, observando os saxões enquanto a água fria encharcava suas botas, e os saxões pareciam ter dividido suas forças quando ele chegou ao outro lado do rio.

Uma fenda se abriu no emaranhado de guerreiros, e então a metade oriental moveu-se através do dun em direção aos dinamarqueses de Jarl Sidroc, descendo a encosta como se uma plataforma de terra tivesse se soltado e agora viesse deslizando e rugindo, parecendo três vezes maior que a força de Jarl Sidroc. A metade ocidental do exército saxão ficou para trás, mantendo sua posição no terreno elevado.

Jarl Sidroc ordenou que seus guerreiros formassem fileiras e marchassem para enfrentar o inimigo, apesar de estarem em menor número. Geirmund não tinha escudo para ficar na frente, então se viu na retaguarda com os guerreiros que estavam igualmente mal equipados, possivelmente mal treinados, ou talvez apenas temerosos. No entanto, guerreiros que evitavam a batalha não conquistavam reputação nem recompensa, e Geirmund desejou poder juntar-se à verdadeira luta.

Longe, ao sul, os dinamarqueses de Halfdan também dividiram suas forças para se igualarem aos saxões. A ala leste avançou pelo lado do dun, apressada, ao que parecia, para juntar-se aos guerreiros de Jarl Sidroc, enquanto a outra metade permanecia na colina, mantendo a força de oposição no pico norte.

Jarl Sidroc ordenou a aceleração da marcha de seus guerreiros sobre charnecas e arbustos, e ao redor de uma grande árvore espinhosa. Os pés de Geirmund batiam com força no chão, e sua visão escureceu nas bordas, como se ele corresse por um túnel. Fecharam a distância entre o escudo dinamarquês e a lança saxônica, e então o Sidroc mais velho incitou seus guerreiros a um ataque completo e uivante. Geirmund sacou o seax e acrescentou seu rugido, sentindo o medo aumentar, mas lutou contra o sentimento até que ele se transformasse em raiva e fogo no seu sangue.

Quando as linhas de frente finalmente colidiram, Geirmund estava longe demais para sentir o impacto, porém o ouviu como um trovão que caía adiante, escudo contra escudo, escudo contra lança, lança contra armadura e carne. Preparou-se para lutar e matar qualquer um que pudesse romper a parede de escudos, mas nada veio, pois nem a linha dinamarquesa nem a saxônica haviam se rompido no ataque inicial.

Com o tamanho da força saxônica, Geirmund achou que os dinamarqueses de Jarl Sidroc deveriam ter sido atropelados, contudo rapidamente percebeu que enfrentavam apenas uma parte da fileira saxônica. A oeste, o inimigo formara uma segunda frente, criando uma cunha para evitar que as duas forças dinamarquesas se unissem. Enquanto os homens de Jarl Sidroc pressionavam uma das alas, os saxões sem dúvida estariam preparados para receber os guerreiros de Halfdan na outra. A ordem para empurrar o inimigo com força se deu pela trombeta, talvez para fechar a cunha e prender os saxões entre os homens de Jarl Sidroc e os de Halfdan.

Apesar dos esforços, os dinamarqueses não ganharam terreno, o tilintar de suas armas e os golpes de seus escudos formando uma incessante tempestade.

Alguns guerreiros mais próximos do combate logo começaram a arrastar os feridos e mortos das profundezas da multidão, aqueles que haviam caído quando a espada ou a ponta da lança encontraram um espaço entre os escudos. Os guerreiros que trouxeram os feridos os carregaram apenas o suficiente para evitar que fossem pisoteados, colocaram seus corpos na charneca e mergulharam de volta na luta. Geirmund ainda não estava lutando, então embainhou sua arma e correu para ver como poderia ajudar os feridos.

O primeiro guerreiro que ele alcançou tossiu e cuspiu sangue alto no ar enquanto agarrava a base da garganta, logo acima do esterno. O sangue vazava daquela ferida, mas Geirmund sabia que a maior parte dele jorrava em seus pulmões. O homem jogou-se de lado, de costas para Geirmund, e tossiu novamente, borrifando o chão com vermelho. Seus olhos se arregalaram de terror, e Geirmund percebeu que ele havia largado a espada.

Morreria, isso era certo, e não demoraria muito. Só o que Geirmund podia fazer era ficar com ele até o fim, então agarrou a espada do guerreiro e o alcançou por trás para forçar a arma na mão sangrenta e escorregadia. Depois, puxou essa mão para perto do peito do guerreiro e o segurou em um abraço embalado, enquanto o homem se debatia e se afogava em terra firme. Geirmund fechou os olhos, lembrando-se do próprio afogamento, e segurou firme até o homem ficar imóvel.

Um momento passou antes que Geirmund o soltasse e rolasse para longe. Então percebeu que Sidroc, o Jovem, estava por perto, observando-o. O filho do jarl ainda estava de pé, mas curvado, levando a mão a uma ferida que sangrava na lateral do corpo.

— Se você precisa de uma espada, use a dele — falou Sidroc. — Keld iria querer isso. Você pode devolvê-la quando o enterrarmos.

Geirmund acenou com a cabeça. Relutantemente, tirou a espada dos inertes e sem vida, limpou o cabo ensanguentado na grama e ergueu os olhos para ver os dinamarqueses de Jarl Sidroc recuando. Levantou-se com dificuldade.

A barreira ainda não se havia rompido, mas parecia frágil. Os saxões de alguma forma tinham deixado os dinamarqueses na defensiva e agora aproveitavam a vantagem, batendo e empurrando-os para o leste pelo caminho do qual tinham vindo, de volta ao rio. No caos da batalha, Geirmund não conseguia ver o que acontecera com as forças de Halfdan, nem com os saxões naquela ala da cunha. Ele só podia empunhar seu seax em uma das mãos e levantar a espada de Keld com a outra, e então enfrentar o que estava por vir.

— Segurem-nos! — Ele ouviu Jarl Sidroc berrando. — Não cedam terreno!

No entanto, os dinamarqueses recuaram, e a luz do sol perfurou as lacunas cada vez maiores entre seus escudos.

Quando chegaram à grande árvore espinhosa, os saxões finalmente quebraram a sustentação da fileira de Jarl Sidroc. Os escudos caíram e balançaram como portas escancaradas, deixando o inimigo passar em uma inundação barulhenta.

Geirmund se escorou e saltou sobre o saxão mais próximo, brandindo espada e seax com fúria. O guerreiro recebeu no escudo o primeiro golpe de espada de Geirmund, mas cambaleou, e Geirmund o atacou novamente. Dessa vez, o saxão bloqueou com a espada e brandiu a lâmina, lançando o braço da espada de Geirmund para longe. Geirmund avançou, empurrou o escudo do saxão para o lado e acertou o seax em sua nuca.

Antes que o primeiro estivesse no solo, outro saxão avançou contra Geirmund como um boi, atingindo-o no peito com a pesada saliência no centro do escudo, e jogou-o no chão. Geirmund cambaleou e caiu de costas com força, ofegando enquanto o homem avançava sobre ele com um machado.

Geirmund rolou para o lado, esquivando-se da lâmina quando ela atingiu o chão, então atacou as pernas do homem cegamente com a espada. Não conseguiu acertar, mas o saxão se esquivou, o que deu a Geirmund tempo para se levantar. Avançou para o guerreiro, golpeando alto para que o homem levantasse o escudo. Então, Geirmund se abaixou e cortou o joelho do homem com o seax. A perna do saxão se dobrou, e, naquele momento de desequilíbrio, Geirmund o golpeou com força no pescoço. O corte da espada não lhe arrancou a cabeça, mas fez o sangue jorrar em uma torrente.

Geirmund virou-se para enfrentar o inimigo seguinte e encontrou apenas os dinamarqueses de Jarl Sidroc batendo desordenadamente em retirada, fugindo em direção ao rio. Teve um vislumbre distante dos dinamarqueses de Halfdan e daqueles no dun ao sul, e ambos os grupos agora enfrentavam ataques saxões.

Ele não queria correr, mas não teve escolha. Os saxões os haviam derrotado naquele front, e permanecer ali para lutar significaria a morte até do último dinamarquês. Jarl Sidroc, porém, havia mencionado outra travessia do rio mais ao sul, o que poderia ser uma maneira de desviarem-se, juntarem-se a Halfdan e permanecerem na batalha.

Geirmund embainhou o seax e agarrou a espada de Keld, então virou-se e avançou em direção ao rio com os outros dinamarqueses.

Os saxões os perseguiram, reduzindo seu contingente à medida que os interceptavam. Lanças e flechas perfuravam a água ao redor de Geirmund enquanto ele avançava pelo vau, arrastando os pés pela corrente. Quando chegou ao outro lado, olhou para trás e viu dezenas de dinamarqueses meio submersos, em flores vermelhas cada vez maiores.

A maioria dos guerreiros de Jarl Sidroc que sobreviveram à travessia fugiu ao longo da trilha para o sul, mas alguns correram para o norte, de volta para Wælingford e para a morte.

— Parem! — Geirmund gritou com eles. — Parem, seus idiotas! Para Halfdan!

Alguns deram ouvidos a ele, mas a maioria não, e Geirmund os deixou à própria sorte.

Pelos dois descansos seguintes, os saxões os atormentaram, e os dinamarqueses que voltaram para lutar foram todos mortos. Geirmund sentiu a raiva da batalha diminuindo dentro dele, substituída pelo medo. Seu corpo enfraqueceu, exausto pela marcha do dia, pela luta e pela fuga, contudo continuou correndo enquanto o sol tocava o topo dos duns a oeste. Quando por fim chegou a Garinges, havia saxões sobre a ponte, e mais deles lutando contra dinamarqueses do outro lado do rio.

— Precisamos lutar para atravessar! — Geirmund disse aos guerreiros mais próximos, talvez oito dinamarqueses, e juntos atacaram a ponte.

Os saxões estavam prontos para recebê-los. Geirmund tentou abrir caminho com toda a força que foi capaz de reunir, mas, antes de chegar a três braças, um bastão saxão o acertou na cabeça e o jogou pela lateral da ponte para o rio abaixo.

CAPÍTULO 13

Quando Geirmund recobrou a consciência, já anoitecia, e metade de seu corpo flutuava na água gelada. Olhou em volta, tremendo, e descobriu que estava em algum lugar na margem do rio, preso nos dedos ossudos de um galho baixo, cercado por sons de luta a distância, armas retinindo, guerreiros gritando e chorando de dor.

Ele então se lembrou da batalha e da retirada dos dinamarqueses, e depois do ataque à ponte, porém não se recordava de nada além disso. Decidiu que devia ter caído no rio, mas não tinha ideia de quão longe a correnteza o havia levado.

Quando ele se moveu para tocar o fundo do rio com o pé, uma onda de tontura o atingiu, fazendo a mente e o estômago girarem. Pensou que fosse vomitar, mas relaxou na água e deixou-se flutuar com os olhos fechados até que a sensação de nadar dentro da própria cabeça passou. Uma dor forte e latejante na lateral do crânio o lembrou de que havia sido ferido.

Soube então que não estava em condições de viajar a pé até Readingum. Duvidava que pudesse ficar de pé por mais de dois passos, e certamente não poderia defender-se de nenhum saxão com que cruzasse. O rio parecia ser o único meio de escapar e, como ele o havia levado até ali, decidiu que o deixaria conduzi-lo pelo resto do caminho, se pudesse.

Livrou-se do galho que o prendia, e então a corrente o carregou, empurrando-o e puxando-o rio abaixo. Fez o possível para flutuar com os pés à frente e evitar pedras e outros obstáculos, mas estava em grande parte à mercê do rio. Seu corpo também queria afundar, como no mar. Às vezes cuspia e se engasgava quando a água lhe cobria o rosto, porém o rio era liso e raso o suficiente para que ele conseguisse manter a cabeça acima dele, exceto pelos ouvidos, que ouviam nada além do barulho da água.

O crepúsculo transformou-se em noite, e o rio ficou preto. O frio na água atingiu os ossos de Geirmund e fez sua mente vagar. Ele perdeu a noção das marcações do dia e da distância, equilibrando-se entre a vigília e os sonhos. Quando olhou para o céu, viu as estrelas e uma lua quase cheia. Viu Steinólfur olhando para ele do navio, e as árvores ao longo da margem do rio tornaram-se os pilares das árvores afogadas perto do salão de Völund. Então, a lua se foi, e Geirmund perguntou-se se ela já havia se posto, se uma nuvem a cobrira ou se simplesmente sumira.

Ele esbarrava em coisas na escuridão, algumas delas imóveis e grosseiras; outras eram cadáveres flutuantes, tanto de saxões quanto de dinamarqueses, carregados pelo rio exatamente como ele estava sendo levado, porque a corrente não fazia distinção entre vivos e mortos.

As estrelas finalmente desapareceram, substituídas pela primeira luz do amanhecer no céu, e Geirmund perguntou-se como já poderia ser um novo dia. Ouviu barulhos de vozes próximas e de respingos, que foram abafados pelo rio em seus ouvidos.

Então, algo agarrou seu braço esquerdo, e sua cabeça emergiu totalmente da água.

— Este está vivo — disse uma voz. — Mas não por muito mais tempo, pelo jeito que se encontra.

— Dinamarquês ou saxão?

Veio uma pausa.

— Não sei.

Geirmund ouviu mais movimentos na água e sentiu que estava sendo arrastado contra a corrente. Abriu os olhos e viu as formas indistintas de dois homens parados diante dele.

— Ele não é dinamarquês — concluiu um deles.

— Também não parece saxão.

— Tem uma faca saxônica.

— O que deveríamos fazer?

— O mesmo que fizemos com os outros. Pegar o que pudermos usar e deixar o rio ficar com o corpo.

Eles eram dinamarqueses.

Geirmund abriu a boca.

— Nórdico — disse ele.

— Ouviu isso?

— Eu não sei. Ele...

— Não sou saxão — continuou Geirmund, o mais vigorosamente que pôde, mas ainda soltando apenas um sussurro. — Eu sou... nórdico. Geirmund, leal a... Guthrum.

Mais um silêncio.

— Melhor levá-lo para a tenda — falou um deles. — Descobrir quem ele é.

— Certo. Você pega desse lado?

Geirmund sentiu quando o ergueram, e a cabeça balançou violentamente. Fagulhas e brasas brilharam em seus olhos, e uma dor o tomou como se algum ferreiro amaldiçoado usasse sua cabeça como bigorna. Fechou os olhos com força e, quando os abriu, vislumbrou um acampamento. Em seguida, estava dentro de uma tenda.

— Deite-o aí — pediu uma nova voz.

O mundo tombou, e então Geirmund sentiu o solo firme contra as costas em vez do rio macio.

— Vou contar a Jarl Guthrum — avisou uma voz, e então uma das sombras se afastou.

— Ele vai sobreviver? — outra voz perguntou.

Geirmund sentiu alguém tocar o lado de sua cabeça, reacendendo a dor lancinante.

— Não acho que o crânio dele esteja rachado. Vou cobrir a ferida, mas, sim, ele deve sobreviver.

Essas palavras foram suficientes para Geirmund finalmente liberar o fraco controle que ainda tinha da mente. Fechou os olhos e caiu em um nada vasto e vazio.

Quando acordou, a luz forte do dia atingiu seus olhos. Ergueu a mão para cobri-los e sentiu uma atadura de linho em volta da cabeça.

— É você — disse uma voz familiar. — Como está aqui?

Geirmund olhou para cima, semicerrando os olhos, e viu Guthrum parado diante dele.

— Da última vez que o vi — continuou o dinamarquês —, você havia entrado no mar. E agora nós o tiramos do rio. Como pode ser?

— Essa história vai... — a voz de Geirmund parecia arrastar areia pela garganta, e soava alta demais em sua cabeça. — Essa vou demorar um pouco para contar.

— Você não deveria estar vivo. — Guthrum olhou para Geirmund exatamente como o fizera na última vez em que tinham estado em seu navio, mas com dúvidas e suspeitas ainda maiores, até mesmo com medo. — Você deveria estar morto, Hel-hide. Então, devo perguntar, o que é você?

Embora não estivessem mais no mar, Geirmund ainda enfrentava a mesma desconfiança e ameaça, a mente dilacerada lutando para encontrar as palavras e se explicar. A cabeça latejava contra as ataduras que a apertavam, e ele queria apenas continuar dormindo. Precisava fazer alguma coisa para se provar a Guthrum. Tinha de ganhar a confiança do dinamarquês.

— Eu tenho... — Enfiou a mão na túnica e tirou o bracelete de Völund, que estendeu para mostrar a Guthrum.

O dinamarquês nada disse, mas pegou o bracelete e o olhou atentamente.

— Tenho um presente — disse Geirmund.

— Um belo presente — refletiu Guthrum. — Nunca vi um bracelete como esse. Ele o virou, a luz do ouro brilhando em seu rosto. — Aceito este presente, Geirmund Hel-hide, e estou ansioso para saber como você o conquistou.

— Eu... — Geirmund não pretendia que o bracelete fosse um presente para Guthrum. Só queria dizer que era um presente de Völund para ele, mas agora o dinamarquês o tinha e acreditava que lhe pertencia, e Geirmund não conseguia pensar em nada que pudesse dizer para mudar a situação sem causar confusão e desonra. — Eu...

— Descanse agora — pediu Guthrum. — Cure-se. Vou contar ao seu homem de confiança sobre seu retorno.

Isso significava que Steinólfur estava vivo, pelo menos. No entanto, Guthrum saiu da tenda, e Geirmund não sabia como conseguiria seu bracelete de volta, se deveria tentar ou se queria de fato fazer isso. De alguma forma, o presente parecera mudar a opinião de Guthrum em relação a ele, então talvez o destino tivesse uma razão para fazer Geirmund presentear o dinamarquês.

Ele não conseguia pensar mais nisso. Sentia a mente desgastada, e fechou os olhos novamente. Quando acordou, sentiu-se mais no controle de si mesmo. O sol havia se posto, e Steinólfur e Skjalgi estavam ajoelhados no chão ao lado dele.

— Gostou de sua visita a Valhalla? — perguntou o guerreiro mais velho. — Ou estava em Hel?

— Nem um nem outro. — Ao ver seus amigos, lágrimas de exaustão, alívio e alegria formaram-se nos olhos de Geirmund. — Estou muito feliz em ver vocês dois.

Steinólfur colocou a mão no ombro de Geirmund.

— Estou feliz em ver vo... — a voz começou a falhar, mas ele grunhiu para acertá-la e parou por um momento. — Bem-vindo de volta, Geirmund Hjörrsson.

Skjalgi pegou a mão de Geirmund e apertou-a com força.

— Não consigo acreditar nos meus olhos.

— Achei que Guthrum estivesse mentindo. — Steinólfur balançou a cabeça e enxugou um dos olhos com o polegar atarracado. — Ou que tivesse se enganado de alguma forma.

— Como você chegou até aqui? — perguntou Skjalgi.

— Eu... acho que ainda não posso contar essa história — disse Geirmund. — Não de um jeito adequado. Meu crânio está pegando fogo. Acho que nem consigo me sentar.

— Não tente. Você levou um golpe e tanto. — O guerreiro mais velho apontou para a têmpora direita de Geirmund. — O inchaço diminuiu um pouco, mas por um ou dois dias parecia que uma segunda cabeça estava brotando em você.

— Um ou dois dias? Onde estou?

— Readingum.

— Há quanto tempo estou aqui?

Skjalgi apertou a mão de Geirmund de novo e depois a soltou.

— Eles tiraram você do rio há quatro dias.

— O quê? — Geirmund tentou se lembrar da passagem de tanto tempo, mas tudo era noite e névoa entre o momento presente e a batalha em Ashdown. — Quatro dias?

— Você estava aqui e lá — explicou Steinólfur. — Indo e vindo. Para sua sorte, essa cabeça teimosa recusou-se a rachar; do contrário, poderíamos descobrir se você realmente tem um cérebro aí dentro. Eu ainda aposto que não tem. Por que mais teria se jogado no mar?

— Você sabe por quê — Geirmund disse. — Teria havido uma luta, e nenhum de nós estaria vivo para falar nisso agora.

— Assim seja — falou o guerreiro mais velho. — Ou você está confuso sobre o que significa prestar lealdade a alguém?

— Não estou confuso sobre o que isso significa para você — respondeu Geirmund. — Foi por isso que não pedi sua permissão antes de pular.

Steinólfur parecia realmente zangado com ele, mas era como a raiva assustada de um pai com uma criança imprudente, e Geirmund não sabia se o guerreiro mais velho queria gritar com ele ou abraçá-lo.

Em vez disso, Skjalgi falou:

— Não importa por que você saltou. Agradecemos aos deuses pelo seu retorno.

Embora Völund não tivesse afirmado ser um deus, a gratidão do menino não pareceu equivocada a Geirmund.

— O que aconteceu nos últimos quatro dias? — perguntou ele. — O que aconteceu na batalha?

O menino olhou para Steinólfur, que cerrou os dentes.

— Os saxões dominaram o campo ao final do dia. Os dinamarqueses mataram muitos deles, mas também sofreram grandes perdas. — Ele fez uma pausa. — Bersi está morto.

— O quê? — Geirmund achou isso difícil de aceitar. O rei dinamarquês parecia um guerreiro poderoso e acabara de começar sua guerra. — Como ele caiu?

— Ele liderou o ataque — disse o guerreiro mais velho. — Mas a batalha foi desordenada. Um dos jarls de Halfdan chegou tarde ao campo.

— Jarl Sidroc.

— Sim. Como você sabia?

— Lutei com ele — revelou Geirmund.

Steinólfur pareceu intrigado com isso, mas continuou.

— Nós não estávamos lá. Mas, pelo que foi dito, Halfdan dividiu seu exército. Os jarls levaram um grupo para juntar-se a Sidroc, enquanto Halfdan e Bersi lideravam o segundo. Eles acreditavam que os saxões tombariam rapidamente, tendo-os derrotado de maneira fácil poucos dias antes.

— Onde você estava?

— Aqui — o guerreiro mais velho falou. — Um dos jarls tinha de ficar para defender os navios e o acampamento. Essa tarefa coube a Guthrum e seus guerreiros. Muitos dos jarls que foram para a batalha morreram.

— Quem?

— O Sidroc mais velho, assim como o filho dele. Osbern, que estava no Ribe. Jarl Fræna, e outros. Foi um dia ruim.

O relato de Steinólfur deixou Geirmund em silêncio. Jarl Sidroc e o filho encontraram seu destino com coragem e honra, isso Geirmund poderia jurar. Sua repentina presença no campo alterara a forma da batalha, mas os guerreiros não poderiam ter mudado seu resultado. As Três Tecelãs e os deuses haviam decidido isso. Ele só esperava que o padre tivesse encontrado um caminho seguro.

— E agora? — perguntou Geirmund.

— Agora? — disse Steinólfur. — Você se recupera. E esperamos. Os navios dispersados da frota de Bersi ainda estão subindo o rio, trazendo novos guerreiros. A luta está longe de estar perdida. Ouvi dizer que atacaremos os saxões novamente em breve, e precisamos de você pronto para a batalha.

Geirmund queria concordar com a cabeça, mas ela doía, e os olhos lutavam para fechar novamente.

— Durma — pediu Steinólfur.

Geirmund dormiu, acordou, comeu e dormiu novamente. Por uma semana descansou, a cada dia recuperando mais forças, até que por fim conseguiu deixar a tenda para se apresentar a Guthrum. Ao cruzar o acampamento, viu que era menor que o de Ribe, mas muito maior que o de Huntsman's Hill, e, assim como este último, havia sido construído em uma vasta planície na cunha onde dois rios se cruzavam. Essas vias navegáveis, ladeadas por muitas dezenas de navios, protegiam o acampamento ao norte e ao sul, e uma parede de pau a pique fora construída a oeste. Quando Geirmund entrou na tenda de Guthrum, viu o bracelete de Völund brilhando no braço do dinamarquês.

— Geirmund Hel-hide — chamou ele. — Estou feliz por ver você de pé.

— Estou feliz por estar de pé — disse Geirmund, baixando a cabeça.

Acompanhando-o na tenda de Guthrum estavam Steinólfur e Skjalgi, enquanto Eskil estava ao lado do jarl.

— Mas agora chegamos à pergunta por cuja resposta esperei pacientemente — continuou Guthrum. — Como chegou até aqui?

Geirmund já narrara a história para Steinólfur e Skjalgi vários dias antes, assim que recuperara o suficiente de seu juízo para fazê-lo. Então, contou a história a Guthrum, exatamente como havia acontecido. A honra de Geirmund e a evidência do bracelete não lhe deixavam mentir, e ele não permitiria que ninguém duvidasse dele nem que o chamasse de louco.

Guthrum não fez nenhuma das duas coisas, tampouco Eskil. Em vez disso, o jarl tirou o bracelete e estudou-o novamente, como se de alguma forma ele tivesse mudado de material ou de qualidade.

— O Hnituðr — disse ele —, forjado por Völund, o ferreiro?

— Sim, Jarl Guthrum — confirmou Geirmund.

Ele ainda não havia pensado em pedir o bracelete de volta, e Steinólfur disse que seria idiotice tentar. Por causa do bracelete, Geirmund conquistara a boa vontade de Guthrum, e não valia a pena voltar a perdê-la.

— Se não era um verdadeiro Hel-hide antes — continuou Guthrum —, agora é. Retornou da água como se viesse da terra dos mortos. E ouvi dizer que você lutou em Ashdown?

— Lutei — falou Geirmund. — Mas matei apenas dois saxões antes de recuar pelo vau.

— Então você conseguiu mais do que muitos dinamarqueses assustados que lá estiveram, pelo que ouvi. Dizem que os saxões lutaram como lobos.

Ao lado do rei, Eskil franziu a testa, mas nada disse.

— Lutaram bravamente — concordou Geirmund. — Os saxões.

— Não vamos sofrer tal derrota outra vez. — A raiva passou pelo rosto de Guthrum ao recolocar o bracelete no braço. — Você está pronto para lutar por mim, Hel-hide?

— Estou — respondeu Geirmund. — Mas tenho uma pergunta.

— Pergunte.

— O que aconteceu com minha espada? Estava guardada no *Amante das Ondas*, mas Steinólfur disse que ela desapareceu em algum momento durante a viagem.

O rei olhou para Eskil, que assentiu.

— Eu sei onde está. Meu irmão ficou com ela. Ele a reivindicou depois que você entrou no mar.

— Pronto. — Guthrum olhou de volta para Geirmund. — Você tem sua resposta.

Geirmund nunca gostara de Rek, mas agora tinha mais uma razão para odiá-lo.

— Então seu irmão é um ladrão — concluiu ele.

Eskil deu um passo ameaçador em sua direção.

— Cuidado com suas palavras, Hel-hide. Meu irmão acreditou que você havia se afogado, assim como todos nós.

— Mas não me afoguei — disse Geirmund —, e essa espada me pertence. Rek deve ser...

— Basta. — Guthrum franziu a testa, irritado. — Você sabe onde está sua espada. Se quiser reavê-la, deve reivindicá-la. Não quero ouvir mais nada sobre esse assunto.

Geirmund voltou-se para Eskil, decidido a fazer exatamente o que Guthrum recomendara.

— Onde está o seu irmão?

— Rek está com o restante dos nossos guerreiros — disse ele. — Perto dos navios na margem sul do rio. Mas, Hel-hide, você...

— Jarl Guthrum — interrompeu Geirmund —, saiba que permaneço leal a você.

Guthrum assentiu.

— Agradeço seus serviços.

— O senhor me dá licença? — perguntou Geirmund.

Guthrum olhou para Eskil quando respondeu.

— Dou. Mas esteja atento à paz, Hel-hide. Neste acampamento há dinamarqueses, nórdicos, jutos, frísios... Todos estão aqui como aliados contra os saxões, apesar de nossas divergências anteriores.

Geirmund abaixou a cabeça. Então ele, Steinólfur e Skjalgi saíram da tenda do jarl, e não haviam se afastado muito quando Geirmund ouviu Eskil chamar seu nome. Ele o ignorou e marchou em direção à margem sul do rio, mas o dinamarquês se apressou para alcançá-lo.

— Hel-hide — chamou ele. — O que pretende fazer?

— Pretendo recuperar minha espada. — Geirmund olhou para a frente. — Exatamente como Jarl Guthrum sugeriu.

— E se Rek não abrir mão dela?

— Por que ele não abriria? — perguntou Steinólfur. — Ela pertence a Geirmund.

— Nem sempre entendo os motivos do meu irmão — disse Eskil. — Mas eu o conheço.

Ele não falou mais nada, porém os acompanhou enquanto cruzavam o acampamento. Quando se aproximaram do círculo de tendas pertencentes à companhia de Rek, Eskil caminhou à frente de Geirmund, chamando pelo irmão. Rek o ouviu e deu um passo à frente, cercado por dinamarqueses, cujos rostos Geirmund conhecia da época em que remara a bordo do *Rameira das Ondas*. Quando a tripulação o viu, olhos se arregalaram e bocas se escancararam, e ninguém conseguia falar, mas os olhos de Rek continham mais ódio do que descrença.

— O Hel-hide está conosco mais uma vez — disse Eskil, olhando para cada um deles. — Jarl Guthrum o recebeu de volta. Como todos nós também faremos.

Geirmund sabia que essas palavras não seriam as últimas a serem ditas sobre seu retorno; por ora, contudo, ele se moveu na direção de Rek e para tratar do assunto que o levara até ali.

— Disseram que você está com minha espada — começou ele.

Rek esfregou o queixo com a ponta do polegar.

— Eu estou.

— Vim buscá-la.

O dinamarquês balançou a cabeça.

— Não. Você a deixou para trás.

— Deixei para trás? — O sangue de Geirmund rugiu nos ouvidos. — Somente um homem fraco e sem honra faria tal afirmação...

— Você me acusa de não ter honra? — perguntou Rek. — Você, o maldito Hel-hide que quase afundou meu navio? — Ele se aproximou do irmão. — Tenho permissão para responder a isso?

— Não — respondeu Eskil. — Há um acordo de paz no acampamento. Ninguém pode matar outro homem entre a muralha e os rios.

— Então, que seja o primeiro a derramar sangue — disse Rek. — Apenas nos deixe lutar. Eu vou ensinar a esse merdinha uma lição de honra...

Geirmund ergueu a voz para que todos pudessem ouvi-lo.

— E se você perder?

Rek olhou para ele, então olhou para os guerreiros que os cercavam.

— Devolverei a espada a você.

Eskil olhou para o irmão como se estivesse considerando seu pedido, e então virou-se para Geirmund.

— Se eu permitir, você aceitará que a posse de sua espada seja dada como resolvida, independentemente do resultado?

Geirmund não acreditava que deveria lutar para recuperar sua espada, mas a discordância sobre isso havia se tornado uma questão de honra entre ele e Rek, então parecia que uma luta se tornara inevitável.

— Sim — confirmou ele.

— Ótimo. — Eskil acenou para os guerreiros ao redor deles. — Façam o quadrado!

Os dinamarqueses obedeceram, espalhando-se para formar paredes nos quatro lados, com nove ou dez guerreiros de cada lado. Geirmund caminhou em direção a um canto do campo de batalha que se abria, e Steinólfur e Skjalgi caminharam com ele.

O guerreiro mais velho se aproximou.

— Você está bem o suficiente para isso?

— Estou — disse Geirmund, embora não tivesse muita certeza. Puxou os envoltórios de linho manchados de sangue de seu crânio e os jogou no chão, tentando ignorar a tontura repentina. — Skjalgi... traga-me um escudo e uma espada.

Skjalgi acenou com a cabeça e saiu correndo por entre os homens que se reuniam e as tendas do acampamento. O ar batia frio contra o couro cabeludo de Geirmund, o céu acima, uma mortalha cinza e esfarrapada. Ele ouvia o rio próximo e, acima da cabeça dos dinamarqueses, via uma longa fila de proas, dos muitos navios atracados na costa.

— Geirmund — sussurrou Steinólfur —, talvez um pouco de paciência fosse útil para você neste momento.

— Como assim? — Geirmund perguntou, observando Rek armar-se com um escudo e a própria espada de Geirmund. O dinamarquês pretendia usar a lâmina contra seu legítimo dono, mais um insulto que Geirmund puniria em breve.

— Essa luta pode esperar até que você esteja curado — disse Steinólfur. — Não haveria desonra em pedir uma postergação para que você...

— Não. — Geirmund não suportava a ideia de voltar para a tenda enquanto Rek carregava sua espada abertamente entre os outros guerreiros. — Vou resolver isso agora.

Steinólfur ainda parecia preocupado, mas cessou suas objeções, e então Skjalgi voltou com a lâmina que Geirmund havia lhe dado em Avaldsnes e com um dos escudos comprados em Ribe. Geirmund segurou um em cada mão e virou-se para enfrentar o oponente, enquanto Eskil dava um passo para o meio do quadrado.

— Esta luta terminará quando o primeiro sangue tocar o solo — avisou o dinamarquês. — O homem que continuar lutando depois que a marca tiver sido feita perderá sua prata, sua liberdade ou sua vida, de acordo com o julgamento do Jarl Guthrum. — Eskil olhou para um e para outro. — Estão preparados?

— Estou — respondeu Rek.

Geirmund acenou com a cabeça, mas parecia que a visão estava atrasada em relação ao movimento da cabeça.

— Comecem. — Eskil recuou e juntou-se à parede de homens atrás dele.

Rek avançou com uma velocidade surpreendente, gritando e rosnando. Geirmund mal levantou o escudo a tempo de desviar os repetidos e selvagens golpes de espada do dinamarquês. Cada impacto abalava seus ossos e fazia a cabeça girar de dor e desorientação. Geirmund se perguntou se Rek era realmente muito mais rápido que ele, ou se era ele que ainda estava fraco demais para o combate e deveria ter ouvido as advertências de Steinólfur. Na verdade, já não importava agora que a luta tinha começado, e ele se esquivou do ataque de Rek e piscou, tentando firmar a visão e a mente.

Quando o dinamarquês atacou novamente, Geirmund estava mais bem preparado e usou o escudo para afastar o ataque de Rek, depois tentou acertar um golpe. No entanto, o dinamarquês levantou o escudo, bloqueou o golpe de Geirmund e o empurrou para trás.

Geirmund cambaleou e quase perdeu o equilíbrio. A dor na cabeça o cegava, e ele sabia que não venceria, mas também sabia que não se renderia. Largou o escudo e voou para Rek com selvageria, empunhando a espada com as duas mãos.

O ataque repentino colocou Rek na defensiva por um ou dois segundos, porém o dinamarquês se recuperou rapidamente. E, depois de Geirmund dar um golpe desesperado que cortou apenas o ar, usando seu desequilíbrio contra ele, Rek o jogou no chão.

Geirmund atingiu a terra com força, e sua visão escureceu. Sentiu Rek ajoelhar-se sobre seu peito e viu o dinamarquês inclinado sobre ele. Então, Rek usou sua espada para cortar a bochecha de Geirmund.

— Primeiro sangue — disse ele. — Mas saiba que eu poderia ter matado você.

O peso no peito de Geirmund diminuiu, permitindo-lhe respirar novamente, e Rek se afastou. Geirmund ficou lá até que Steinólfur e Skjalgi vieram para perto dele, ajudando-o a se levantar e a cambalear de volta pelo acampamento até sua tenda, onde desabou de exaustão, dor e vergonha.

CAPÍTULO 14

A derrota de Geirmund lhe custou mais do que o orgulho e a espada. Atrasou sua cura, e ele voltou a ficar acamado por vários dias. Então, Steinólfur veio lhe dizer que os dinamarqueses estavam marchando para a batalha com os saxões em um lugar chamado Basing.

Ao ouvir isso, Geirmund se sentou.

— Temos que ir com eles...

— Você tem que ficar onde está — disse o guerreiro mais velho, empurrando-o para baixo. — Não serei ignorado novamente.

— Mas eu tenho que...

— Haverá outras batalhas. Se quiser lutar nelas, espere até recuperar as forças.

Geirmund rangeu os dentes, o que fez a cabeça doer.

— O covarde acredita que viverá para sempre se evitar a batalha.

— E o sábio compreende quais batalhas deve travar — falou Steinólfur.

— Você está parecendo meu pai.

— Seu pai tem defeitos, mas não é bobo. Todo guerreiro é ferido e todo guerreiro deve se curar.

Geirmund fechou os olhos, aceitando que Steinólfur venceria dessa vez, pois também precisava admitir, ainda que apenas para si mesmo, que não estava pronto para empunhar uma espada.

— Onde está Skjalgi? — perguntou.

— Com uma mulher.

Geirmund sentou-se novamente, dessa vez surpreso.

— O quê?

— Não desse jeito — explicou o guerreiro mais velho. — O nome dela é Birna, uma donzela-escudeira, uma das melhores guerreiras de Jarl Osbern. Ela disse que Skjalgi a lembra do irmão que morreu há vários verões. Tem me ajudado no treinamento dele, e acho que o garoto talvez estivesse apaixonado por ela se também não a temesse.

Geirmund conheceu Birna no dia seguinte à marcha de Halfdan, Guthrum e dos outros jarls. Ela era meia dúzia de verões mais velha do que ele, alta, forte, com cabelo ruivo emaranhado, olhos verdes e um nariz que parecia ter ficado um pouco torto depois de quebrado. Geirmund passou algum tempo com ela, observando Steinólfur treinar Skjalgi no uso da lança: uma pegada alta é boa para atacar por cima de um escudo ou para arremessar a lança, se necessário, e uma pegada reversa baixa é boa para defesa, pois o solo pode ser usado para apoiar a extremidade da arma.

— Você havia prestado juramento a Osbern — disse Geirmund. — Por quem luta agora?

— A maioria dos guerreiros de Jarl Osbern agora luta por Halfdan — respondeu ela. — Ao menos aqueles que ainda estão vivos.

— Então por que você não marchou com Halfdan? — Geirmund perguntou a ela.

— O rei não nos conhece. Recebemos ordens de ficar com alguns dos outros para proteger o acampamento e os navios. — Ela olhou para ele de cima a baixo. — E para proteger os feridos e os enfermos.

Geirmund tocou o próprio peito.

— Com certeza vou dormir melhor sabendo que você está aqui.

Ela ergueu uma das sobrancelhas, junto com um canto da boca.

— Está zombando de mim? Porque, pelo que ouvi sobre a luta com Rek, você precisa mesmo de proteção.

Geirmund percebeu o humor na voz dela, então não se ofendeu, embora a vergonha que sentia desse margem para isso.

— Talvez você deva me treinar quando terminar com o rapaz.

— Por que esperar? — Ela caminhou até onde Skjalgi havia colocado a espada e o escudo e trouxe ambos para Geirmund. — Vou pegar leve com você.

Ele deu risada ao pegá-los, mas parou de rir assim que a luta começou. Birna provou ser uma guerreira ágil e formidável, o que não era surpreendente, considerando sua reputação. Ela se movia com eficiência rápida e brutal, sem desperdiçar esforço em ataques destinados apenas a intimidar ou dominar. Geirmund não sabia quão leve ela estava pegando com ele, apenas que ela o venceria com facilidade, e não tinha certeza se poderia culpar inteiramente a cabeça ferida por isso.

— Vou dormir melhor sabendo que você está aqui — disse Geirmund mais uma vez enquanto desabava no chão seco, lutando para recuperar o fôlego.

— E eu vou aguardar sua recuperação. — Ela sentou-se ao lado dele, também respirando com dificuldade. — Mesmo ferido, você luta bem.

— Fui bem treinado — falou Geirmund, acenando com a cabeça na direção de Steinólfur.

— Sim, seu homem de confiança é bom. Ele não luta com orgulho.

— O que quer dizer? Steinólfur tem mais honra que...

— Não, honra não. Orgulho. São duas coisas diferentes.

— Como assim?

— Um guerreiro honrado agirá com honra mesmo que apenas os deuses o estejam observando. — Ela puxou uma pedra de amolar de uma bolsa que trazia no cinto e começou a trabalhar na espada, afiando os entalhes causados pela luta. — Honra não celebrada não é menos honrada por isso, e ainda garante a entrada do guerreiro em Valhalla.

— E quanto ao orgulho?

— O orgulho precisa de público. — A espada dela cantava a cada golpe da pedra de amolar. — Orgulho é a honra que um guerreiro quer que os outros vejam, e orgulho enfraquece. Alguns guerreiros lutam com o orgulho, como se fosse uma arma que os ajudasse a vencer. Mas o orgulho na batalha é geralmente um fardo que os torna descuidados e estúpidos. Steinólfur sabe disso.

Geirmund concordou com a cabeça.

— Ele queria que eu adiasse minha luta com Rek.

— Talvez você devesse ter dado ouvidos a ele. — Ela olhou o comprimento da espada, inspecionando seu gume. — Orgulho é uma fraqueza comum. Até Halfdan marcha para restaurar o orgulho após a derrota sofrida em Ashdown. Os saxões sabem disso, eu acho. Eles o provocaram para entrar na batalha.

— Onde fica Basing?

— No sul. A um dia de viagem daqui.

— Sul? — Geirmund ficou intrigado com isso. — Mas Wælingford fica ao norte. Os saxões devem ter marchado uma grande distância para nos evitar.

— É o que parece.

Parecia uma estratégia ruim, pois os saxões haviam se afastado da segurança de sua fortaleza. Caso a luta em Basing se voltasse contra eles, teriam um acampamento dinamarquês bloqueando o caminho de sua retirada. Geirmund presumiu que, se o rei de Wessex e seu irmão fossem inteligentes, como John afirmava que eram, deviam ter corrido esse risco por uma razão, e ponderou que razão poderia ser essa.

Ele pensou no que vira de Wælingford à distância, suas defesas, seus muitos navios e sua ponte sobre o Tâmisa. Havia flutuado rio abaixo depois de cair da ponte em Garinges, e agora percebia que os saxões não teriam dificuldade de fazer o mesmo em seus navios para atacar o acampamento, especialmente com a maioria dos dinamarqueses a um dia de marcha na direção oposta.

— Acredita que os saxões provocaram Halfdan para a batalha? — ele perguntou.

— É possível. Certamente eles o provocaram, aparecendo tão perto deste lugar.

Geirmund pôs-se de pé.

— O que foi? — ela quis saber.

— Acho que devemos nos preparar para um ataque.

— O quê? Onde?

— Aqui. — Ele apontou para o rio. — Acho que os saxões podem tentar usar navios para tomar o acampamento.

— Tem certeza?

— Não. Mas vi muitos barcos em Wælingford e acho que é bastante provável que tenhamos que nos preparar.

— Como?

Eles não tinham tempo de construir uma ponte ou um portão marítimo, mas Geirmund lembrou-se do cais feito de estacas de madeira que vira nos pântanos.

— Eu conheço um jeito — disse ele.

O comandante que ficara encarregado do acampamento era um homem chamado Afkarr, um guerreiro capaz, mas sem ambições, que havia servido a Jarl Osbern. Ele precisou ser convencido, mas confiava em Birna. Preferiu ser cauteloso e se preparar depois de ouvir sobre os muitos navios que Geirmund vira em Wælingford.

— Mas como você vai construir um muro do outro lado do rio? — perguntou o dinamarquês.

— Os barcos saxões são pesados e flutuam baixo na água — começou Geirmund. — Já remei um. A parede da estaca só precisaria se estender pela largura do canal do rio.

Afkarr parecia não entender totalmente o plano, mas, por insistência de Birna, balançou a cabeça e colocou Geirmund no comando da construção das defesas, ordenando que todos os dinamarqueses no acampamento trabalhassem.

Geirmund logo encontrou um lugar adequado para a parede onde o curso de água era mais estreito, a apenas um descanso a oeste, distante o suficiente para manter o acampamento seguro, porém próximo o bastante para responder rapidamente se o inimigo atacasse. A barranca do rio formava águas profundas muito perto da margem oposta, enquanto a corrente fluía sobre uma faixa larga e rasa de areia e rocha no lado mais próximo.

Geirmund mandou alguns dinamarqueses cortarem e afiarem árvores jovens para formar estacas longas, ao mesmo tempo que o resto trabalhava no convés de dois navios ancorados, cravando as estacas no fundo do rio e amarrando-as com couro e corda para que ficassem bem firmes. Embora a cabeça de Geirmund ainda rodasse e seu corpo parecesse fraco, ele trabalhou duro ao lado dos dinamarqueses, sem desacelerar nem transparecer o esforço.

A construção dessas defesas consumiu o resto do dia e, quando a parede de estacas foi concluída, parecia uma sarça espessa e impenetrável. A parede bloqueava o canal do meio completamente e encostava na margem íngreme do rio na costa norte, mas deixava a margem sul aberta. Os barcos saxões que remassem rio abaixo teriam apenas um caminho à frente e, se tentassem contornar a borda da parede, ficariam encalhados, presos e vulneráveis. A parede de estacas não represava o rio, contudo o deixava intransitável para qualquer barco, exceto os leves e velozes navios dinamarqueses que podiam facilmente atravessar a parte rasa.

Quando o sol se pôs naquele dia, Geirmund estava na praia perto da parede com Steinólfur, Skjalgi e Birna, exausto, mas satisfeito.

— Ou você salvou o acampamento — começou o guerreiro mais velho —, ou desperdiçamos um dia de trabalho árduo por nada.

— Os dinamarqueses estavam entediados — comentou Geirmund. — Precisavam de alguma coisa para ocupar as mãos.

Birna acenou com a cabeça.

— Mesmo que os saxões não ataquem, esta parede é uma boa coisa.

— Esperemos que Halfdan e Guthrum concordem — disse Steinólfur.

— Esperemos que a parede não seja testada — falou Skjalgi.

Os dinamarqueses colocaram vigias e voltaram ao acampamento, onde comeram e beberam o vinho saxão que Afkarr lhes dera como recompensa por seus esforços. Sentaram-se à vontade ao redor das fogueiras contando histórias e, pela primeira vez desde que deixara Avaldsnes, Geirmund se sentiu verdadeiramente acolhido entre eles. Até os dinamarqueses que haviam hesitado no início da tarefa agora pareciam satisfeitos com o que tinham feito, concordando com Birna que era uma coisa boa.

Em pouco tempo, Geirmund sentiu os olhos se fechando contra sua vontade e desejou boa noite a Steinólfur, Skjalgi e Birna. Então se afastou do fogo para sua tenda, onde caiu na cama completamente esgotado. Quando buzinas distantes soaram, parecia que só havia fechado os olhos por alguns instantes. Ele saiu correndo da tenda, confuso, e encontrou o acampamento quieto e acordando com ele.

— Os saxões estão atacando! — ele gritou. — Para o rio!

Então os dinamarqueses avançaram com lança, machado, arco e espada, prontos para a batalha. Correram ao longo da margem até a parede, onde encontraram quatro ou cinco barcos já pressionados contra as estacas, as tripulações saxãs gritando em alarme. Outra dúzia de barcos ainda descia o rio, mas esses pareciam ter diminuído a velocidade, confusos com as trombetas e o perigo desconhecido à frente.

— Flechas! — Afkarr gritou.

Os arqueiros dispararam uma rajada ao luar sobre os saxões na parede de estacas, e os guerreiros gritavam e chapinhavam no rio escuro. Os arqueiros inimigos tentaram devolver uma rajada, porém suas flechas eram poucas e, no caos em que se encontravam os barcos, não acertaram nenhum alvo. Os navios inimigos mais próximos também receberam lanças arremessadas, e alguns dos saxões pularam no rio para escapar. Aqueles que tentaram passar pelas estacas ficaram presos na parede, e os dinamarqueses encheram-nos de flechas. Aqueles que nadaram ao longo da parede em direção à parte rasa, talvez pensando em lutar para se libertar, encontraram machados e espadas esperando por eles.

Então, os dinamarqueses acenderam tochas, revelando seu número ao longo da margem do rio. À luz do fogo, os barcos que se aproximavam viram a parede de estacas e os compatriotas mortos, e souberam que seu plano havia sido frustrado. Os saxões então tiveram que decidir se voltavam ou insistiam no ataque. Embora Geirmund se sentisse instável, preparou-se para o caso de ter que lutar.

Em vez disso, os saxões baixaram os remos e recuaram, remando rio acima, e a batalha terminou quase alguns instantes depois de ter início, e sem a perda de um único dinamarquês. Afkarr enviou arqueiros atrás dos barcos para persegui-los na fuga e garantir que não voltassem e fizessem uma segunda tentativa, e então o comandante foi até Geirmund.

— Você estava certo, Hel-hide — disse ele. — Você e sua parede podem muito bem ter salvado o acampamento. O rei Halfdan saberá disso.

De volta ao acampamento, quando os primeiros pássaros cantaram o amanhecer e o nascer do sol, muitos dinamarqueses procuraram Geirmund para fazer-lhe homenagens semelhantes. Vários deles haviam prestado juramento ao falecido Jarl Osbern, como Birna e Afkarr, e agora encontravam-se muito distantes de suas casas e sem um líder leal para recompensá-los. Havia Aslef, que tinha a idade de Geirmund, mas era considerado muito mais atraente. Havia Muli, um guerreiro mais próximo da idade de Steinólfur, cujo único filho morrera lutando contra os nortumbrianos alguns anos antes. Em seguida, Thorgrim, um dinamarquês com a forma e o temperamento de uma rocha, e por último estavam Rafn e Vetr, companheiros de longa data, sendo o primeiro um homem enorme cujo nome vinha do cabelo preto, o segundo, um guerreiro de músculos definidos chamado assim por conta do cabelo quase branco e da pele pálida. Geirmund descobriu que se dava bem com todos eles.

Dois dias depois, Halfdan voltou, tendo derrotado os saxões e dispersado os exércitos de Æthelred e Ælfred do campo de batalha, embora muitos dinamarqueses tivessem caído em Basing. Pouco depois, Guthrum veio buscar Geirmund para um encontro com o rei.

— Você tornou seu nome grandioso — disse o jarl enquanto caminhavam em direção à tenda de Halfdan. — Está pronto para o que vem a seguir?

— Como assim?

— Logo saberá que a reputação traz custos, além de recompensas.

— Que tipo de custos?

— O rei... — Guthrum olhou em volta, como se quisesse ver quem poderia ouvir. — O poder e a reputação de Halfdan foram enfraquecidos pela derrota em Ashdown. Os jarls que navegaram com Bersi estão furiosos, e o controle de Halfdan sobre esse exército está vacilando.

— O senhor navegou com Bersi — disse Geirmund. — Está bravo?

— Estou descontente. Assim como Halfdan ficou descontente quando soube do ataque ao acampamento em sua ausência.

— Mas nós derrotamos os saxões...

— Sim, derrotaram, e sua reputação cresceu consideravelmente como consequência disso. — A tenda de Halfdan então surgiu à frente, e Guthrum baixou a voz quase até um sussurro. — Vá com cuidado, Hel-hide. O rei e os outros jarls sabem muito bem o desastre que você evitou, o que lhe rendeu o respeito deles. Mas alguns veem isso como mais um fracasso para Halfdan, e você é um lembrete desse fracasso, especialmente para o rei.

Eles chegaram à tenda, e Geirmund não pôde fazer mais perguntas antes que os dois entrassem. Guthrum foi até onde os outros jarls estavam reunidos, enquanto Geirmund parou diante do trono e curvou a cabeça.

— É um prazer finalmente conhecê-lo — falou Halfdan. Era um dinamarquês de cabelos escuros e olhos azuis como aço de Frakkland. — Você é filho de Hjörr Halfsson, rei de Rogaland. Afkarr me comunicou que, se não fosse por você, eu teria perdido este acampamento e todos os meus navios. Já me disseram até que você se afogou e voltou da terra de Hel. Já ouvi muito a seu respeito, Geirmund Hel-hide.

A maneira como o rei pronunciou o nome Hel-hide fez Geirmund pensar que tinha sido como um elogio, não como um insulto.

— Não faço essas afirmações sobre mim mesmo — respondeu ele.

Halfdan levantou-se e aproximou-se dele.

— Mas é verdade que você construiu aquela parede no rio, certo? E também é verdade que adivinhou corretamente que os saxões atacariam com barcos descendo o Tâmisa?

— É verdade.

— Como adivinhou isso? — indagou o rei.

Geirmund percebeu que o perigo acabara de entrar na sala e fez o possível para explicar seu pensamento sem sugerir que a marcha de Halfdan para Basing era parte de uma armadilha de Wessex. Pelo que Geirmund soubera, os saxões haviam lutado seriamente, e a batalha tinha sido ganha com dificuldade, não sendo, portanto, uma mera distração, mas um segundo front.

— O crédito deve ser dado a Birna e Afkarr por confiarem em mim — disse Geirmund. — E a parede não poderia ter sido feita sem o trabalho árduo de cada dinamarquês no acampamento, então eles devem ser honrados também.

— Pode até ser verdade — começou o rei —, mas nada disso teria acontecido sem você. Por isso, será recompensado com prata e terá minha gratidão.

Geirmund baixou a cabeça.

— Agradeço, rei Halfdan.

— E você terá guerreiros. — Guthrum deu um passo à frente. — Um batalhão próprio. Vários dinamarqueses pediram para lutar por você.

Geirmund não esperava ser nomeado um comandante dos dinamarqueses naquele dia, não tão cedo. Tinha participado de poucas batalhas, e sua derrota para Rek certamente seria conhecida por Guthrum e pelo rei.

— Quem pediu para lutar junto comigo? — ele quis saber.

O rei cruzou os braços.

— Muitos deles eram guerreiros de Jarl Osbern. Construíram o muro com você.

— Eles me honram — disse Geirmund.

Guthrum posicionou-se ao lado de Halfdan, o bracelete de Völund brilhando em seu braço.

— Eu disse, antes de partirmos de Avaldsnes, que você não lideraria nenhum dinamarquês até provar seu valor. Agora você fez isso.

Geirmund baixou a cabeça novamente.

— Agradeço por isso, Jarl Guthrum, rei Halfdan.

— Vá, reúna seus guerreiros — disse Halfdan. — Talvez eu tenha uma tarefa para você em breve.

Geirmund abaixou a cabeça uma última vez e saiu da tenda um tanto perplexo, mas ansioso para compartilhar a notícia com Steinólfur. Encontrou o guerreiro mais velho trabalhando com Birna, ambos treinando Skjalgi na luta com machado, e nenhum dos três pareceu surpreso quando ele os informou do que acabara de acontecer.

— Você tem dado muito o que falar — comentou o guerreiro mais velho. — Não sei o que mais você esperava quando voltou para nós como um draugr.

— E salvar o acampamento só ajudou a sua reputação — acrescentou Birna. — Eu perguntei a Halfdan se poderia me juntar a você.

— Você? — Geirmund olhou para ela surpreso. — Mas certamente poderia liderar os guerreiros de Osbern melhor do que...

— Eu poderia. E farei isso um dia, se for meu destino. Por enquanto, eu lutaria por você.

— Por quê?

Ela franziu as sobrancelhas, como se Geirmund já devesse saber a resposta para aquela pergunta.

— Porque Halfdan ainda não me deu essa honra. Ainda não caí em suas graças. Neste momento, ele e Guthrum favorecem você. Lutar com você é compartilhar essa honra e ganhar favores. Talvez agora eu não receba mais ordens de ficar para trás e guardar o acampamento quando eles marcharem para a batalha.

— Entendo — disse Geirmund, sorrindo. — Seu desejo de lutar por mim não tem nada a ver com sua fé em mim.

— Lembre-se do que eu disse sobre o orgulho, Hel-hide. — Ela deu um tapinha nas costas dele. — Você me impressionou um pouco. Fique contente com isso e seja um bom líder, ou procurarei honra e riquezas em outro lugar.

— Devíamos nos reunir com seus guerreiros — opinou Steinólfur —, como Halfdan sugeriu.

Geirmund concordou, então eles mudaram suas tendas para onde muitos dos guerreiros de Jarl Osbern já estavam acampados. Vários outros guerreiros se juntaram a eles, todos previamente leais a outros jarls que haviam caído em Ashdown, todos agora querendo lutar por

Geirmund. Ele reconhecia a maioria daqueles rostos do dia que passaram construindo a parede do rio, e ficou satisfeito em ver Aslef, Muli, Thorgrim, Rafn e Vetr entre eles. Ao todo, Geirmund agora tinha um batalhão de mais de vinte guerreiros esperando que ele os liderasse, e embora fosse uma honra desejada havia tanto tempo, o peso repentino dela caiu pesadamente sobre seus ombros. Mais tarde, enquanto todos faziam a refeição noturna, Geirmund se levantou para dirigir-se a eles.

— Sou filho de Hjörr Halfsson — disse ele. — Os feitos de meu avô são bem conhecidos tanto dos nórdicos quanto dos dinamarqueses. Somos vinte e três aqui, que é o mesmo número que prestou juramento a Half quando ele pegou as rotas das baleias. Vejo o destino nisso, e embora eu não tenha um navio, se lutarem comigo, haverá honra para vocês, riquezas, terra e, um dia, uma frota de navios.

Geirmund olhou nos olhos de cada guerreiro diante dele, pensando no que Bragi lhe contara sobre seu avô.

— Não vou pedir que jurem só a mim — disse ele. — Como Half e seus heróis, cada um de vocês aqui jurará lutar por todos, não sobre a minha espada, mas sobre a própria. E farei o mesmo juramento de lutar em nome de cada um de vocês que se dispuseram a lutar por mim. Mas, antes de fazermos nossos juramentos, saibam disto: em minha companhia, não faremos mal a ninguém, a não ser a guerreiros que levantem armas contra nós. Se puderem cumprir essa regra, então sua espada é bem-vinda. Se não a respeitarem, estão livres para partir agora.

Geirmund fez uma pausa, porém nenhum dos guerreiros se moveu.

— Então façamos nossos juramentos — pediu ele, e foi primeiro, jurando sempre liderá-los com honra, extrair glória e prata dos inimigos que enfrentariam, nunca fugir da batalha, lutar e morrer em nome de cada guerreiro em sua companhia, e vingá-los caso fossem mortos.

Essas palavras então passaram pelos lábios de cada dinamarquês naquele círculo, até que estivessem unidos pelo mesmo juramento; depois disso, todos beberam juntos.

Geirmund passou os dias seguintes falando com cada um de seus guerreiros, um por vez, para aprender seus nomes, de onde vinham e que habilidades possuíam. Todos afirmavam ser lutadores perigosos e mortais, mas alguns eram mais mortais quando empunhavam a arma de sua escolha.

Aslef afirmou ter olhos de falcão ao usar um arco. Thorgrim e Muli lutavam com o machado barbado e com o seax. Rafn carregava duas espadas: uma lâmina dinamarquesa comum e uma estranha arma de gume único que ele disse ter vindo de Miklagard, bem ao leste. Vetr lutava bem com sua lança, a qual chamava de Dauðavindur, pois dizia que com ela trazia a morte como o vento.

Alguns guerreiros da companhia haviam lutado muitas batalhas e traziam a prova disso em cicatrizes, enquanto outros não tinham visto mais luta do que Geirmund. Por vários dias, ordenou aos guerreiros mais endurecidos, incluindo Steinólfur, Birna e Muli, que treinassem o uso de armas e da parede de escudos. Quando Halfdan e Guthrum vieram falar com Geirmund, pareceram satisfeitos com o que viram.

— Você estabeleceu a ordem rapidamente — disse o jarl. — Isso é bom.

— São guerreiros fortes — comentou Geirmund.

— Vamos ver quão fortes são — falou o rei. — Eu disse que teria uma tarefa para você, e tenho.

Geirmund acenou com a cabeça.

— Diga e será feito.

— Se quisermos derrotar Wessex — começou Halfdan —, precisamos controlar o Caminho Icknield e o rio Tâmisa. Quero que você e seus guerreiros tomem Wælingford.

CAPÍTULO 15

GEIRMUND NÃO ENTENDIA O QUE HALFDAN ESTAVA pedindo.

— O senhor vai marchar para Wælingford?

O rei balançou a cabeça.

— Não vou marchar. Vou enviar apenas a sua companhia.

Geirmund hesitou, sem saber o que dizer porque ainda não tinha certeza do que Halfdan estava falando.

— Wælingford é forte. Eu precisaria de um exército para tomá-la, mas tenho apenas vinte e três guerreiros...

O rei ergueu a mão, silenciando Geirmund.

— Os saxões dessas terras de Berkshire sofreram grandes perdas, incluindo seu ealdorman. Æthelred e Ælfred foram para o sul, onde têm mais forças e podem convocar novos guerreiros para substituir os que caíram.

— Entendo — disse Geirmund. — Quantos guerreiros deixaram para trás, mantendo Wælingford?

Halfdan franziu a testa.

— Não muitos.

Geirmund não esperava que Æthelred facilitasse a ocupação de um lugar tão importante no rio.

— Mais de vinte e três, eu acho — supôs ele.

— Talvez. — Os olhos azuis do rei estreitaram-se. — Talvez não.

Geirmund olhou para Guthrum, que estava um pouco atrás de Halfdan e não disse nada a favor ou contra a sagacidade do plano.

— Você conhece Wælingford — continuou Halfdan. — Sabia que eles mandariam navios...

— Vi essa fortaleza de longe — Geirmund comentou. — Só isso.

— Mesmo assim, Geirmund Hel-hide. — A raiva aguçou a voz do rei, e seu olhar endureceu. — Eu lhe dei essa tarefa, e você a cumprirá. Você não é Geirmund Hel-hide, que construiu uma parede no rio e derrotou um ataque saxão? Está me dizendo que errei em lhe dar uma companhia para liderar?

— Não, o senhor não errou. — Nesse momento, Geirmund percebeu que não tinha escolha a não ser seguir a ordem de Halfdan, apesar da aparente impossibilidade. — Cumprirei a tarefa. Mas posso pedir uma coisa?

— O quê?

— Ficarei com toda prata que encontrarmos lá. Se a fortaleza estiver quase vazia, como o senhor diz, não haverá muito. Mas ao menos terei alguma recompensa para meus guerreiros.

Guthrum sorriu com isso, mas Halfdan ficou sério e em silêncio por vários segundos.

— Muito bem — disse ele por fim. — Você e seus homens partirão amanhã ao amanhecer. E que os deuses os acompanhem.

Parecia que Guthrum queria dizer algo a Geirmund, mas saiu sem falar nada. Steinólfur, entretanto, teve muito a dizer quando Geirmund contou a ele, e a alguns outros, sobre a tarefa que Halfdan havia lhes dado.

— É uma missão tola! — o guerreiro mais velho quase gritou. — Ele quer ver você morto?

— Parece provável — opinou Birna.

— Guthrum me alertou sobre isso — falou Geirmund. — Disse que minha reputação teria um preço.

— Sua vida? — perguntou Steinólfur. — Esse é um preço alto.

— Se for meu destino.

Vetr e Rafn estavam sentados nas proximidades, e o guerreiro de cabelos brancos falou, a voz tão afiada quanto o estalar do gelo sobre um lago.

— Halfdan não pode matá-lo. Você salvou o acampamento, e todo mundo sabe disso. Mas sua reputação é uma ameaça à dele, então encontrou outra maneira de se livrar de você, usando sua reputação para prejudicá-lo.

— O que vamos fazer? — indagou Skjalgi, baixinho.

A derrota parecia iminente, mas Geirmund se lembrou do futuro que Völund havia previsto, com sua rendição ao inimigo, e resolveu desafiar a previsão.

— Não temos escolha — disse ele. — Precisamos tomar Wælingford.

— Como propõe que façamos isso? — Birna quis saber. — Somos poucos para assumir tal domínio pela força.

Rafn falou então, acenando com a cabeça em direção ao rio.

— Temos barcos saxões. Poderíamos tirar as roupas e armaduras saxãs dos mortos.

— Sugere que usemos astúcia — começou Steinólfur, mas Geirmund não sabia se o guerreiro mais velho desaprovava a ideia.

Rafn encolheu os ombros.

— Isso pode nos colocar dentro de suas defesas.

— Mas se eles forem cinquenta — continuou Geirmund — ou cem, e nós formos vinte e três, estar dentro de suas defesas não nos dará maior chance de sucesso.

— Tem um plano melhor? — questionou Vetr.

Geirmund pensou por vários momentos e considerou tudo o que havia aprendido sobre os saxões, procurando fraquezas que pudesse usar contra eles.

— Os guerreiros saxões são, em sua maioria, fazendeiros — disse ele finalmente. — Quase sem exceção, preferem ficar em casa a lutar aqui, e acho que devemos permitir que partam.

— Permitir que partam? — repetiu Steinólfur. — Não sabia que os estávamos impedindo.

Geirmund fez que não com a cabeça.

— Quero dizer que devemos lhes dar um motivo para partir. Æthelred foi para o sul. Abandonou Wælingford mesmo sabendo que os dinamarqueses estavam quase em seus portões, e não imagino que os guerreiros de lá estejam muito felizes com isso, especialmente depois da derrota que impingimos a eles na parede do rio. Se acreditarem que estão condenados, talvez simplesmente partam.

— Por que acreditariam que estão condenados? — Rafn perguntou. — Sequer somos um exército.

— Não precisamos de números — respondeu Geirmund. — Só precisamos que eles pensem que seu Cristo os abandonou.

— Como? — indagou Steinólfur.

— Usaremos o medo que eles têm de nossos costumes pagãos — explicou Geirmund.

Embora seus guerreiros tivessem dúvidas, fizeram o que ele pediu e montaram três grandes cruzes, que encaixaram em três dos barcos saxões, como mastros. Geirmund então ordenou que três dos guerreiros saxões mortos fossem mergulhados em óleo e pendurados nessas cruzes, e em vez de esperar até o amanhecer, partiram com o sol poente.

Pegaram um total de seis barcos, três com cruzes e três outros que remaram com o resto da companhia, indo de Readingum até Moulsford, onde o cheiro de podridão e morte em Ashdown ainda era sentido. A maioria dos guerreiros de Geirmund parou ali e desembarcou para uma marcha por terra enquanto ele remava sozinho em seu barco, com um saxão morto pairando sobre ele, pálido e bicado por corvos. Rafn e Thorgrim vieram nos outros dois barcos com cruzes, tendo-se apresentado como voluntários para a tarefa, pois os pesados barcos saxões precisavam de força para remar, e Wælingford ainda ficava a cinco descansos ao norte.

Já era noite profunda quando finalmente aproximaram-se da fortaleza. Geirmund sabia que haveria vigias nas muralhas, então, quando os três barcos podiam ser vistos da cidade, ateou fogo no saxão morto em sua cruz. Rafn e Thorgrim replicaram o gesto, e a luz dessas chamas se espalhou pelo rio e brilhou na escuridão. Quase instantaneamente, Geirmund ouviu gritos de alarme vindos das muralhas, e imaginava o terror causado por tal visão àquela hora da noite.

Remou o barco até a costa perto das fortificações antes que as chamas consumissem a madeira da embarcação. Rafn e Thorgrim fizeram o mesmo. Os três amarraram os barcos em uma fileira e os deixaram queimando onde pudessem ser vistos das muralhas, e também como um sinal para o restante da companhia de Geirmund na floresta ao sul. Então, o uivo de muitos chifres dinamarqueses rompeu a quietude da noite, estridente de leste a oeste, como se um vasto exército tivesse surgido do nada e agora esperasse na escuridão.

Geirmund caminhou em direção aos portões de Wælingford e, depois que os chifres dinamarqueses se aquietaram, berrou para os observadores na muralha.

— Sou Geirmund Hjörrsson, chamado de Hel-hide! Derrotei vocês no rio e agora vim para tomar este lugar. Vocês estão em menor número e serão meus. Seu rei os abandonou. Seu deus os abandonou!

Ele fez uma pausa, permitindo que o medo aumentasse dentro das paredes da fortaleza.

— Mas estou disposto a ser misericordioso! — Geirmund gritou. — Dou até o amanhecer para que abandonem Wælingford! Não vejo motivo para vocês morrerem aqui! Voltem para suas famílias! Voltem para suas fazendas em paz! Se deixarem a prata e as armas para trás, juro que não os machucaremos nem os perseguiremos.

Ele fez outra pausa.

— Mas, se não tiverem ido embora ao nascer do sol, não terei piedade. Vamos queimar todos os saxões vivos dentro desses muros e sacrificar vocês a nossos deuses!

Olhou para a muralha por mais um momento, para as muitas sombras que via ali, e então virou as costas. Rafn e Thorgrim seguiram-no para o sul, para longe da fortaleza e dos barcos em chamas, para dentro da escuridão e em direção à companhia que esperava por ele.

— Muito bem — disse Rafn. As roupas e o cabelo pretos do dinamarquês uniram-se à noite, fazendo parecer que seu rosto flutuava, pálido e sem expressão.

— Se isso não espantar os saxões — começou Thorgrim —, talvez mereçam ficar com o lugar amaldiçoado.

— Eles irão embora — comentou Geirmund.

— Vamos realmente deixá-los ir em paz? — Rafn perguntou.

— Sim, se cumprirem meus termos. Isso foi o que jurei.

Rafn assentiu com a cabeça, mas na escuridão Geirmund não sabia se o dinamarquês simplesmente ouvira sua resposta ou se a aprovava.

Não acenderam fogueiras pelo restante da noite, deixando a escuridão encobrir seus verdadeiros números. Uma marcação do dia depois, quando o sol finalmente nasceu, marcharam para fora da floresta atravessando uma névoa matinal fina, passando por campos e pastagens até chegarem a Wælingford.

Skjalgi apontou assim que avistou a fortaleza.

— Os portões estão abertos.

— Parece que você estava certo, Hel-hide — disse Thorgrim. — Os saxões foram embora.

Tudo indicava que sim, mas mesmo assim os dinamarqueses entraram na fortaleza com cautela, armas em punho, preparados para uma armadilha.

Não encontraram nenhum saxão. A cidade, ao que parecia, estava vazia havia algum tempo. O solo dos currais de gado secara, e a forja do ferreiro estava fria, mas, quando chegaram às fortificações secundárias perto da ponte, encontraram as fogueiras ainda fumegantes, como se abandonadas às pressas. Os guerreiros saxões haviam deixado um pouco de prata para trás, bem como machados e espadas, catorze lâminas ao todo, sem contar as muitas lanças, forcados e outras armas improvisadas, que ficaram espalhadas e que não seriam suficientes para defender aquele domínio se Halfdan tivesse descido sobre ele com suas forças.

— Æthelred os abandonou mesmo — concluiu Rafn.

Os dinamarqueses de Geirmund simplesmente ficaram lá, como se não acreditassem naquele sucesso fácil, mudos de surpresa.

Geirmund ergueu a voz para dirigir-se a eles.

— Wælingford é nossa! — disse ele erguendo o seax, fazendo seus guerreiros finalmente rugirem com alegria repentina. — Tragam-me qualquer ouro ou prata que encontrarem para dividirmos igualmente entre todos, mas vocês são livres para reivindicar qualquer outra coisa na cidade.

Os dinamarqueses comemoraram de novo e separaram-se para explorar. Geirmund sentou-se em um toco de madeira diante de uma das fogueiras enquanto o sol se erguia sobre os telhados e paredes da cidade. Skjalgi saiu para ver o que conseguia encontrar, mas Steinólfur e Birna se sentaram ao lado de Geirmund.

— Guerreiros se juntarão a você depois disso — disse o guerreiro mais velho.

— Não recebo nenhuma honra com isso. — Geirmund embainhou o seax sem ter de limpar ou afiar a lâmina. — Esta vitória foi muito fácil.

Birna revirou os olhos para ele.

— Você está pensando com seu orgulho de novo, Hel-hide. A honra deve ser conquistada com luta?

— Não, mas a honra deve ser merecida — retrucou ele.

— Olhe à sua volta! — Steinólfur abriu bem as mãos. — Você mereceu. Por duas vezes liderou esses dinamarqueses para a vitória usando sua astúcia, e sem a perda de um único guerreiro. Mas, se preferir lutar, tenho certeza de que pode encontrar os saxões e chamá-los de volta.

— Você tem razão — disse Geirmund. — Agora devo mandar um recado a Guthrum e Halfdan, avisando que tomamos Wælingford.

— Eu irei. — Birna levantou-se. — Quero ver o rosto de Halfdan assim que ele receber a notícia.

Geirmund concordou com a cabeça.

— Vá, então. Mas conte a Guthrum antes de dizer a Halfdan. Prestei lealdade a ele, portanto, se há honra aqui, ele tem parte nela.

Ela assentiu e afastou-se, então Steinólfur se inclinou para mais perto dele.

— Você sabia que já conquistou mais que seu pai? Ele nunca tomou uma cidade ou uma fortaleza.

— Ele nunca precisou.

— Talvez este lugar possa ser seu. É um bom lugar. Muralhas fortes. Um rio para comércio. Não muito diferente de Avaldsnes. — O guerreiro mais velho olhou em volta. — Mas Halfdan ou Guthrum provavelmente vão reivindicá-lo. E suponho que os saxões o queiram de volta. Então, mesmo que os dinamarqueses lhe dessem o lugar, teria de lutar para mantê-lo.

— Acha que existem terras onde as coisas não são assim?

— Onde você não tem que lutar para manter o que é seu? — Ele esfregou a barba, quase a puxando. — Talvez existam. Mas acho que não importa onde você esteja; se for sábio, estará sempre preparado para lutar, mesmo que nunca precise.

— Acha que meu pai e minha mãe estão preparados?

Ele tirou a mão da barba para apoiá-la no joelho.

— Não sei.

Geirmund também não sabia a resposta, e não era uma pergunta em que ele quisesse pensar. Levantou-se para explorar Wælingford com os dinamarqueses e, como Steinólfur, achou que era um bom lugar, com oficinas e armazéns dispostos em duas estradas principais que se cruzavam no centro da pequena cidade. Além de alguns depósitos de grãos, parecia que os saxões haviam deixado pouca coisa de valor para trás, apenas algumas ferramentas e alguns móveis nas casas. Mas então um dos dinamarqueses encontrou um pequeno tesouro de moedas de prata cortada enterrado no canto de um estábulo perto da ferraria, e isso aumentou a alegria e a recompensa para todos.

Geirmund incumbiu Steinólfur da divisão do tesouro, atribuindo a cada guerreiro uma parte igual, e muitos dos dinamarqueses encontraram novas armas entre as que os saxões haviam deixado para trás. Geirmund pediu um machado e uma velha espada Langbardaland, com cabo estreito da mesma largura do punho, o que permitiu a Skjalgi ficar com a lâmina que Geirmund já havia dado a ele.

No meio da tarde, Halfdan e Guthrum chegaram a Wælingford com uma companhia de pelo menos cem dinamarqueses. Geirmund encontrou-os no portão sul da cidade, e, enquanto Guthrum e Birna exibiam sorrisos largos, Halfdan fechou a cara e olhou em volta como se suspeitasse de algum truque.

— A fortaleza está tomada — disse Geirmund. — Como o senhor ordenou.

— Como você fez isso? — perguntou o rei.

— Com astúcia — explicou Guthrum, passando por Halfdan em direção aos portões.

O rei não respondeu, mas seguiu o jarl, e em seguida Birna se postou ao lado de Geirmund, atrás deles.

— Ele me chamou de mentirosa — sussurrou ela. — Quase se recusou a vir, mas não contestaria Guthrum.

Então, Geirmund compartilhou do sorriso dela enquanto mostrava a Halfdan e Guthrum a cidade, a ponte e as defesas, que o rei e o jarl só tinham visto a distância até aquele momento. Quanto mais Geirmund pensava sobre Wælingford, mais percebia sua importância. Os dinamarqueses poderiam ocupá-la sem enfraquecer Readingum, enquanto o rio e a Via Icknield ofereceriam acesso ao comércio e a novos guerreiros, permitindo aos dinamarqueses controlar aquela região quase indefinidamente.

— Havia prata? — o rei finalmente perguntou.

— Havia — respondeu Geirmund, imaginando se Halfdan pretendia voltar atrás em sua palavra. — Eu já a dividi entre meus guerreiros.

— Está lembrado — disse Guthrum — de ter dito a Geirmund que qualquer prata seria dele para...

— Eu lembro. Essa prata é sua recompensa pelo que fez aqui hoje.

Geirmund abaixou a cabeça, sabendo que não haveria mais riqueza da parte do rei.

Guthrum apontou para as defesas secundárias dos saxões.

— Deixarei meus guerreiros aqui e mandarei mais. Precisamos evitar que os saxões tomem de volta este lugar. A partir daqui, posso seguir para o norte, para as riquezas de Abingdon...

— Não — corrigiu Halfdan. — Você manterá Wælingford, mas não enviará guerreiros para o norte até que tenhamos matado Æthelred pela espada. Não podemos nos dar ao luxo de perder nem mesmo um único guerreiro, a menos que seja em busca da coroa daquele saxão. Antes de tudo, Wessex deve cair.

— Você enviou Geirmund e sua companhia para cá com bastante facilidade — lembrou Guthrum.

Os olhos azuis de Halfdan pareceram ter se transformado em gelo.

— Mandei-os sabendo que teriam sucesso. Os deuses me deram um sinal.

Guthrum ficou em silêncio por um longo momento antes de finalmente aceitar o que fora dito com um aceno de cabeça. Então, Halfdan anunciou que voltaria a Readingum e partiu imediatamente com cerca de vinte dos dinamarqueses, enquanto Guthrum e os guerreiros restantes permaneceram na cidade. O jarl caminhou com Geirmund até a ponte, onde poderiam falar em particular. Ficaram no meio dela, ouvindo o barulho do Tâmisa sob seus pés. Um vento frio e o céu agitado ameaçavam chuva.

— O dun de Æbbe é um convento saxão de grande riqueza. — O jarl olhou rio acima, para o norte. — Uma cidade mercantil. Halfdan não me ordena que fique aqui pela preocupação genuína de perder guerreiros. Ele não quer que eu fique mais rico. — Virou-se para Geirmund e depois para Wælingford. — O rei não esperava isso. Nem eu.

— O rei queria que eu falhasse — disse Geirmund. — Ele me queria morto.

— Você pode se gabar, mas o fato de ele tê-lo enviado para cá não tem a ver com você. Não se esqueça de que você prestou lealdade a mim.

Geirmund olhou rio abaixo, para o sul.

— Ele queria enfraquecer você?

— Você luta por mim, então, conforme sua reputação cresce, aumenta a minha. — Ele olhou para Hnituðr em seu braço. — Ele sabe o que falam de você e viu as provas. Sabe que foi meu guerreiro que voltou da terra de Hel para salvar o acampamento e os navios do erro que ele cometeu. — Riu para si mesmo. — E pensar que quase recusei você em Avaldsnes. Não me ofereceu nenhuma vantagem, nem prata, nem navios, nem guerreiros. Mas gostei de você, então o aceitei, e agora vejo que foi o destino. Acha isso também?

— Acho.

Guthrum acenou com o braço por toda a extensão da cidade.

— Ao fazer isso, você me tornou rival de Halfdan de um jeito que ele não pode ignorar nem descartar. A notícia espalhou-se muito rápido. Porque eu ajudei a espalhá-la.

— Minhas vitórias são suas vitórias — disse Geirmund.

— Sei disso e fico feliz que você ainda saiba. Você mantém seus juramentos. Admiro isso e vou recompensá-lo. É um homem de honra, Geirmund Hel-hide. — Seu sorriso voltou. — Sabia que agora é assim que sua companhia está sendo chamada pelos outros jarls e pelos guerreiros deles?

— Assim como? — Geirmund perguntou.

— Os Hel-hides. Dizem que você e seus guerreiros desafiam a morte.

— Ninguém pode desafiar a morte.

Guthrum estendeu as mãos para Geirmund.

— E você está aqui. Mas não deixe que sua reputação o torne preguiçoso ou descuidado. Halfdan vai odiá-lo ainda mais pelo que fez aqui, e, por enquanto, minha proteção tem limites. Qualquer guerreiro pode cair na batalha, e há mais batalhas por vir.

— Quando?

— Em breve. Æthelred e Ælfred retiraram-se para um lugar chamado Bedwyn, ao sul e a oeste de Readingum. Halfdan e os jarls querem atacar lá. Desceram o Tâmisa até a Ânglia Oriental, convocando mais guerreiros.

— Meus guerreiros estarão preparados.

— Sei que sim — disse Guthrum. — Não esperaria nada menos dos Hel-hides.

Geirmund percebeu orgulho na voz do jarl e, naquele momento, decidiu que gostava do nome.

CAPÍTULO 16

Nas semanas seguintes, Geirmund e seus guerreiros ficaram em Wælingford e, de lá, fizeram incursões nas redondezas em busca de comida e prata. Em poucas aldeias e fazendas encontraram saxões dispostos a lutar com eles, e Geirmund se perguntou se alguns deles seriam os mesmos fazendeiros que fugiram de Wælingford quando lhes foi oferecida a chance. Pelo visto, eles continuavam fugindo, pois a maioria dos ataques encontrou casas, igrejas e estábulos vazios, o povo escondido nas colinas e florestas, deixando os dinamarqueses livres para pegar o que quisessem. Quando os saxões não corriam e se escondiam, os guerreiros de Geirmund permaneciam fiéis aos seus juramentos e só matavam aqueles que levantavam armas contra eles.

— Por que você estabeleceu essa regra? — Skjalgi perguntou um dia enquanto voltavam de um ataque a um pequeno povoado a oeste de Wælingford. — Os dinamarqueses dizem que não é uma coisa comum.

— Por duas razões — disse Geirmund. — A primeira é que meu avô e os guerreiros dele viviam segundo essa regra. Não se conquista honra nem reputação matando aqueles que não podem lutar.

— E a segunda razão? — questionou o menino.

— Depois de derrotarmos Wessex, teremos que administrar o reino, e ainda precisaremos de fazendeiros para trabalhar na terra. Isso será difícil se tivermos matado ou feito inimizade com cada saxão que encontrarmos. É melhor ensiná-los a viver em paz conosco.

Skjalgi acenou com a cabeça, e Geirmund estudou-o por um momento antes de arriscar uma pergunta sobre algo que o menino havia evitado discutir no passado.

— Seu pai já participou de uma invasão?

O olhar de Skjalgi caiu para a estrada estreita, sulcada e cheia de grama em que viajavam.

— Não. Ele sempre disse que não era bom com a espada e que seu machado só servia para cortar árvores.

Geirmund conhecera outros que também eram assim, e havia muitos em Rogaland que não saíam para guerrear como vikings. Seu pai teria muito em comum com o de Skjalgi.

— Ouvi dizer que era um homem honesto e honrado — disse Geirmund. — Trabalhador e forte como um boi.

Skjalgi ficou calado por um bom tempo, mas parecia inquieto, olhando aqui e ali como se lutasse contra um pensamento. Geirmund deixou-o em paz, até que o menino finalmente falou.

— Ele morreu embaixo daquela árvore sem uma arma na mão — revelou ele. — Nem mesmo o machado.

Geirmund fez uma pausa para pensar cuidadosamente nas palavras.

— É verdade que não é fácil agradar Óðinn. Ele pode ser duro e implacável, e nem todos irão para Valhalla. Muitos bons homens e mulheres não irão, mas isso não significa que não mereçam nossa honra e respeito.

Skjalgi desviou o olhar, tentando esconder as lágrimas.

— Você se tornou um verdadeiro guerreiro — elogiou Geirmund. — Um homem corajoso e honrado. Acredito que seu pai ficaria orgulhoso de você, mas, onde quer que esteja, não pode estar mais orgulhoso de você do que eu ou Steinólfur.

Skjalgi fungou e assentiu com a cabeça, alinhando o queixo com a estrada à frente.

— Obrigado — agradeceu ele.

De volta à fortaleza, Guthrum convocou Geirmund para informá-lo de que a marcha para Bedwyn começaria em três dias, os quais foram gastos nos preparativos. No terceiro dia, eles deixaram oitenta dinamarqueses cuidando de Wælingford e viajaram para o sul, para Garinges, onde encontraram os dinamarqueses de Readingum sob o comando de Halfdan e dos outros *jarls*.

De lá, o exército unificado marchou forte e rápido para o sudoeste ao longo de uma antiga cordilheira, que levou os guerreiros através de charnecas e pântanos enquanto uma tempestade desabava sobre eles. A vegetação ali era densa com bétulas e amieiros, e a chuva encheu a floresta de névoa.

No meio da tarde, a tempestade finalmente passou, e os dinamarqueses chegaram a um alto dun de calcário que se erguia sobre o campo, estendendo-se de leste a oeste. No topo dessa colina corria uma estrada, que os dinamarqueses seguiram para oeste, até que avistaram o exército saxão acampado no ponto mais alto do dun. Æthelred, porém, não construíra muralhas ali, o que significava que não haveria espaço atrás deles para a retirada, e a batalha seria travada em campo aberto, como em Ashdown.

A colina onde estavam oferecia vistas impressionantes da terra em todas as direções. As nuvens pesadas haviam se movido para o sul, cobrindo campos, pastagens, duns e vales naquela direção com véus de chuva, enquanto uma vasta e densa floresta crescia atrás e à frente deles, a leste e a oeste. Geirmund e sua companhia esperaram enquanto Halfdan falava com os jarls para formar um plano de ataque enquanto ainda lhes restava alguma luz do dia.

Quando Guthrum voltou do conselho, não parecia satisfeito.

— Halfdan me ordenou flanquear o inimigo.

— Ele vai dividir nossas forças? — Geirmund perguntou, ao lado de Eskil e alguns dos outros comandantes. — O que Halfdan e os outros jarls farão?

— Eles atacarão Æthelred pelo leste. Depois que eles iniciarem o combate, devemos atacar pelo norte.

— Pelo norte? — disse Eskil. — Mas isso significa que subiremos a colina.

— Isso mesmo — confirmou Guthrum, balançando a cabeça. — Temo que será um segundo Ashdown. Mas não temos escolha.

Ele ordenou que seus guerreiros descessem o dun, e enquanto Halfdan marchava com suas forças ao longo da estrada montanhosa em direção ao inimigo, Guthrum conduzia as suas pela base do monte. Geirmund caminhou pelo solo úmido e manteve a si mesmo e a companhia o mais próximo possível de Guthrum, observando os saxões no cume em busca de qualquer sinal de movimento.

Em pouco tempo, assim que os dinamarqueses deixaram a estratégia clara, os saxões fizeram o que haviam feito antes e dividiram suas forças para enfrentar duas frentes opostas. Não apenas Guthrum e seus guerreiros encaravam uma investida em terreno íngreme, mas agora também enfrentavam uma muralha de escudos, em vez do flanco do inimigo.

Geirmund não pôde deixar de imaginar se aquela seria mais uma tentativa de Halfdan se livrar de Guthrum como rival, junto com Geirmund e seus Hel-hides. Também se perguntou se essa seria a traição que Völund previra em seu destino. Sabia apenas que não seria sua rendição.

Quando chegou o momento em que Guthrum ordenou a seus guerreiros que fossem para o sul e marchassem de volta montanha acima pela segunda vez, as memórias do ataque em Ashdown surgiram espontaneamente na mente de Geirmund. Ele viu o local de batalha e os homens de Jarl Sidroc. Ouviu-os morrendo como se estivessem ali naquela batalha também, e lembrou-se de como havia sido segurar o guerreiro Keld enquanto ele tossia e gorgolejava sangue. O coração de Geirmund batia forte não mais por medo do desconhecido, mas porque ele conhecia a batalha agora.

— Sem misericórdia! — Guthrum gritou. — Empurre os inimigos com força! Leve-os de volta ao topo da colina, onde poderemos matá-los!

Quando a fileira saxã estava a vários acres de distância, Guthrum soou o ataque final e liderou ele mesmo a linha de frente, com a espada erguida e um rugido sanguinário na voz. A visão e o som do jarl afastaram o medo de Geirmund, e ele correu para a batalha com seus Hel-hides.

Uma saraivada de flechas foi disparada do dun acima deles e caiu com força, mas os dinamarqueses não diminuíram a velocidade. Alguns deles caíram, perfurados, mas a maioria bloqueou as flechas com os escudos. Guthrum sequer ergueu o seu contra a chuva mortal, mas nenhuma das flechas o atingiu.

A dezenas de passos, os dinamarqueses baixaram os escudos para segurá-los à frente, assim como fizeram os saxões. A cinco passos, os exércitos trocaram as lanças e então chocaram-se uns contra os outros. As botas de Geirmund escorregaram na grama molhada, mas ele permaneceu em pé e se agachou, avançando com força sobre o inimigo, o braço zumbindo com o impacto.

As segunda e terceira linhas atrás dele cobriam a primeira com seus escudos, prendendo Geirmund nas sombras e nos ecos de machados e espadas na madeira. Quando conseguia, enfiava a espada entre as lacunas dos escudos, na esperança de sentir a ponta rasgando a carne frágil. Sentia o impacto do metal golpeando seu escudo. Steinólfur estava a sua esquerda, Thorgrim ao lado do guerreiro mais velho e Birna ao lado de Thorgrim. Além dessa distância, Geirmund não conseguia distinguir um dinamarquês de outro.

Guthrum gritou para os homens empurrarem os saxões, mas a encosta do dun tornava difícil para os guerreiros manterem-se firmes e impossibilitava a expulsão do inimigo. Estavam presos na encosta da colina. Em poucos instantes, Geirmund ouviu escudos se estilhaçando e sentiu o cheiro de sangue.

Temia que a batalha terminasse em derrota, como Guthrum havia previsto, mas, ao contrário de Sidroc, Guthrum não ordenou uma retirada. Geirmund ficou perto o suficiente do jarl para ver o rosto dele ficar mais vermelho de frustração e raiva, até que, por fim, o dinamarquês soltou um grito de quebrar os ossos e jogou o escudo no chão. Em seguida, avançou pela brecha na barreira dinamarquesa que acabara de abrir, se esgueirou diretamente entre dois escudos saxões e foi sozinho para trás de sua linha de frente.

Geirmund ficou tão atordoado que não foi capaz de tomar qualquer atitude, mas percebeu um leve enfraquecimento no escudo inimigo do outro lado do seu, só por um momento, talvez apenas em confusão pelo movimento de Guthrum.

— Empurrem! — Geirmund gritou. — Empurrem, Hel-hides!

Resistiram, e a linha inimiga cedeu, embora não completamente. Os saxões diante de Geirmund, Steinólfur e Thorgrim ficaram desordenados, alguns deles foram ao chão. Geirmund tropeçou e pisou neles enquanto corria para juntar-se a seu jarl.

Guthrum lutou com machado e espada, cortando e abrindo caminho através de muitos saxões, cujas lâminas pareciam incapazes de tocá-lo.

Geirmund voltou-se para Thorgrim e Steinólfur.

— Abram a barreira de escudos deles!

Então virou-se e correu até parte de trás da linha inimiga pela lateral, esfaqueando e cortando com a espada Langbardaland e o seax. Os saxões caíam sangrando e levavam seus escudos com eles ou abaixavam os escudos quando se viravam para enfrentar Geirmund, em ambos os casos enfraquecendo a barreira, até que os dinamarqueses conseguiram quebrá-la completamente.

Nesse momento, a batalha era de guerreiro para guerreiro, e Geirmund rapidamente matou três saxões, ladeado por seus Hel-hides. Ele viu Birna matar dois inimigos de uma vez e Vetr girando sua lança rápido como o vento. Skjalgi lutou com espada e escudo, mantendo-se firme e de costas para Steinólfur. Geirmund sentia que a luta havia mudado como uma maré e, depois disso, muitos dos saxões recuaram e fugiram para o alto do monte, tentando juntar-se à força maior.

— Fique onde está! — ele ouviu alguém gritar.

Então, viu o comandante dos saxões. O homem usava um elmo brilhante com ouro e uma armadura pesada. Uma dúzia de guerreiros cercava-o de perto, enfrentando apenas os dinamarqueses que os atacavam.

Guthrum também viu o comandante, um monte de corpos ao seu redor enquanto apontava a espada para o saxão.

— Æthelred!

Geirmund olhou novamente para o rei inimigo.

— Por Guthrum! — gritou e correu para se juntar à luta, enquanto mais saxões se reuniam em torno de seu líder.

O jarl alcançou o inimigo primeiro, sozinho, e Geirmund temeu que ele fosse morto num instante, mas de alguma forma os saxões não conseguiram atingi-lo enquanto ele lutava para passar por eles, direto em direção ao rei.

Quando Geirmund alcançou o inimigo, sentiu algo arder na coxa, mas sua perna permaneceu forte, e ele continuou lutando. Rasgou a boca do saxão mais próximo e abriu a lateral de seu rosto depois de ter mirado na garganta e errado, mas o guerreiro caiu segurando a mandíbula, talvez acreditando que tivesse sido mortalmente ferido.

Geirmund ergueu os olhos naquele momento e viu Guthrum arremessar uma lança, que atingiu Æthelred no flanco, e o saxão tombou para trás. Um grito surgiu entre os guerreiros, e eles enxamearam ao redor do rei como se para protegê-lo com os próprios corpos, e enquanto alguns se viravam para lutar e morrer, outros o carregavam.

Guthrum uivou atrás deles, mas então se virou para seus guerreiros.

— Para o cume! Para Halfdan!

Os dinamarqueses rugiram em resposta e então atacaram o dun, chegando ao flanco saxão como haviam sido ordenados a fazer. A surpresa daquele ataque, e talvez a notícia da queda de Æthelred, quebrou a barreira principal dos saxões logo depois. As trombetas inimigas anunciaram a retirada, e os saxões fugiram da colina, entregando o campo aos dinamarqueses.

Um grito de vitória ergueu-se entre eles. Geirmund uivou e ergueu as duas armas para o céu escuro. Se houvesse mais luz durante o dia, Halfdan teria ordenado a seus guerreiros que perseguissem os saxões para matar o máximo que pudessem, mas os dinamarqueses não estavam familiarizados com aquela região para continuar lutando à noite.

Em vez disso, acamparam lá e cuidaram dos feridos. Geirmund passou entre os caídos, procurando à luz minguante do dia por seus guerreiros e por outros dinamarqueses que pudessem ser salvos, ajudando-os quando conseguia. Alguns guerreiros nunca deixariam aquela colina, e tudo o que podia ser feito era homenageá-los e levá-los rapidamente a

Valhalla, caso eles desejassem o fim de seu sofrimento. Geirmund teve a mesma misericórdia com muitos saxões.

Foi depois que o sol se pôs que ele encontrou Rek. Uma lâmina tenebrosa de um saxão havia rasgado seu flanco e derramado suas vísceras, e ele estava caído no chão, incapaz de mover qualquer coisa além do pescoço e da cabeça. Geirmund ajoelhou-se na charneca ao lado dele, molhando os joelhos com sangue.

— Não sinto dor — disse o dinamarquês. — O bastardo feriu minhas costas antes de me cortar. Mas acho... Acho que sinto a vida saindo de mim. Meu coração... está ficando mais lento, eu acho.

Geirmund percebeu que as mãos de Rek estavam vazias. Olhou em volta e, ali perto, viu sua espada, a espada de Hámund, dada a Geirmund e tomada no duelo pelo dinamarquês. Ele a recuperou, colocou-a nas mãos de Rek e fechou os dedos inúteis dele em torno do cabo. Quando Geirmund soltou, porém, o dinamarquês também o fez.

Geirmund colocou a espada de volta nas mãos de Rek, e dessa vez não largou.

— Vou ajudar você a segurá-la — avisou ele.

O dinamarquês fechou os olhos.

— Eu agradeço. Não acredito que seja por muito tempo.

— Vencemos a batalha — disse Geirmund. — Esta noite você vai para...

— Eu vou ficar — falou uma sombra silenciosa que se aproximava. Um momento depois, Geirmund reconheceu Eskil. — Você pode ir, Hel-hide.

Geirmund acenou com a cabeça, mas antes de ir disse a Rek:

— Que você entre no salão de Óðinn esta noite. — Então, ele se levantou e deixou um irmão para morrer, e o outro para chorar sozinho.

No acampamento no topo da colina, Geirmund procurou seus guerreiros e abraçou Steinólfur e Skjalgi quando encontrou os dois vivos. Skjalgi tinha uma fenda profunda na mão, e Steinólfur também recebera alguns cortes, mas nenhum dos ferimentos parecia grave.

Foi quando Geirmund se lembrou do próprio ferimento e olhou para a perna, onde descobriu que uma espada ou ponta de lança o apunhalara. Ainda sangrava, mas o fluxo não era rápido, e a ferida não era profunda. Apesar dos protestos de Steinólfur, ele adiou passar uma atadura no ferimento até ter contado todos os vinte e três guerreiros.

Encontrou vinte deles naquela noite, dos quais quatro estavam mortos ou morrendo, e os três restantes na manhã seguinte, já frios. Os

Hel-hides tinham perdido sete homens ao todo, sendo Muli um deles, e Geirmund desejou ter conhecido melhor o guerreiro.

Antes de irem embora daquele lugar, os dinamarqueses construíram piras funerárias no topo da colina para os caídos, e Geirmund ajudou a cortar e recolher lenha das florestas ao pé do dun. O esforço fazia o sangue jorrar de sua coxa, não importava com quanta força a enrolasse, mas ele trabalhou a manhã toda, para cima e para baixo, para cima e para baixo. Quando chegou a hora de cremarem Rek, Geirmund ficou ao lado de Eskil observando as chamas, envolto em fumaça espessa.

Por um tempo, nenhum dos dois falou nada. No entanto, então o dinamarquês se virou para Geirmund, o rosto e os olhos vazios.

— Eu vi o que você fez.

Geirmund desviou o olhar e olhou direto para o coração da pira.

— Você poderia ter pegado aquela espada — Eskil continuou. — Mas, em vez disso, você a colocou nas mãos do meu irmão.

A ideia de pegá-la nem mesmo ocorrera a Geirmund.

— A espada era dele.

Eskil acenou com a cabeça. Em seguida, olhou de volta para o fogo e suspirou.

— Muitos morreram aqui, e Halfdan é o culpado disso.

Geirmund entendeu a raiva do dinamarquês, mas se perguntou se a culpa pela morte de Rek, de Muli e de todos os outros guerreiros era de Halfdan, ou se as Três Tecelãs haviam decidido tudo. Ele guardou essa dúvida em seu íntimo enquanto prestava respeito e honra a cada um dos guerreiros de sua companhia que tinham sido mortos.

Quando voltaram para Readingum, os dinamarqueses beberam cerveja em homenagem aos amigos e conterrâneos que agora bebiam o hidromel de Óðinn e festejavam em Valhalla. No entanto, as tendas vazias e os lugares vagos ao redor das fogueiras eram aparentes para todos, deixando o clima triste. Restavam poucos dinamarqueses no acampamento, muito menos do que quando Geirmund chegara, apesar de Halfdan ter vencido as duas últimas batalhas, e isso não era um bom presságio para a tomada final de Wessex.

— Muli está com o filho agora — disse Birna, olhando para a própria cerveja. — Estou feliz por isso, pelo menos.

— Algum de vocês viu Guthrum lutando? — Aslef perguntou. Seus bonitos traços tinham sido arruinados por um corte no nariz e na bochecha, logo abaixo do olho, que estava inchado e arroxeado. — Nunca vi algo assim. Foi ele quem venceu a batalha por nós.

— Ele lutou como se nenhum ferro ou aço pudesse tocá-lo — disse Thorgrim. — E nenhum o atingiu.

Geirmund tinha visto com os próprios olhos, e quando ele e Steinólfur trocaram um olhar, também compartilharam um pensamento silencioso de que o bracelete de Völund poderia ter dado ao jarl mais dons, e não apenas ouro. No entanto, era difícil para Geirmund decidir como se sentia a respeito disso. Sabia que nenhum poder ou arte poderia impedir o destino costurado pelas Três Tecelãs, nem mesmo o poder dos deuses que um dia encontrariam sua perdição, e certamente não as habilidades de Völund como ferreiro. Guthrum viveu porque era seu destino viver, e se viveu por causa do poder de Hnituðr, então também seria o destino do dinamarquês possuir aquele bracelete.

— Guthrum se tornará rei — comentou Thorgrim.

— Você acha? — perguntou Aslef.

— Ele matou Æthelred — disse Birna. — Muitos dos jarls prefeririam segui-lo a seguir Halfdan.

— Você viu Æthelred morrer? — Aslef quis saber.

— Se tiver sobrevivido, não viverá por muito tempo — comentou Geirmund. — A lança de Guthrum o atingiu na barriga.

— Eu seguiria o rei Guthrum — disse Rafn.

Ao lado dele, Vetr acenou com a cabeça em concordância.

Eskil aproximou-se do círculo, carregando a antiga espada de Geirmund, e todos se voltaram para ele. Quando falou, seu tom de voz era alto, como se quisesse que todos ali o ouvissem.

— Não falo por meu irmão — começou ele. — Não vou pedir desculpas por ele, especialmente agora que foi para Valhalla. Mas vou falar por mim. A espada do meu irmão chegou até mim, mas optei por não a queimar na pira. Em vez disso, digo a você, Geirmund Hel-hide, que por sua honra e coragem esta espada pertence a você e a nenhum outro.

— O dinamarquês então cruzou o círculo e apresentou a espada a ele.

Geirmund hesitou. Então, levantou-se e pegou a lâmina com um aceno respeitoso de cabeça.

— Aceito este presente, mas não por acreditar que seja meu por direito. Esta espada pertencia a Rek. Aceito-a agora para honrar sua generosidade, Eskil, e com esta lâmina matarei muitos saxões para homenagear Rek.

Isso trouxe vivas e fez que taças e chifres de cerveja fossem erguidos. Eskil devolveu o meneio de cabeça de Geirmund e, em seguida, deixou o círculo para voltar à própria companhia, onde ele e seus guerreiros lidavam com suas perdas.

Geirmund sentou-se e olhou para a espada e, embora não tivesse ficado separado dela por muito tempo, viu a lâmina como se fosse um conhecido retornando de uma longa viagem. Estudou a incrustação dourada de padrões circulares, que Eskil limpara e polira. Ele puxou a espada da bainha e, apontando-a para o fogo, olhou para a lâmina de aço que ondulava refletindo as chamas.

— Uma espada com a vida que essa teve merece um nome — disse Steinólfur.

— Eu estava pensando a mesma coisa — comentou Geirmund.

— Como vai chamá-la? — perguntou Skjalgi.

Geirmund pensou por um momento.

— Nas duas vezes que esta espada veio até mim foi como um presente de irmão, então vou chamá-la de Bróðirgjöfr, para homenagear meu irmão e o irmão de Eskil.

— Não é um nome de colocar medo nos corações dos inimigos — opinou Thorgrim —, mas é um bom nome.

Os outros guerreiros Hel-hides pareceram concordar. Depois disso, continuaram bebendo até tarde da noite e, na manhã seguinte, souberam que vários dos jarls haviam rejeitado Halfdan e escolhido Guthrum como seu novo rei, assim como Thorgrim previra. Quando Guthrum marchou de Readingum de volta para Wælingford, levou consigo a maior parte de seu exército, que agora ultrapassava o de Halfdan em número, deixando apenas guerreiros suficientes para vigiar seus navios, e na marcha para Wælingford, Guthrum encontrou Geirmund e viajou ao lado dele por algum tempo.

— Vejo que você está carregando sua espada mais uma vez — disse o rei.

— Vejo que o senhor não está mais usando Hnituðr — disse Geirmund, pois não via o bracelete no braço de Guthrum.

— Estou usando. Mas está sob a manga.

— Por que escondê-lo?

Ele baixou a voz.

— Certamente você ouviu os boatos.

— Confio no que vi — falou Geirmund. — Não no que ouço. E sei o que vi.

Guthrum franziu a testa e colocou a mão sobre o braço, onde Geirmund presumiu que o bracelete estaria escondido.

— Sei o que você me deu, mesmo que você não soubesse quando o deu a mim. Também sei como você lutou ontem e pretendo dar-lhe uma rica recompensa, Geirmund Hel-hide. Quando chegar a hora certa, você será nomeado jarl.

Geirmund piscou, surpreso. Como um jarl, teria direito às terras da conquista de Guthrum, talvez algumas das terras de Wessex ou da Mércia que ele havia percorrido e admirado.

— Fico grato, meu rei.

— Ah, mas sou um rei recém-nomeado — disse Guthrum. — Agora sou igual a Halfdan, o que significa que posso ser inimigo dele tão facilmente quanto seu aliado. Por enquanto, temos paz, pois a guerra entre nós não serviria a nenhum dos dois, e duvido que eu vencesse tal guerra. Lutar contra um filho de Ragnar é lutar contra todos eles.

Mais uma vez, Geirmund percebeu que com maior poder e riqueza vinham mais perigos e ameaças.

— Até que meu governo esteja seguro — continuou Guthrum —, não quero que digam que só me tornei rei por conta de um bracelete. Minha coroa deve ser conquistada e deve ser minha.

— É sua — concordou Geirmund —, independentemente do bracelete. Mas entendo. Não falarei mais sobre isso e farei que meus guerreiros façam o mesmo.

O rei acenou com a cabeça.

— Quanto aos guerreiros, há mais deles que desejam ser leais a você.

Isso surpreendeu Geirmund.

— Mas perdi sete dos meus vinte e três. A batalha provou que, afinal, nem eu nem meus Hel-hides somos capazes de desafiar a morte.

— Eles sabem que você lutou ao meu lado — disse Guthrum. — Sabem que você estava lá quando matei Æthelred. Acreditam que lutar com você lhes trará grande honra e recompensa.

Geirmund hesitou apenas por um momento.

— Vou aceitá-los.

— Você seria um tolo se não o fizesse. Abrace sua crescente reputação, filho de Hjörr, e seus compatriotas ouvirão falar de você não apenas em Rogaland, mas em toda a extensão do Caminho do Norte. — Ele virou-se para Geirmund com um sorriso irônico. — Em Avaldsnes, você me disse que um dia eu teria medo dos guerreiros que o seguem.

Geirmund quase havia se esquecido dessa ostentação.

— E o senhor tem?

— Ainda não, Hel-hide. — Seu sorriso desapareceu. — Ainda não.

CAPÍTULO 17

UM MÊS DEPOIS DA BATALHA EM BEDWYN, CHEgou a Wælingford a notícia de que Æthelred morrera, e que seu irmão, Ælfred, fora nomeado rei. Os dinamarqueses se alegraram com a notícia, imaginando que os saxões estivessem em um estado de fraqueza, e começaram a traçar um plano para o ataque final contra Wessex. Pelos rios, trilhas e estradas romanas, os grupos de invasores de Guthrum haviam penetrado profundamente nas terras ao sul de Readingum e descoberto um lugar chamado Searesbyrig, perto da cidade de Wiltun, que ficava a menos de um dia de marcha do assentamento de Ælfred, em Wintanceastre.

De acordo com os dinamarqueses que a viram, Searesbyrig devia ter sido uma fortaleza poderosa no passado. Ficava no topo de uma colina plana com mais de duzentas braças de largura, com encostas íngremes de quase cinquenta braças de altura. Uma trincheira profunda circundava a colina, aumentando suas defesas, com uma segunda trincheira interna para defender um grande salão. O topo da colina também trazia os sinais e marcas de fortificações anteriores, talvez pertencentes aos romanos ou aos bretões, embora os saxões, tolos que eram, tivessem abandonado o lugar e não fizessem uso de sua fortaleza.

Guthrum e Halfdan decidiram juntar-se a seus exércitos e marchar para tomar Searesbyrig, que oferecia a seus guerreiros um novo local para acampar, quase nos portões de Ælfred. No entanto, tinham de planejar bem e agir rapidamente para pegá-lo, ou então Ælfred poderia descobrir suas intenções.

Semanas se passaram antes que chegasse a hora de marchar. Eles deixaram Wælingford e Readingum sob a luz prateada da lua cheia em sua plenitude e viajaram para o sul à noite, abrindo caminho, em primeiro lugar, para as ruínas de uma cidade romana muito parecida com a que Geirmund havia atravessado com John, o padre. Os saxões chamavam-na de Calleva, e os dinamarqueses pararam ali para descansar durante o dia, escondidos entre os esqueletos de prédios e fundações arruinadas.

Os guerreiros de Geirmund montaram acampamento fora das muralhas destruídas da cidade, no fundo de uma grande concavidade com cerca de trinta e cinco ou quarenta braças de largura e construída com pedras. Árvores cresciam dentro e ao redor dela, parcialmente escondendo seu verdadeiro tamanho e talvez fazendo que parecesse maior do que era. Mesmo assim, Geirmund não conseguia imaginar como tal construção poderia ser coberta e concluiu que deveria ter sido feita de modo a ficar aberta mesmo. As laterais em ruínas da concavidade erguiam-se até a borda em grandes degraus, como se fossem feitos para os pés de um enorme jötunn.

Skjalgi olhou para cima e ao redor do lugar com os olhos arregalados.

— O que você acha que os romanos faziam aqui?

— Travavam lutas — respondeu Rafn. — As pessoas pagavam prata para assisti-los.

— Como sabe disso? — perguntou Steinólfur.

— Vetr e eu invadimos o sul em Frakkland — explicou o dinamarquês. — Existem muitos lugares como este. Em Langbardaland, são ainda maiores. Muito maiores.

— Maiores do que este? — Skjalgi quis saber. — Qual era a altura dos romanos?

Rafn riu.

— Menores que os dinamarqueses.

— E os nórdicos — acrescentou Steinólfur.

— São arquibancadas, Skjalgi — disse Rafn —, não escadas.

— E, no entanto, onde estão os romanos agora? Eles morreram e desapareceram porque eram mortais como nós — refletiu Birna.

— A verdadeira batalha deve ter ficado muito distante deles — supôs Vetr. — Por que outro motivo eles construiriam um lugar apenas para pagarem prata e assistir a ela?

Essa pergunta fez Geirmund pensar na batalha que se seguiria. O resto de sua companhia pareceu pensar o mesmo, pois todos ficaram silenciosos e sombrios depois disso. Em seguida, uma garoa fria chegou com um trovão lento e estrondoso para combinar com o humor deles. A tempestade dificultou o descanso e diminuiu a velocidade da viagem naquela noite, escurecendo a estrada romana que eles estavam seguindo para sudoeste até Searesbyrig.

As nuvens por fim se dispersaram logo depois da meia-noite, embora o ar e as roupas permanecessem úmidos e gelados, e Geirmund ficou grato pelo calor que a marcha trazia para seus braços e pernas. A chuva tinha enchido os riachos e os pântanos pelos quais eles viajavam, mas a estrada romana os mantinha principalmente em solo seco, apenas deslizando para dentro da água em três lugares que eram fáceis de atravessar.

Quando o amanhecer encontrou os dinamarqueses, eles ainda não haviam alcançado seu local planejado de descanso, um monte defensivo semelhante a Searesbyrig e cercado por uma trincheira, embora não tão íngreme, alto ou largo. No entanto, serviria bem para comportar suas forças durante o dia, então eles se esforçaram para alcançá-lo antes que o sol revelasse sua presença aos saxões.

Teixos, bétulas e freixos cresciam pelo topo da colina e mantinham o ar pesado perto do peito de Geirmund. Seu sono naquele lugar foi profundo e repleto de sonhos estranhos, com ondas do mar que se transformavam em ondas de charneca e tempestades que vertiam sangue e anéis de ouro.

A marcha daquela noite levou-os finalmente a Searesbyrig bem antes do amanhecer, permitindo que descansassem um pouco antes que o trabalho de reforço das fortificações começasse no dia seguinte. Geirmund estava deitado no chão entre seus guerreiros, olhando para as estrelas. Havia momentos em que aquelas luzes pareciam próximas, como se o conhecessem e o observassem, e outros em que pareciam distantes, frias e indiferentes a ele. Naquela noite, elas não prestavam mais atenção nele do que o mar prestaria a um grão de areia. O sono breve de pouco adiantou para renová-lo, e então o nascer do sol revelou o inimigo.

O exército saxão estava reunido a menos de três descansos a oeste, no topo de uma colina acima da aldeia de Wiltun. Vários dos comandantes e jarls juntaram-se a Guthrum e Halfdan na orla de Searesbyrig para discutir o que os dinamarqueses deveriam fazer.

— De alguma forma, Ælfred adivinhou nosso plano — disse Guthrum. — Deve ter adivinhado. Talvez seja mais inteligente do que o irmão.

— Deixe-o se encarapitar lá na colina dele — comentou Halfdan. — Temos a posição mais forte. Vamos fortalecer este lugar, e eles nunca vão nos arrancar daqui.

— Esperavam por nós! — falou Guthrum, apontando para o exército saxão. — Ælfred terá movido todos os depósitos de grãos e o gado para longe daqui, além de nosso alcance. Nossa comida vai durar pouco, precisaremos de mais em breve, e não podemos contar com invasões para consegui-la.

— O que sugere? — perguntou Halfdan.

— Achamos que Ælfred estaria em Wintanceastre — disse Guthrum —, escondido atrás das muralhas. Em contrário, está aqui, mas talvez seja a oportunidade de acabar com isso de uma vez. Vamos atacá-lo agora, hoje mesmo.

Halfdan cruzou os braços.

— Esse não era o nosso plano...

— Nosso plano dependia de pegarmos Ælfred de surpresa — corrigiu Guthrum. — Falhamos nisso e agora estamos acampados no coração de Wessex. Juro a você que, a cada dia que ficarmos parados aqui esperando, assistiremos aos números do inimigo crescerem, até que não tenhamos mais esperança de vitória. Esta é a hora de atacar. — Ele se voltou para seus jarls e comandantes. — Meus guerreiros estão prontos. Os seus estão, rei Halfdan?

Essa pergunta pareceu ter o efeito que Guthrum sem dúvida pretendia, pois Halfdan descruzou os braços e estufou o peito.

— Meus guerreiros estão sempre prontos.

— Ótimo — disse Guthrum. — Então, vamos colocá-los para trabalhar derrubando saxões em vez de árvores.

Halfdan olhou para seus jarls e comandantes, concordando em seguida.

Depois disso, os jarls e comandantes ordenaram que seus guerreiros fossem para a batalha, e o exército marchou do terreno elevado de Searesbyrig, passando pelo vau do rio em Wiltun e através da aldeia abandonada até a colina onde Ælfred havia reunido suas forças.

Os dinamarqueses enfrentaram o mesmo desafio do terreno íngreme que quase os derrotara perto de Bedwyn, mas estavam em maior número e começaram o ataque. Guthrum e Halfdan dividiram as forças como fizeram antes, com Guthrum atacando pelo norte e Halfdan pelo leste. Geirmund e seus guerreiros permaneceram perto de Guthrum, enquanto o rei liderava o ataque, mas os saxões não enviaram nenhuma onda contra eles e não se dividiram como de outras vezes. Em vez disso, endureceram sua posição na colina como se pretendessem ficar lá até que o último guerreiro caísse.

Assim que os dinamarqueses chegaram ao alcance dos arcos saxões, saraivadas pesadas de flechas caíram ao redor deles e conseguiram retardar seu avanço. Geirmund e seus guerreiros abaixaram-se sob os escudos, mas logo Geirmund viu que uma das pernas de Rafn havia sido perfurada na panturrilha. Vetr voou para o lado de Rafn e segurou seu escudo sobre o companheiro.

— Você consegue andar? — Geirmund gritou uma pergunta.

Rafn agarrou a haste da flecha e a arrancou da perna. Então, jogou-a de lado, olhou para Geirmund e fez que sim com a cabeça.

— Parede de escudos! — berrou Geirmund, e seus guerreiros fecharam as fileiras ao redor dele para formar uma frente firme. Flechas choviam como granizo naquele telhado de madeira. — Este é o nosso Valhalla! — gritou Geirmund, rindo. — Com vigas de lanças e teto de escudos como o salão de Óðinn!

Então, ordenou que todos dessem um passo à frente e seguiu dando o mesmo comando para cada passo e para cada empurrão morro acima. Avançaram juntos em direção ao inimigo, um passo de cada vez, como uma linha ininterrupta.

Por volta do meio-dia, Geirmund não conseguia mais ver Guthrum, mas sabia que o rei estaria ileso enquanto o destino lhe permitisse continuar vestindo Hnituðr, e, por fim, as aljavas saxãs se esvaziaram e a chuva de flechas diminuiu, indicando que era hora de retomar o ataque com força.

— Vocês estão comigo? — Geirmund gritou para seus guerreiros. — Hoje tomamos Wessex!

Eles rugiram e correram colina acima, mas, quando chegaram ao topo encontraram o inimigo já recuando, batendo em retirada para oeste diante do ataque de Halfdan que vinha do leste. Geirmund, porém, viu que a retirada não era desorganizada pelo medo. A fileira saxônica resistia, embora os dinamarqueses a golpeassem e se chocassem contra ela repetidas vezes.

— Parece que esses demônios de Wessex finalmente encontraram sua coragem! — gritou Guthrum, surgindo de repente ao lado de Geirmund.

— Vamos deixá-los fugir? — Geirmund apontou colina abaixo. — Meus guerreiros poderiam cercá-los para bloquear...

— Nós os deixaremos ir — disse Guthrum. — Mas não facilitaremos para eles.

Geirmund franziu a testa em confusão.

— Meu rei, nós os pegamos. Poderíamos acabar com Ælfred e seu...

— Ælfred deseja discutir os termos de paz.

De novo, Geirmund ficou confuso e balançou a cabeça.

— Como você sabe disso?

— Falei com ele — revelou Guthrum, sorrindo. Estendeu os braços e olhou para o próprio corpo. — Nem um arranhão. Acho que a visão de mim sozinho, atrás de suas fileiras, pode ter feito os saxões recuarem.

Geirmund não respondeu enquanto a batalha se desenrolava diante dele, tão cheio estava de espanto, medo e inveja. Parecia que Guthrum havia se tornado invencível, e Geirmund fora o instrumento usado pelo destino para dar poder a esse rei.

— Farei Ælfred pagar caro por sua paz — comentou Guthrum. — Você será um homem rico, Geirmund Hel-hide.

Já era meio da tarde quando os dinamarqueses finalmente deixaram que os saxões concluíssem sua fuga, e em seguida Guthrum e Halfdan ordenaram que seus guerreiros voltassem para Searesbyrig. Geirmund não perdera guerreiros na luta, embora alguns tivessem sido feridos, como Rafn. Depois de cuidar do que precisavam, ele procurou Guthrum, buscando respostas para as perguntas que o seguiram desde o campo de batalha.

Ele encontrou o rei com Halfdan e seus jarls, discutindo os termos e a compensação que exigiriam de Ælfred para garantir a segurança de Wessex. Quando Guthrum viu Geirmund se aproximando, afastou-se dos outros para falarem em particular.

— Você parece preocupado — disse o rei.

— Não entendo por que estamos discutindo a paz com os saxões — falou Geirmund. — Ælfred é rei há pouco tempo. Sabe que não pode nos derrotar, então está tentando ganhar tempo para reagrupar seus exércitos e reunir forças.

— Claro que está — concordou Guthrum. — Ele não é tolo. Acredito que Ælfred seja um homem astuto.

— Mas nós viemos tomar Wessex. Quando o senhor visitou o salão do meu pai, foi isso que disse. Agora que Wessex está quase em nossas mãos, o senhor iria embora?

Guthrum suspirou e colocou a mão no ombro de Geirmund.

— Hel-hide, escute com atenção. Quando você olha para os guerreiros neste acampamento, meus guerreiros, os guerreiros de Halfdan, os seus guerreiros, o que vê?

Geirmund hesitou, sem saber a resposta que Guthrum queria.

— Vejo dinamarqueses — respondeu.

— E eu vejo que nossos números são poucos demais — disse o rei. — Poderíamos ter tomado Wessex hoje, mas por quanto tempo teríamos mantido o lugar? Por enquanto, os saxões não se importam com nada além dos próprios condados e campos, porém isso não vai durar. Eles se unirão contra nós, e ainda não somos fortes o suficiente para isso. Entende?

Geirmund não havia pensado nisso.

— Acredito que sim.

— Também vejo que meus guerreiros estão cansados. Estão feridos. Querem prata como recompensa por suas espadas e seu sangue. Na verdade, muitos deles preferem trabalhar na agricultura a lutar, e eu também. — O rei soltou o ombro de Geirmund. — Wessex vai ser nossa, eu juro, mas só quando tivermos certeza do nosso domínio sobre ela. Até lá, esperaremos, ficaremos fortes e faremos os saxões pagarem por nossa manutenção. Você deve...

— Rei Guthrum! — alguém chamou da tenda. — Ælfred mandou um emissário. Está na entrada do acampamento.

— Traga-o até nós! — Guthrum gritou como resposta. Então, se virou para Geirmund. — Fique aqui. Não fale nada, apenas ouça. Você verá.

Geirmund deixou de lado suas dúvidas e seguiu o rei de volta à tenda. O rei Halfdan olhou-o de soslaio, junto com vários dos jarls, talvez se perguntando por que Guthrum havia convidado seu comandante Hel-hide para o conselho, mas ninguém se opôs à sua presença.

Poucos momentos depois, dois dinamarqueses trouxeram para a tenda um homem que Geirmund conhecia bem, e ele gritou antes de conseguir evitar.

— Padre! — disse ele. — Imaginei se você estava vivo.

Todos os dinamarqueses na tenda se viraram para olhar Geirmund. Alguns pareciam surpresos que ele conhecesse o enviado de Ælfred, outros estavam confusos, e alguns outros, como Guthrum, achavam graça. Quanto ao padre, talvez tivesse ficado igualmente surpreso ao ver Geirmund, mas seu nervosismo era mais evidente pela maneira como ele segurava a cruz e por como seu olhar percorria a tenda.

O rei olhou para Geirmund e meneou a cabeça na direção de John.

— Você conhece esse emissário?

— Conheço — respondeu Geirmund

Halfdan olhou para o padre com seriedade.

— Ele é confiável?

— É — respondeu Geirmund. — Confiaria minha vida a ele.

Alguns na tenda murmuraram surpresos com tal declaração, enquanto o padre acenava com a cabeça para Geirmund, em agradecimento e com alívio evidente.

— Fico feliz em ouvir isso — disse Guthrum. — Pode falar, padre.

John pigarreou.

— Hum, sim, o rei Ælfred de Wessex deseja que o rei Guthrum e o rei Halfdan se encontrem com ele depois de amanhã, ao meio-dia, na aldeia de Wiltun, para discutir os termos de paz. Nenhuma das comitivas deverá ter mais que doze membros.

— Por que não amanhã? — questionou Guthrum.

John lançou um rápido olhar para Geirmund antes de falar.

— Amanhã é o dia semanal de adoração e oração do rei Ælfred. Ele não quer perturbar a paz desse dia com questões mundanas de guerra.

Um momento se passou, e então os dinamarqueses na tenda começaram a rir. As bochechas do padre enrubesceram.

— Diga a Ælfred que nos encontraremos com ele amanhã — pediu Halfdan. — O deus dele pode esperar...

— Rei Halfdan — interveio Guthrum —, com todo respeito, acho que nós podemos esperar. Estamos bastante confortáveis aqui. Mas Ælfred deve saber que não esperamos por causa do seu deus. Esperamos porque sabemos que Ælfred pensará com mais clareza sobre o preço da paz se tiver permissão para orar.

John soltou um suspiro profundo como se fosse um fole.

— O senhor é sábio em enxergar isso, rei Guthrum.

Geirmund observou Halfdan para ver como ele reagiria à decisão de Guthrum de contrariá-lo. Os olhos azuis do dinamarquês esbugalharam-se, e ele tremeu de raiva. Então, sem palavra ou aviso, deu meia-volta e saiu da tenda, seguido rapidamente por seus jarls. O rei Guthrum observou-os partir, seu rosto inexpressivo, e então se virou para o padre.

— Mais alguma coisa? — indagou.

— Não tenho mais nada a dizer — respondeu John.

Guthrum fez um aceno para dispensá-lo.

— Então pode ir.

Quando John se virou para sair, Geirmund deu um passo à frente, ousando falar agora que Halfdan e seus jarls haviam partido.

— Posso caminhar com o padre de volta ao limite do acampamento? — quis saber.

Esse pedido fez uma das sobrancelhas de Guthrum levantar com surpresa, ou talvez curiosidade, mas ele assentiu.

— Pode.

— Obrigado — disse Geirmund, abaixando a cabeça. Em seguida, se virou para John e apontou na direção em que deveriam ir; assim que saíram da tenda, ele sorriu. — Estou feliz em vê-lo, padre.

John enxugou uma grande quantidade de suor da testa com a manga do manto.

— Eu também. Pode acreditar, eu realmente rezei para que você estivesse aqui, para que eu visse pelo menos um rosto amigo entre os dinamarqueses.

— Acredito — disse Geirmund. — Mas ainda não vejo razão para orar sobre o que está fadado a acontecer.

Eles cruzaram o topo amplo e aberto de Searesbyrig quando o sol se aproximava do ocaso, e, daquele lugar alto, Geirmund via acre após acre em todas as direções, campos verdes, dourados e opulentos, um país que ele esperava que fosse Daneland naquele dia.

— Assim que os termos de paz forem acertados — começou John —, o rei Ælfred se perguntará se o rei Guthrum e o rei Halfdan os cumprirão.

Geirmund acenou com a cabeça.

— Guthrum cumprirá. Acredito que Halfdan também. Você lembra que ele manteve a paz com a Mércia.

— Por enquanto — comentou John. — Guthrum parece ser um guerreiro de grande habilidade. Dizem que nenhuma arma pode tocá-lo. O rei Ælfred se pergunta se o poder dele vem de uma relíquia pagã ou de demônios pagãos.

Geirmund não respondeu.

— Que termos Ælfred exigirá de Guthrum?

John também olhou para o sol poente sobre aquela terra.

— Ele exigirá que até o último dinamarquês vá embora de Wessex. Pagará por isso em ouro, em prata. Também pode sugerir que Guthrum e Halfdan sejam batizados.

— Batizados? Para virarem cristãos? — Geirmund riu alto. — Isso nunca vai acontecer.

John sorriu e deu de ombros.

— Os julgamentos de Deus são inescrutáveis, e seus caminhos, impossíveis de rastrear.

— Isso é verdade para todos os deuses — retrucou Geirmund. — Mas, antes de ir, me conte o que aconteceu com você depois que nos separamos.

O padre ficou quieto.

— Viajei com as carroças, conforme Jarl Sidroc ordenou. Mais tarde, os dinamarqueses vieram fugindo em nossa direção, recuando da batalha, com os saxões em seu encalço. Eles lutaram. Os saxões mataram os dinamarqueses e me levaram para o acampamento. Depois da batalha, Ælfred me procurou, pensando que meu breve tempo entre vocês, pagãos, poderia ser de alguma utilidade para ele e para Deus. Tenho servido ao rei desde então. — Ele se permitiu um breve sorriso. — E com você?

— Eu agora comando uma companhia de guerreiros — respondeu Geirmund. — Lutamos em batalhas e lutamos bem. Mas sinto que devo lhe dizer que matei muitos guerreiros saxões.

— Eu matei alguns dinamarqueses — disse o padre.

— Você lutou na batalha?

— Não, não na batalha. — John olhou para o chão. — Quando eu estava com as carroças e vi os dinamarqueses fugindo, pensei que tentariam me matar ou me levar com eles. Eu... lutei pela minha liberdade.

Geirmund sentiu um conflito interior que o padre também devia ter sentido ao ouvir sobre seus compatriotas mortos, ou seja, triste e enfurecido por pensar na morte de dinamarqueses, mas alegre por John estar vivo.

— Acho que você é mais do que eu imaginava, padre — disse Geirmund. — Muito mais.

John estendeu as mãos abertas para dele.

— Não digo que tenho força na batalha, pois sou um soldado fraco. Mas se devo ser um soldado, serei um soldado de Cristo.

Chegaram ao limite do acampamento, onde Geirmund se despediu do sacerdote. Ele então voltou para junto da companhia, e seus guerreiros compartilharam de sua confusão e frustração com o resultado da batalha daquele dia. Geirmund fez o possível para explicar o plano do rei Guthrum e, apesar de algumas dúvidas, a maioria pareceu receber bem a ideia da prata e de um tempo para se curarem e desfrutarem do descanso.

Quando os reis deixaram o acampamento dois dias depois, cada um levou consigo apenas um punhado de jarls, e voltaram de Wiltun naquela noite muito satisfeitos. Ælfred havia concordado em pagar a eles um grande peso de ouro e prata, e, em troca, nenhum dinamarquês cruzaria o rio que os saxões chamavam de Avon. Além disso, naquele ano, todos os dinamarqueses iriam embora de Wessex. Guthrum e Halfdan planejavam se retirar de Readingum e Wælingford, e depois levariam seus navios pelo rio Tâmisa até Lunden.

Antes de deixar Searesbyrig, Geirmund olhou para Wessex do topo daquela colina, com Steinólfur e Birna ao lado dele.

— Halfdan está prestes a se tornar um rei poderoso — refletiu o guerreiro mais velho. — Alguns podem dizer que você e seus Hel-hides contribuíram para isso.

— Então, vamos torcer para que ele seja um bom rei — disse Birna.

— Ele será o rei que estiver destinado a ser — comentou Geirmund. — Apenas as Três Tecelás sabem o que está por vir. Quanto a mim, acredito que meu destino me trará de volta aqui, e juro que, se eu continuar respirando, terei Wessex.

PARTE QUATRO
JORVIK

CAPÍTULO 18

GEIRMUND NUNCA TINHA VISTO UM LUGAR COMO Lunden. Não era uma cidade, mas duas cidades, separadas uma da outra por um descanso, assentadas na margem norte do rio Tâmisa, cada uma com suas áreas e campos que se espalhavam pelas terras ao redor. O primeiro pelo qual a frota de Guthrum passou foi um assentamento saxão sem muros chamado Lundenwic. Do rio, Geirmund viu as casas baixas de madeira e os salões altos; em seu cais, uma multidão de navios indo e vindo, carregando viajantes, comerciantes e mercadorias, como abelhas se movendo pela colmeia.

Ao lado de Geirmund, Guthrum meneou a cabeça em direção à cidade e disse:

— Ao norte do rio fica a Mércia, e há paz lá, pelo menos agora.

— Passei pela Mércia — comentou Geirmund. — Pelo que vi, seria fácil tomá-la.

— Talvez — falou Guthrum. — Mas isso cabe a Ivarr e Ubba decidirem. É a eles que o rei da Mércia presta homenagem.

— Ubba?

— Sim. Filho de Ragnar. Irmão de Halfdan.

O nome daquele dinamarquês lembrou Geirmund de Fasti, o parente de Ubba, e, portanto, talvez também parente de Halfdan. Ele se lembrou do calor do sangue do homem na mão e do som de seus chutes na grama enquanto remava para longe de Ancarig.

— Onde está Ubba agora?

— Hoje em dia, com frequência está no norte lutando contra pictos ou atacando a Irlanda a oeste.

Geirmund acenou com a cabeça, sentindo-se aliviado, mas manteve a expressão indiferente.

Saíram de Lundenwic e, depois de uma curta distância, chegaram à cidade murada de Lunden dinamarquesa. Geirmund viu que os romanos a haviam construído, outra de suas cidades-esqueleto que tinham sido deixadas vazias pelos saxões. Esta era, portanto, útil para os dinamarqueses, com fortificações de pedra de três braças de altura já construídas e capazes de defendê-los. A cidade também parecia ter o dobro do tamanho de Lundenwic, com o dobro da atividade em seu cais, pois os comerciantes sem dúvida sabiam quem estava com a prata agora.

A chegada dos exércitos de Guthrum e Halfdan encheu o rio com navios suficientes para formar uma cidade flutuante que rivalizaria com as duas em terra. Grande parte do acampamento vinha de Readingum por estrada, mas, mesmo assim, o desembarque desses navios em Lunden demorou vários dias.

As muralhas da cidade ostentavam seis portões e cercavam uma área com mais de trezentos acres de tamanho. A maior parte do exército de Guthrum, incluindo a companhia de Geirmund, ocupou um lugar entre as colunas, as paredes e os pátios romanos em ruínas que ficavam entre o portão mais a leste de Lunden e o portão que dava para a Via Earninga, um trecho da qual Geirmund havia viajado com John.

Guthrum planejava passar o inverno ali, então Geirmund e seus guerreiros trabalharam para construir telhados e paredes onde não havia nada, fazendo de Lunden uma cidade que parecia metade romana e metade dinamarquesa. Algumas semanas depois da chegada do exército de Guthrum, o comandante da cidade, um dinamarquês chamado Tryggr, veio ver o trabalho que aqueles guerreiros tinham realizado.

Era um homem mais velho, talvez da idade de Steinólfur, com cabelos prateados e a pele de couro endurecido de quem havia passado muito tempo com sol, vento, sal e espuma do mar no rosto.

— Tudo está muito bem-feito — disse ele enquanto caminhava pelo bairro de Guthrum na cidade.

— Estou feliz que aprove — falou o rei.

Vários jarls e comandantes de Guthrum seguiam atrás, incluindo Geirmund, que não entendia por que a aprovação de Tryggr era necessária. Guthrum estava acima do comandante da cidade em patente, igual a Halfdan. Geirmund, porém, também sabia que ambos eram reis sem terras, além de hóspedes em Lunden, então talvez isso explicasse a deferência de Guthrum.

Tryggr se virou e meneou a cabeça para além de Guthrum.

— Seus guerreiros o serviram bem. — Ele olhou para o rosto dos jarls e comandantes, mas parou quando viu Geirmund. A princípio pareceu perplexo, porém, um momento depois, seus olhos endureceram e sua expressão ficou sombria. — A notícia de seus feitos chegou até mesmo a nós.

— Eu não poderia pedir homens mais corajosos ou mais fortes — comentou Guthrum. — Agora, Jarl Tryggr, por favor, junte-se a mim no meu salão. Há assuntos que precisamos discutir.

Tryggr continuou fixando Geirmund até desviar o olhar e sair com Guthrum, deixando Geirmund em dúvida sobre o que havia causado a aparente hostilidade do dinamarquês. Ele estava bem acostumado a encaradas e suspeitas, mas os olhos de Tryggr pareciam conter mais que isso, e ele esperava que não fosse um mau presságio.

Quando não estava trabalhando com madeira e pedra, Geirmund explorava a cidade, carregando muita prata para poder desfrutá-la, já que o rei Guthrum havia cumprido sua promessa e o recompensado bem. Caminhando pelas ruas de Lunden, parecia que a cidade atraía o mundo para si. Ele viu mercadores e mercadorias de todos os cantos, e de terras tão distantes cuja língua ou nome Geirmund nunca tinha ouvido. Bebeu vinho de Spanland e comprou uma cara cota de malha de Frakkland. Provou óleo de azeitonas de Langbardaland e de Grikkland, e especiarias de Affrika e Indialand. Esfregou entre os dedos sedas de Tyrkland e Persiðialand e de lugares ainda mais a leste, tecidos tão macios e finos que ele teve de olhar atentamente para ter certeza de que estavam ali, pois sua pele mal os sentia. Depois que os comerciantes pesavam sua prata, às vezes lhe devolviam o excesso em moedas de Serkland marcadas com runas curvas como cipós. Passou a noite com uma mulher frísia e aprendeu a jogar dados e outros jogos com homens cujas peles eram de vários tons e matizes. Ao contrário do que faziam os dinamarqueses ao vê-lo pela primeira vez, os viajantes e mercadores não olhavam para Geirmund por mais de um segundo, e alguns até adivinhavam que ele viera da Finnland ou de Bjarmaland. O mundo tinha ido para Lunden, e os que eram espertos partiam em seus navios vazios muito mais ricos do que tinham chegado.

Assim, semanas se passaram em Lunden do mesmo modo como dias e horas se passavam no campo de batalha, e essas semanas se transformaram em meses com facilidade. As feridas cicatrizaram, mas Geirmund não queria que seus guerreiros amolecessem, pois Wessex ainda esperava por eles. Para manter sua companhia pronta, ordenava-lhes trabalho e treinamento diários, no mesmo pátio onde viviam e dormiam.

Geirmund sentou-se com Birna e Aslef um dia, observando Rafn e Vetr lutando. Os dois homens, rápidos e ágeis, um com uma lança e o outro com duas espadas, lembraram Geirmund de uma pomba e um corvo girando e lutando no ar. O combate acontecia em um chão colorido de ladrilhos pequenos, quebrados e colocados juntos em um padrão intrincado de linhas retorcidas e entrelaçadas. A figura de homem feito de ladrilhos olhava para fora de um círculo no centro do chão, usando uma túnica branca e uma coroa de louros. Se todos os romanos fossem como ele, Geirmund achou que ele parecia um mortal, e não um deus.

— Eu poderia ficar aqui pelo resto dos meus dias, contente — comentou Aslef. O corte em seu nariz e bochecha havia sarado, mas ficara com uma cicatriz que quase, embora não totalmente, arruinara suas feições.

Birna olhou ao redor.

— É um bom lugar — falou ela, dando uma cotovelada nele. — Mas eu ia querer mudar de companhia.

— Quero dizer esta cidade — disse ele. — Lunden.

Geirmund entendeu o que ele quis dizer, e uma parte dele desejou a mesma coisa, enquanto outra parte não conseguia imaginar ficar ociosa por muito mais tempo.

— Talvez você não gostasse tanto se ficasse sem prata — comentou ele.

Aslef assentiu.

— Isso é verdade.

— Eu ficaria entediada. Na verdade, já estou entediada, mas tento desfrutar da paz antes de voltarmos para a guerra.

— Já estou cansado da guerra — disse Aslef. — Lutarei se necessário, por honra ou pelo meu povo, mas prefiro sossegar.

— Para quê? Ser fazendeiro? — Birna perguntou para ele.

— Não sei. Acho que gostaria de ter mulher e filhos, pelo menos.

Birna virou-se para Geirmund.

— E você?

— Um dia, quero ter mulher e filhos.

— Ora, não olhem para mim! — Ela riu. — Não até que vocês, bezerrinhos, estejam crescidos.

Geirmund sorriu e continuou.

— Também quero uma terra que seja minha, mas não como fazendeiro. Meu irmão terá um reino, e eu gostaria de ter o mesmo.

— Você quer ser rei? — quis saber Aslef, um pouco surpreso.

— Não preciso ser chamado de rei.

Birna abriu um sorrisinho maldoso.

— Só quer ser visto como um.

— O que quero é viver de acordo com a honra e a reputação de meus antepassados. Quero saber que mereci meu lugar ao lado deles em Valhalla.

Birna deu uma tapinha nas costas dele.

— Então, meu amigo, você está no caminho certo. — Ela se levantou.

— Aonde você vai agora? — perguntou Aslef.

— Achar um touro — respondeu ela enquanto se afastava, e depois olhou para trás. — Um touro adulto!

Aslef gritou atrás dela.

— Esse touro por acaso seria um dinamarquês que luta com um machado barbudo?

Ela não respondeu.

Aslef e Geirmund riram, mas nenhum deles falou mais nada por alguns momentos, e os sons da luta de Rafn e Vetr tomaram o silêncio. Então Aslef disse:

— Meu pai queria ser rei.

Geirmund virou-se para ele.

— Onde ele está agora?

— Valhalla, espero. Morreu lutando por uma coroa em Jutland.

Geirmund acenou lentamente com a cabeça por respeito.

— Quando conheci Guthrum, ele disse que os dinamarqueses viram muita guerra.

— Sim — concordou Aslef. — Vim para o oeste para fugir dos inimigos de meu pai. Para ficar longe da guerra. — Ele olhou para o quadrado de céu marcado pelo telhado do pátio. — Talvez eu fique aqui em Lunden. Se você me dispensar.

— Dispensá-lo? Não é um pedido simples.

— Eu sei — respondeu ele. — Mas não violo juramentos. Lutarei por você até ser dispensado ou morrer.

— Você é um guerreiro, Aslef — disse Geirmund —, e eu não manteria nenhum guerreiro contra o seu destino e a sua vontade. Apenas fique conosco por enquanto. Quando Guthrum marchar, você pode decidir se marcha conosco ou se fica para trás.

Aslef baixou a cabeça.

— Vou fazer o que você diz.

— Do que vocês dois estão falando? — perguntou Rafn, ofegante. Ele e Vetr haviam terminado a luta e estavam bufando e suando no meio do pátio.

— Do destino — respondeu Geirmund.

— Ora. — Rafn fez um aceno de desdém para eles. — Falar sobre o destino é tão útil quanto falar sobre o clima.

Vetr enxugou a testa e o rosto brilhantes.

— Venha, Rafn. Eu preciso me lavar.

— Eu também.

Então, os dois guerreiros deixaram o pátio em busca de um dos banhos romanos que existiam em Lunden. Muitas dessas grandes banheiras permaneciam vazias e secas, mas alguns dinamarqueses e outros mercadores haviam descoberto como encher e aquecer algumas delas e cobravam pelo seu uso, ficando ricos.

— Aqui só temos cerveja — disse Aslef. — Quero um pouco de hidromel. Você vem comigo?

— Vou — respondeu Geirmund.

Eles saíram por um portal em arco e caminharam por várias passagens estreitas até chegarem a uma estrada larga de pedra. Lá viraram para o sul e seguiram em direção ao cais da cidade e às ruas do mercado. Mais para o oeste, acima das ruínas e dos telhados de madeira e telhas romanas, Geirmund conseguiu vislumbrar o que restava do topo plano e das paredes retas de outra concavidade de pedra ainda maior que o lugar onde haviam acampado em Calleva. Soube por um comerciante de Langbardaland que aquele tipo de edifício era chamado de coliseu pelos romanos.

— Quando você acha que Guthrum marchará? — perguntou Aslef.

— Não sei — comentou Geirmund. — Mas eu o ouvi falar que há uma agitação na Nortúmbria. Talvez marchemos para o norte, para um acampamento em Turcesige, no rio Trento.

Um alvoroço na estrada à frente chamou a atenção de Geirmund, onde parecia que uma carroça havia tombado, causando um bloqueio no tráfego. Mercadores e dinamarqueses gritavam com os punhos erguidos, enquanto os bois berravam, e alguns homens tentavam tirar a carroça do caminho.

Geirmund e Aslef pararam. Então, Geirmund acenou para o companheiro em direção a um atalho de terra fora da estrada principal, que podiam tomar para contornar o barulho e confusão. Isso os levou a uma parte da cidade onde as construções ficavam mais próximas, e as sombras ficavam mais altas. Haviam caminhado apenas um pouco quando dois dinamarqueses surgiram na frente deles, bloqueando a estrada com as mãos sobre as armas de um jeito que parecia intencional.

— Abram caminho — bradou Aslef. — Este é Geirmund Hel-hide, um dos comandantes do rei Guthrum.

— Sabemos quem ele é — disse um dos dinamarqueses. Usava um anel no nariz, e linhas escuras serpenteantes em forma de cobra marcavam a pele em volta do pescoço. — Nós o observamos e esperamos um bom tempo.

Geirmund olhou para trás e viu que mais dois guerreiros haviam entrado na rua, com as armas já desembainhadas. Ele e Aslef carregavam armas, mas não tinham motivo para usar armaduras pela cidade, por isso estavam vulneráveis.

— Você sabe quem sou — disse Geirmund, voltando-se para olhar o líder que havia falado. — Quem é você?

— Krok — respondeu o dinamarquês com a tatuagem de cobra. — Sou um dos comandantes de Halfdan, logo serei nomeado jarl.

— Por que Halfdan daria essa honra a um merda como você? — indagou Aslef. — Nunca sequer ouvi seu nome.

O dinamarquês desembainhou a espada e apontou para Geirmund.

— Por matar o nórdico que assassinou o parente de Ubba, Fasti.

Antes que Geirmund pudesse responder, eles atacaram.

Aslef girou com instinto de um guerreiro e deu as costas para Geirmund. Embora em menor número, os dois lutaram contra seus agressores com ferocidade suficiente para fazê-los recuar, mas esse alívio duraria apenas um momento. Tinham de chegar à estrada principal, onde Geirmund esperava que a presença de testemunhas interrompesse o ataque por tempo suficiente para uma verdadeira fuga.

— Para o norte — sussurrou ele.

Então, ele se lançou na direção sul com um rugido selvagem, atacando com espada e machado, fazendo o inimigo recuar e pegando de surpresa os homens que investiam contra Aslef também. Em seguida, Geirmund girou e avançou com Aslef sobre os dois dinamarqueses que bloqueavam a passagem norte, os quais foram lentos demais recuperando o juízo para reagirem a tempo de detê-los. No entanto, os dois ergueram as armas, e Geirmund lutou contra o guerreiro à esquerda, que lançou o machado na direção da cabeça de Geirmund. Ele se desviou e golpeou com o cotovelo a lateral da cabeça do guerreiro, fazendo-o cambalear, enquanto Krok e seu comparsa corriam na direção deles vindos do sul.

— Vá! — Geirmund gritou.

Aslef tinha acabado de abrir um corte feio no braço do inimigo e se libertou. Juntos, correram de volta ao longo da passagem e viraram para oeste em um beco, depois para a estrada principal, onde outro dinamarquês de Krok esperava, de vigia. Aslef bateu com o ombro no peito do homem e o jogou para o lado como um javali lançando longe um cão de caça, mas o homem tinha uma faca e apunhalou Aslef com ela. Em seguida caiu, estatelado nas pedras romanas.

Alguns na rua notaram a luta, apontando quando Krok e seus guerreiros emergiram do atalho, com o rosto vermelho e rosnando. O inimigo, porém, olhou ao redor e parou antes de atacar, como se sopesasse as escolhas. Uma luta aberta na rua poderia trazer aliados, bem como testemunhas.

Aslef cambaleou, e Geirmund o agarrou, colocando o braço do dinamarquês sobre seu ombro para apoiá-lo.

— Vai atacar um homem ferido? — Geirmund perguntou a Krok, alto para que todos ouvissem.

Krok olhou novamente para a multidão, que agora tinha voltado mais atenção para eles, e embainhou a arma. Seus guerreiros fizeram o mesmo.

— Juro que vou matar você, Hel-hide — esbravejou o dinamarquês.

— E eu juro que você vai pagar com sangue pelo que fez. — Geirmund virou-se para o norte e apressou-se pela estrada. — Aguente um pouco — disse ele a Aslef.

— Estou aguentando.

Eles arrastaram-se juntos até chegarem ao bairro de Guthrum, e lá Geirmund pediu ajuda. Quando chegou ao pátio de ladrilhos, Hel-hides e outros guerreiros vieram correndo para encontrá-los. Thorgrim estava lá com Birna, e os dois correram até Geirmund, ajudando a colocar Aslef no chão aquecido pelo sol.

— O que aconteceu? — perguntou Thorgrim.

— Fomos emboscados — explicou Geirmund. — Um deles atingiu Aslef com a faca.

— Onde? — Birna examinou o peito e a barriga de Aslef. — Foi um corte profundo?

— Profundo. — Aslef apontou para o ferimento com uma careta. — No meu flanco.

Thorgrim lançou um olhar preocupado para Geirmund e pediu alho-poró e cebola, com os quais ferveu um caldo, enquanto Geirmund e Birna tiravam a túnica de Aslef. O ferimento era tão pequeno, estreito e fino quanto a faca que o fizera, e derramava um sangue preto em um fluxo lento e constante. Depois de fazer o caldo, Thorgrim o deu para Aslef beber, e todos esperaram enquanto Birna pressionava o ferimento para retardar o vazamento.

Ao saber da notícia, o rei Guthrum veio e puxou Geirmund de lado para falar onde ninguém pudesse ouvi-los.

— O ataque era para você, imagino? — perguntou ele.

— Era, sim.

— Quem foi?

— Ele se autodenominou Krok. Um dos guerreiros de Halfdan, mas não o conheço.

— Eu o conheço. — Os olhos de Guthrum ficaram escuros como túmulos abertos. — Halfdan responderá por isso. — Ele olhou novamente para Aslef e, em seguida, se afastou do pátio.

Pouco depois, Thorgrim se ajoelhou ao lado de Aslef e cheirou o sangue que saía de sua ferida, sentindo o odor de cebola.

— E então? — perguntou Aslef. — Eu estou morto?

Thorgrim olhou para Geirmund e Birna.

— A lâmina perfurou o estômago — sussurrou ele. — Sinto muito, Aslef.

O dinamarquês ferido ficou quieto. Então suspirou.

— Achei que acabaria assim. Pensei que pudesse me esconder aqui em Lunden. Mas o destino me encontrou. — Ele olhou para Geirmund. — Meu pai morreu de um ferimento no estômago. Não quero ficar assim por dias e semanas, fedendo a morte.

— Quieto. — Thorgrim colocou a mão em seu peito. — Os deuses ainda podem ajudar você a superar. Por enquanto, vamos levá-lo para um lugar mais confortável.

Eles encontraram um quarto silencioso perto do pátio dos Hel-hides, onde fizeram uma cama de palha e peles. A visão de Aslef deitado sobre o leito lembrou Geirmund do irmão deitado em uma cama semelhante no salão de seu pai, e, como no caso de Hámund, Geirmund se sentiu responsável pelo que acontecera com seu guerreiro. Tinha sido Geirmund quem matara Fasti, e não era certo que Aslef pagasse com a vida por algo que seu comandante fizera.

Ele ficou ao lado de Aslef, envergonhado, até que Birna o segurou pelo braço e o puxou para fora do quarto em direção ao pátio. Rafn e Vetr haviam retornado, junto com Steinólfur e Skjalgi, e todos estavam com Birna, fervilhando com desejo de vingança.

— Onde podemos encontrar esses dinamarqueses? — perguntou ela com fúria silenciosa. — Vou estripá-los do pau até a garganta.

— Guthrum foi falar com Halfdan — disse Geirmund. — Quando ele voltar, saberemos mais. Até lá, mantenham suas lâminas afiadas.

Muitos na companhia de Geirmund se revezavam para ficar com Aslef, conversando com ele ou contando histórias, ou simplesmente sentando-se ao lado dele enquanto o guerreiro dormia, suando e gemendo. Naquela noite, ele foi acometido por uma febre que fez seus dentes baterem, e só então Guthrum voltou, puxando Geirmund de lado novamente.

O rei parecia cansado, os olhos baixos enquanto dizia:

— Diga-me se é verdade.

Geirmund não precisou perguntar o que ele queria dizer com aquilo.

— É verdade. Mas, se eu não tivesse matado Fasti, teria significado minha morte em vez da dele. Essa é a verdade, e isso é o que direi ao Parlamento...

— Parlamento? — Guthrum fez que não com a cabeça, quase rindo. — Onde pensa que está, Hel-hide? Aqui é Lunden e estamos em guerra. Não há Parlamento aqui.

— Mas a verdade...

— A verdade não importa. O que importa é que Tryggr é amigo de Ubba. O que importa é que chegou a Tryggr a notícia de um nórdico feio chamado Geirmund que matou um dos parentes de Ubba, e então esse mesmo nórdico apareceu em Lunden com Halfdan, que agora também sabe disso. Isso é uma rixa de sangue.

— Eu posso pagar o veregildo...

— Isso não vai satisfazê-los — interrompeu Guthrum.

— Então, deixe a morte de Aslef satisfazer o preço de sangue — Geirmund retrucou, ficando com raiva —, pois ele não viverá muito mais, e eu...

— Você é o Hel-hide! — Guthrum rosnou de frustração. — Halfdan não se esqueceu de você. Não consegue ver? Este é o preço da reputação, e não será a última vez que outra pessoa o pagará por você.

— Então, deixe-me lutar com Tryggr e Halfdan. Um duelo por...

— Isso não vai acontecer — disse Guthrum. — Eles não acreditam que você seja digno dessa honra.

— Então, o que devo fazer?

— Vá embora de Lunden.

— Como?

— Eles não descansarão até que você esteja morto.

Descrente, Geirmund gaguejou.

— O senhor... o senhor permitiria que me transformassem em um fora da lei? Descartado como um animal?

— Eu? — As bochechas e o peito de Guthrum se inflaram de raiva quando ele apontou para o peito de Geirmund. — Você fez isso consigo mesmo! Eu não matei aquele menino e não vou guerrear com Ubba e Halfdan por você! — Ele inspirou e fez uma pausa. — Você sabia que ele me exigiu que o entregasse esta noite? Consegui convencê-lo a esperar até amanhã, mas isso é tudo que posso fazer para protegê-lo.

— Não vou deixar Aslef ferido e morrendo. É por minha causa que ele...

— E quantas outras pessoas da sua companhia você deixaria que fossem mortas? Se ficar em Lunden, morrerá, e é quase certo que levará mais guerreiros com você. Ou pode ir embora sozinho e poupá-los da necessidade de lutar por você.

Geirmund teve a impressão de que as paredes rachadas e antigas daquela cidade agora ameaçavam desabar sobre ele, pois parecia que precisava escolher entre a honra e a vida de seus amigos e guerreiros, e, diante dessa escolha, tomaria o caminho Guthrum oferecera.

— Aonde devo ir?

— Procure seu povo e seus parentes — respondeu Guthrum. — Você não pode esperar abrigo seguro entre os dinamarqueses, então vá para o norte. E aqui, pegue isto. — Ele deu a Geirmund uma pequena bolsa de prata. — Nem sempre marcharei com Halfdan. Quando você ouvir que nossos exércitos estão divididos, procure-me, e eu o receberei de volta. Juntos, tomaremos Wessex.

Geirmund baixou a cabeça.

— Obrigado. Vou juntar minhas coisas.

— Seja rápido. Você deve estar bem longe deste lugar antes do amanhecer. — Guthrum estendeu a mão e segurou o braço de Geirmund com firmeza. — Esteja sempre alerta. Krok jurou tirar sua vida por Halfdan e Ubba, e eu gostaria que você voltasse inteiro para mim.

Geirmund baixou a cabeça novamente, e então Guthrum soltou seu braço.

— Vá — disse o rei. — Antes que fique muito mais escuro.

Geirmund despediu-se de Guthrum, foi para o quarto onde dormia e guardou suas coisas. Tentou evitar chamar a atenção, mas, assim que colocou a cota de malha, Steinólfur ficou parado na porta, carrancudo, com Skjalgi e Birna atrás dele.

— Alguns poderiam pensar que você está indo para algum lugar — disse o guerreiro mais velho. — Mas eu não. Sei que você nos deixou para trás uma vez e não seria tolo o suficiente para cometer esse erro uma segunda. — Ele então falou olhando para trás: — Não foi isso que eu disse?

Birna meneou a cabeça.

— Foi o que você disse, mas me parece que estava errado.

Steinólfur entrou no cômodo e cruzou os braços, encarando Geirmund com raiva.

— Ora? Vai fazer de mim um mentiroso?

Geirmund suspirou e balançou a cabeça.

— Estou indo embora — disse ele. Quando o rosto do guerreiro mais velho ficou vermelho de descrença e raiva, ele acrescentou: — Devo ir. Há uma rixa de sangue entre mim e Ubba e Halfdan.

— Uma rixa de sangue? — Birna perguntou. — Por quê?

— Depois que fui levado pela maré até a praia, antes de Ashdown, matei um dos parentes de Ubba. Se não tivesse feito isso, eu mesmo teria morrido. Mas não houve testemunhas, e não há Parlamento para julgar o assunto.

— Mas por que você está indo embora? — perguntou Skjalgi ao lado dela, parecendo mais confuso do que com raiva.

Embora o menino tivesse feito a pergunta, Geirmund deu um passo na direção de Steinólfur e olhou o guerreiro mais velho diretamente nos olhos.

— Porque Aslef já pagou o preço por minha escolha, e não vou ver isso acontecer com outro dos meus guerreiros. Halfdan virá me buscar amanhã, e, se eu estiver aqui, haverá um confronto. Não permitirei que mais ninguém morra por mim.

Birna riu.

— Achei que tivéssemos jurado fazer exatamente isso.

— Eu matei aquele homem antes dos seus juramentos — disse Geirmund. — Você não está obrigada por eles a respeitar essa questão.

— Então vamos com você. — A voz de Steinólfur suavizou, e ele parecia agora entender a escolha que Geirmund enfrentava. — O menino e eu. Nós juramos a você antes.

— Não, não posso permitir isso — disse Geirmund. — O guerreiro de Halfdan jurou me matar. Se viajar comigo, a rixa de sangue vai tocar você...

— Eu sei disso. — Steinólfur descruzou os braços. — É claro que sei disso. Acha que sou um idiota?

Geirmund sorriu.

— Só por ter pedido para viajar comigo.

O guerreiro mais velho bufou.

— Você é um idiota se me deixar para trás. E eu vou segui-lo de qualquer maneira.

— Eu também — avisou Birna.

Geirmund e Steinólfur viraram-se para ela, e Geirmund no mínimo se sentiu um tanto surpreso com a lealdade da mulher.

— Por que você deseja vir?

— Porque prestei um juramento a você — respondeu ela. — E porque quero vingar Aslef, e o caminho mais curto para isso será ao seu lado, se o assassino dele caçar você. Além disso, estou farta de Lunden.

Geirmund sopesou as escolhas e percebeu que tinha poucas. Steinólfur faria o que havia ameaçado e o seguiria com Skjalgi, assim como Birna, então não havia sentido em tentar deixá-los para trás.

— Muito bem. Mas e Aslef? Ele ainda não está...

— Aslef entenderia — disse Birna. — Você sabe disso. E eu sei que Thorgrim vai querer ficar com ele até o fim. Thorgrim também poderia liderar os Hel-hides até nosso retorno, se pedirem a ele para fazer isso.

Geirmund foi até a porta.

— Então, eu vou pedir a ele...

— Eu vou — Birna se prontificou. — Isso deve ser feito de forma rápida e silenciosa. E com Thorgrim... Tenho minha própria despedida a fazer.

— E quanto a Rafn e Vetr? — perguntou Steinólfur, e todos olharam para Geirmund.

— Dê a eles a escolha — disse ele. — Mas não conte a mais ninguém.

Birna concordou com a cabeça e os deixou, e então Skjalgi por fim entrou no quarto.

Geirmund voltou a arrumar seus pertences.

— Vocês deveriam ir buscar suas coisas — lembrou ele. Depois de alguns momentos, nem Steinólfur nem o menino haviam se movido, então ele olhou para eles. — Têm mais alguma coisa a dizer?

— Você teria nos deixado. — Steinólfur balançou a cabeça, e Geirmund soube que o guerreiro mais velho não deixaria essa raiva de lado tão cedo. — Não os outros, nós. — Ele olhou para Skjalgi. — Você teria nos deixado.

— Eu não tinha escolha...

— Sim, tinha. — O guerreiro mais velho apontou para o peito de Geirmund. — Esta é a segunda vez que você nos dá as costas. Se acontecer uma terceira vez, certamente saberei que meu juramento vale muito pouco para você e não estarei mais obrigado a ele. Entendeu?

Geirmund fez uma pausa para dar à pergunta de Steinólfur o respeito que ela merecia, pois não era pouca coisa para um homem com a honra dele falar em quebrar juramentos.

— Entendi, e não vou virar as costas para vocês de novo.

— Ótimo — o guerreiro mais velho assentiu. — Vamos buscar nossas coisas.

— Vou esperar aqui — falou Geirmund.

Alguns momentos depois Birna voltou com Rafn e Vetr, que decidiram se juntar ao pequeno bando de guerra.

— Thorgrim? — perguntou Geirmund à donzela-escudeira.

— Ele vai garantir que os Hel-hides mantenham suas lanças afiadas — respondeu ela. — Aslef dorme por enquanto, mas, se ele acordar, Thorgrim vai explicar tudo.

— Então, é hora de partir — declarou Geirmund.

Depois que Steinólfur e Skjalgi voltaram, eles partiram.

CAPÍTULO 19

GEIRMUND SABIA QUE HAVERIA MUITOS DINAmarqueses na Via Earninga; ele mesmo os vira quando viajara com John, e aquela estrada ficava muito perto da fronteira oeste da Ânglia Oriental, governada por Ubba. Assim, em vez de seguir o caminho que conhecia, ele e seu pequeno bando de guerra formado por cinco Hel-hides seguiram outra estrada romana, chamada Wæcelinga, saindo de Lunden a noroeste e indo em direção ao centro da Mércia, na esperança de encontrar menos inimigos.

A lua nova oferecia um pouco de luz, o suficiente para ver a estrada pálida de rocha estilhaçada que se estendia à frente deles, mas não o bastante para ter certeza de que ameaças não espreitavam nas sombras sob as árvores dos dois lados da via. Durante vários descansos, eles viajaram por fazendas que alimentavam as cidades do rio Tâmisa, vendo as luzes e a fumaça de lenha dos salões e casas ao longe. Trechos de floresta logo separavam esses campos e pastagens, até que eles chegaram a uma região de floresta densa. Geirmund não temia ladrões, pois bandidos dificilmente fariam uma emboscada para viajantes naquela marcação da noite, e provavelmente ninguém tentaria um ataque contra um grupo tão fortemente armado, mas mesmo assim ele marchou com os olhos bem abertos e as orelhas em pé.

Por volta da meia-noite, eles entraram em uma região baixa com charneca e pântano, florestas de carvalhos, bétulas e bosques de aveleiras e carpinos. Sob as folhas das árvores, a estrada finalmente mergulhava em uma escuridão profunda demais para se viajar com segurança, e, como haviam deixado Lunden e Halfdan cerca de quinze descansos para trás, Geirmund decidiu ordenar uma parada para pernoitar.

Saíram da estrada e caminharam um pouco até três grandes carvalhos, cada um mais largo que braços estendidos, e todos se acomodaram entre raízes retorcidas para dormir nos troncos das árvores no lado oposto da estrada, revezando-se para vigiar. Não conseguiam ver a estrada de onde estavam, e isso significava que ninguém na estrada poderia vê-los. Apesar de se sentir escondido, Geirmund acordou alarmado e desconfortável várias vezes antes do amanhecer, assustado por ruídos à luz azul da manhã. Ele estremeceu, seus ossos estalando como os galhos acima deles quando o bando de guerra partiu novamente, antes que a luz se tornasse dourada.

Em pouco tempo, passaram por charnecas e florestas, e o sol lento finalmente se ergueu sobre as ruínas de outra cidade romana através da qual a estrada os levou. Embora grandes e imponentes, as paredes e construções derrubadas não impressionavam mais Geirmund como antes, pois não mais imaginava aqueles lugares como habitados por mortos, mas o local parecia perturbar ao menos um guerreiro em seu grupo.

Os olhos arregalados de Skjalgi não descansaram enquanto eles caminhavam pelas vias silenciosas, passando por templos, um coliseu e uma praça aberta de cinquenta braças de largura.

— Pelo menos os mortos estão quietos — sussurrou o rapaz.

— Os romanos não são mortos-vivos — disse Geirmund. — Já se foram. Não precisa temê-los, Skjalgi. Eles vieram para a Inglaterra, a conquistaram e depois a perderam. Agora os saxões são donos destas terras, mas logo perderão a Inglaterra para nós.

Aquilo pareceu tranquilizar um pouco o menino.

Eles logo deixaram as ruínas para trás e, ao meio-dia, chegaram a uma cidade saxônica. Passaram por campos e fazendas, depois por algumas casas que ficavam ali em volta. Mais à frente, Geirmund viu uma encruzilhada no coração da vila, onde havia vários edifícios próximos uns dos outros, incluindo o que parecia ser uma padaria e uma cervejaria, junto com muitas barracas de mercado vazias. Viu poucos saxões por perto, como se todas as pessoas daquele lugar tivessem se escondido, mas então um homem entrou em seu caminho e ergueu a mão para detê-los.

— Há paz na Mércia — disse o saxão. Ele usava uma armadura de couro e empunhava uma espada, e olhou além de Geirmund para seus companheiros. — O que traz vocês até aqui?

— Estamos viajando para o norte. — Geirmund observou mais três homens parados ali por perto, todos carregando armas, um deles com um arco e uma aljava ao lado. — Não temos planos de ficar aqui ou perturbar a paz. Queremos apenas passar.

— E de onde vocês vêm? Lunden?

Atrás de Geirmund, Steinólfur deu uma risadinha.

— Este porco saxão é ousado.

— Isso importa para você? — perguntou Geirmund.

O saxão deu de ombros.

— É meu dever saber quem vai e vem, de onde vem e para onde vai. Os viajantes costumam trazer problemas.

Os olhos do homem estreitaram-se enquanto ele falava essas últimas palavras, e Geirmund percebeu que ele tinha hematomas recentes começando a corar no pescoço, e um pouco de sangue seco nas fendas da pele na boca, como se tivesse se envolvido em uma luta pouco tempo antes.

— Não somos os primeiros dinamarqueses que você viu hoje — disse Geirmund.

— O quê? — O homem engoliu em seco e franziu a testa. — Eu não...

— Não olhe — pediu Geirmund enquanto o saxão se virava e olhava para trás. — Mantenha os olhos em mim, como se falássemos sobre suas colheitas. Se me trair, eu juro que morrerá bem onde está, não importa o que aconteça a seguir.

— Por Deus. — O homem fechou os olhos e soltou um longo suspiro pelos lábios apertados. — Malditos sejam todos vocês, demônios pagãos.

— O líder deles tem um anel no nariz? — Geirmund indagou. — Um homem chamado Krok?

— Não perguntei o nome dele — respondeu o saxão. — Mas, sim, ele tem uma argola no nariz, como a de um boi.

Os guerreiros de Geirmund murmuraram atrás dele, mas sabiam que era melhor não sacar as armas nem reagir de uma maneira que alarmasse Krok e seus dinamarqueses, que sem dúvida observavam e esperavam para emboscá-los.

— Quantos? — quis saber Geirmund.

— Dezoito, talvez vinte guerreiros. — O saxão abaixou os olhos. — Chegaram de madrugada, querendo saber se tínhamos visto dinamarqueses de Lunden.

— Devem ter passado por nós enquanto dormíamos — disse Rafn. — Quando descobriram, decidiram preparar uma armadilha para nós.

Então Birna falou.

— Não olhe, saxão, mas diga: estamos ao alcance das flechas deles aqui?

— Quase — revelou o saxão. — Mais alguns passos.

— Onde eles estão? — quis saber Steinólfur.

— Alguns estão na cervejaria. — O suor cobria a testa do homem, apesar da manhã fria. — Há mais alguns escondidos do outro lado da rua. O restante está espalhado com seus arcos.

Geirmund olhou para a rua vazia adiante, em busca de pontos fracos e oportunidades, mas não viu nada.

— Por que nos parou? Por que não deixou que caíssemos na armadilha?

— Ele queria que você pensasse que tudo estava normal — disse o saxão.

— Onde está seu povo? — questionou Vetr.

O homem deu um leve aceno de cabeça para o leste.

— Escondido no pântano até que todos os dinamarqueses tenham ido embora.

— Poderíamos ir para o pântano — falou Steinólfur.

— Bater em retirada? — Birna zombou. — O assassino de Aslef está lá na frente. Eu não vou...

— Eles nos superam em três para um — concluiu Geirmund. — E estão no controle do terreno. A vingança pode esperar até escolhermos a batalha.

— Se você fugir — começou o saxão —, ele saberá que eu o traí. Vão nos matar e queimar nossa aldeia.

— Por que isso nos preocuparia? — perguntou Rafn.

O homem empalideceu.

— Vocês, dinamarqueses, são todos...

— Qual é o seu nome? — indagou Geirmund.

O saxão hesitou.

— Elwyn.

— Elwyn, onde fica o caminho mais próximo para o pântano?

— Bem à frente. Há uma estrada ao norte da oficina do ferreiro. Ela leva a um caminho para os pântanos.

À menção do ferreiro da cidade, um plano se formou na mente de Geirmund.

— Elwyn — disse ele —, esses dinamarqueses prestaram juramento a Halfdan, que é irmão de Ivarr e Ubba, os quais têm uma trégua com seu rei Burgred. Só saquearão a cidade se você lhes der motivos, mas se fizer o que eu digo, você e sua cidade serão poupados.

O saxão mudou de posição.

— Sou todo ouvidos.

— Iremos à oficina do ferreiro e esperaremos lá. Você irá até Krok, e ele perguntará sobre o que estávamos conversando. Você vai dizer a ele que planejamos ficar na cidade por um ou dois dias e que perguntamos sobre o ferreiro. É sua chance de convencer Krok de que você ainda está com ele.

— O que vão fazer? — perguntou Elwyn.

— Vamos esperar — explicou Geirmund. — É provável que ele mande um de seus guerreiros aqui para se fingir de ferreiro; durante esse tempo, posicionará o restante do seu bando de guerra para nos atacar aqui, ou então o falso ferreiro tentará nos convencer a irmos até onde o bando possa nos atacar. De qualquer forma, será o falso ferreiro que Krok vai culpar quando escaparmos, e Krok provavelmente deixará sua cidade de lado para nos perseguir.

Aquilo pareceu tranquilizar o saxão o suficiente para que ele assentisse lentamente com a cabeça. Depois ele se virou e apontou para a estrada.

— Vou levá-lo ao ferreiro.

Geirmund olhou para seus guerreiros, que concordaram com a cabeça, e todos se moveram pela rua silenciosa. Ainda era possível que os arqueiros inimigos tentassem atirar neles, mas era mais provável que Krok desejasse a honra de matar Geirmund com a própria lâmina, por isso esperaria até que os Hel-hides alcançassem o local de emboscada na encruzilhada. Mesmo assim, Geirmund tentou andar sem aparente alarme ou preocupação, embora mantivesse os ouvidos alertas ao som das cordas do arco.

Quando chegaram à oficina do ferreiro, encontraram um caramanchão aberto para as estradas que iam de norte a oeste, com paredes de tábuas a sul e leste. No meio do espaço, brilhava uma forja quente rodeada por vários bancos, assim como uma bigorna sobre a qual um par de pinças segurava uma pesada barra afinada na extremidade pela marreta. Parecia que o ferreiro estava trabalhando quando da chegada dos dinamarqueses e partira às pressas.

Elwyn deu a Geirmund um último aceno de cabeça, em seguida ele e seus guerreiros subiram a rua em direção à cervejaria.

Vetr encostou-se a um poste do caramanchão.

— Este é um bom plano.

— A menos que aquele porco saxão nos traia para Krok — disse Rafn.

— Ele pode. — Geirmund observou a porta da cervejaria e a rua ao redor em busca de sinais de movimento. — Mas a escolha e o destino são dele. De qualquer forma, ele atrairá Krok para nós.

— Poderíamos ir para o pântano agora — sugeriu Steinólfur. — Acabar com isso.

Geirmund virou-se para o guerreiro mais velho.

— Vá. Leve Skjalgi, Rafn e Vetr. Explore o caminho até o pântano e fique de olho no fundo da cidade. Birna e eu ficaremos aqui mais um pouco.

A carranca de Steinólfur dizia que ele não havia gostado daquela tarefa, mas ele e os outros três saíram pelo atalho logo ao norte do caramanchão do ferreiro. Birna aproximou-se de Geirmund para vigiar a cervejaria com ele, e por algum tempo nada aconteceu.

— Por que estamos esperando aqui? — ela perguntou por fim.

— Para manter minha palavra ao saxão.

— Mesmo que o saxão não mantenha a dele?

Geirmund sorriu para ela.

— O que era aquilo que você estava falando sobre honra? Mesmo que apenas os deuses o estejam observando?

Ela riu.

— Então, esperemos que Krok seja tão inteligente quanto você pensa, nada mais.

— Ele mostrou um pouco de astúcia em Lunden — disse Geirmund.

— O suficiente para pegar você desprevenido.

— Isso nunca mais vai acontecer.

— Um dia você lutará contra alguém mais astuto que você — falou ela. — E pode ter certeza de que...

— Olhe.

A porta da cervejaria se abriu, e uma donzela-escudeira com cabelos castanhos saiu para a rua. Ela olhou ao redor, fitou a oficina do ferreiro e caminhou em direção a eles em um ritmo lento e uniforme.

— Ela não está armada — comentou Birna.

— E também não usa armadura. — O canto da boca de Geirmund curvou-se em um leve sorriso. — Ela deveria ser a ferreira, lembra?

— Parece que Krok tem um pouco de astúcia. Ela quase se passaria por uma saxã.

Quando a guerreira se aproximou do caramanchão, Geirmund tentou igualar seu ar calmo ao perguntar:

— Você é a ferreira?

A mulher entrou na sombra da oficina.

— Sou.

— Jura? — Birna fingiu olhá-la da cabeça aos pés. — Não achei que os homens saxões deixassem as mulheres fazerem outra coisa senão cozinhar, rezar e gerar bebês saxões.

— Não sei disso. Sou bretã. — A mulher cruzou os braços, que pareciam fortes o bastante para uma ferreira. — Vocês precisam do meu trabalho?

— Sim — respondeu Geirmund. — Temos algumas armas e armaduras que precisam de reparos.

Ela olhou ao redor do caramanchão.

— Onde estão os outros?

— Outros?

— Havia seis no seu bando de guerra. Foi o que Elwyn disse.

— Não controlo aonde meus guerreiros vão.

A dinamarquesa hesitou, como se estivesse tentando decidir o que fazer, então acenou com a cabeça em direção à cervejaria.

— Venha, vamos conversar enquanto bebemos. — Ela se moveu como se fosse sair.

— Podemos conversar aqui — sugeriu Geirmund. — Parece que você estava trabalhando.

— Como?

Ele gesticulou para a tenaz e o ferro deixados sobre a bigorna.

— Não queremos atrapalhar — acrescentou Birna.

— Ah — disse a bretã. — Não tem problema. Venham, vocês...

— O que você estava forjando? — perguntou Birna.

Nem ela nem Geirmund se mexeram, e um momento passou.

A mulher deu de ombros.

— Gancho de panela.

— Parece ser muito ferro para um gancho de panela — disse Birna.

A outra guerreira não respondeu, mas suas mãos se fecharam em punhos.

— Você não é bretã. — Geirmund inclinou a cabeça para o lado. — É alta o bastante para ser dinamarquesa.

Ao lado dele, Birna soltou o machado, e a outra mulher levou a mão à cintura para pegar uma arma que não estava ali. Ela olhou para baixo e, tendo se revelado, abandonou a mentira e franziu os lábios com raiva de Geirmund.

Ele puxou o seax.

— Diga, o que Krok...

A cabeça da mulher sacudiu para o lado com um baque surdo, inclinada por um machado lançado a distância e que havia cortado o topo da orelha e se cravado no crânio dela. De olhos abertos, ela desabou no chão, as botas e dedos se contorcendo enquanto Birna marchava até ela e arrancava a arma com um estalo de osso. Sangue e cérebro escorreram da cabeça aberta da mulher na terra escura e oleosa da oficina do ferreiro.

— Por Aslef — disse Birna, limpando a ponta do machado com um dos trapos do ferreiro. — Nenhum deles verá Valhalla pela minha mão se eu puder evitar, e agora é menos um entre eles. Deveríamos...

— Geirmund!

Era a voz de Steinólfur, chamando de algum lugar a leste da loja.

— Eles estão vindo! — gritou o guerreiro mais velho.

À frente, a porta da cervejaria se abriu, e os guerreiros rugiram para a rua. Geirmund e Birna trocaram um olhar e então saíram correndo do caramanchão, descendo pelo atalho. Passaram por algumas construções ao largo, o som de luta à frente deles, e correram para um pequeno gramado cercado por um bosque emaranhado a leste.

Dois dinamarqueses estavam se contorcendo e morrendo aos pés de Vetr, a lança dele vermelha. Um terceiro caiu sob a espada de Steinólfur com um grito estrangulado, enquanto mais inimigos avançavam em direção a eles do norte e do oeste. Gritos furiosos subiram por toda a cidade.

— Vão! — Steinólfur apontou para uma fenda na floresta. — O caminho é por ali! Rafn foi na frente para fazer um reconhecimento com Skjalgi.

Uma flecha sibilou e atingiu o solo perto de Vetr. Ele girou e desviou outra flecha no ar com a lança; em seguida, saiu em disparada para se proteger nas árvores, seguido por Birna, Geirmund e Steinólfur. Os quatro avançaram a toda velocidade ao longo do caminho e, à medida que se embrenhavam mais fundo na floresta, o terreno ao redor foi dando lugar a um pântano. Logo estavam chapinhando na água e na lama onde a trilha mergulhava na água.

Atrás deles, Geirmund ouviu os sons frenéticos de perseguição, mas sabia que a trilha estreita e o pântano manteriam os guerreiros de Krok atrás deles e longe de seus flancos, ao menos por um tempo. A terra ali o lembrava dos pântanos ao redor de Ancarig, com lodo, poças de água e ilhas de grama alta.

— Onde está Rafn? — gritou ele.

A pergunta foi respondida um momento depois, quando o guerreiro entrou no caminho à frente deles, como se tivesse surgido de lugar nenhum, empunhando sua fina espada de Miklagard.

— Todos aqui? — perguntou ele.

— Todos aqui — disse Vetr enquanto Birna, Geirmund e Steinólfur os alcançavam.

— Essa espada consegue causar mais do que um arranhão? — questionou o guerreiro mais velho.

— Você ficaria surpreso — disse Rafn. — O menino com olhos de águia encontrou uma segunda trilha.

Então, ele se virou e mergulhou em um paredão de grama e amoreira-preta, e o restante do grupo o seguiu, abrindo caminho e quebrando juncos ásperos até saírem em uma trilha muito mais fraca feita por cascos e patas de animais. Ela serpenteava até um pântano denso, onde parecia desaparecer a menos de cem braças adiante.

Skjalgi estava lá, esperando por eles.

— Não sei até onde isso vai — informou ele.

— Servirá por enquanto — Geirmund falou, tomando a liderança e pensando que no mínimo as árvores ofereceriam uma boa proteção contra flechas se os guerreiros de Krok os encontrassem.

Seguiram esse caminho até uma região de pântano onde os salgueiros e amieiros ficavam mais próximos, e o ar parecia pesado e parado, denso com o cheiro de folhas e grama apodrecidas. A passagem deles fez pássaros com bicos e pernas longos se assustarem e voarem, e fez os sapos mergulharam na água. Cada vez que paravam para ouvir se os guerreiros de Krok estavam vindo, os sons do inimigo ficavam mais fracos, até que Geirmund teve certeza de que haviam escapado, pelo menos por enquanto. Quando a trilha alcançou uma pequena ilha seca, ele ordenou um descanso e sentou-se no tronco macio e carcomido de uma árvore caída para pensar.

— Krok acabou de perder quatro guerreiros — disse ele. — Se Elwyn falou a verdade, significa que devem ter sobrado apenas quinze em seu bando de guerra.

— E você foi mais esperto que eles. — Vetr se sentou no chão de pernas cruzadas e começou a limpar e afiar Dauðavindur, sua lança. — Não pode voltar para Halfdan agora. Não se ele se importar com a própria reputação.

Geirmund concordou.

— Em Lunden, ele disse que me matar lhe renderia um jarldom.

— Essa é uma bela recompensa. — Rafn riu enquanto puxava um pedaço de carne-seca da mochila e começava a roê-lo. — Você pode ter certeza de que ele vai nos caçar com um ódio proporcional a ela.

— E ele ainda nos supera em dois para um — acrescentou Steinólfur. — Tivemos sorte hoje, mas nem sempre será assim.

— Se for meu destino morrer, morrerei — disse Geirmund. — Mas não será pelas mãos dele.

— Então, que ele morra pelas suas — falou Birna. — Ou pelas minhas. Todos eles têm que morrer.

Geirmund sabia que ela falava a verdade, e que o único fim para a perseguição de Krok seria a morte do dinamarquês ou a sua. No entanto, também sabia que não tinha o número de guerreiros de que precisava para uma luta aberta, e precisaria contar com a astúcia para derrotar seu inimigo.

— Se conhecêssemos este pântano, poderíamos nos defender aqui — disse ele. — Mas isso nos atrapalharia tanto quanto atrapalharia Krok. Precisamos buscar um novo campo de batalha, onde controlaremos o terreno e ficaremos longe do inimigo até o encontrarmos.

Skjalgi deu um tapa na própria bochecha

— Um lugar sem myggs, espero.

Aquele lugar tinha mesmo um ar maléfico e doentio, então Geirmund ordenou que continuassem avançando, mas apenas no final da tarde saíram do pântano para a charneca seca. De lá, viajaram fora das estradas romanas e dos rastros saxões, através de lugares selvagens, e pelos dois dias seguintes vagaram dentro e fora de florestas densas, com espinheiros que tiveram de ser cortados com machado e seax, e caminharam por mais pântanos e matagais, atravessando riachos frios.

No início, encontraram água para beber com bastante facilidade, mas a comida era mais difícil de coletar. Birna avistou alguns arbustos de frutas silvestres azedas, e eles colheram alguns cogumelos que Rafn reconheceu. Pegaram pequenos peixes em um riacho usando uma gaiola que Vetr montou com galhos de salgueiro, mas as armadilhas que Geirmund preparou para lebres e esquilos permaneceram vazias. Então, até a água ficou escassa à medida que cruzavam trechos mais longos de charneca seca, onde havia poucos riachos e nenhuma caça acima do solo.

Geirmund estremecia durante as longas noites, aninhado junto com seu bando em torno de pequenas e fracas fogueiras apenas quando eles conseguiam reunir combustível seco suficiente, e quando sabiam que a luz não seria vista.

No terceiro dia, a fome de Geirmund não era mais apenas uma dor. Desacelerou seus pés e pensamentos. Ele sentia uma fraqueza que não conseguia eliminar com sono e descanso, embora sono e descanso fossem tudo que seu corpo queria. Na noite profunda, ele os imaginou perseguidos pelos vættr daquele lugar solitário e por um draugr trôpego de Aslef, em busca de vingança por ter sido deixado para morrer. Apenas o próprio dever para com seus Hel-hides o mantinha em movimento, e parecia que o dever deles para com Geirmund os impedia de reclamar.

No quarto dia, chegaram de novo a uma floresta e sentiram o cheiro de madeira queimada; depois disso, eles se espalharam e se esgueiraram pela floresta para descobrir se o cheiro vinha de um assentamento ou acampamento. Geirmund espiou por entre as árvores, pisando o mais levemente que podia, até que seu bando alcançou uma ampla clareira na floresta. No meio dela, havia um templo saxão construído de pedra. Isso o lembrou do lugar que vira em Medeshamstede, ou o que Medeshamstede poderia ter sido se tivesse escapado do incêndio e da destruição provocados pelos dinamarqueses.

O longo salão do templo diante dele tinha quinze braças de altura e pelo menos trinta braças de comprimento, com um telhado pontiagudo e uma torre redonda em uma das extremidades. Uma parede estendia-se do flanco sul e encerrava várias construções externas, enquanto muitos estábulos e oficinas ficavam fora dessas defesas. Homens vestidos com túnicas trabalhavam nos campos e jardins que cercavam aquele lugar, o tipo de sacerdotes que John chamava de monges. Não carregavam armas além de ferramentas para cultivar e plantar, e Geirmund e seus Hel-hides os observaram das sombras por algum tempo.

— Se pudéssemos atrair Krok para cá — disse Rafn —, poderíamos fazer uso de um lugar assim.

— Se pudermos tomar o lugar — lembrou Steinólfur.

Birna riu.

— Nós podemos tomar. Os padres são fracos.

— Muitos padres são fracos — comentou Geirmund. — Mas eu conheço pelo menos um que lutou e matou dinamarqueses em Ashdown.

— E há uma trégua na Mércia — completou Skjalgi.

O rapaz falava tão raramente que todos se viraram para encará-lo, incluindo Geirmund e Steinólfur.

Skjalgi recebeu a surpresa deles com uma certeza serena.

— Foi o que disse o saxão Elwyn.

— Sim, foi isso. — Steinólfur olhou para Geirmund com um sorriso irônico. — Mas devemos manter essa trégua?

Geirmund pensou por um momento.

— Se rompermos a trégua, daremos a Ubba e Halfdan mais um motivo para nos odiar. Isso pode nos colocar em perigo ainda maior.

— Então, o que vamos fazer? — perguntou Rafn. — Duvido que encontremos um lugar mais favorável contra Krok do que dentro dessas paredes.

Geirmund olhou novamente para os monges, lembrando-se de tudo que aprendera sobre esses homens com os dois padres que conhecera desde que viera para a Inglaterra, ao mesmo tempo que procurava uma maneira de colocar o templo deles em uso por seus Hel-hides sem quebrar a paz. Ele se lembrou da ocasião em que conheceu John, quando o padre lhe ofereceu pão duro como pedra porque seu deus ordenara. E então, ao Geirmund fitar o rosto dos monges ali, viu algo que o fez abrir um sorriso.

— Tenho um plano — disse ele.

CAPÍTULO 20

A POUCAS BRAÇAS DE DISTÂNCIA DO TEMPLO MU-rado e dos edifícios que o compunham, havia um grande forno em forma de cebola. O calor ondulava no ar acima dele, então Geirmund sabia que estava em uso, e sua boca se encheu d'água ao pensar em pão quente.

— Não entendo esse plano — disse Steinólfur.

O guerreiro mais velho e os outros Hel-hides observaram enquanto Geirmund despia-se da armadura e das armas, e todos franziram a testa para ele em confusão e alguma preocupação.

— Vocês precisam confiar em mim — pediu Geirmund. — Não podemos simplesmente ir até eles. Já tentei isso antes, e eles têm muito medo e ódio dos dinamarqueses. Só há uma maneira de conseguir o que queremos e ainda manter a paz, mas eles devem acreditar que estou realmente passando necessidade. E vocês devem me jurar que permanecerão escondidos, não importa o que vejam, e esperarão até que eu os chame.

Os Hel-hides se entreolharam cheios de dúvida e, finalmente, olharam para Steinólfur, que balançou a cabeça e deu de ombros.

— Vamos confiar em sua astúcia — disse ele.

Geirmund acenou com a cabeça e, em seguida, moveu-se para o sul margeando a clareira, mantendo-se na floresta até estar o mais perto que podia do forno, mas ainda escondido. Mesmo assim, havia pelo menos quinze braças de terreno aberto entre ele e o pão assando.

Nesse momento, um monge de ombros largos saiu de um prédio próximo tirando farinha das vestes. Foi ao forno, abriu-o e usou uma longa vara de madeira para puxar os escuros filões de pão lá de dentro. Ele os sacudiu entre as mãos grossas e os carregou para um banco, onde os deixou para esfriar.

Geirmund esperou o grande monge ir embora e os outros sacerdotes próximos virarem as costas. Então avançou até os pães quentes, correndo através de um campo de nabos, as folhas verdes batendo contra as botas e pernas, e pensando que provavelmente parecia um tolo para os Hel-hides que o observavam. Alcançou os pães, agarrou um em cada mão, mas, quando se virou para o bosque, um cajado o atingiu com força no rosto.

Geirmund caiu de costas com um grunhido alto, os olhos lacrimejando e o nariz sangrando, o que não fazia parte do plano. O padeiro foi mais rápido do que o esperado, e Geirmund sentiu a ponta do cajado acertá-lo com força no peito, prendendo-o no chão. Então, deixou os pães rolarem das mãos.

— Pese suas próximas palavras e escolhas com cuidado, ladrão — disse o monge, de pé sobre ele. — Ou prometo que se arrependerá.

Geirmund acreditou que o homem seria capaz de cumprir essa promessa.

— Por favor — pediu ele —, não como há dias.

— Você deveria ter começado assim, em vez de tentar roubar.

Ao ver e ouvir os outros sacerdotes aproximando-se para entender o que havia acontecido, Geirmund procurou um rosto familiar enquanto o grande monge mantinha a ponta do cajado presa em suas costelas. Geirmund engoliu o sangue que escorria do nariz para o fundo da garganta, esperando não estar enganado sobre o homem que vira das árvores.

— Quem é você? — perguntou o padeiro. — É dinamarquês?

— Eu sou Geirmund — respondeu ele.

Então, a barreira de monges reunida ao redor dele se abriu para deixar um deles passar.

— Geirmund? — indagou o recém-chegado. — Certamente não. Irmão Almund, levante este homem. Preciso dar uma olhada melhor nele.

O padeiro hesitou por um momento.

— Sim, padre — concordou ele, afastando a ponta do cajado do peito de Geirmund. Em seguida se abaixou e, com as mãos grandes, colocou Geirmund de pé com facilidade.

O outro monge se aproximou para olhar nos olhos de Geirmund. Ele enxugou o sangue debaixo do próprio nariz com a mão e a manga enquanto também fitava o sacerdote, satisfeito por ter reconhecido o homem corretamente, embora ele parecesse mais jovem do que quando haviam se encontrado pela primeira vez através da janela do túmulo de madeira.

— Torthred? — Geirmund disse.

O uso desse nome despertou um murmúrio entre os outros monges, e todos se viraram para o padre, que sorriu abertamente.

— Eu estava com sede e você me deu de beber — lembrou ele.

— Estou muito feliz por ver você. — Geirmund olhou ao redor deles. — Mas estou surpreso por encontrá-lo aqui.

— Estou aqui porque os dinamarqueses de Ancarig partiram de repente e com muita raiva. Não muito depois de sua partida, devo acrescentar. Acredito que algo os fez esquecer de mim em meu pequeno retiro. Mas também estou aqui por causa de uma coisa que você me disse.

— Ah, é?

— Sim, e decidi que você estava certo. Deus não queria que eu ficasse ali, que morresse de fome e sozinho.

— Este ladrão tentou roubar pão, padre. — O padeiro ainda segurava o cajado como uma arma.

— Presumo que esteja com fome — disse Torthred. — Mesmo que não fosse nosso dever cristão alimentar os famintos, eu deveria a esse homem a bondade que uma vez me mostrou. E gostaria de lembrar a todos os meus irmãos que há um tratado de paz com os dinamarqueses na Mércia. Agora, por favor, vá buscar um pedaço de pão para ele, irmão Almund.

O grande monge relaxou e baixou a cabeça. Então, abaixou-se para pegar um dos pães que tinham rolado para longe, limpou-o e o entregou a Geirmund. Ele aceitou, mas resistiu a parti-lo, mesmo que estivesse faminto.

— Ainda duvido da minha sorte em vê-lo aqui — comentou ele.

— Não é tão surpreendente para mim — disse Torthred. — Não viajei muito. Estamos a apenas quarenta milhas de Ancarig. Este mosteiro fica em um terreno pertencente à abadia de Medeshamstede, e agora sou o abade aqui. Mas talvez você tenha viajado mais longe desde a última vez que o vi.

— Muito mais longe — falou Geirmund —, e, ao que parece, apenas para voltar ao início de onde minha jornada na Inglaterra começou.

— Talvez a mão de Deus o tenha guiado até aqui.

— Só o destino me trouxe aqui.

Torthred sorriu.

— Você parece muito cansado, Geirmund. Gostaria de descansar um pouco?

Geirmund acenou com a cabeça.

— Gostaria.

— Temos uma pequena cabana para hóspedes e viajantes, que você pode usar.

— Posso lhe pagar — disse Geirmund. — Tenho prata…

Torthred ergueu a mão.

— Não pedimos prata. — Então, abaixou a voz e falou com o canto da boca. — E não é por receio de como você pode tê-la adquirido. Venha.

Ele conduziu Geirmund para o oeste ao longo da parede e, em seguida, através de um portão aberto, e os dois foram seguidos por alguns monges curiosos. Entraram em uma pequena praça que ficava abaixo do templo, onde galinhas cacarejavam e ciscavam à sombra do prédio. Duas portas ofereciam saídas do pátio, uma para o templo e outra para o retiro dos monges. Um poço de pedra ficava no meio da praça, e uma cabana não muito maior do que a tumba de madeira de Torthred havia sido encostada no templo.

— Você não vai me trancar aí, vai? — Geirmund perguntou.

O padre sorriu.

— Mesmo que fosse batizado como cristão, não acho que o isolamento seria para você.

— Aonde isso leva? — Geirmund acenou com a cabeça em direção à porta norte.

— Ao nosso dormitório e ao refeitório — explicou o padre. — Dormimos e comemos separados do mundo. Peço que você fique deste lado do portal, mas, de resto, você pode ir e vir como quiser.

— Obrigado — agradeceu Geirmund. — Mas devo lhe dizer que não estou sozinho.

Torthred fez uma pausa.

— E o que isso significa?

— Tenho cinco dinamarqueses comigo. Eles estão esperando na floresta.

— O que estão esperando?

— Sua permissão para que se juntem a mim aqui. Juraram lealdade a mim, e eu a eles. São guerreiros de honra e não farão mal a você.

Além de alguma surpresa no início, o rosto de Torthred não traiu nenhum outro sentimento ou pensamento. Ele simplesmente olhou para Geirmund por vários minutos.

— Eu lhe daria minha licença, mas primeiro preciso falar com alguns de meus irmãos sobre o assunto. Eles podem pedir que vocês...

— Não seremos batizados como cristãos — disse Geirmund.

Torthred sorriu.

— Não vamos pedir isso. Você espera aqui?

— Espero.

O padre meneou a cabeça e saiu do pátio pela porta do canto com os outros monges em seu encalço, e Geirmund foi para a cabana, onde se apoiou no batente da porta e enfiou a cabeça para dentro. O chalé tinha apenas um cômodo, que continha uma cama de madeira, longa e estreita, cheia de palha e coberta com cobertores de lã e peles. A cabana também tinha uma pequena mesa e um banquinho; acima da cama, estava pendurada uma cruz que lembrava a Geirmund o salão onde ele e John haviam passado uma noite.

Geirmund decidiu descansar enquanto esperava pelo padre, então foi esticar-se na cama, deitado de barriga para cima com as mãos atrás da cabeça. Olhou para o telhado baixo de palha e ficou pensando que o destino certamente o guiara até aquele lugar, pois as consequências de suas muitas escolhas em Ancarig não apenas o tinham levado a ser expulso de Lunden, mas também o haviam trazido para um abrigo.

Torthred voltou um pouco depois, parecendo satisfeito.

— Você e seus guerreiros podem ficar — concordou ele. — Nossa comida e nosso jeito de viver são humildes, mas vamos compartilhá-los se vocês participarem do trabalho de cultivo e da defesa deste mosteiro.

— Defesa? — Geirmund sabia bem por que escolhera aquele lugar, mas ficou surpreso ao ouvir Torthred falar em termos semelhantes. — Não há paz na Mércia?

— Também havia paz em Medeshamstede e Ancarig. Você e eu sabemos que há quem não a respeite.

— Lutei contra esses dinamarqueses e fiz deles inimigos. Se alguém vier aqui, lutarei contra eles novamente.

— Esperamos que isso não seja necessário.

Geirmund concordou com os termos de Torthred, e então foi contar a seus Hel-hides, e todos expressaram sérias dúvidas sobre viver com padres, apesar de Geirmund jurar que não teriam de ser batizados.

— Eles são fracos — disse Rafn. — Não tenho respeito pelos monges. Eles são como... como...

— Pássaros inocentes — Vetr concluiu por ele —, com aquelas cabeças carecas deles. Ou pior, pássaros emplumados que nunca aprenderam a voar ou a caçar e que escolheram ficar no ninho.

— Os monges pouco importam — disse Geirmund. — Concordamos que não encontraríamos lugar melhor do que este para enfrentar Krok. Também concordamos em manter a paz com Burgred. Só assim podemos fazer as duas coisas.

— Ele está certo — falou Birna. — Não gosto da ideia, mas Hel--hide está certo.

— Concordo — disse Steinólfur, embora seu tom sugerisse que não, e depois disso Rafn e Vetr deixaram de lado a má vontade.

De volta ao mosteiro, os Hel-hides transformaram o pátio ao redor da cabana em um pequeno acampamento, mas apenas para os homens. Ao perceber que Geirmund tinha uma mulher em sua companhia, Torthred insistiu que o chalé deveria ficar apenas para Birna. O padre reagiu com tanto choque e horror ao ver a donzela-escudeira que Geirmund pensou que os monges talvez tivessem recusado os dinamarqueses se soubessem de sua existência. Parecia que viviam por uma lei sob a qual raramente viam mulheres e quase nunca falavam com elas. Apenas Torthred tinha essa liberdade como abade. Birna parecia pouco incomodada com isso, e até afirmou sentir-se grata por não ter de falar com os monges, e Geirmund suspeitou que ela também gostava da ideia de ter a cabana e a cama para só para si.

Quanto a ele, dormiu bem no chão, mas acordou confuso no meio daquela primeira noite e demorou alguns instantes para lembrar onde estava. Ali perto, vozes masculinas cantavam juntas em uma língua que ele não conhecia, suas vozes pesarosas subindo e descendo como as ondas infinitas do mar. Geirmund sentou-se esfregando os olhos com a palma da mão e descobriu Skjalgi acordado próximo a ele, o branco dos olhos aparecendo na escuridão.

— Isso é algum tipo de galdur cristão? — o menino perguntou.

— Não sei. — Geirmund olhou para o templo e viu uma luz tênue e quente tremeluzindo através do vidro fumê das janelas. Parecia que o canto vinha lá de dentro. — Talvez seja.

— Não soa como algo maligno — Rafn murmurou, aparentemente acordado, mas não em pé.

Geirmund concordou. O canto até o acalmou de certa forma, então talvez fosse um feitiço de cura que os monges estavam fazendo. Ele e os outros que foram despertados pelo som ficaram algum tempo escutando, até que de repente o canto parou e a luz das janelas se apagou. Momentos depois, a porta do templo se abriu.

Torthred surgiu primeiro. Carregava uma lanterna, e todos os outros monges o seguiram em uma fila silenciosa, os capuzes grandes das capas puxados sobre a cabeça, escondendo seus rostos. Quando o abade percebeu que Geirmund estava acordado, aproximou-se e se agachou ao lado dele enquanto os monges deslizavam pelo pátio até a porta nordeste.

— Vocês estão bem? — perguntou o padre. Segurava a lanterna no alto, e seu rosto brilhava perto da chama.

Geirmund engoliu em seco, a boca ressecada.

— Estamos bem, obrigado.

— O que é aquele galdur que vocês cantam? — Skjalgi sussurrou.

Torthred balançou a lanterna na direção do menino, lançando sobre ele sombras que dançavam.

— Nosso galdur?

— Seu feitiço — disse Geirmund.

— Ah, você quer dizer nossas orações?

Geirmund acenou com a cabeça.

— Quem estão horando? Esta é uma hora maléfica da noite.

— Talvez seja por isso que oramos a esta hora da noite. — Torthred levantou-se. — Pedimos a misericórdia de Deus. O que você pede aos seus deuses?

— Boas colheitas e despensas cheias — disse Geirmund. — Mares bons. Mas, principalmente, pedimos força e glória na batalha.

— Muitos guerreiros cristãos oram pelo mesmo — comentou o padre.

— Então, talvez um dia vejamos quem é mais forte — disse Rafn. — Nossos deuses ou os seus.

— Talvez — falou Torthred. — Mas existem muitos tipos de força. — Em seguida, ele lhes desejou boa noite e saiu do pátio.

Nos dias seguintes, Geirmund soube que os monges do mosteiro era originários de muitos lugares, e geralmente vinham quando crianças ou jovens. A maioria era merciana, mas alguns eram de Wessex e da Nortúmbria, e um monge chamado irmão Morcant nascera em Wealas. O que tinham em comum eram seu deus e suas orações, embora também parecesse que muitos deles eram os caçulas de ealdormen com muitos filhos, e por isso sabiam havia muito tempo que não herdariam nada dos pais. Em vez disso, as famílias os entregavam ao mosteiro e à vida de monge, evitando assim o conflito e ao mesmo tempo ganhando o favor de seu deus cristão.

Geirmund sabia o que era ser um segundo filho, e se Rogaland fosse um reino cristão, talvez ele próprio tivesse se tornado um monge. Esse pensamento tornou mais fácil para ele cumprir os termos da barganha que fizera com Torthred, enquanto ele e seus dinamarqueses trabalhavam ao lado dos monges nos campos e os ajudavam a construir um bloqueio externo de madeira ao redor do mosteiro, para proteger não apenas o templo, mas também os currais e jardins.

Em troca, os monges forneceram aos guerreiros de Geirmund bastante comida boa. Comeram pouca carne ali, mas tinham ovos e queijo em abundância, e o irmão Almund assava um pão delicioso. Outro padre, o irmão Drefan, preparava uma cerveja forte temperada com mel e milefólio de que Geirmund começou a gostar cada vez mais, e se Lunden transformara dias em semanas e meses com tudo o que oferecia para o deleite dos sentidos, o mosteiro fazia o mesmo com simples trabalho árduo, do qual ele tinha certo orgulho.

Rafn e Vetr faziam missões de reconhecimento diariamente, chegando longe, mas não encontraram nenhum sinal de Krok, embora em algumas ocasiões perseguissem ladrões caçando nas florestas do mosteiro. No entanto, a notícia da presença dos guerreiros lá logo pareceu assustar a maioria dos bandoleiros e afastar outras ameaças.

A ideia de que o mosteiro e seus monges possuíam terras, como jarls ou ealdormen, confundiu Geirmund.

— No meu país — ele se dirigiu ao abade certo dia —, os videntes não governam como jarls ou reis. Nunca conheci um vidente que desejasse terras ou riquezas.

Eles caminharam pelo pomar de maçãs do mosteiro, onde o abade verificou a maturação das frutas, que ainda demorariam várias semanas para serem colhidas.

— Não desejamos nada disso para nossa glória vã — disse Torthred. — Somos apenas os administradores das propriedades do mosteiro, não os seus governantes. — Ele parou e abriu bem as mãos. — Cada maçã em cada árvore é uma expressão do nosso amor por Deus e do Seu amor por nós. Estamos construindo o reino de Deus na Terra.

— Por que seu deus precisa de terras ou de um reino em Midgard? Ele não tem suas próprias terras? Seu próprio salão?

— N-não. — Torthred franziu a testa, balançando a cabeça. — Deus está no céu.

— Lá é como Valhalla?

Torthred deu uma risadinha.

— Pelo que ouvi falar de Valhalla, os dois lugares são muito diferentes. Se é Valhalla que você procura, acho que ficaria muito desapontado no céu.

Geirmund balançou a cabeça.

— Não entendo o seu deus.

Torthred olhou para Geirmund e de repente abriu um sorriso.

— Venha comigo.

— Aonde estamos indo?

— Você verá — disse e tomou a frente pelo caminho, retornando ao pátio onde os guerreiros de Geirmund estavam ociosos, mas o abade foi em direção ao templo. — Você nunca pediu para entrar em nossa capela, Geirmund.

— Costuma estar trancada — explicou Geirmund. — Presumi que vocês não queriam pagãos como nós dentro dela.

— Agradeço por esse respeito — falou Torthred. — Mas agora estou convidando você a entrar, se quiser ver.

Geirmund estava curioso sobre o mosteiro onde os monges oravam desde que chegara lá, mas não curioso o suficiente para esgueirar-se para dentro e arriscar ofender seus anfitriões.

— Muito bem. Vou entrar.

O abade assentiu. Chegaram à porta, e ele a destrancou com uma chave que trazia no cinto. Em seguida, entraram.

O templo ecoava os sons de seus passos e cheirava a pedra úmida e cera de abelha. A luz que entrava era suavizada ao passar através do vidro colorido, lançando no salão um brilho fraco e quente que mantinha as vigas acima na sombra. Na outra extremidade do templo, um altar sob uma grande janela trazia a figura de um homem, formada pela junção de muitas peças irregulares de vitrais coloridos. Sobre o altar estava uma cruz alta feita de prata ou revestida dela, ornamentada com esculturas e incrustada com joias.

— Se todos os templos cristãos guardam tais riquezas — começou Geirmund, suas palavras altas e multiplicadas pelas paredes de pedra —, entendo por que os dinamarqueses os saqueiam.

— Prata e ouro servem para nos lembrar das riquezas espirituais que vêm de Deus.

Fileiras de bancos de madeira percorriam todo o corredor e ladeavam o altar. Geirmund imaginou todos os monges do mosteiro cantando suas orações em uníssono naquele lugar, com os vitrais coloridos e as imponentes muralhas, e ele poderia admitir que sentia uma força ali. Se o abade a chamasse de galdur ou não, a magia cristã naquele templo não parecia muito diferente da magia vidente realizada em um círculo de pedra, exceto pelo nome do deus e pelo que se orava.

— Também somos abençoados por ter uma relíquia sagrada aqui — disse o abade. — Um osso da garganta de São Bonifácio. Muitas vezes penso nas tantas orações e sermões que passaram por aquele osso quando seu orador sagrado deu voz a eles.

— É por isso que você o honra? Porque ele falava?

— Seus ensinamentos trouxeram muitas almas a Cristo. — Torthred inclinou-se em sua direção. — Ele inclusive cortou um carvalho de Thór que os pagãos adoravam.

Geirmund balançou a cabeça.

— Arriscar ser vítima da raiva de Thór é tolice. O que aconteceu com Bonifácio depois disso?

— Ele foi assassinado por sua fé. — Torthred parecia sentir um orgulho desafiador ao dizer isso. — Os assassinos queriam ouro, mas tudo o que encontraram em seus baús foram livros sagrados.

— Livros?

— As sagradas escrituras, que são infinitamente mais preciosas do que ouro.

— Talvez para aqueles que podem lê-las. Os dinamarqueses pegariam seu ouro e queimariam seus livros.

O abade suspirou com olhos baixos. Parecia decepcionado, como se esperasse que a visão de seu templo provocasse em Geirmund uma conversão instantânea. Mas então Torthred de repente ergueu novamente os olhos.

— Deixe-me mostrar outra coisa, se me permite.

Geirmund deu de ombros.

— Tudo bem.

Saíram do templo, que Torthred trancou, e caminharam em direção à porta nordeste do outro lado do pátio. Em seguida entraram na parte do mosteiro que Geirmund nunca tinha visto, onde um caminho coberto cercava um segundo pátio maior, cheio de flores e arbustos. Vários monges pararam o que estavam fazendo ao ver Geirmund ali, mas retomaram seus afazeres quando perceberam que ele estava acompanhado do abade. Torthred chamou aquele lugar de claustro e conduziu Geirmund ao longo de uma das laterais, até que chegaram a uma segunda porta.

— O trabalho que se realiza dentro desta sala é caro e delicado. Requer mãos e olhos habilidosos, e peço que não atrapalhe.

Geirmund acenou com a cabeça, e sua curiosidade aumentou.

— Respeitarei seu pedido.

Torthred abriu a porta e, dentro da sala, Geirmund viu quatro monges sentados em mesas inclinadas. Os murmúrios enchiam o salão com um zumbido de colmeia, mas era difícil para Geirmund ouvir apenas uma voz, e parecia que todos falavam em línguas diferentes. Estavam inclinados sobre livros e páginas de pergaminho, lendo, escrevendo e pintando com pigmentos de cores vivas, e até de ouro. As marcações que faziam no pergaminho pareciam muito finas, como dissera o abade, e incluíam figuras de homens, mulheres, crianças e animais, e padrões tão entrelaçados que o olho não conseguia desatá-los. Nenhum dos monges ali ergueu os olhos de seu trabalho, tamanha a concentração, e suas vozes zumbiam ininterruptamente.

Torthred deu um tapinha no ombro de Geirmund e acenou com a cabeça em direção à porta, e depois que saíram de volta para claustro, o abade fechou a porta atrás deles.

— Esse é o *scriptorium* do mosteiro — disse ele então. — É onde lemos e copiamos textos sagrados, para nós e para os outros.

— O que eles estavam falando? — Geirmund perguntou.

— Estavam conversando com anjos, apóstolos e santos.

Geirmund olhou novamente para a porta.

— Eu não vi mais ninguém...

— Eles falam por meio do texto da página — explicou Torthred. — Quando lemos as palavras de Santo Agostinho ou de São Paulo, suas vozes passam por nós e voltam a viver.

— Seus livros têm vozes?

— Todos os livros têm vozes.

— Até as vozes dos mortos?

Torthred sorriu e acenou com a cabeça.

— Você gostaria que eu lhe ensinasse?

— A ler?

— Sim.

Geirmund olhou novamente para a porta do *scriptorium* e pensou na habilidade de John quando lera para Sidroc. Essa habilidade podia ser útil.

— Sim, se você estiver disposto a me ensinar — respondeu.

Isso pareceu agradar ao abade e, nas semanas seguintes, todos os dias, sentavam-se em banquinhos no pátio depois da refeição noturna, os outros dinamarqueses olhando e achando graça enquanto Torthred ensinava Geirmund a ler. No início, usaram gravetos para fazer marcas na terra a seus pés, mas depois de um mês ou mais Torthred trouxe para Geirmund fragmentos de pergaminho velho e gasto. O abade o elogiou pela rapidez com que aprendera em comparação com outros que ele havia ensinado, porém, para Geirmund, aprender não era uma competição. Queria saber ler e escrever por si mesmo porque encontrara poder nisso.

Foi durante uma das aulas noturnas que um padre chegou aos portões do mosteiro. Estava gravemente ferido, com costelas e dentes quebrados, e mesmo assim havia viajado cerca de quarenta descansos para entregar uma mensagem da cidade de Tamworth.

Os dinamarqueses, ao que parecia, haviam retornado à Mércia, e a paz havia chegado ao fim.

CAPÍTULO 21

TORTHRED VOLTOU AO PÁTIO ALGUM TEMPO APÓS os monges levarem o viajante ferido para dentro de seu mundo, para além da porta nordeste. O abade parecia muito perturbado ao explicar como o rei Burgred da Mércia fora colocado para correr pelos dinamarqueses. Sem mais prata para pagar pela paz, o machado finalmente caíra. Ivarr e Ubba haviam atacado Tamworth e, desde então, Halfdan e Guthrum montaram acampamento em um lugar chamado Hreopandune, ao noroeste.

— Burgred fugiu? — Geirmund disse. — Depois de lutar com Æthelred e Ælfred, eu pensei que os reis saxões tinham mais coragem e honra do que isso.

— Alguns sim — comentou Torthred. — Outros não.

Geirmund balançou a cabeça.

— Se os dinamarqueses estão na Mércia, aqui não há mais segurança para você e seus monges. O muro que construímos juntos resistirá a um bando de guerra, mas não a um exército.

— Sim — concordou Torthred. Ele acenou com a cabeça, mas os olhos e a mente pareciam estar em outro lugar, distraídos por alguma coisa. — Sim, tenho certeza de que você está certo.

Geirmund o observou por um momento.

— Algo mais incomoda você.

O abade olhou para Geirmund. Então, olhou para baixo e entrelaçou as mãos embaixo do queixo como se estivesse em uma oração cristã, as pontas dos dedos contra os lábios.

— Eu tinha um irmão comigo em Ancarig — explicou ele. — Tancred. Os dinamarqueses o mataram.

Geirmund lembrou-se então de que John uma vez mencionara o nome.

— A perda de um irmão é difícil.

— Eu também tinha uma irmã lá — disse Torthred. — Tova. Mas ela conseguiu esconder-se nos pântanos até que os dinamarqueses fossem embora.

Geirmund vira o rosto dela nos juncos. Pensara que ela era uma vættr do rio.

— Onde ela está agora?

Torthred fechou os olhos.

— Estava em Tamworth durante o ataque. Acabei de saber que ela fugiu para cá.

— Quando? — Birna perguntou.

Os outros no pátio ouviam, mas Torthred de repente se sentou ereto e olhou para eles como se tivesse esquecido que estavam ali.

— Dias atrás — respondeu ele, depois acenou com a cabeça na direção da porta do canto. — Saiu de Tamworth antes mesmo do padre que acabou de chegar, e já deveria estar aqui. Temo que algum mal possa ter se abatido sobre ela.

Geirmund olhou para Rafn e Vetr. Os dois dinamarqueses assentiram sem precisar ouvir a ordem em voz alta e pegaram as armas. Geirmund voltou-se para Torthred.

— Meus guerreiros vão procurá-la. Se ela puder ser encontrada, eles a encontrarão.

O padre ergueu os olhos.

— Confesso que esperava essa oferta, mas hesitei em perguntar.

— Por quê?

— Você... você é um pagão. E eu temia... isto é, com a paz agora quebrada...

Geirmund colocou a mão no ombro de Torthred.

— É verdade que a paz foi rompida entre nossos reis, mas isso não nos torna inimigos até que sejamos chamados a lutar uns contra os outros.

Torthred deu um suspiro breve que soou quase como uma risada.

— Assim como o samaritano ajudou o judeu, o pagão ajuda o sacerdote. — Ele passou a mão pelo rosto como se quisesse limpar os pensamentos e a preocupação. — Sou grato.

— Estamos prontos — Rafn avisou e, com outro aceno silencioso de Geirmund, deixou o mosteiro acompanhado de Vetr.

Torthred observou por algum tempo o portão na parede por onde eles saíram, segurando a cruz que trazia ao pescoço com o punho fechado, indefeso. Geirmund sentiu pena dele, pois era como Vetr havia dito dos padres meses antes: o abade nunca aprendera a voar e caçar, então não podia fazer nada para proteger a própria família. Geirmund, porém, também sabia que Torthred não era covarde, e era o deus que ele adorava que o tornava fraco.

— Vá descansar — aconselhou ele ao abade. — Você não pode fazer mais nada esta noite.

— Posso orar — disse Torthred, sem piscar os olhos.

— Então, faça isso — pediu Geirmund, apesar de pensar que isso traria pouco benefício.

Aquela noite se passou agitada e pesada com ameaças, e Rafn e Vetr não retornaram até o meio da manhã seguinte. Não trouxeram a irmã de Torthred com eles, mas a encontraram, e ao encontrá-la eles também encontraram Krok e seus guerreiros.

— Ela é cativa deles — informou Rafn, causando grande angústia a Torthred, mas, segundo o dinamarquês, ela parecia ilesa.

— Parece que eles estão vindo para cá — disse Vetr. — Acho que sabem quem é a garota e pretendem pedir um resgate por ela. É por isso que a mantêm segura.

— Por que se darem ao trabalho? — perguntou Steinólfur. — Por que simplesmente não tomam o mosteiro?

— Não têm guerreiros para isso — respondeu Vetr. — Contamos apenas treze.

— Significa que mais dois morreram. — Birna sorriu. — E ainda não voltaram para Halfdan. Krok deve estar em extrema necessidade de um saque, para recompensar seu bando de guerra e agradar o rei.

Geirmund concordou com ela.

— Vocês foram vistos?

Rafn bufou.

— Não — disse Vetr.

Perto deles, Torthred caminhava pelo pátio, torcendo e retorcendo as mãos.

— Se é prata que eles querem, podem ficar com a que tenho. Não vou...

— Fique firme — pediu Geirmund. — Talvez haja uma maneira de manter sua prata e salvar sua irmã.

— Como? — questionou o padre.

— Ele tem um plano — revelou Steinólfur, olhando para Geirmund. — Não é verdade?

Ele tinha um plano. Teriam de deixar o mosteiro para trás, mas isso não parecia um custo muito alto para Geirmund, já que não poderiam ficar muito tempo naquele lugar com os reis dinamarqueses por perto. Certamente eles o incendiariam.

— Você e seus monges estão dispostos a abandonar este lugar? — indagou.

— Eu... — Torthred piscou e balançou a cabeça. — Deixar nosso mosteiro?

— Sim.

— Mas...

— Agora a Mércia é Daneland — disse Geirmund. — Se ficarem aqui, morrerão, Torthred. Seus monges morrerão, e será uma morte bem difícil. Você pode desistir da sua prata se quiser, mas, depois que o bando de guerra de Krok se for, haverá um exército em seu portão.

Torthred ficou em silêncio.

— Quanto tempo? — Geirmund perguntou a Rafn.

— Se eles estiverem vindo para cá, como achamos que estão, chegarão amanhã.

Geirmund voltou-se para o abade.

— Eu sei que você precisa conversar com seus monges, mas só têm até o amanhecer para tomar uma decisão.

Torthred balançou a cabeça e saiu do pátio com dificuldade, os ombros caídos, a cabeça tão baixa que o queixo quase tocava o peito.

— Não se surpreenda se eles decidirem ficar — disse Steinólfur, depois que o abade se foi. — São tolos, todos eles.

— Talvez.

Ele esperava que, uma vez que Torthred decidira deixar aquele túmulo de madeira, também decidisse deixar o mosteiro. O abade não retornou logo com uma resposta, e por fim Geirmund e seus guerreiros desistiram de esperar e foram dormir; não muito tempo depois, porém, o canto dos monges na madrugada os acordou. Geirmund ficou parado junto à porta do templo até que a oração terminasse e se pôs à frente do abade assim que ele saiu.

— Vocês decidiram? — ele perguntou.

Torthred piscou.

— Decidimos. — Ele fez uma pausa e olhou para os monges atrás de si. — Vamos deixar o mosteiro.

— Ótimo. — O alívio que Geirmund sentiu ao ouvir isso o surpreendeu. — Aonde irão?

— Sou amigo do abade de Cerne, em Wessex. Muitos de nós iremos para lá.

— Fico feliz em ouvir isso. — Geirmund saiu do caminho de Torthred para que os monges pudessem voltar para a cama, e então foi se deitar também.

Ao meio-dia, Krok finalmente apareceu na muralha externa do mosteiro, como Rafn e Vetr haviam previsto, mas não veio com todo o bando de guerra. Geirmund espiou por uma fenda estreita entre as estacas de madeira e viu o dinamarquês parado diante do portão oeste com dois de seus homens, que seguravam entre si a irmã de Torthred. Geirmund mal a reconheceu pelo vislumbre que tivera dela nos pântanos. Devia ter a idade de Skjalgi e, embora amarrada e amordaçada, e exceto pela sujeira que cobria o vestido de avental, parecia ilesa, o que deve ter deixado o abade mais aliviado. Ele ficou no topo da muralha enquanto Geirmund e seus guerreiros ouviam de baixo, fora da vista de Krok. Geirmund orientara Torthred quanto ao que e como ele deveria dizer, mas se preocupava com a capacidade do padre de fazer as palavras soarem espontâneas.

— O que você quer, pagão? — questionou Torthred.

— Meu nome é Krok — disse o dinamarquês. — Você é o líder daqui?

— Sim. Sou o abade.

Krok apontou para Tova.

— Fui informado de que você conhece esta garota.

Geirmund aconselhara o padre a manter um meio-termo entre o medo e a raiva. Se Torthred demonstrasse muito medo por si ou pela irmã, Krok poderia decidir atacar o mosteiro, pensando que ele era fraco; se aparentasse muita raiva, porém, isso poderia despertar a ira de Krok também.

— Sim — disse o padre, com a voz calma. — Ela é minha irmã.

— Então, vamos facilitar esse assunto. Você vê o que tenho e acho que sabe o que quero.

— Prata — adiantou-se Torthred. — Vocês, dinamarqueses, são todos iguais.

Krok riu.

— Quem não quer prata?

— Para a libertação de minha irmã — disse Torthred —, nós lhe daremos prata.

— Ótimo! — Krok bateu palmas. — Agora vamos acordar um preço.

— Que preço você pede?

— Que preço você oferece?

— Não somos ricos. — Torthred coçou o queixo como se estivesse fazendo um cálculo mental. — Podemos lhe dar vinte libras de prata.

Geirmund não sabia se o mosteiro possuía vinte libras de prata, mas tinha certeza de que essa quantia agradaria a Krok sem atiçar demais sua ganância.

— Vinte e cinco libras — avisou o dinamarquês. — Nem um centavo a menos.

— Não temos vinte e cinco...

Krok riu.

— Acho que você vai encontrar se procurar direito.

Torthred fez uma pausa.

— Feito. Volte amanhã ao raiar do dia.

— Feito! — Krok concordou. — Preciso dizer o que vai acontecer se você não me der o que peço?

Torthred empalideceu, e Geirmund o observou, preocupado com o que ele poderia dizer, mas o abade pareceu encontrar forças um momento depois.

— Preciso dizer o que você vai conseguir de mim se minha irmã for machucada?

Krok riu novamente.

— Até amanhã, abade.

Com isso, a conversa acabou. Geirmund observou Torthred enquanto via os homens de Krok arrastarem a irmã dele de volta para a floresta, mas o padre segurou a língua e não mostrou nenhuma fraqueza até ter descido da muralha. Então, começou a tremer, e seus olhos encheram-se de lágrimas de raiva, dor e medo.

— Não farão nada com ela... — Geirmund tentou acalmá-lo. — Ela é muito valiosa. Você fez bem.

Torthred curvou-se e respirou fundo várias vezes, com as palmas das mãos apoiadas nos joelhos, até ficar em pé novamente.

— E agora chegam as horas infernais de nossa espera — disse ele.

Enquanto esperavam, eles se prepararam.

Os monges carregaram as carroças com tudo o que transportariam para Wessex: seus livros, suas cruzes e relíquias, alguns móveis e comida para eles e para os animais que planejavam levar. Geirmund ordenou que seus guerreiros também empacotassem o que não quisessem deixar para trás e pediu a Torthred seis mantos de monge com aqueles capuzes fundos. O abade teve dúvidas quanto a isso, mas foi buscá-los, e então Geirmund explicou a Torthred o que ele precisava dizer quando Krok voltasse. Por último, o irmão Almund trouxe uma grande arca de madeira vazia na qual o abade despejou várias libras de moedas de prata reluzentes. Com isso, estavam prontos.

No amanhecer seguinte, eles voltaram ao portão oeste. Geirmund usava uma das vestes de monge, assim como Rafn e Vetr. O irmão Almund também insistira em juntar-se a eles, e Geirmund, vendo quão bem o padeiro manejava seu cajado, não fez objeções.

Quando Krok retornou, Torthred conduziu o monge verdadeiro e os três dinamarqueses de manto através do portão aberto, que se fechou atrás deles, deixando Birna, Steinólfur e Skjalgi no interior da muralha. O irmão Almund carregou o baú de prata e colocou-o no chão a várias braças do inimigo, enquanto Geirmund mantinha o rosto encoberto pela sombra profunda de seu capuz, o sol nascente às suas costas, como planejara.

— Onde está seu líder? — Torthred quis saber. — Onde está Krok?

Essas perguntas fizeram Geirmund arriscar levantar a cabeça, e ele viu que seu verdadeiro inimigo não havia retornado. Em vez disso, quatro dinamarqueses estavam diante deles com a irmã do abade, e Geirmund procurou na linha das árvores às margens da clareira atrás deles por sinais de Krok e dos oito guerreiros restantes.

— Ele nos mandou em seu lugar — avisou um dos dinamarqueses inimigos, um homem de barba bifurcada. — Você está com a prata?

— Está aqui. — Torthred apontou para o baú no chão.

— Precisamos ver — disse o barbudo.

Torthred acenou com a cabeça para o irmão Almund, que ergueu a arca e a carregou alguns passos, então a colocou de volta no chão. Depois de abrir a tampa, ele recuou lentamente sem tirar os olhos dos guerreiros de Krok. Enquanto o padeiro voltava, os pensamentos frenéticos de Geirmund procuravam uma solução para o plano que havia dado errado. Precisava matar Krok, e rápido, ou então todos estariam em um perigo ainda maior que antes.

O de barba bifurcada aproximou-se do baú, olhou para baixo e deu um chute que fez as moedas tilintarem.

— O que é isso?

— São cinco libras de prata.

— Você combinou vinte e cinco...

— Sim, mas não confio em vocês. — Torthred apontou para o baú. — Essa riqueza pertence a Deus, não a mim. Pagarei pela vida de minha irmã com prata, mas não correrei o risco de perder as duas. As outras vinte libras de prata estão dentro do portão atrás de mim. Eu as darei a você somente depois que libertar sua prisioneira e ela estiver segura.

Parecia claro que os dinamarqueses não esperavam algo assim do padre. Não falaram nada por um bom tempo, e então um dos que estavam perto de Tova puxou uma faca e pressionou a lâmina contra o pescoço dela. Torthred deu um passo à frente, mas Geirmund esticou o braço para segurá-lo.

— Pergunte a si mesmo o que vale mais para você. — O de barba bifurcada olhou para o baú. — Teremos prazer em pegar esta prata e cortar a garganta da garota, mas preferimos pegar as vinte e cinco libras que viemos buscar e deixá-la com você.

Torthred abriu a boca, porém parecia não ter palavras para preenchê-la. Se Krok tivesse vindo, o dinamarquês já estaria morto e aquilo estaria acabado, mas agora o abade se debatia. Geirmund precisava agir antes que tudo virasse uma grande merda.

— Traremos sua prata, dinamarquês — avisou Geirmund, falando como um saxão. Percebeu que Torthred olhou para ele, mas lhe deu um aceno de cabeça. Em seguida, olhou para Rafn e Vetr. — Venham, meus irmãos.

Os três foram em direção ao portão e, enquanto caminhavam, falaram sussurrando.

— Onde está Krok? — Rafn perguntou.

— Não sei — respondeu Geirmund. — Observando das árvores, talvez.

— O plano vai fracassar se ele não morrer — disse Vetr.

— Ele vai morrer. — Geirmund resistiu ao impulso de olhar para os dinamarqueses. — Mas eles morrem primeiro.

Chegaram ao portão, que se abriu diante deles, e do outro lado Geirmund descobriu que Steinólfur já havia trazido um segundo baú muito maior que o primeiro.

— Achei que você poderia precisar disso quando Krok não apareceu — falou o guerreiro mais velho. — Parece pesado, então vai deixar pelo menos dois de vocês mais perto deles.

— Ótimo. — Geirmund olhou para seu pequeno bando de guerra. — Por enquanto, vamos libertar Tova, e depois lidaremos com o que vier. Fiquem prontos.

Todos acenaram com a cabeça, e Geirmund pegou um lado do baú, enquanto Rafn pegou o outro. Em seguida, voltaram marchando pelo portão, com Vetr atrás deles, e seguiram em direção ao barbudo e seus guerreiros. Ao passarem por Torthred e pelo irmão Almund, Geirmund sussurrou:

— Leve sua irmã para trás das muralhas assim que ela estiver livre.

E seguiram em frente.

O barba bifurcada sorriu com a aproximação deles, mas a expressão transformou-se em confusão quando passaram por ele, em direção a Tova.

— Esperem — disse o dinamarquês.

Eles o ignoraram por mais alguns passos, até que o dinamarquês gritou com eles.

— Esperem, seus ratos pulguentos!

Eles pararam, o inimigo agora ao alcance de suas armas, Rafn o mais próximo de Tova. A lâmina no pescoço mantinha o corpo da menina rígido, fazendo-a ficar quase na ponta dos pés, e ela olhou para eles com pânico nos olhos.

O barba bifurcada caminhou atrás deles.

— Todos os padres são tão estúpidos quanto vocês? Coloquem essa prata no chão.

Geirmund e Rafn baixaram o baú e o colocaram no chão. O barba bifurcada contornou-os para ficar perto de seus homens, e todos olharam para o que acreditavam ser as vinte libras de prata. Geirmund imaginou se eles planejavam trair Krok e roubar a prata para si mesmos, e então lhe ocorreu que já poderiam ter matado o próprio líder por seus fracassos. Isso explicaria por que Krok não tinha vindo, mas não mudava em nada o destino dos quatro dinamarqueses que estavam prestes a morrer.

— Abra — ordenou o barba bifurcada.

Geirmund olhou para Rafn, que acenou com a cabeça em prontidão, e então se inclinou em direção à arca. Levantou a tampa lentamente e, assim que revelou que estava vazia, as vestes de Rafn balançaram com um movimento repentino. O dinamarquês que segurava Tova emitiu um breve som sufocado e ficou parado por um momento com a boca aberta, a ponta afiada de uma fina espada de Miklagard passando rente à cabeça da garota e atravessando seu olho. Então, Rafn enfiou a lâmina mais fundo na cabeça do homem, que desabou.

— Corra, garota — disse Vetr.

O choque de Tova durou apenas um momento, e então ela correu em direção ao irmão, as mãos ainda amarradas atrás das costas.

Quase com a mesma rapidez, o barba bifurcada e seus guerreiros recuperaram-se da surpresa e sacaram as armas enfurecidos, mas Geirmund e seus Hel-hides tinham a vantagem. Geirmund atravessou o barba bifurcada com a espada, e o machado de Vetr cortou o ombro de um dos dinamarqueses tão profundamente que o homem morreu quando caiu, enquanto as duas espadas de Rafn cortaram os braços e as pernas de seu inimigo. A luta acabou rapidamente, e Vetr apontou para as árvores, de onde vários guerreiros surgiram, parecendo atordoados.

— Eles estão vindo.

— Para a muralha — Geirmund pediu, e agarrou o baú menor de prata enquanto corriam.

Quando chegaram ao portão, viram que Torthred e o irmão Almund já haviam levado Tova para dentro e afrouxado suas amarras. Steinólfur fechou e barrou a entrada atrás deles, e todos se viraram para esperar com armas nas mãos o ataque de Krok, mas ninguém apareceu.

— Ele tinha apenas treze antes — disse Birna. — Agora tem nove.

— Ele não pode tomar este lugar com apenas nove — falou Steinólfur.

— E não vai. — Geirmund foi até a muralha e espiou por uma fresta. Os guerreiros na floresta pareciam ter desaparecido, e ele sabia que Krok logo estaria se perguntando como alguns monges haviam matado quatro de seus homens. — Ele tomará cuidado agora, e acho que logo irá a Tamworth buscar a ajuda de mais dinamarqueses.

— Não podemos deixá-lo fazer isso — indignou-se Rafn. — A luta finalmente está equilibrada.

— Mas como vamos impedi-lo? — Skjalgi perguntou.

— Se ele descobrir quem o derrotou — respondeu Geirmund. — Se descobrir que fomos nós, acho que seu orgulho o forçará a esquecer o mosteiro e nos perseguir. — Ele usou a bainha do manto para limpar o sangue do barba bifurcada de sua espada. — Vamos atraí-los — olhou para Birna —, e então vamos matar todos eles.

CAPÍTULO 22

Os Hel-hides já haviam empacotado suas coisas e estavam prontos para ir embora do mosteiro, mas, antes de partirem, Geirmund tentou devolver o baú menor, cheio de moedas, ao abade. Torthred recusou.

— Considere essa prata um símbolo da minha gratidão — disse ele.

Tova e o abade estavam lado a lado. Olhando-os bem de perto, Geirmund via as feições que compartilhavam por serem irmãos, o castanho vivo dos olhos e a linha forte do queixo. A garota estendeu a mão e pegou a de Geirmund.

— Lembro-me de você de Ancarig — comentou ela. — Sou duas vezes grata a você por causa de meu irmão, e hoje sou grata a você por mim mesma.

Geirmund aceitou a prata com um meneio de cabeça, depois a entregou a Steinólfur para que fosse dividida e embalada de modo a não chamar atenção.

— Você e seus monges ainda planejam partir? — ele perguntou ao abade.

— Sim, partiremos.

— Estarão seguros nas estradas?

— Usaremos as antigas trilhas e evitaremos as estradas romanas. Wessex não é longe daqui, e devemos estar em segurança assim que cruzarmos a fronteira com as terras cristãs.

— Espere um ou dois dias — pediu Geirmund. — Para garantir que já teremos atraído Krok e seus guerreiros para longe. Mas não fique aqui mais do que isso. Outros dinamarqueses encontrarão este lugar, mais cedo ou mais tarde.

Torthred acenou com a cabeça.

— Temos apenas mais alguns livros para embalar.

À menção de livros, Geirmund decidiu perguntar algo em que vinha pensando havia várias semanas.

— Tenho uma última pergunta antes de ir.

— Qual?

— Por que me ensinou a ler? Minha suspeita é de que você esperava que eu me tornasse cristão.

Tova voltou a atenção para o irmão, as sobrancelhas um pouco erguidas, enquanto Torthred desviou o olhar, com o sorriso um pouco envergonhado.

— Bem — começou ele —, suponho que... Sim, para ser sincero, esse foi um dos meus motivos. Esperava que a leitura da palavra de Deus abrandasse seu coração pagão. — O sorriso dele se enterneceu. — Mas agora vejo que é uma causa perdida.

— Não se preocupe — disse Geirmund. — Há momentos em que todos devemos admitir a derrota.

Torthred deu uma risadinha.

— Isso é sábio e verdadeiro.

— Mas e seus outros motivos? — perguntou Tova.

O abade ficou sério novamente, olhando direto para Geirmund.

— Se você e seus guerreiros encontrarem uma biblioteca, talvez agora não sejam mais tão rápidos em destruir o tesouro que ela contém.

— Talvez não. — Geirmund acenou com a cabeça respeitosamente. — Isso foi astuto da sua parte.

— Geirmund! — Birna chamou do alto da muralha. — Vejo algo se mexendo nas árvores.

— Vocês precisam ir — disse Tova. — Vamos orar por vocês.

— Posso aceitar suas orações sem aceitar seu deus?

— Depende — ela respondeu. — Você pode aceitar o trigo do campo sem aceitar o sol e a chuva?

Geirmund deu uma risadinha e despediu-se dos dois, depois saiu do mosteiro junto com os Hel-hides. O irmão Almund fechou o portão atrás deles, e Geirmund, com o capuz do manto de monge puxado sobre a cabeça, caminhou até ficar à vista da floresta, mas fora do alcance da flecha. Em silêncio, removeu o manto enquanto olhava para as árvores, a fim de que Krok soubesse quem havia derrotado seus guerreiros diante da muralha. Então se virou, e seu grupo de guerra marchou para o leste da clareira em um ritmo lento o suficiente para que os dinamarqueses pudessem rastreá-los e segui-los.

— Você acha que o desgraçado estava observando? — indagou Steinólfur.

— Se não ele, seus guerreiros. — Geirmund apontou para uma colina não muito à frente deles. — Vamos para aquela parte mais alta.

Aceleraram para um trote através de um trecho da floresta, sem se importar com o barulho que faziam ao pisar em folhas e galhos, então avançaram até o topo da colina. De lá, conseguiam olhar para o oeste, de volta pelo caminho por onde tinham vindo, e ver os campos e telhados do mosteiro entre as árvores a distância. Além disso, podiam observar os vãos na floresta em busca de qualquer sinal de Krok e seus guerreiros indo atrás deles.

— Vamos nos posicionar aqui? — Rafn perguntou. — Parece um lugar tão bom quanto qualquer outro.

— Não. Eles ainda têm quase o dobro de guerreiros — explicou Geirmund.

— E daí? — Birna já estava segurando o machado. — Somos duas vezes mais mortíferos.

— Não tenho dúvidas disso. — Geirmund olhou para o norte, sul e leste, procurando nas características da terra um bom campo de batalha. — Mas, se nos cercarem, uma luta aberta pode custar caro, e não vou perder nenhum de vocês para aquele dinamarquês.

— Então, o que devemos fazer? — Birna quis saber. — Nós...

— Lá. — Vetr apontou colina abaixo com a ponta da lança.

Geirmund olhou naquela direção e, a cerca de meio descanso dali, vislumbrou alguns guerreiros deslizando por entre as árvores na direção deles. Sabia que o bando de guerra de Krok os alcançaria dentro de instantes, e olhou para o leste novamente, onde um rio corria de sul para norte, talvez a dois descansos de distância. Decidiu que poderiam usar aquele canal para proteger pelo menos um dos flancos e, com sorte, encontrariam uma barragem ou ribanceira baixa para proteger outro e forçar Krok a um ataque frontal estreito.

Ele ordenou que seus guerreiros se dirigissem ao rio e, quando chegaram ao sopé da colina, Geirmund ouviu as primeiras vozes da caçada atrás deles. Os Hel-hides correram em disparada e, depois de terem coberto um descanso ou mais, entraram em um bosque escuro de carvalho antigo e musgoso, onde tiveram de se abaixar sob pesados galhos retorcidos e saltar sobre raízes grossas e emaranhadas que pareciam se erguer para fazê-los tropeçar. Ao finalmente saírem da floresta para a margem do rio, encontraram um grande navio atracado na água sobre a grama e os juncos, com a tripulação reunida à margem ao redor de uma fogueira.

Os Hel-hides pararam com uma surpresa cautelosa, e o súbito aparecimento do bando de guerra de Geirmund pareceu também assustar a tripulação do navio. Alguns deles gritaram e sacaram as armas em alarme.

Geirmund olhou para aqueles rostos, tentando entender se havia lançado seus guerreiros em uma armadilha, mas rapidamente concluiu que os estranhos não lutavam por Krok, e alguns deles até pareciam ser nórdicos, assim como dinamarqueses.

— Geirmund?

Uma das pessoas da tripulação saiu na frente dos outros, e Geirmund a reconheceu facilmente pelo cabelo dourado e pelas cicatrizes que carregava.

— Eivor?

— Pelos deuses, Geirmund Hjörrsson, é você! — Ela caminhou em direção a ele, sorrindo, com os braços abertos em espanto. — O que você está fazendo aqui? Ouvi dizer que navegou com Guthrum. Fiquei imaginando o que teria acontecido com você.

— Eu...

O próprio susto de Geirmund ao vê-la ali se dissipou à medida que gritos vinham da floresta, alertando-os sobre a chegada do bando de guerra de Krok. Eivor também os ouviu e olhou na direção da floresta enquanto o dinamarquês e seus guerreiros avançavam das árvores para a margem do rio, onde o navio atracado e a tripulação pareceram surpreendê-los como fizera com os Hel-hides.

Um momento de incerteza se passou, e Krok olhou ao longo da costa, procurando. Quando viu Geirmund, ergueu a espada.

— Hel-hide! — gritou.

— Quem é? — Eivor perguntou. — Não é um amigo, ao que parece.

— Ele não passa de um garoto de recados — disse Geirmund.

Krok subiu a costa em direção a ele, ainda apontando com a espada, seus oito guerreiros marchando atrás, enquanto Eivor avançava ao lado de Geirmund, os dois seguidos pela tripulação e pelos Hel-hides.

— Qual é seu propósito aqui? — indagou a donzela-escudeira.

Krok zombou.

— Quem é você para perguntar?

— Sou Eivor de Ravensthorpe — respondeu ela.

O dinamarquês estacou tão abruptamente que o anel pendurado em seu nariz balançou, e ele baixou a espada, deixando claro que reconhecia o nome dela.

— Meu salão fica neste rio, ao norte daqui — explicou Eivor. — Como você é chamado?

Ele empertigou-se.

— Sou Krok Uxiblóð. Fiz meu juramento a Halfdan, que tem uma rivalidade de sangue com o Hel-hide por causa de Ubba.

— Conheço bem os filhos de Ragnar — disse ela. — Estive com eles em Tamworth, não faz muito tempo. — Eivor olhou para Geirmund. — Qual é o preço do veregildo?

— Halfdan não aceitou nenhum veregildo — ele respondeu

— Isso é mentira! — Krok ergueu a espada novamente. — O rei Halfdan estabeleceu um veregildo de dezoito libras!

— Dezoito libras? — Eivor estalou a língua. — Quem você matou? É um preço alto.

Krok ficou carrancudo.

— O morto era parente de Ubba.

— Juro que é a primeira vez que ouço falar de um veregildo. — Geirmund cruzou os braços, confuso porque Krok não parecia estar mentindo. — Se Halfdan está realmente disposto a falar em preço de sangue, então você pode voltar a ele e dizer que exijo prata pela morte de meu guerreiro, Aslef.

— Ou eu poderia pagar direto a você. — Krok pegou uma bolsa na cintura em zombaria. — Quanto ele valia? Alguns centavos?

Birna desdenhou de Krok.

— Aslef valia mais que você e todos esses guerreiros tolos o suficiente para segui-lo. — Ela passou o polegar pela ponta do machado como se estivesse testando seu fio. — Já obtivemos metade de nosso preço de sangue com facilidade, mas somente quando o último de vocês for morto é que a dívida será totalmente paga.

Essas palavras perturbaram os dinamarqueses atrás de Krok, e ele apontou a espada para ela.

— Você não passa de uma vira-lata, e eu vou...

— Chega — interrompeu Eivor, esfregando a testa. — Por que você está aqui, Krok? Esta não é sua rixa de sangue. Onde estão os filhos de Ragnar?

— Eles têm batalhas mais importantes para lutar. — O dinamarquês sorriu. — Halfdan me mandou em seu lugar para matar esse covarde, esse garoto argr.

A palavra apunhalou Geirmund no estômago, e despertou um murmúrio nos guerreiros atrás dele, um ataque não ao seu orgulho, mas à sua honra.

Krok continuou.

— O Hel-hide fugiu de Lunden como um...

— Segure sua língua! — Steinólfur berrou, as veias do pescoço saltadas e vermelhas.

— Ou continue com ela solta desse jeito, dinamarquês — disse Vetr, soando como vento sobre um solo congelado —, pois eu ficaria feliz em cortá-la.

No entanto, todos os guerreiros que ouviram Krok sabiam que silenciá-lo não adiantaria nada. O insulto já havia sido proferido. O dinamarquês chamara Geirmund de argr, algo que não poderia ser ignorado, e ninguém, exceto Geirmund, poderia responder a isso.

— Mantive minha honra. — Ele moveu-se em direção a Krok ignorando a espada que o outro ainda segurava, encarando os olhos dele com uma fúria que o inimigo sustentou, mas que fez alguns de seus guerreiros darem um passo atrás. — Estava disposto a pagar o veregildo — falou Geirmund. — Foi Halfdan quem abandonou sua honra ao enviar um grande merda como você para combater por ele, mas lutarei com você até que um de nós morra.

Um silêncio se seguiu.

— Vou lutar com você. — Krok engoliu em seco. — Mas é você quem vai...

— Calma, vocês dois. — Eivor avançou para ficar entre Geirmund e o dinamarquês.

— Sou a jarl aqui, e este holmgang será feito de acordo com a lei. Primeiro, devemos escolher o dia e o lugar.

— Aqui — disse Geirmund. — Agora.

Eivor olhou para ele como se o visse pela primeira vez, e Geirmund se perguntou o quanto havia mudado aos olhos dela desde que ela o encontrara como o segundo filho no salão de seu pai.

— E o que você me diz? — ela quis saber, virando-se para Krok.

— Vou lutar aqui e agora — avisou o dinamarquês.

— E desejam lutar até a morte? — Ela fez essa pergunta aos dois, mas olhou para Geirmund.

— Sim — disse ele, seguido por Krok.

— Escolha de arma? — indagou ela. — Machados? Lanças?

— Espada e escudo — disse Geirmund, com o que Krok também concordou.

Eivor suspirou.

— Então, que assim seja.

Os guerreiros espalharam-se para formar o quadrado em que a luta aconteceria, e os Hel-hides de Geirmund aproximaram-se dele. Pareciam preocupados, talvez pensando na última vez em que ele duelara, perdendo para Rek, mas Geirmund optou por não se ofender com a dúvida deles e manteve o foco no que tinha de fazer. Krok era mais velho que ele, e possivelmente mais forte, mais habilidoso e mais mortal. Geirmund sabia que precisaria armar-se com mais do que a espada, mas as leis do holmgang impediam o uso da astúcia para vencer.

— Espere uma luta desonesta deste monte de merda — disse Steinólfur. — Esteja pronto para lutar sujo também. Cachorros mordem, cavalos chutam e gatos arranham, mas se ele agir assim, você deve fazer o mesmo.

Geirmund olhou além da área de batalha para Krok, que havia tirado a armadura e a túnica para lutar de peito nu. O dinamarquês balançou a cabeça em frenesi e cortou o ar com a espada, desferindo arcos longos e rápidos para afrouxar as juntas.

Birna também o observou e disse a Geirmund:

— Quero que você faça uma coisa por mim.
— Diga.

Ela olhou para Krok novamente.

— Arranque esse anel do nariz dele.

Geirmund riu e então pensou em algo que Birna dissera uma vez sobre guerreiros que lutam com o orgulho. Acreditava que Krok era um desses.

— Cada um de vocês terá três escudos — gritou Eivor do meio da praça. — Lutarão até que um ferimento mortal seja feito, e cada guerreiro aqui aceitará o resultado. Se alguém recusá-lo ou interferir nele, perderá a vida. Vocês concordam?

— De acordo. — Geirmund pegou o primeiro escudo de Skjalgi e caminhou em direção a Eivor e Krok com a espada na mão.

Krok trocou o peso do corpo de um lado para o outro.

— De acordo.

Eivor olhou de um para o outro, e pareceu se demorar mais em Geirmund quando se afastou deles.

— Então vamos começar. Agora.

Krok atacou forte e rápido. Geirmund levantou o escudo para receber o golpe, mas o impacto o deixou atordoado e na defensiva. Os guerreiros ao redor do quadrado começaram a gritar, alguns por ele e outros por seu inimigo, porém todos ao mesmo tempo, de modo que Geirmund não conseguia distinguir as vozes, e as palavras tornaram-se um rugido.

Krok atacou novamente, mas dessa vez Geirmund devolveu um golpe com sua lâmina após bloquear a do dinamarquês. Circularam um ao outro, atacando e recuando, atacando e recuando, procurando sinais de fraqueza um no outro. Em pouco tempo o escudo de Geirmund parecia prestes a quebrar, e ele sinalizou uma parada, então foi até Skjalgi para buscar o segundo escudo antes que o primeiro falhasse à custa de seu braço. Krok observou-o e cuspiu.

Quando retomaram a luta, o dinamarquês atacou com ainda mais força, três vezes seguidas, mas Geirmund se esquivou da quarta e acertou um golpe que arrancou a metade superior do escudo de Krok, na altura da concavidade central. O dinamarquês interrompeu a luta para pegar outro.

Quando Krok avançou de novo, Geirmund decidiu pular para o lado em vez de receber o golpe com o escudo, e a força do golpe vazio do dinamarquês o levou para a frente, sem equilíbrio. Geirmund tentou aproveitar a abertura com um corte no pescoço de Krok, mas o dinamarquês levantou o escudo a tempo e se esquivou.

Depois disso, Krok tomou mais cuidado com os golpes de espada, e o segundo escudo de Geirmund logo se estilhaçou. O suor escorria pelo seu rosto, e o peito queimava com a respiração difícil. As pernas ainda tinham força, mas os dois braços doíam até os ossos. Sua espada parecia pesada e, quando ele foi buscar o último escudo, preocupou-se por ter se cansado mais rápido do que o inimigo. Todos os seus guerreiros olharam para ele como se partilhassem de seu medo.

— Hel-hide — chamou Rafn —, se você tem um plano, não vejo motivo para não usá-lo.

— Nem eu — disse Geirmund. Sentia gosto de ferro.

Skjalgi entregou-lhe o terceiro escudo.

— Você tem um plano?

— Você sempre pode arrancar aquele anel do nariz dele — lembrou Birna.

Geirmund teve vontade de rir, mas não conseguiu reunir alegria, pois não tinha plano algum. No entanto, gostaria de fazer o que Birna sugeria, mesmo que apenas para ferir o orgulho de Krok. Então ocorreu a Geirmund que havia outras maneiras de ferir o orgulho de seu inimigo, e que o orgulho ferido talvez enfraquecesse o guerreiro.

— Rir dele — disse Geirmund para os Hel-hides.

— Rir dele? — perguntou Steinólfur.

Geirmund não tentou explicar, mas se virou para Krok com toda a confiança e força que foi capaz de reunir, em grande parte fingindo.

— Diga-me, seu grande merda — falou ele enquanto voltavam à arena —, quantos guerreiros você perdeu tentando me matar?

O dinamarquês rosnou.

— Espero que não seja tão descuidado com seus filhos bastardos quanto é com seu bando de guerra.

— Silêncio! — gritou Krok.

— Seus filhotes de merda são tão feios e covardes quanto você?

Os Hel-hides riram atrás de Geirmund, assim como vários guerreiros da tripulação de Eivor, o que fez Krok olhar em volta. Em seguida, o dinamarquês balançou a espada com força, mas foi um movimento imprudente, e Geirmund desviou-se do golpe.

— Diga para nós, seu grande merda — continuou ele —, você estava vigiando da cervejaria quando Birna abriu a cabeça da sua ferreira falsa? Ao contrário de você, a mulher tinha um cérebro.

Krok rugiu e atacou de novo, e de novo, cada vez mais selvagem, enquanto Geirmund desferia rajadas de palavras contra o orgulho do dinamarquês, em vez de golpes de espada contra seu escudo. O plano, para sua surpresa, parecia estar funcionando.

— Qual era o nome dela? — perguntou ele. — Ela não está em Valhalla, e isso é culpa sua. Você foi o idiota que a mandou para a morte sem uma arma na mão.

Isso fez Krok olhar para seu bando de guerra, talvez envergonhado, antes de virar-se para Geirmund.

— Pare com essa bobagem e lute! — A saliva voou de sua boca. — Vou arrancar sua garganta com os dentes! — Ele atacou com força e errou, raspando a ponta da espada no chão e lançando mato cortado para o ar.

— Você estava lá para ver seus guerreiros serem massacrados por monges? — Geirmund perguntou enquanto circulava o dinamarquês, mantendo-se fora do alcance, procurando o momento certo para atacar. Não era um plano do qual ele se orgulhava, mas, ao contrário de Krok, não estava lutando com seu orgulho. — Nós rimos de você atrás da muralha, sabia? Até os cristãos riram de você.

Krok berrou, então jogou o escudo longe e segurou a espada com as duas mãos.

— Pense nisso — disse Geirmund. — Seu nome faz os monges rirem.

O dinamarquês avançou contra ele com uma fúria de berserker, e Geirmund levou um corte na mão ao escapar por pouco.

— Halfdan vai ficar sabendo — disse ele, jogando também o escudo de lado. — Ele vai ficar sabendo que você é um tolo entre dinamarqueses e cristãos, e é assim que será lembrado.

— Silêncio! — Krok atacou, os olhos esbugalhados.

Geirmund viu sua chance. Girou para sair do caminho, em seguida atacou e mergulhou a espada no flanco do dinamarquês, empurrando a lâmina profundamente com as duas mãos, sentindo-a rasgar várias camadas de carne ao atravessar um ponto perto da cintura nua de Krok e sair mais alto nas costas. A estocada fez o dinamarquês cambalear alguns passos para o lado. Então, ele olhou para o próprio peito, parecendo quase confuso, e caiu de joelhos com uma única tosse sangrenta.

Quando a espada de Krok caiu de suas mãos e tilintou contra o solo, todos os guerreiros ouviram e viram. Ficaram em silêncio, esperando para ver o que Geirmund faria, mas, naquele momento, ele pensou apenas em Aslef. Não teve coragem de enviar o assassino de seu amigo para Valhalla. No entanto, pelo bem da paz com os guerreiros de Krok ainda vivos, Geirmund acenou para um deles.

O homem correu para o lado de seu comandante e colocou a espada caída de volta em sua mão. O sangue jorrou e borbulhou da boca de Krok, cobrindo a argola do nariz, e a cabeça pendeu. Seu guerreiro tentou conduzi-lo para trás e pousá-lo no chão, mas não conseguiu por causa da ponta da espada de Geirmund, e a cabeça do dinamarquês ficou inclinada para o lado. Alguns momentos depois, Krok estava morto.

Geirmund virou-se lentamente para encarar Eivor e seus Hel-hides, totalmente exausto.

— Acabou — disse ele. — Que este holmgang seja o fim de...

— Cuidado! — Steinólfur gritou.

Antes mesmo que Geirmund pudesse se virar, Eivor lançou um machado, que girou em sua direção com uma pancada no ar e afundou no peito do guerreiro de Krok; este caiu a apenas um ou dois passos de Geirmund, com um punhal na mão. Então, os últimos remanescentes do bando de guerra de Krok sacaram as armas, mas a tripulação de Eivor e os Hel-hides de Geirmund trucidaram todos enquanto ele permanecia desnorteado e cansado no meio da área do holmgang.

A luta durou apenas alguns instantes, e Eivor caminhou em sua direção, depois passou por ele.

— Achei que isso pudesse acontecer — disse ela enquanto se abaixava para tirar o machado do peito do guerreiro, fazendo o dinamarquês gemer, estremecer e morrer em seguida. — Eles tinham aquele olhar.

— Que olhar?

— Guerreiros cujo orgulho e raiva vêm antes da honra. Mas eu os avisei.

Geirmund ainda se sentia sem ar, o corpo drenado de todo o fogo, um arrepio profundo percorrendo seus membros.

— Essa não foi a mais limpa das lutas, Geirmund Hjörrsson — comentou ela. — Mas foi lícita, e estou feliz por você ter sobrevivido.

— Eu também — disse ele.

Ela inclinou-se em sua direção.

— Tenho perguntas sobre alguns dos insultos que você fez. Mas isso pode esperar até que estejamos a caminho.

— A caminho?

— Sim, a bordo do meu navio. — Ela acenou com a cabeça na direção da embarcação atracada no rio. — Você e seus guerreiros serão meus convidados, como já fui sua convidada em Avaldsnes.

— Para onde vamos?

— Para o meu salão — respondeu ela. — Vamos para Ravensthorpe.

CAPÍTULO 23

A ESPADA NÃO SAIU DE KROK COM A MESMA FACIlidade com que entrou, mas, depois de limpar e lubrificar a lâmina, Steinólfur bateu nas costas de Geirmund e disse que ele estava alimentando bem a arma.

Antes de partirem, cavaram uma trincheira rasa sob um céu cinza e cobriram os mortos com terra, e então a corrente carregou o navio de Eivor rio abaixo, na direção norte. Deslizaram por uma região exuberante de um vale cheio de campos e pastagens. Quando a água diminuía de velocidade, a tripulação largava os remos e remava para acelerar o navio.

Enquanto viajavam, Eivor e Geirmund ficaram um pouco afastados dos Hel-hides, perto do poste de popa. Falaram sobre o que ele havia feito desde que ela o vira pela última vez, especificamente sobre o assassinato de Fasti e tudo o que se seguira desde aquela morte até a morte de Krok e seus guerreiros.

— Se Halfdan definiu o veregildo — começou ela —, seria sábio pagá-lo e acabar com essa rixa de sangue.

— Eu pagaria, mas ele não definiu nada. Guthrum teria me contado.

— Guthrum é um homem astuto. — Ela olhou para o navio em direção aos Hel-hides. — Pelo que ouvi seus guerreiros dizerem depois do holmgang, você também tem fama de astuto.

— Uso todas as armas disponíveis — disse ele. — Descobri que muitas das armas mais mortais não vêm da forja de um ferreiro.

— Acho que isso é verdade.

Para Geirmund, ela parecia mais forte do que em Avaldsnes, e a maneira como se movia sugeria que havia enfrentado muitas experiências difíceis, como uma boa lâmina que fora usada e afiada muitas vezes.

— Estou surpreso em encontrá-la aqui — comentou ele. — Pensei que você estivesse em Rogaland.

A expressão de Eivor escureceu de raiva, e ela desviou o olhar para o rio.

— Nunca consegui me curvar a Harald.

— Harald de Sogn? — Geirmund conhecia apenas uma razão pela qual Eivor falaria em se curvar para alguém. — Ele atacou?

Ela voltou o olhar para ele, franzindo a testa.

— Você não soube?

— Soube do quê?

— Aquele Harald... — Ela parou, a testa franzida. — Você não falou com Ljufvina e Hjörr?

— Como poderia ter falado com eles? — perguntou, com medo da resposta que já estava começando a adivinhar.

— Eles estão em Jorvik — disse ela. — Estão na Inglaterra.

Geirmund sabia o que isso significava, mas ainda precisava perguntar:

— E quanto a Avaldsnes?

Eivor não disse nada por alguns momentos, e Geirmund ouviu os remos agitando o rio e a água espirrando e batendo embaixo do oco do navio.

— Todo o Caminho do Norte caiu nas mãos de Harald de Sogn — ela finalmente disse. — A maioria dos reis e jarls aceitou de bom grado o governo dele para evitar a guerra. Aqueles que não aceitaram fugiram ou foram mortos. Foi assim que vim para Ravensthorpe e que Ljufvina e Harald foram para Jorvik.

As notícias contidas naquelas palavras atingiram Geirmund mais profundamente do que a espada de Krok jamais teria feito, mesmo que o tivesse atravessado. Quando pensava em Harald sentado no trono de seu pai em Avaldsnes, tremia de raiva, mas não sabia dizer quem odiava mais. Harald tomara o salão que o avô de Geirmund havia construído, mas seu pai aparentemente o entregara sem lutar, e Geirmund não estava lá para defendê-lo.

Perguntou-se o que poderia ter acontecido se não tivesse brigado com os pais e os desobedecido ao partir. Imaginou se poderia ter havido um fim diferente caso tivesse ficado, e pensou que essa certamente seria a traição e rendição que Völund previra em seu futuro.

Eivor suspirou.

— Gostaria que você tivesse ouvido isso primeiro de seus parentes.

— O mensageiro não altera a verdade. — Foi então a vez dele de desviar o olhar para o rio, mas não atormentado por lembranças e arrependimentos, como Eivor. Pensou em seu lar perdido e sentiu raiva e dúvida. — Quando saí de Avaldsnes, não pensei que seria pela última vez.

— O destino raramente dá tais avisos. Mas teria mudado sua decisão se soubesse?

— Não sei.

— Às vezes, essa é a única resposta honesta que podemos dar.

Ele trouxe o olhar e a mente de volta para o navio.

— Você os viu? Eles estão bem?

— Estão bem — disse ela, mas com uma leve hesitação. — A vida não é fácil em Jorvik ou em qualquer lugar da Inglaterra. Existem inimigos por toda parte. Alguns deles nós vemos e conhecemos bem. Outros... movem-se em segredo e escondem seus verdadeiros propósitos por trás de mentiras, de máscaras e de túnicas de padres cristãos. É difícil saber em quem confiar.

Geirmund levou a mão à cintura, tocando o cabo da faca de bronze que Bragi lhe dera.

— As alianças aqui são frágeis e custam a ser conquistadas — continuou Eivor. — Mas saiba que considero Ljufvina e Hjörr parte de meu círculo de amigos mais confiáveis. Eles lutaram e enfrentaram inimigos, mas estão bem. Você vai vê-los?

— Parece que preciso fazer isso.

Ela se afastou dele.

— Você não deseja vê-los?

— Não nos separamos em bons termos — respondeu ele, lembrando-se da discussão que tivera com os dois na sala do conselho de seu pai. — Falei com raiva, e eles também.

— Os deuses sabem que não cabe a mim julgar essas coisas. Mas direi o seguinte: as feridas que ignoramos raramente cicatrizam bem. Elas devem ser limpas e cuidadas; do contrário, apodrecem. — Ela colocou a mão no ombro dele e fitou seus olhos. — Seja qual for sua escolha, estou feliz em vê-lo. — Então, ela o deixou e foi em direção à proa do navio para falar com um dos tripulantes.

Geirmund permaneceu no poste de popa, e Steinólfur logo se juntou a ele. Quando Geirmund lhe contou o que acabara de saber, o guerreiro mais velho pareceu pouco preocupado com isso, mas ele era um Egðir, e não de Rogaland.

— É uma grande perda para Hjörr — disse ele. — Mas você deixou aquele lugar para buscar suas próprias terras.

— Foi o que falei a meu pai quando lhe dei as costas, mas não tenho minhas terras.

— Isso não é motivo de vergonha — comentou Steinólfur. — Você está no caminho de seu destino.

Geirmund não sabia mais se isso era verdade, nem se alguma vez tinha sido, e de repente sentiu-se perdido e à deriva, mas não tocou mais no assunto pelo resto da jornada rio abaixo.

No final da tarde, o navio chegou a Ravensthorpe. O salão azul do povoado erguia-se no meio de duas dezenas de construções ou mais, todas situadas ao abrigo de uma cordilheira baixa em um ponto mais alto e suave acima do rio, onde um cais estendia-se para receber navios e comércio. Era um local excelente para uma cidade, com terras de plantio ao norte.

Enquanto Eivor os conduzia do rio em direção ao salão, Geirmund ouviu, em algum lugar da cidade, o martelo de um ferreiro e o zurro de cavalos. Passaram pelas casas e oficinas de vários homens, mulheres e crianças, que pareciam olhar Geirmund com mais curiosidade do que suspeita ou medo. Nem todos aparentavam ser nórdicos, e alguns podiam inclusive ser saxões. Havia até mesmo um homem que se parecia com os comerciantes da Syrland que Geirmund vira em Lunden, com pele e cabelos escuros e vestes em um estilo que não era saxão, nórdico nem dinamarquês. Estava do lado de fora de casa, com as mãos cruzadas atrás das costas, e deu a Geirmund um aceno de cabeça quando seus olhos se encontraram.

Então, Geirmund e os Hel-hides chegaram ao salão, cujo telhado de quilha tinha uma proa de dragão. Eivor entrou na frente, e todos foram saudados por uma mulher cujo cabelo brilhava com a cor de uma pele de cervo-vermelho. Embora não usasse armadura, o porte da mulher indicava que seu corpo se lembrava bem do formato de uma. Eivor a apresentou como Randvi, sua guerreira-chefe, e então Geirmund apresentou seus guerreiros também.

— Vocês devem estar com fome e sede. — Randvi indicou-lhes uma longa mesa com comida, chifres para beber e uma jarra de cerveja.
— Venham, sentem-se e comam.

Eivor foi à frente, e seu salão, embora não fosse o maior que Geirmund já vira, possuía todas as riquezas e confortos que um jarl poderia desejar. Era o tipo de salão que ele queria para si um dia, se esse fosse seu destino.

— Você se saiu bem, Eivor — disse ele.

— Tive sorte de muitas maneiras. — Eivor olhou para Randvi. — Mas tivemos de lutar muito por tudo isso que você está vendo.

— Não tenho dúvidas — respondeu ele.

Os guerreiros sentaram-se à mesa e serviram-se de tudo que havia ali. Depois que Rafn tomou um gole de cerveja, olhou para o chifre em suas mãos com um sorriso.

— Seu cervejeiro tem habilidade.

— Vou compartilhar seus elogios com Tekla — avisou Eivor.

— Beijada pelo Lobo!

Geirmund se virou e viu o homem da Síria entrando no salão.

— Venho apresentar-me ao seu convidado, se me permite.

— Claro. — Ela se moveu em direção ao homem, e Geirmund fez o mesmo, deixando os Hel-hides na mesa. — Este é Geirmund Hjörrsson de Rogaland — disse Eivor. — Geirmund, este é Hytham, um de meus conselheiros.

— É um prazer conhecê-lo, Geirmund. — O homem curvou-se. Parecia jovem para ser um conselheiro, talvez com vinte verões de idade, e usava o cabelo escuro cortado curto, com argolas nas orelhas. — Ou devo chamá-lo de Geirmund Hel-hide?

Eivor olhou para Hytham com surpresa, depois de volta para Geirmund.

— Respondo a esse nome de forma mais favorável que antes — respondeu Geirmund. — Como o conhece?

Hytham juntou as pontas dos dedos diante da cintura, apontando para baixo.

— É meu dever saber o que os dinamarqueses e os saxões estão fazendo, e sua reputação chegou até nós, mesmo aqui em Ravensthorpe. — Ele falava da mesma maneira que os outros homens da Síria que Geirmund conhecera em Lunden. — Ouvi dizer que você é muito inteligente — acrescentou ele —, e que Guthrum, em especial, lhe deve gratidão.

— Você me honra, Hytham. Posso perguntar se você é da Síria? — Geirmund quis saber.

— Sou.

— O que o traz a este lugar, tão longe de seu país de origem?

— Sou um caçador de conhecimento. Vou aonde quer que ele possa ser encontrado — explicou ele. — Principalmente o conhecimento que tenha sido perdido ou esquecido.

— Você é um vidente? — Geirmund perguntou. — Ou está se referindo a livros?

— Não sou o vidente de Ravensthorpe — Hytham disse —, e existem outras maneiras além dos livros para preservar o conhecimento e a sabedoria.

— Mas vocês têm uma völva aqui? — Se Geirmund estivesse em Avaldsnes, teria procurado a sabedoria de Yrsa, ou talvez até de Bragi, mas a vidente de Ravensthorpe serviria. — Eu gostaria de falar com ela — pediu Geirmund. — Se ela se dispuser a falar comigo.

— Pode ser que sim — disse Eivor. — Ela mora na periferia do povoado, se você quiser descobrir.

— Posso mostrar o caminho — Hytham se ofereceu, apontando para porta do salão. — Gostaria de ir agora?

— Eu gostaria. — Geirmund olhou para seus guerreiros, que pareciam contentes onde estavam, e então virou-se para Eivor.

— Vá — concordou ela com um sorriso gentil. — Falaremos mais tarde, e esta noite teremos um banquete de boas-vindas.

— Estou muito grato — disse ele, e depois deixou o salão com Hytham.

Caminharam para o norte sob algumas árvores, acima das quais Geirmund via o topo dos pilares romanos. Sentiu o cheiro de mel das flores silvestres e ouviu a risada distante de uma criança em algum lugar do povoado, a primeira vez em anos que ouvia tal som. Uma sensação de paz e prosperidade parecia encher o ar ali, e Geirmund pensou que em pouco tempo seria fácil esquecer que ainda caminhava sobre o solo da Mércia, e não de uma terra em algum lugar ao longo do Caminho do Norte.

— Ouvi muito sobre Guthrum — começou Hytham. — Dizem que ele matou Æthelred de Wessex.

— Isso é verdade — disse Geirmund. — Eu o vi arremessar a lança.

— Ele se tornou um guerreiro poderoso. — Hytham caminhou com as mãos atrás das costas, lembrando Geirmund de Torthred. — Mas acredito que nem sempre foi assim.

— O que você quer dizer?

— Apenas que Guthrum parece ter... conseguido alguma coisa.

Geirmund pensou em Hnituðr e olhou o homem da Síria com suspeita.

— Como o quê?

Os ombros de Hytham ergueram-se com um leve dar de ombros.

— Bravura? Será que um novo fogo de ambição arde dentro dele?

— O rei Guthrum nunca foi um covarde — disse Geirmund. — Talvez você esteja simplesmente falando sobre o destino dele.

Hytham sorriu.

— Talvez você tenha razão. — Então, apontou para uma cabana que emergiu das árvores próximas. — A vidente está logo adiante.

Essa informação era desnecessária. Geirmund já sentia o cheiro forte de fumaça no ar, via os gatos rondando aquele lugar, ervas e cogumelos secando ao sol, os ossos e crânios de humanos e animais fixados em postes diante da cabana e pendurados nas paredes, e sabia que era a morada de uma vidente.

— Vou deixá-lo agora — avisou Hytham. — Mas, antes de ir, gostaria de dizer mais uma coisa a você, Geirmund Hel-hide. Se alguma vez encontrar algo perdido ou esquecido e quiser entender o que é, procure-me. Estarei aqui. — Com isso, o homem da Síria se virou e saiu.

Geirmund o observou, perguntando-se novamente o que ele conhecia sobre Hnituðr, e como saberia disso, antes de voltar sua atenção para a cabana da vidente. Aproximou-se da porta com alguma relutância, pois os videntes falavam com os deuses, e não era tarefa simples ir aonde os deuses haviam estado.

Ergueu os nós dos dedos para bater na porta, mas ela se abriu antes disso, e uma jovem espiou para fora. Usava um vestido solto da cor de água profunda e tinha tinta azul na testa, no nariz e nas bochechas claras. Seus longos cabelos caíam em fios grossos tão negros quanto a noite profunda, trançados com pedaços de osso, chifre e metal, enquanto os olhos brilhavam para ele com uma profundidade e brilho que nada tinham a ver com a cor. A combinação de juventude, beleza e do temível poder como vidente deixou Geirmund em silêncio por vários momentos, durante os quais ela fitou os olhos dele, prendendo seu olhar, e esperou.

— Eu... — ele começou, e hesitou. — Meu nome é Geirmund Hjörrsson, às vezes chamado de Hel-hide.

Ela continuou calada.

— Se me permite, gostaria de falar com você — ele continuou. — Gostaria de saber que destino vê para mim. Se quiser, tenho prata, mas não posso lhe oferecer nada mais.

— Isso não é verdade — disse ela, sua voz como chuva quente escorrendo pela espinha de Geirmund. — Contanto que tenha algo a perder, você tem algo a dar.

Ele olhou para si mesmo.

— O que você vê é tudo o que possuo.

— Vejo uma lâmina saxônica.

Ela abriu um pouco mais a porta e veio para mais perto dele, e Geirmund resistiu ao impulso de afastar-se dela. A vidente se abaixou em direção à cintura dele, ainda olhando em seus olhos, e gentilmente colocou a palma da mão sobre o punho liso do seax. Então deslizou a mão e os dedos ao redor do cabo, e Geirmund estremeceu quando ela puxou a arma da bainha.

— Se você deseja conhecer a vontade das Três Tecelãs, deve oferecer esta lâmina — avisou ela.

— Por quê? — questionou Geirmund. Então, percebeu que parecia relutante e balbuciou: — Você... você pode pegá-lo, posso dá-lo a você sem problemas. Mas... por que o seax? É uma arma comum.

— Prefere que eu fique com sua bela espada?

— Não, não é isso que eu...

— Os deuses não me dizem por quê. Apenas que isto os ofende e que não lhe pertence. — Ela virou a arma na mão, olhou para a lâmina de cima a baixo. — De quem ele provou o sangue? Como isto chegou até você?

Geirmund entendeu por que os deuses exigiam isso, e soube que a vidente ouvia suas vozes, pois ela não teria como saber.

— Foi-me dado por um padre saxão — respondeu ele. — Eu não tinha nenhuma arma na ocasião, e ele me serviu bem em...

— É uma lâmina cristã. — Ela cuspiu e zombou do seax com nojo. — A partir deste dia, você será mais forte sem ele.

— Leve-o, então. — Ele moveu-se para desamarrar a bainha do cinto, mas ela colocou a mão na dele para detê-lo.

— Não — disse ela. — Reserve um espaço para a arma que você encontrará para ocupar o lugar desta.

Ele fez uma pausa, mas acenou com a cabeça, deixando a bainha vazia no cinto, e a vidente desapareceu dentro da cabana com o seax.

— Entre — chamou ela.

Geirmund engoliu em seco e a seguiu, mas pouco viu de sua morada sob a luz fraca e em meio à névoa pungente de fumaça que pairava no ar. Uma coluna de luz do sol projetava-se no meio da sala entre o chão de terra e uma abertura no telhado, deixando o resto da casa na sombra. Geirmund pensou ter visto coisas movendo-se nos cantos, mas tentou não olhar muito de perto, temendo ver o que um mortal não deveria ver.

— Sente-se diante do fogo — pediu ela.

Geirmund piscou e notou um círculo de pedras no chão, dentro do contorno do feixe de luz. Deu alguns passos e sentou-se na terra diante do círculo, onde sentiu o calor incandescente das brasas vermelhas no rosto. Seu coração batia forte e rápido de medo e admiração quando a vidente se sentou diante dele do outro lado da lareira, quase escondida nas sombras, até que se inclinou para a frente na cascata de sol. Ela olhou para ele, o vasto brilho em seus olhos tão forte quanto um céu de verão vazio e sufocante, e jogou o seax no fogo. Nada aconteceu por um ou dois minutos, mas então o cabo de madeira começou a soltar fumaça e arder, até que finalmente pegou fogo e queimou.

— Se tivesse matado o padre para reivindicá-lo — comentou a vidente —, os deuses talvez pudessem ter permitido que você ficasse com ele.

— Eu entendo — disse ele enquanto observava o seax enegrecer, sentindo um pouco de tristeza por sua perda. Nunca teria matado John para consegui-lo, e permaneceu grato pela confiança e bondade do padre, mas isso estava no passado, não no futuro de Geirmund.

— O que gostaria de saber sobre o seu destino? — a vidente perguntou.

Ele observou as chamas dançando ao longo da lâmina, tornando-a vermelha sob uma crosta de cinzas.

— Disseram-me uma vez que meu destino continha traição e rendição. Eu vi as duas coisas e gostaria de saber o que está à minha frente agora.

— Tem certeza de que deseja saber? Antes de responder, lembre-se de que os deuses não se importam com o que você espera ouvir. Falam apenas a verdade, e apenas a verdade que escolhem falar.

Geirmund respirou fundo. O ar na cabana tinha gosto de cinzas e sangue seco.

— Tenho certeza.

Ela assentiu com a cabeça e então se recostou, saindo da luz e entrando nas sombras, mas Geirmund ainda via o brilho suave de seus olhos. Ela o encarou por um longo período, até que não parecia mais vê-lo, como se seus olhos enxergassem através dele, dentro e além dele, para um lugar traiçoeiro ao qual ele nunca ousaria ir, onde a loucura e a sabedoria se tornavam ondas sobre o mesmo mar.

— Traição e rendição — disse ela. — Isso ainda faz parte do seu destino.

Geirmund suspirou, pois esperava que ambos já estivessem para trás.

— Mas — continuou a vidente — você já recebeu o caminho para superá-las.

— Qual caminho?

— Isso cabe a você descobrir — respondeu ela. Então, fechou os olhos e, ao abri-los novamente, voltou a inclinar-se para a luz e olhou para ele como fizera da porta de sua cabana, vendo tudo, mas não como os deuses viam. — Você tem sua resposta.

— Tenho. — Ele sentiu os olhos queimarem e lacrimejarem com a fumaça. — Mas, como você me avisou, não é a resposta que esperava.

— Você tem uma guerra dentro de si, Geirmund Hel-hide. Nesse sentido, se parece muito com Eivor, a Beijada pelo Lobo. — Ela olhou para o seax no fogo. — Mas talvez agora os deuses o favoreçam como não faziam antes. Que os deuses cuidem de você.

Ele assentiu.

— Agradeço — disse ele.

Então, levantou-se e cambaleou pela cabana, passando pela porta e saindo para o sol, onde piscou, esfregou os olhos e sugou o ar puro para o fundo do peito até sentir-se firme. Em seguida, vagou de volta para o salão, no qual bebeu mais cerveja e descansou com seus guerreiros até o cair da noite. Eivor serviu o banquete que havia prometido, e Geirmund comeu carne, quase mais do que vira durante toda a sua estada com os monges no mosteiro. Devorou javali, cabra e ganso, e bebeu tantos chifres de cerveja e hidromel que perdeu a capacidade de contá-los. Riu e brincou de toga hönk com o povo de Ravensthorpe, mas logo percebeu que o lado vencedor da corda sempre seria aquele ancorado por Tarben, um homem enorme que tinha sido um temido berserker antes de tornar-se padeiro, quando então passou a usar as mãos para amassar pão para Eivor e seu povoado.

À medida que os convidados da festa ficavam sonolentos, alguns cambaleavam para casa em busca de suas camas, enquanto outros adormeciam onde estavam, nos bancos e no chão do salão. Eivor encontrou Geirmund e sentou-se ao lado dele com um suspiro de contentamento, algo que ele imaginou ser raro de ouvir dela.

— Um bom banquete — comentou ela.

— É o mais próximo que me sinto de casa desde que deixei Avaldsnes — disse Geirmund. — Não sei onde fica minha casa agora.

— E quanto a Bjarmaland?

— Nunca estive em Bjarmaland. Minha mãe diz que eles têm cidades e salões à beira-mar e que se comportam muito como os finlandeses, mas não têm aparência de finlandeses. Alguns deles fazem oferendas aos nossos deuses, porém também oram a um deus chamado Jómali.

— Já pensou em velejar até lá?

— Meu pai nunca me deu um navio para navegar a qualquer lugar — disse ele. — Mas gostaria de ir até lá um dia.

Ela olhou para ele por um momento.

— É verdade?

— O que é verdade?

— O que dizem sobre você e seu irmão? Ljufvina trocou vocês dois pelo filho de escravos?

Geirmund não conseguia se lembrar da última vez que alguém ousara lhe questionar sobre isso, embora soubesse que essa pergunta estava presente em muitas mentes, fosse ela feita ou não.

— Vejo que você ainda tem a língua solta.

— Bebi muito. E você não precisa responder se...

— Sim, grande parte da história é verdadeira. Mas não como costuma ser contada. Tudo começou quando meu irmão e eu nascemos prematuros.

— Geralmente é assim com gêmeos — disse ela.

— Sim, mas isso assustou minha mãe. Ela era jovem e recém-casada. Falava pouco da língua de meu pai, e ele estava sempre no mar. Ainda era quase um estranho para ela. Minha mãe temia o que o marido faria quando visse que os filhos não se pareciam em nada com ele. Temia que pensasse que ela já nos carregava de outro homem ao se casar com ele.

Eivor assentiu, compreendendo aos poucos.

— E a escrava? Essa parte é verdade?

— O nome dela é Ágáða. — Geirmund sentiu a garganta apertar ao pensar nela. — Ela acabara de dar à luz o próprio filho e compreendia minha mãe bem o suficiente para saber qual era a raiz de seu medo. Ela queria ajudar. Mas não acho que pretendia oferecer o que minha mãe exigia.

Eivor balançou a cabeça.

— Deuses, então é verdade.

— Minha mãe disse que não estava em seu juízo perfeito. Que havia sido um parto difícil e que deixou o medo e a dor fazerem a escolha por ela. — Geirmund olhou para cima, para a fumaça que envolvia as vigas, enquanto a mente voltava-se para suas lembranças. — Se minha mãe estivesse aqui, diria que nunca planejou nos deixar com Ágáða por tanto tempo. Diria que só queria nos manter seguros e que se arrependeu da escolha no momento seguinte, e a cada momento desde então. Ela diria que deveria ter confiado em meu pai, mas, quando percebeu isso, já estava feito.

— Quanto tempo vocês ficaram...

— Quatro verões. — Ele sentiu um vazio frio formando-se dentro dele quando disse isso. — Moramos com Ágáða por quatro verões.

— Você se lembra bem dela?

O buraco em Geirmund cresceu mais à medida que mais de si caía nele.

— Eu me lembro.

— E é verdade que um skald revelou o segredo?

— Não — respondeu ele. — Bragi foi simplesmente a primeira pessoa com a ousadia de dizer o que todos viam.

— Até Hjörr? Ele também via?

— Meu pai não é bobo. Acredito que ele devia saber a verdade. Às vezes acho que perdoou a mentira de minha mãe com tanta facilidade porque sabia que, ao não a contestar por todo aquele tempo, ele tinha sido cúmplice.

— Por que ele fez isso?

Geirmund deu de ombros.

— Ele amava minha mãe. Viu o que queria ver. Até que Bragi o fizesse ver os próprios filhos.

— E o que aconteceu com o menino da escrava?

— Três verões depois de voltar para casa, ele morreu de um problema de pulmão. Dizem que nasceu frágil e doente.

— E a mãe dele? O que aconteceu a ela?

— Quando a verdade veio à tona, minha mãe a libertou da escravidão. Meu pai deu terras a ela e ao marido. Meus pais disseram que queriam consertar as coisas, mas acho que pretendiam mantê-la longe de nós. Não tive permissão para vê-la novamente por um longo tempo.

— Você sentiu saudades dela?

O vazio por dentro devorou o restante dele.

— Eu a via como qualquer filho veria sua mãe.

Eivor não disse mais nada por algum tempo.

— O mensageiro pode não alterar a verdade, mas estou feliz em ouvi-la de você.

— Há poucas pessoas com quem falei sobre isso tão abertamente.

Eles continuaram bebendo, até Geirmund não conseguir mais, e então Eivor guiou-o para um canto confortável cheio de cobertores e peles. Ele apoiou-se nela enquanto caminhavam.

— Um navio parte para Jorvik amanhã — disse ela. — Você gostaria de estar a bordo dele?

— Gostaria. Mas estou bêbado, e talvez você precise me lembrar disso pela manhã, antes da partida do navio.

Ela riu.

— Eu lembrarei.

— E eu verei Hjörr e Ljufvina — disse ele.

Alcançaram o canto para onde se dirigiam, e ele desabou sobre a cama, com os braços e pernas flácidos torcidos como raízes.

Eivor ficou parada perto dele, sorrindo e balançando a cabeça.

— Então, o nome Hel-hide não o incomoda mais?

— Não. Guthrum deu um novo significado a ele.

— Muitas coisas só têm o significado que lhes damos — comentou ela. Então riu novamente e deu-lhe um chute suave. — Durma bem, Geirmund Hel-hide.

CAPÍTULO 24

O NAVIO SUBIU O RIO OUSE SOB UMA CHUVA FRIA, aproximando-se de Jorvik pelo sul. As nuvens jogavam seus farrapos de névoa tão baixo no chão que quase escondiam grande parte da cidade, mas a escuridão combinava bem com o humor de Geirmund.

Com uma forte sensação de que precisava fazer aquela jornada por conta própria, havia deixado seus guerreiros para trás em Ravensthorpe, e pela primeira vez até Steinólfur concordou com ele. Geirmund não sabia o que diria aos pais, nem ao irmão, enquanto a vergonha e a raiva lutavam pelo controle de seu coração e de suas palavras. Deixara a família para encontrar seu destino, cheio de orgulho e raiva, e agora voltava para eles sem terras e sem muita prata, carregando apenas sua reputação, sendo acusado de matar o parente de um rei dinamarquês. No entanto, ele também se enfurecia por dentro com o pai por alegar que não podia dispensar um único guerreiro de Avaldsnes para ir com Geirmund, apenas para mais tarde entregar seu reino sem lutar, tendo indo ele próprio para a Inglaterra.

Em Jorvik, o rio Foss fluía do leste para juntar-se ao Ouse, e a cidade erguia-se na faixa de terra que ficava entre as duas vias navegáveis, defendida da mesma forma que Readingum, mas também com casas espalhadas pelo rio até a margem oeste. Geirmund percebeu que as muralhas de Jorvik haviam sido construídas por romanos, como as de Lunden, e os dinamarqueses as tinham fortalecido ainda mais, fazendo de Jorvik a fortaleza mais impressionante que ele já vira na Inglaterra.

O navio subiu o Ouse a remo e logo atracou em um dos cais da cidade perto de uma ponte de pedra, onde Geirmund encontrou um dinamarquês molhado e infeliz supervisionando o transporte de carga que chegava e saía. Seu nome era Faravid, e ele disse a Geirmund onde poderia encontrar Hjörr e Ljufvina: em sua casa no topo da colina, perto das muralhas romanas internas ao norte.

Geirmund agradeceu e seguiu naquela direção pela cidade, mantendo o capuz de sua capa puxado sobre a cabeça, tanto para ficar seco quanto para evitar ser reconhecido, pois se notícias dele haviam chegado a Lunden, poderiam ter chegado também a Jorvik. As pranchas de madeira que ladeavam as estradas curvavam-se sob suas botas e mantinham as ruas transitáveis, apesar da chuva que se acumulava nos canais fluindo abaixo delas. Onde não havia tábuas, o solo era uma lama que cheirava a mijo e merda, tanto de animais quanto de dinamarqueses. Geirmund cruzou um grande mercado esvaziado de comerciantes pelo mau tempo, percorreu atalhos estreitos e vagarosamente abriu caminho através da confusão de casas dinamarquesas e ruínas romanas, em direção ao topo da colina coberta de nuvens.

Quando alcançou as antigas fortificações internas acima da cidade, uma casa de madeira escura emergiu da neblina e da chuva. O telhado íngreme tocava o solo e subia em uma inclinação pontuda, encimado por dragões empoleirados e cercado por pilares romanos, como os troncos mortos de uma floresta de pedra. Não era uma cabana, mas uma construção humilde comparada ao salão de um rei ou à casa grande de um jarl, e Geirmund se perguntou como os pais tinham voluntariamente trocado a força e a beleza de Avaldsnes por um lugar assim. Um segundo telhado mais baixo ficava na frente da casa sobre a porta, e ele caminhou nessa direção, trepidando, parando antes de finalmente balançar a cabeça e gritar uma saudação enquanto batia.

Um momento depois, a porta se abriu, e sua mãe estava diante dele. O reconhecimento instantâneo arregalou os olhos dela

— Geirmund! — ela gritou e o puxou para um abraço, repetindo o nome várias vezes contra o peito dele, chorando e apertando-o com força. — É verdade? É realmente você?

— Estou aqui, mãe. — Ele não pôde evitar que as lágrimas brotassem ao vê-la e sentir seu abraço. — Estou aqui.

Ela inclinou-se para trás para olhá-lo, sorrindo, rindo, chorando e balançando a cabeça.

— Hjörr! — ela chamou. — Nosso filho voltou para nós! — Então, pegou a mão dele. — Venha, entre!

Ela puxou-o pela porta da casa, que estava quente e seca depois da jornada pelo rio e da caminhada por Jorvik na chuva. Tapetes grossos cobriam o chão de madeira, e um fogo calmo e constante queimava na lareira. Geirmund olhou para cima ao ouvir o som de passos, e viu o pai descendo um lance estreito de escadas de madeira do andar superior, parecendo mais magro do que Geirmund se lembrava.

— Não acredito — exclamou Hjörr, e então correu na direção de Geirmund e o abraçou como a mãe também fizera. — Temíamos ter perdido você, garoto.

— Olá, pai — disse Geirmund.

— Pelos deuses. — Hjörr deu um passo para trás e enxugou os olhos com as costas da mão. — Graças aos deuses.

— É bom ver vocês dois. — Geirmund baixou a cabeça, a raiva anterior quase esquecida diante da alegria deles e da felicidade surpreendente que sentiu ao vê-los. — Onde está Hámund?

— Ele seguiu as rotas das baleias — respondeu Hjörr. — Negocia e forma alianças. Disse que queria seguir o próprio caminho.

Embora Geirmund sentisse alguma decepção por não ver o irmão ali, ficou feliz em saber que Hámund havia se empenhado em encontrar seu caminho, em vez de aceitar uma vida em Jorvik, mas esperava que Yrsa tivesse falado a verdade e que seus destinos entrelaçados como irmãos um dia os trouxessem de volta.

— Desejo-lhe tudo de bom — disse Geirmund. — Vou fazer oferendas a Rán para mantê-lo seguro nos mares, e a Njǫrd para favorecê-lo com sorte e riqueza.

— Deixe-me pendurar sua capa para secar — pediu a mãe. Depois que Geirmund a tirou, ela a sacudiu e a colocou sobre um banco perto da lareira. Então, acenou para uma mesa próxima. — Sente-se, sente-se.

Geirmund deixou que a mãe o conduzisse a uma cadeira, e então a observou colocar uma jarra de cerveja, queijo, pão e peixe defumado diante dele. Parecia-lhe mais velha, com mais fios prateados no cabelo preto e mais rugas ao redor dos olhos do que quando ele a vira pela última vez. Ela acomodou-se na cadeira à direita dele, e então o pai sentou-se à esquerda. Hjörr também parecia mais velho, os olhos mais opacos, o queixo e os ombros mais baixos. Um momento se passou e ninguém encostou na comida.

— Isso é uma cicatriz? — A mãe de repente se aproximou e tocou a têmpora dele.

Geirmund sorriu e inclinou a cabeça mais para perto, então sentiu os dedos dela gentilmente empurrando seu cabelo para o lado, para ver melhor o ferimento.

— Um guerreiro saxão me deu isso em um lugar chamado Garinges — explicou ele —, logo antes de me enviar para nadar no rio Tâmisa.

— Esta foi uma ferida maléfica. — As cutucadas dela ficaram um pouco mais duras. — E o curandeiro poderia ter feito um trabalho melhor com as cicatrizes. — Ela retirou a mão, franzindo a testa.

— Tenho certeza de que você teria se saído melhor — disse Geirmund. — Mas estou curado, mãe. Não precisa se preocupar.

Ela estendeu a mão para a jarra, ainda carrancuda, e serviu uma caneca para cada um.

— Você estava em Wessex? — o pai questionou.

— Estava. — Geirmund pegou uma das cervejas.

— Com Halfdan e Guthrum? — o pai seguiu perguntando.

Geirmund assentiu e tomou um gole.

— Há muita terra lá. Terra boa — disse Geirmund.

A mãe empurrou uma caneca para o pai dele.

— Aqui também há boas terras — comentou ela.

— Não tenho dúvidas — falou Geirmund. — Mas Wessex logo cairá nas mãos de Guthrum. Eu estava ao lado dele quando matou Æthelred. Agora que ele é um rei, disse que me tornará um jarl e me dará terras.

— Então, parece que você estava certo em ir com ele — opinou Hjörr. Sua voz continha amargura e raiva, mas não estava claro o porquê da raiva nem a quem era direcionada.

A mãe de Geirmund olhou para o marido do outro lado da mesa, as sobrancelhas erguidas em preocupação, e ela parecia querer chamar sua atenção, porém Hjörr olhava para a própria cerveja.

— Mas Wessex ainda não caiu — disse Geirmund. — O irmão de Æthelred, Ælfred, agora é rei e é um homem astuto.

— A astúcia geralmente ganha o dia. — O pai mantinha o olhar baixo. — Mais do que força e mais do que honra, é a astúcia que domina o campo e faz um rei.

A casa havia perdido um pouco do calor enquanto lá fora a chuva caía com mais força e batia mais pesada contra o telhado. Um arrepio úmido correu pelos ombros de Geirmund, causado principalmente pelas roupas molhadas, mas também pelo clima à mesa. Um estranho que estivesse ouvindo poderia pensar que Hjörr acabara de predizer a vitória final de Ælfred sobre os dinamarqueses, mas Geirmund esperava que o pai não tivesse falado daquela maneira.

— Acabo de vir de Ravensthorpe — começou ele. — Eivor manda lembranças. Ela tem grande respeito por vocês dois.

— Temos a sorte de contar com Eivor como aliada — disse Ljufvina. — Ela tem sido uma grande ajuda para nós e para o povo de Jorvik.

— Como assim?

Ela balançou a cabeça e desconsiderou a pergunta.

— Ah, não vem ao caso. Mas estou feliz por você ter visitado o povoado dela. Ouvi dizer que Ravensthorpe é um...

— Preciso ir. — O pai levantou-se, derrubando a cadeira no chão com um barulho alto. Suas bochechas ficaram vermelhas, e ele então se abaixou para endireitar a cadeira e empurrá-la contra a mesa. — Há assuntos do conselho de que devo tratar — falou. — Mas voltarei antes de escurecer. — Então, colocou a mão no ombro de Geirmund. — É bom ter você de volta, filho.

— É bom estar aqui — Geirmund respondeu.

Em seguida, o pai saiu de casa e, depois disso, a mãe de Geirmund recostou-se na cadeira dando um profundo suspiro.

— Coma, Geirmund.

Ele obedeceu e comeu, e, enquanto comia, conversaram pouco. Sua mãe bebeu a cerveja, ele mastigou a comida, e a chuva caiu. Ao contrário do silêncio vazio entre estranhos que não têm nada a dizer uns aos outros, o silêncio naquela mesa carregava o peso opressor de muitas coisas não ditas, e, como com as enchentes de verão mantidas atrás de uma geleira derretendo, Geirmund achou melhor deixar essas palavras de lado por enquanto.

— A que conselho meu pai vai? — ele perguntou.

— Ao conselho do rei Ricsige — respondeu ela.

— Ricsige?

— O rei da Nortúmbria.

— Mas pensei que Halfdan governasse a Nortúmbria.

— Ele governa, por meio de Ricsige. — Com a ponta dos dedos, ela girou lentamente a caneca de cerveja sobre a mesa. — Os dinamarqueses aprenderam que, para governar os saxões em paz, é de grande ajuda ter um rei saxão no trono, desde que esse rei compreenda quem realmente governa. Antes de Ricsige, um homem chamado Ecgberht era rei, mas se tornou um obstinado. Hjörr faz parte de um conselho estabelecido para garantir que Ricsige faça o que Halfdan e os dinamarqueses querem que ele faça.

— Então meu pai serve a um rei saxão.

— Sim, acredito que sim.

— Ele consideraria deixar Jorvik? — Geirmund perguntou. — Você consideraria?

— Para onde iríamos?

— Wessex — disse Geirmund. — Se meu pai lutar por Guthrum, nós...

— Por Guthrum? — Ela se endireitou, olhos iluminados por um fogo que ele conhecia bem de Avaldsnes, mas que percebeu ainda não ter visto nela até aquele momento. — Você gostaria que lutássemos pelo dinamarquês que levou nosso filho de nós?

— Ele não me levou. Eu escolhi ir...

— Você se esqueceu de quem era. De quem é. Seu pai é Hjörr Halfsson, o legítimo rei de Rogaland, e você é filho dele.

— Nunca me esqueci disso — disse Geirmund com um ressentimento silencioso.

— Mas você fala em lutar contra Wessex por Guthrum. Isso significa que pretende voltar para ele?

— Minha lealdade ainda é dele. Tenho guerreiros que prestaram lealdade a mim. Assim que Guthrum separar-se de Halfdan, voltarei para lutar por ele.

Se ela se perguntou por que ele tinha de esperar os dois reis dinamarqueses se dividirem, nada disse. Em vez disso, recolheu o braço para perto de si, como uma asa, e descansou o queixo e os lábios na palma da mão. Em seguida, balançou a cabeça.

— Achei que você tivesse voltado para casa.

— Esta não é minha casa. — Ele olhou ao redor. — Jorvik não é minha casa.

— Talvez possa se tornar...

— Não.

— Mas nós estamos aqui — disse ela. — Isso a torna sua casa...

— Não, não importa. Na verdade, nem mesmo Avaldsnes jamais foi minha casa. Foi simplesmente onde fui criado.

Ele viu os olhos dela ficarem rasos d'água.

— Se não conosco... onde fica sua casa, Geirmund?

— Não sei.

— Será que era... — ela parou por um longo momento, como se estivesse lutando para falar. Até que finalmente conseguiu dizer num sussurro: — Com ela?

— Quem?

Ela começou a tremer.

— Ágáða.

Geirmund não conseguia se lembrar da última vez que ela pronunciara aquele nome ou permitira que alguém o pronunciasse. A dor e o pesar que ele ouvia em sua voz apertaram a garganta dele. O fato de mencionar Ágáða naquele momento indicava a que distância de Avaldsnes ela havia chegado.

— Não — respondeu ele.

Ela fechou os olhos, prendendo as lágrimas, e ele sabia que essa era a resposta que ela esperava ouvir, mas não tinha sido por isso que dissera aquilo.

— Mãe, deixei Avaldsnes para buscar meu destino. Ainda estou à procura dele.

Ela assentiu e enxugou as bochechas e os olhos com as palmas das mãos.

— Eu não o impediria.

A chuva diminuiu, e junto dela o barulho, e Geirmund decidiu que precisava respirar ar fresco.

— Jorvik pode não ser minha casa — disse ele —, mas, se for sua, gostaria de conhecê-la melhor. Acho que vou caminhar agora e ver mais da cidade.

Ela fez que sim com a cabeça mais uma vez e se levantou da cadeira para pegar a capa.

— Você vai precisar disto — avisou ela. — Jorvik pode ser fria mesmo sem chuva.

A lã áspera continuava úmida, mas parecia aquecida pelo fogo quando ele puxou a capa ao redor de si.

— Obrigado, mãe.

— Vá em frente. — Ela se virou e começou a limpar a mesa. — Tente não se envolver em encrencas.

Ele sorriu ao sair da casa e, uma vez do lado de fora, olhou para o céu cinza, respirando fundo várias vezes. Tentara evitar a enxurrada de palavras não ditas, mas algumas delas tinham se libertado e, portanto, sentia-se aliviado do peso e do fardo que carregara. Muitas coisas ainda não haviam sido ditas, talvez mais do que podia ser totalmente revelado, mas ele lidaria com elas em seu tempo.

Da posição em que estava, via a maior parte de Jorvik, mas grande porção dela permanecia oculta pela névoa. O Ouse saía do nevoeiro para oeste e virava para o sul, onde encontrava a muralha norte da cidade. As ruínas sombrias de um coliseu romano erguiam-se sobre os edifícios ao sul, enquanto em outros pontos um templo cristão e um grande salão dinamarquês vigiavam cada metade da cidade, um de cada lado do rio.

Geirmund presumiu que o salão fosse de Ricsige e decidiu caminhar até lá, pensando em encontrar seu pai. Voltou por algumas das mesmas ruas que já havia percorrido, mas, com a chuva diminuindo, encontrou mais gente circulando, principalmente no mercado. Em Jorvik, parecia que dinamarqueses e saxões viviam, trabalhavam e negociavam lado a lado. Se essa paz resultava do fato de a Nortúmbria ter um rei saxão, Geirmund começou a entender o que a mãe quisera dizer.

Teve de cruzar uma ponte de pedra para chegar ao salão, e então passou sob a estátua pálida e quebrada de uma mulher romana vestindo túnicas finas, suas feições um tanto desgastadas pelo tempo e pelas intempéries. Quando finalmente alcançou o salão de Ricsige, descobriu que era tão alto e grande quanto o salão de seu pai em Avaldsnes, talvez ainda maior. Uma forte parede de estacas cercava o edifício, e guerreiros montavam guarda na entrada, saxões e dinamarqueses. Quando Geirmund se aproximou, eles o saudaram e perguntaram qual era seu propósito.

— Sou Geirmund Hjörrsson — explicou ele. — Disseram que meu pai está aqui.

— Hjörr? — disse um dos guerreiros. — Não o vi hoje.

— Você tem certeza? Ele disse que precisava se encontrar com o conselho.

Outro guerreiro balançou a cabeça.

— Hoje não. Só há uma entrada, e nós o teríamos visto.

Geirmund acenou com a cabeça, sentindo-se confuso e frustrado.

— Obrigado — agradeceu ele, voltando-se para a ponte.

— Você pode encontrá-lo no rio — avisou um dos guerreiros. — Do lado de fora da muralha norte. Ele apontou para a direita de Geirmund. — Ele costuma ir até lá.

— Obrigado de novo.

Geirmund tomou a direção apontada pelo guerreiro e encontrou o caminho até o rio, então seguiu para o norte ao longo da margem e dos cais que havia ali até chegar à muralha romana. Não viu portão algum, mas uma parte do muro caíra perto da linha da água, não o suficiente para enfraquecer as defesas da cidade contra um exército, porém largo o bastante para Geirmund escalar e passar por cima dele.

Ele passou pela muralha, desceu e subiu pelas laterais de uma trincheira profunda e se viu fora da cidade, enfrentando uma terra acidentada de colinas e vales fendida pelo serpentear do rio largo que descia do norte. As florestas e vegetações eram próximas o bastante das muralhas de Jorvik para que os dinamarqueses as usassem como defesa, criando um amplo prado que ficava espesso e cheio de juncos perto da água. Não muito longe de Geirmund, um velho cais atarracado ainda se agarrava à margem do rio, e seu pai estava olhando para o norte, tão imóvel quanto a estátua romana.

Geirmund suspirou e cortou a borda da campina em direção a ele, gritando uma saudação quando se aproximou o suficiente para que seus passos fossem ouvidos. O pai se virou.

— Você disse que tinha assuntos do conselho — começou Geirmund, mas o pai não respondeu até que os dois se juntassem no cais, que balançava e rangia sobre o bater e gorgolejar da corrente abaixo.

— Sim — disse o pai, voltando-se novamente para encarar o rio. — Eu precisava me aconselhar comigo mesmo.

— Posso perguntar por quê?

— Tenho certeza de que você pode adivinhar — respondeu ele. Em seguida, respirou fundo pelo nariz e ergueu o queixo. — Este lugar. Bem aqui. Quase me lembra um fiorde estreito, como se eu estivesse de volta a Rogaland.

Geirmund olhou novamente para o rio e as colinas e viu o que o pai queria dizer. As características daquela terra tinham apenas o bastante em comum com Rogaland para despertar lembranças, embora nunca pudessem imitar ou substituir totalmente o Caminho do Norte.

— Há beleza na Inglaterra — comentou ele.

— Sim. — Hjörr suspirou, então deu as costas para a água e encarou Geirmund. — Você pode me perguntar agora.

— Perguntar o quê?

— A pergunta que está em sua cabeça desde que conversou com Eivor.

O pai de Geirmund ainda conhecia bem a mente do filho, e Geirmund sabia a que pergunta ele se referia.

— Por que se rendeu?

— Sim, é essa mesmo. — Hjörr olhou para o sul, na direção das muralhas de Jorvik. — Essa é a pergunta que sempre venho aqui fazer a mim mesmo.

— E o que você responde?

O pai não disse nada por vários momentos.

— Harald é astuto. Mais astuto do que qualquer um de nós imaginava. Nós, os outros reis e jarls, reunimos nossos guerreiros e pensamos que poderíamos derrotá-lo. Mas então ele nos surpreendeu enviando a Hafrsfjord todos os guerreiros e navios que tinha para uma batalha única. — Ergueu o dedo, apontando para o céu. — Uma única vitória. No final, era tudo de que Harald precisava. O Hafrsfjord deu-lhe Stavanger, o Boknafjord e a entrada para o Karmsund. Depois disso, ele controlou todo o comércio.

Os nós se apertaram no estômago de Geirmund.

— Ele deixou você isolado.

O pai concordou.

— Ele já havia garantido a lealdade de vários reis e jarls do norte e do leste com promessas de prata, casamento e comércio. Outros juraram a ele no momento em que souberam de sua vitória, na esperança de ganhar seu favor.

— Você poderia ter lutado com ele?

— Um guerreiro sempre pode lutar até a morte.

— Mas poderia tê-lo derrotado?

Hjörr virou-se e olhou para o norte novamente, e por algum tempo não disse nada.

— Que tipo de rei entrega seu reino? — ele finalmente perguntou, baixinho. — Será que um bom rei luta uma guerra sem esperança até que o último de seus guerreiros caia? Ou um bom rei escolhe não ser mais rei para evitar derramamento de sangue e mortes desnecessárias?

Geirmund não sabia como responder a isso, mas percebeu que havia enfrentado duas vezes um dilema semelhante, primeiro no navio de Guthrum e depois em Lunden, e nas duas vezes sacrificara a própria vida e a própria honra pelo bem de seus guerreiros. Percebeu então que podia ter se precipitado ao julgar a escolha do pai.

— Presumo que você retornará para Guthrum. — Hjörr olhou para ele de lado. — Sua mãe não vai gostar.

— Ela sabe que ainda sou leal a ele.

— E você é um homem de honra, como sempre foi.

Geirmund analisou o pai naquele cais, arrependido e com saudade da terra que havia perdido, e descobriu que não estava mais com raiva, ou, pelo menos, a raiva tinha sido temperada por uma compreensão maior.

— Venha comigo — pediu Geirmund.

— Para onde? — O pai virou-se para encará-lo. — Para Wessex?

— Para Guthrum — respondeu ele. — Lute ao meu lado. Você é Hjörr Halfsson e deveria ser mais do que o guarda-costas de um rei saxão.

Esse pensamento pareceu atrair o pai, pois seus ombros ergueram-se um pouco, e ele sorriu ao dizer:

— Sua mãe não ia gostar.

— Ela é tão guerreira quanto você e eu — disse Geirmund.

Hjörr deu uma risadinha.

— Isso é verdade.

— Você veio para Jorvik derrotado. Deixe Wessex ser sua vitória, uma chance de recuperar a honra que você teme ter perdido.

Alguns momentos se passaram, e os dois pareceram imaginar o que seria lutar juntos na batalha, ombro a ombro na parede de escudos, mas então os pensamentos do pai pareceram mudar quando seu sorriso desapareceu.

— Ficaria orgulhoso de lutar ao seu lado, filho. Mas, se eu puder escolher, não quero mais guerra. Quero o que Guthrum disse que queria quando veio para Avaldsnes. Terras e paz. Sua mãe e eu encontramos ambas aqui.

— Entendo — disse Geirmund, e entendia, embora se entristecesse ao ver seu pai diminuído. — Você tentará me impedir de ir, como antes?

— Eu estava errado antes. Mesmo que não fosse uma questão de honra entre você e Guthrum agora, não tentaria impedi-lo de buscar seu destino.

Geirmund baixou a cabeça.

— Obrigado, pai.

— Mas isso não significa que parei de me preocupar por você ser um idiota imprudente.

Geirmund sorriu.

— Eu sei.

As nuvens finalmente começaram a se dissipar, deixando o ar e a cúpula do céu lavados e polidos. Eles ficaram juntos no cais, olhando a luz do sol poente transformar o rio em ouro e caminharam de volta por Jorvik, antes que o dia se transformasse totalmente em noite, passando pela ponte, em direção à casa onde Ljufvina os esperava.

PARTE CINCO
WESSEX

CAPÍTULO 25

GEIRMUND FICOU COM A MÃE E O PAI POR VÁRIOS dias e, durante esse tempo, soube mais a respeito da vida deles em Jorvik. De muitas maneiras, Hjörr liderava o povo de lá cumprindo as mesmas funções que havia desempenhado em Avaldsnes. Negociava com mercadores, supervisionava questões relacionadas ao suprimento de prata, comida e cerveja da cidade e agia como mediador para disputas menores e crimes que não precisassem do envolvimento de Ricsige. Ljufvina desempenhava muitas das mesmas tarefas, mas também ia e vinha de Jorvik, às vezes respondendo aos pedidos de Eivor de ajuda e aliados.

Geirmund passou grande parte da visita trabalhando com o pai, assumindo responsabilidades que antes eram atribuídas somente a Hámund. Ao fazer isso, começou a enxergar o fardo que o alto cargo exigia e entendeu melhor por que guerreiros como Halfdan e Ubba prefeririam deixar essa governança diária para outros sob seu controle.

Quando chegaram de Ravensthorpe a Jorvik as notícias de que Guthrum e Halfdan haviam dividido seus exércitos e de que Halfdan voltaria em breve para a Nortúmbria, Geirmund finalmente contou a seus pais sobre Fasti e sobre a rixa de sangue que isso ocasionara com Halfdan por meio de Ubba. Embora estivesse partindo, ele se preocupou com o que isso significaria para eles quando o dinamarquês retornasse, mas os dois pareciam despreocupados.

— Halfdan não se voltará contra nós — disse o pai enquanto se sentavam à mesa para a refeição noturna. — Se não fosse por nós, não haveria uma Jorvik para a qual ele pudesse retornar.

— Se não fosse por Eivor, você quer dizer. — Ljufvina ergueu uma sobrancelha para Hjörr enquanto cortava um pedaço de pão.

— O que Eivor fez por Jorvik? — perguntou Geirmund.

A mãe entregou-lhe o pedaço de pão e partiu outro para ela.

— Ela veio aqui caçar os membros de uma ordem escondida entre nós. Alguns eram até conselheiros de confiança de Ricsige, mas trabalhavam secretamente para promover os próprios planos. Eles teriam destruído Jorvik por dentro.

— Que tipo de ordem? — quis saber Geirmund.

— Ainda não entendemos completamente. — Ela mergulhou o pão no mingau de cevada e carne da tigela. — Sabemos apenas que são poderosos e que seu alcance é longo, existindo desde antes do tempo de Nor e chegando até Egiptaland.

— Pelos deuses. — As palavras dela lembraram Geirmund das antigas terras sob o mar que Völund havia descrito. — E vocês os impediram?

— Foi Eivor quem os impediu — respondeu Hjörr, dando um leve aceno de cabeça para Ljufvina. — Simplesmente fizemos o que podíamos para ajudá-la.

— Temos uma dívida com ela — disse Ljufvina. — Halfdan também tem, e ele tem uma dívida conosco. Nosso serviço à Nortúmbria mais do que satisfará as demandas da rixa de sangue ou de qualquer veregildo que ele possa ter estabelecido.

— Mas talvez isso não satisfaça Ubba — comentou Hjörr. — Tenha cuidado com ele.

— Terei.

— Halfdan está fora, lutando há muitos verões — continuou o pai. — Os jarls e guerreiros dele estão cansados. Quando retornarem, vão esperar recompensas, e Halfdan dará terras ao maior entre eles.

— E quanto a você? — Geirmund quis saber.

Hjörr acenou com a cabeça e olhou para Ljufvina.

— Teremos um salão novamente.

Geirmund olhou para o próprio mingau.

— Paz e terras — disse ele, e comeu um bocado.

A mãe inclinou-se em sua direção.

— Você tem um lugar aqui, caso escolha ficar.

Geirmund sabia que era verdade, e uma parte dele desejou poder permanecer com eles na Nortúmbria. Hámund voltaria um dia, e, juntos, poderiam construir um legado duradouro para sua família, seus filhos e os filhos de seus filhos. No entanto, a maior parte dele sabia que não poderia ficar, ou que não escolheria ficar.

— Jurei lealdade a Guthrum — explicou ele. — Prestei lealdade aos meus guerreiros, e eles a mim. Soube que foram a Hreopandune para encontrar Guthrum e vão esperar por mim lá. Além disso, jurei a mim mesmo que ficaria com Wessex.

A mãe não falou nada, mas parecia decepcionada ao aceitar o que ele dissera com um aceno de cabeça.

— Você deve fazer o que quiser — disse o pai —, por honra e por destino. Suponho que você planeje partir logo.

— Sim. Iria embora amanhã, se pudesse.

Hjörr tomou um gole de cerveja.

— E não pode?

— Achei que poderiam precisar de mim antes de eu ir. Não quero deixá-los do mesmo modo que antes...

— Não é a mesma situação — falou a mãe. — Não se atrase por nós. Ficaremos bem.

Geirmund curvou a cabeça para os dois em agradecimento, e, depois que terminaram de comer, eles o ajudaram a juntar comida para a estrada e tudo mais de que precisaria. Passaram o resto da noite conversando, bebendo e jogando hnefatafl, e quando finalmente foram para a cama, Geirmund ficou acordado, inquieto. Pensamentos sobre seu retorno a Guthrum e seus guerreiros mantiveram o sono longe até a madrugada, e então amanheceu.

Ao contrário da última vez que Geirmund havia deixado os pais, se esgueirando como um ladrão, ele fez a refeição matinal com eles, e depois os dois o surpreenderam, presenteando-o com um cavalo de guerra, um garanhão saxão com pelagem castanha brilhante, uma crina clara da cor de palha e uma mancha branca na testa.

— O nome dele é Enbarr — disse Hjörr. — Vem dos pictos.

— Ele é de tirar o fôlego. — Geirmund olhou para o cavalo, notando a forma e a força de seus músculos. Então, deixou Enbarr cheirá-lo e acariciou o focinho e a crina do garanhão, sentindo a vontade do animal e a firmeza de seu temperamento. — Ele já esteve em batalhas?

— Sim — respondeu Hjörr.

— Que ele lhe sirva bem — desejou Ljufvina.

Geirmund agradeceu a ambos por um presente tão majestoso, e em seguida caminharam juntos enquanto ele conduzia Enbarr pelas ruas de Jorvik até o portão da cidade. Lá, despediu-se dos pais em voz baixa com um abraço, depois montou em seu novo cavalo e partiu por uma estrada romana do sudoeste.

Ele e Enbarr passaram a se entender melhor durante a viagem. A cada descanso, o garanhão parecia se sentir mais à vontade com Geirmund em suas costas, enquanto Geirmund aprendia os tipos de orientação e comandos a que o cavalo respondia melhor. Juntos, percorriam vinte descansos por dia, primeiro por uma estrada romana e depois ao longo do rio Trento em direção a Hreopandune. Enbarr carregava o próprio alimento, mas Geirmund não deixou de lhe dar bastante tempo para pastar todos os dias. Na noite do quinto dia de viagem, encontraram um vasto campo de túmulos recentes sobre os quais ainda não crescia grama.

A luz do sol poente incendiou a névoa de poeira e fumaça que pairava sobre aquele lugar, lançando sombras contra dezenas de covas. Os montes se projetavam do solo, alguns altos, outros baixos, e Geirmund percebeu pelas oferendas deixadas lá que eles haviam sido erguidos pelos dinamarqueses para homenagear seus guerreiros caídos. Sabia que alguns túmulos continham as cinzas dos mortos vitoriosos, mas outros estavam vazios de restos mortais, pois os guerreiros que homenageavam foram deixados para trás no campo de batalha onde caíram, fosse como alimento para os corvos ou queimados na pira.

Geirmund imaginou se um daqueles túmulos pertenceria a Aslef.

O ar parecia inquieto, como se os mortos ainda não tivessem se acomodado, e até mesmo Enbarr revirava os olhos e parecia ansioso para seguir em frente. Antes de Geirmund ir embora, porém, ele derramou o resto da cerveja de seu odre no chão com uma oração para honrar aqueles que agora bebiam hidromel em Valhalla.

Daquele campo alto, olhou para o vale de um rio, onde avistou uma cidade ao longe, a oeste, e desceu a colina em direção a ela. Não tinha visto nenhum exército acampado lá da colina, mas, ao se aproximar, soube que aquele lugar era Hreopandune. O templo cristão da cidade fora bem utilizado como portão fortificado em uma nova muralha de madeira, que se estendia para o leste e oeste até chegar às margens do rio, encerrando uma fortaleza dinamarquesa bem protegida. Quando Geirmund se aproximou dessas defesas, descobriu que alguns dinamarqueses ainda permaneciam lá dentro, e soube por eles que o rei Guthrum marchara com seu exército para sudeste, para um lugar chamado Grantebridge.

Ele ficou lá por uma noite e pagou em prata pela comida para si e para o cavalo antes de partir novamente, seguindo as instruções dadas pelos dinamarqueses de tomar uma estrada romana que eles chamavam de Wæcelinga, a um dia de viagem ao sul. Depois de mais dois dias cavalgando, passando pelas ruínas fumegantes de várias fazendas e cidades saxãs, chegou a uma encruzilhada e saiu de Wæcelinga para entrar em um antigo caminho que conduzia ao leste.

Nos três dias seguintes, Geirmund progrediu mais lentamente na trilha sinuosa e esburacada do que havia avançado na estrada romana regular, cobrindo apenas dez ou quinze descansos antes de parar todas as noites para dormir e deixar Enbarr pastar, mas no quarto dia ele por fim chegou às muralhas externas de Grantebridge.

Um grande e próspero acampamento dinamarquês enchia a terra dentro daquelas defesas, e uma ruína romana às margens do rio Granta formava o coração da cidade. Embora não tão agitada pelo comércio como Lunden, Geirmund viu muitas das mesmas mercadorias de terras distantes à venda nos mercados da cidade, e os ferreiros e outros artesãos pareciam ter trabalho de sobra. Enquanto descia as estradas e atalhos, os cheiros fortes de forja, curtume, queima e cozinha o cercaram, misturados com o odor de dejetos humanos e animais.

Ele cavalgou em busca de Guthrum e seu exército, e por fim os encontrou no lado norte do acampamento, onde os Hel-hides o receberam de volta com alegria e um pouco de tristeza por causa de Aslef. O jovem guerreiro tinha morrido apenas um dia depois que Geirmund deixara Lunden, sem ter chegado a acordar de seu último sono, mas Thorgrim estava com ele no final. Todos os Hel-hides beberam em homenagem a Aslef, e, depois que a notícia do retorno de Geirmund se espalhou, Guthrum o convocou, e Steinólfur o acompanhou para falar com o rei.

— Hjörr e Ljufvina estão bem? — perguntou o guerreiro mais velho.

— Muito bem — respondeu Geirmund. — Mas perderam muito. — Então informou a Steinólfur tudo o que seu pai lhe contara sobre Avaldsnes e Harald de Sogn, o que não pareceu surpreendê-lo.

— Os anéis da realeza podem ser algemas de ouro — disse ele. — Há vezes em que talvez seja melhor nos livrarmos deles. Você fez as pazes com seus pais?

— Não estou mais em guerra com eles — explicou Geirmund.

O guerreiro mais velho assentiu.

— Já é alguma coisa, pelo menos.

Quando chegaram ao edifício saxão que Guthrum reivindicara como seu salão, Steinólfur esperou do lado de fora, e quando Geirmund entrou, descobriu que o rei estava mudado. Guthrum tinha mais cabelos grisalhos, e parecia que o cansaço havia começado a dominá-lo, desgastando-o e deixando-o temperamental. Convidou Geirmund a sentar-se e depois lhe serviu vinho em uma taça de prata que lembrou Geirmund da taça que vira no templo do mosteiro de Torthred. O vinho saxão tinha gosto de couro e metal e, embora fosse sem dúvida de alta qualidade, Geirmund teria preferido a cerveja preparada pelo irmão Drefan ou a cerveja de Tekla em Ravensthorpe.

— Estou feliz em ver você, Hel-hide. — O rei serviu-se de vinho em um chifre de cerveja e sentou-se em um trono coberto com pele de lobo, a cabeça vazia do animal e os olhos posicionados sobre um dos braços. — Quando você deixou Lunden, temi que não voltasse.

— Houve momentos em que também tive esse medo. Halfdan enviou um bando de guerra atrás de nós.

O rei apoiou o cotovelo no braço da cadeira e puxou o pelo entre as orelhas do lobo.

— O que aconteceu com aquele bando de guerra?

— Estão mortos.

— Todos eles? — Guthrum parecia surpreso, mas também satisfeito. — Sua reputação cresce.

Não era a reputação que importava a Geirmund naquele momento, nem mesmo a aprovação do rei, mas sim a verdade do veregildo.

— Matei o comandante deles em um duelo — continuou —, que foi testemunhado por Eivor de Ravensthorpe. Um homem chamado Krok.

A mão do rei parou.

— Conheço o nome. Você falou com ele?

— Falei. Antes de lutarmos, ele disse a Eivor que Halfdan havia definido o veregildo. Dezoito libras.

Guthrum acariciou a orelha do lobo com o polegar.

— Não é verdade.

— Então, por que ele disse isso?

O rei ergueu as mãos.

— Ele disse isso porque Halfdan pediu dezoito libras.

Geirmund abriu a boca e balançou a cabeça.

— Então, por que...

— Não importa o que Halfdan pediu. Apenas o Parlamento pode definir o veregildo.

Geirmund soube então que Guthrum mentira para ele em Lunden, ou pelo menos ocultara a verdade, e tomou um gole de vinho para acalmar a raiva crescente que sentia do dinamarquês.

— Com ou sem Parlamento — continuou ele —, se eu soubesse, teria pagado...

— Não, eu não poderia permitir isso. Dezoito libras? — Guthrum inclinou-se para a frente, sua voz aumentando com irritação. — O garoto que você matou, parente de Ubba? Ele não era um jarl, nem mesmo um karl com terras! Não valia a metade desse peso em prata. Halfdan queria punir você, um de meus guerreiros mais astutos, e enriquecer ao mesmo tempo.

Isso não respondia à raiva e à confusão de Geirmund, e ele ainda duvidava que Guthrum tivesse falado toda a verdade, mas não tinha certeza de como insistir no assunto com o rei, então se voltou para um objetivo maior e mais importante.

— Quando marcharemos sobre Wessex? — perguntou ele.

— Wessex. — Guthrum suspirou e se recostou na pele de lobo.

— Sim, Wessex. Quando vamos marchar?

— Em breve.

— O que o senhor está esperando?

O rei terminou o vinho no chifre em vários goles grandes e se levantou com uma rapidez que quase fez Geirmund estremecer. Guthrum caminhou até a mesa e se serviu de mais bebida.

— Ivarr está morto — disse ele.

Para Geirmund, por causa da rixa de sangue com Ubba, isso significava um filho a menos de Ragnar com o qual se preocupar.

— O que isso significa para Wessex? — indagou.

— Para Wessex, nada. — O rei começou a andar pela sala, que lembrava Geirmund mais de um salão saxão do que de um dinamarquês, com seus entalhes, cortinas, talheres e bancos. — Significa que há muitas terras a serem governadas na Ânglia Oriental e na Mércia. Eu poderia providenciar para que parte daquela Daneland fosse sua.

Geirmund empurrou sua taça de vinho para o lado.

— O que o senhor quer dizer?

— Halfdan e Ubba são agora os dois últimos filhos de Ragnar. — Guthrum inclinou o chifre para trás e limpou a boca com as costas da mão. — Quando Halfdan soube da morte de Ivarr, um fogo pareceu se apagar nele. Pegou seus guerreiros e voltou para a Nortúmbria para desfrutar de sua riqueza antes de morrer. Wessex não importa mais para ele. Seus dias de guerra chegaram ao fim. Apenas Ubba permanece. — Ele olhou ao redor do salão. — Possuo riquezas e terras que ganhei em uma batalha difícil. Fui coroado rei e tenho minha honra. Então, eu me pergunto: se é meu destino morrer, que vergonha há em morrer aqui?

— Que vergonha há... — Geirmund esforçou-se para impedir que a raiva aumentasse sua voz. — Você agora está satisfeito em governar aqui e deixar Wessex de pé?

O rei coçou a barba, fazendo tilintar as contas de prata tecidas nela, como se tivesse de pensar na resposta, antes de finalmente rejeitar a pergunta de Geirmund.

— Não, claro que não. Wessex deve cair.

Geirmund só podia esperar que Guthrum estivesse dizendo a verdade.

Nas semanas seguintes, o rei enviou batedores para Wessex, pelo sul e pelo oeste. Quando eles voltaram com informações sobre o inimigo, Guthrum e seus jarls planejaram o ataque final. A perda dos guerreiros de Halfdan significava que precisavam tanto de astúcia quanto de cuidado se quisessem vencer Ælfred. Alguns guerreiros do norte atenderiam ao chamado para a batalha, incluindo Eivor e seus aliados, mas os números não seriam o suficiente para garantir a coroa de Wessex.

Os dinamarqueses vindos da Nortúmbria e de outros lugares distantes viajariam mais rápido por estrada marítima, e Guthrum precisava oferecer-lhes um porto seguro para atracar seus navios. Escolheu a cidade de Wareham, na costa sul de Wiltescire, o que daria aos dinamarqueses um ponto de apoio firme em Wessex, atacando a distância do trono de Ælfred em Wintanceastre, com uma segunda fortaleza de reserva em uma ruína romana no rio Exe, a cerca de sessenta descansos a oeste de Wareham, perto da costa de Defenascire. Isso era o que Geirmund sabia quando o rei o convocou novamente para uma conversa privada.

— Enviarei alguns guerreiros por mar — disse Guthrum.

Eles se sentaram juntos à mesa, e dessa vez Guthrum bebeu vinho da taça de prata, enquanto Geirmund bebia cerveja de um chifre.

— Mas vou levar a maior parte do exército por terra até Wareham — Guthrum continuou.

— Quanto tempo vai demorar? — perguntou Geirmund.

— Na melhor das hipóteses, quatro dias, possivelmente cinco. Mais, se tivermos mau tempo.

— Ælfred estará pronto.

— Ele já está pronto. Meus batedores disseram que ele tem os fyrds de Wiltescire e Bearrocscire sob seu comando, e ele vigia o rio Tâmisa e a Via Icknield. Espera que ataquemos dessa forma. É por isso que marcharemos à noite, para o sul pela Via Earninga até Lunden, depois para o oeste pela estrada romana até a ruína de Calleva, da qual você deve lembrar quando marchamos para Bedwyn. De lá, seguiremos para Wareham.

— É um longo caminho. Se Ælfred souber do seu plano...

— Ele não pode saber do nosso plano. Devemos escapar do exército saxão sem sermos vistos. É por isso que chamei você. — Guthrum serviu-se de mais vinho. — Preciso dos olhos de Wessex voltados para o norte, longe das estradas que usaremos, e quero que você atraia o olhar deles.

— Como?

— O Tâmisa marca a fronteira entre a Mércia e Wessex. Quero que você pegue seus Hel-hides, atravesse o rio e ataque as cidades e vilas de lá enquanto se dirige para o sul, adentrando o reino de Ælfred.

Geirmund deu um gole em sua cerveja.

— Isso certamente atrairá seu olhar.

— Você deve ser rápido e golpear forte por cinco dias. Ælfred precisa acreditar que você tem mais do que um único bando de guerra.

— Nosso contingente será pequeno contra o exército de Ælfred. Se ele nos pegar...

— Ele não vai pegar vocês. — O rei estendeu a mão e agarrou o ombro de Geirmund. — Ele não pode pegar vocês. Eu lhe peço isso porque sei que só você tem a destreza necessária.

Geirmund fez uma pausa para considerar o que Guthrum queria dele. Seguir a ordem do rei significaria marchar com os Hel-hides pelas terras inimigas, sem amigos ou defesas às quais pudessem recuar. E, em vez de se esconder dos saxões, Geirmund deveria atrair toda a ira de Ælfred sobre si e seus guerreiros. A morte parecia certa, e ele sabia que o destino, não a astúcia, decidiria o resultado de tal tarefa, embora a velocidade pudesse ajudá-los.

— Cada um dos meus guerreiros precisa ter um cavalo — disse Geirmund. — Alguns deles precisarão de novas armas e armaduras.

O rei concordou com a cabeça.

— Você terá tudo de que precisar.

— E vai pagar dez libras de prata a cada guerreiro que retornar.

Os olhos de Guthrum se arregalaram.

— O quê? Você está...

— Isto é, dez libras além da prata que já lhes é devida.

O rei riu em descrença.

— Isso é muitas vezes o peso que eu pagaria...

— Eles enfrentarão muitas vezes o perigo, e estão dando Wessex a você. Cada Hel-hide que voltar deve ter riqueza suficiente para comprar terras e gado, se quiser. — Antes que o rei pudesse discutir, Geirmund disse: — Não é por ganância, meu rei. Não teremos tempo para saquear. Se o senhor precisa de meus guerreiros para fazer isso, devo dar a eles uma razão. A questão que se apresenta ao senhor é o quanto precisa disso.

O rei fez uma careta, e Geirmund tomou um gole de cerveja, esperando.

— E você? — Guthrum finalmente perguntou. — O que você quer para si?

— Ser um jarl em Wessex — respondeu Geirmund.

Um momento se passou, e então o rei assentiu.

— Prepare-os rapidamente. Dez libras para cada um que voltar.

Geirmund abaixou a cabeça e deixou o salão do rei. Quando voltou para seus Hel-hides, escolheu primeiro contar a eles sobre a prata, que pareceu agitá-los e aquecê-los como uma pedra quente jogada na panela.

— Pelo olho de Óðinn, dez libras? — Rafn se virou para seu companheiro pálido. — Um guerreiro poderia parar de saquear e se ajeitar com isso.

— O que ele quer de nós? — indagou Vetr. — Duvido que o rei esteja simplesmente sendo generoso.

Geirmund respirou fundo e explicou a tarefa que Guthrum lhes havia atribuído, o que fez seus guerreiros esfriarem, e todos ficaram imóveis e calados.

— Agora eu entendo — começou Birna. — Guthrum não planeja que nenhum de nós volte.

— Não importam os planos do rei — disse Geirmund. — Se for nosso destino retornar, retornaremos. Todos nós.

— Então, vamos esvaziar o tesouro do desgraçado — exclamou Steinólfur. — Quando partimos?

— Em breve. — Geirmund olhou para o rosto de seus guerreiros. A companhia ainda contava com quarenta e dois soldados, mas muitos precisavam de equipamentos. — Afiem suas espadas. Peguem novos escudos e armaduras. O ferreiro do rei lhes dará o que for preciso. Descansem e estejam prontos, pois, quando cavalgarmos, não pararemos até que Wessex seja tomada.

CAPÍTULO 26

Os Hel-hides deixaram Grantebridge três dias antes de quando Guthrum planejava marchar para Wareham. Os guerreiros de Geirmund alcançariam a fronteira do rio entre a Mércia e Wessex no quarto dia, e então começariam a invadir as cidades de lá. No nono dia, deveriam cavalgar para o sul em direção à ruína romana no rio Exe para encontrar mais de duzentos barcos sob o comando dos reis dinamarqueses Oscetel e Anwend, vindos da Ânglia Oriental, a fim de esperar até que Guthrum os chamasse. Isso daria aos dinamarqueses duas fortalezas em Wessex, de onde poderiam atacar as terras de Defenascire e Wiltescire e tomar o trono de Ælfred em Wintanceastre. Dizia-se até que Ubba poderia retornar de uma invasão na Irlanda e Wealas para se juntar ao ataque — e, embora Geirmund se preocupasse com o que aconteceria se ele o encontrasse, seus guerreiros acreditavam que a presença de um filho de Ragnar era um bom presságio.

Eles viajaram pela Via Icknield, uma estrada que Geirmund já havia percorrido com jarl Sidroc e John, mas, a alguma distância de Wælingford, deixaram esse caminho e cavalgaram para o oeste, de modo a evitar os batedores de Ælfred. Na noite do quarto dia, chegaram à beira de um bosque de bétulas e olharam para um vale, onde uma grande cidade mercantil ficava às margens do rio Tâmisa, com um mosteiro e uma ponte.

— É aqui que entramos em Wessex. — Geirmund apeou de Enbarr. — Vamos atacar depois de escurecer e queimar a cidade. Então, vamos embora.

— Há prata lá para pegarmos — disse Thorgrim. — Aqueles monges...

— Não podemos perder tempo com saques — lembrou Geirmund. — Pense nas dez libras quando voltarmos.

Thorgrim virou-se para Birna, balançando a cabeça, e ela deu de ombros. Alguns outros guerreiros resmungaram, e Geirmund se virou para encarar os Hel-hides montados com desânimo em seus cavalos entre as árvores pálidas.

— Escutem, todos vocês — pediu ele, fortalecendo a voz. — Lembrem-se do que viemos fazer aqui e lembrem-se do juramento que fizeram aos outros guerreiros desta companhia. A hora de hesitar já passou. Se sua ânsia de saque é maior que sua honra, deveriam ter ficado em Grantebridge com os outros covardes, onde seu destino os encontraria bêbados em um estábulo ou mijando por aí.

Com isso, os guerreiros se endireitaram, como se um vento tivesse soprado e os levantado feito talos em um campo de grãos. Steinólfur cruzou os braços e cobriu a boca para esconder um sorrisinho.

— Vocês estão aqui agora — continuou Geirmund. — É aqui que seu destino os encontrará, e não permitirei que nenhum Hel-hide o enfrente com desonra. Agora, desçam dos cavalos e descansem o quanto puderem. — Ele se virou e apontou para a cidade distante. — No meio da noite, nós viraremos trolls e levaremos um medo mais que mortal àqueles saxões. — Ele fitou os olhos de cada guerreiro próximo, recebendo em resposta acenos de concordância.

— Vocês o ouviram — disse Thorgrim, apeando do cavalo, sendo seguido pelo restante da companhia.

Geirmund conduziu Enbarr para longe deles por uma curta distância e, alguns momentos depois, Steinólfur se aproximou dele.

— Trolls? — perguntou o guerreiro mais velho.

— Ou demônios. — Geirmund recostou-se a uma bétula descascando. — O que quer que os saxões vejam em seus pesadelos. — Ele olhou para a árvore, e então arrancou um grande pedaço da casca, que girou nas mãos, pensando. — Eles temem trolls. Havia feras nos livros que Torthred me mostrou.

— Eu conheço esse olhar — comentou Steinólfur. — Você tem um plano.

Geirmund desenrolou a casca da árvore.

— Você sabe por que estamos aqui. Precisamos fazer algo que Ælfred não possa ignorar.

— Acha que ele vai nos ignorar quando incendiarmos suas cidades?

— Não no começo. — Geirmund acenou com a cabeça na direção de seus guerreiros. — Mas se as pessoas das cidades que visitarmos disserem que somos apenas um bando de guerra, ele talvez não venha atrás de nós com seu exército. Pode até mesmo entender o plano de Guthrum e procurar o verdadeiro exército dinamarquês em outro lugar.

— O que está dizendo? Que devemos matar todas as testemunhas?

Geirmund fez que não com a cabeça. Então, enfiou o polegar em um dos nós pretos da casca branca.

— Estou dizendo que as testemunhas não devem saber o que viram. — Ele ergueu a madeira até o rosto, como uma máscara, com um olho espiando pelo buraco que fizera. — Ælfred ouvirá falar de um bando de trolls e demônios dinamarqueses atormentando seu povo na madrugada, e esse é um enigma que o astuto rei saxão terá de resolver.

Steinólfur acenou com a cabeça lentamente, como se estivesse enxergando o plano aos poucos.

— Alguns podem dizer que não há honra por trás de uma máscara.

Geirmund baixou o pedaço de casca.

— Esconder-se atrás de uma máscara por medo ou vergonha não é honrado, mas não temos medo nem vergonha. Contra esses cidadãos saxões, uma máscara é simplesmente astúcia; quando formos para a batalha, enfrentaremos o inimigo sem elas. — Geirmund entregou a casca a Steinólfur. — Espalhe a palavra de que todo guerreiro deve virar um troll que assustaria os próprios filhos. E os cavalos devem ser vestidos também.

O guerreiro mais velho olhou para o pedaço de casca de árvore e deu um toque nele com os nós dos dedos.

— Vou providenciar isso.

Ele foi embora, e Geirmund usou sua faca de bronze para cortar outro pedaço de casca da árvore. Cavou buracos para os olhos e fez uma boca recortada, transformando a máscara em uma espécie de crânio, em que prendeu um cordão de couro para amarrar em volta da cabeça. Então, cortou mais algumas tiras de casca de árvore, que enrolou e dobrou para dar chifres a Enbarr, e moldou para ambos mais cascas de árvore onde poderia prender pedaços de madeira.

Quando terminou, a lua havia surgido, e ele se virou para descobrir que seus Hel-hides haviam quase desaparecido na escuridão, substituídos por demônios e trolls pálidos com galhos como chifres e presas, e rostos em forma de lobos, wyrms e outros terrores inomináveis. Ficaram prontos na floresta, inquietos, cobertos por uma casca retorcida da cor de ossos velhos, como se as bétulas tivessem se libertado de suas raízes e ganhado uma vida terrível.

— Agora suas peles são de Hel — disse Geirmund. — Seus pais se cagariam ao vê-los, e esta noite faremos esses saxões sujarem as camas.

Um estrondo baixo de risadas satisfeitas correu entre os guerreiros, e eles partiram para o vale, caminhando com os cavalos na escuridão traiçoeira. À medida que se aproximavam da cidade, ouviam o distante canto noturno dos monges, e pararam na orla dos campos do povoado até que os padres terminassem de orar e voltassem para suas camas. Nem a cidade nem o mosteiro tinham muralhas defensivas, e apenas alguns guerreiros haviam sido escalados como vigias.

— Quando esses saxões aprenderão? — perguntou Skjalgi. Sua máscara lembrava Geirmund de uma raposa da neve e abafava a voz do menino.

— Podemos esperar aqui até que os idiotas construam defesas, se preferir — sugeriu Birna por trás de um rosto de draugr.

— Seus templos não precisavam de paredes antes da chegada dos dinamarqueses — disse Vetr. — Mas eles vão aprender.

— É por isso que devemos tomar Wessex agora — concluiu Geirmund, puxando a pederneira. — Acendam suas tochas. Espalhem-se e coloquem fogo em tudo que virem. Uivem e gritem como feras ao vento. Lutem contra eles apenas quando não puderem fugir. — Ele apontou para o sul, na direção do rio. — Sigam até a ponte. Acredito que ali haja defesas, então preparem-se para flechas e uma batalha lá. Então, nós cruzamos.

— E aqueles que não chegarem à ponte? — Steinólfur quis saber. — E quanto a eles?

Geirmund olhou através das máscaras que o espreitavam na noite e tentou ver os guerreiros por baixo delas.

— Não vou deixar ninguém para trás, mas os Hel-hides devem seguir cavalgando sem mim, por Guthrum e por Daneland. Todos os que conseguirem chegar à ponte precisam partir antes que a cidade levante suas defesas.

Isso não pareceu agradar seus guerreiros, mas nenhum se recusou.

Geirmund então lançou faíscas da pederneira em sua tocha e soprou as brasas em chamas. Montou em Enbarr e, quando todos os guerreiros acenderam as próprias tochas, ele ergueu a dele e avançou pelo campo em direção à cidade com um rugido. Um momento depois, cascos trovejaram atrás dele, e os guerreiros soltaram um berro estridente que poderia congelar o sangue e deixar até o homem mais corajoso pálido de medo. O uivo de Geirmund transformou-se em uma risada que ecoou dentro da máscara.

A um acre de distância da cabana mais próxima, um grito finalmente saiu do guerreiro em vigília, mas ele se virou e fugiu, em vez de ficar para lutar, e Geirmund segurou sua tocha sob o telhado de palha da primeira construção.

Os Hel-hides passaram por ele a galope para dentro da cidade, sacudindo machados e ateando fogo ao longo do caminho. Quando chegaram a uma encruzilhada perto do mosteiro, alguns guerreiros cavalgaram por um atalho para o oeste, enquanto outros se dirigiram para o sul, e alguns foram ver o dano que podiam causar ao templo cristão. Geirmund observou as portas e janelas dos edifícios que eles já haviam incendiado, buscando inimigos que tentassem defender a cidade, mas os únicos aldeões que surgiram pareciam decididos a fugir e nada mais, a maioria mulheres e crianças.

Geirmund estimulou Enbarr a trotar pelo que parecia ser a estrada do mercado da cidade a partir do rio. Uma espessa fumaça cinza logo encheu o ar e uma névoa vermelha brilhante e cheia de sombras transformou o lugar em Muspelheim e fez os Hel-hides de Geirmund se tornarem jötnar de fogo. Animais grasnavam e urravam, e em algum lugar na direção do mosteiro um sino repicou.

Duzentos passos depois, ele entrou na praça do mercado, onde barracas e carroças queimavam, e vários de seus guerreiros corriam gritando imprecações. Outros duzentos passos ou mais o levaram até o rio, onde parecia que muitos de seus Hel-hides já haviam se reunido. Geirmund cavalgou adiante e encontrou Steinólfur.

— Esperemos que todas as cidades em Wessex sejam fáceis assim — disse ele ao guerreiro mais velho.

— Ainda não cruzamos o rio. Veja.

Geirmund virou-se para a ponte, onde viu um único rapaz montando guarda, usando um capacete simples que ficava enterrado e torto em sua cabecinha, segurando uma espada e um escudo que pareciam muito pesados para ele.

— Quem vai liberar a ponte? — perguntou Steinólfur.

Geirmund entendeu o verdadeiro significado da pergunta. Nenhum Hel-hide gostaria de matar um rapaz assim.

— Eu cuido disso — avisou Geirmund.

Ele desceu de Enbarr e caminhou em direção à ponte, ao que o rapaz afastou as pernas e segurou a espada com firmeza. Geirmund optou por não sacar a própria arma, mas parou a alguns passos do jovem guerreiro, caso o garoto soubesse mais sobre o uso de sua lâmina do que aparentava.

— Qual é o seu nome? — Geirmund quis saber, fazendo uma voz áspera por trás da máscara.

O garoto não disse nada.

— Seu nome, filhote!

— Es-Esmond — respondeu o menino.

— Esmond, não fomos enviados aqui para matá-lo. Se fosse esse nosso objetivo, meus guerreiros já estariam sugando o suco de seus olhos e roendo a cartilagem de seus ossos.

O pescoço fino do menino inchou um pouco quando ele engoliu em seco.

— Nós fomos enviados de Hel — Geirmund continuou. — Viemos abrir caminho para um grande exército dinamarquês que marcha do norte. — Ele deu um passo na direção do menino. — Como chama este lugar?

— Abingdon — respondeu Esmond.

— E onde estão os guerreiros de Abingdon?

— Lutando pelo rei Ælfred, que é o rei de Deus, e... — Esmond ergueu a ponta da espada. — E ele vai destruir você.

Geirmund olhou ao redor.

— Não vejo nenhum rei aqui. Não sobrou ninguém além de você para defender este lugar?

Os olhos dele tinham rancor e ousadia.

— Todos fugiram.

— Mas você não fugiu. — Geirmund deu mais um passo em sua direção. — Você daria um forte Hel-hide, Esmond da vontade férrea. — Ele olhou para a espada do garoto, cujo punho cintilava prateado ao luar, viva com pássaros e outros animais incrustados em preto. — Essa é uma boa arma. Saiba que terei que matá-lo se você levantá-la contra mim, e meus guerreiros se banquetearão com sua carne. Mas, se entregá-la, passaremos por você, e você viverá. O que me diz?

O menino ficou quieto.

— Nem seu deus nem seu rei querem que você morra esta noite, garoto, e eu não quero matá-lo. Você deseja morrer?

— Você... você diz que os dinamarqueses estão vindo?

— Sim, eles estão.

Outro momento se passou. Então, Esmond girou e jogou a espada e o escudo pela amurada da ponte. Antes mesmo que caíssem na água, correu para longe da cidade e para dentro da noite. Geirmund olhou para o rio e quase sorriu.

A essa altura, parecia que os Hel-hides já estavam todos reunidos, observando-o e esperando enquanto a cidade pegava fogo atrás deles.

Geirmund sentiu o vento quente das chamas contra o rosto enquanto voltava para Enbarr, esperando que a maioria dos cidadãos inocentes houvesse fugido, e subiu de volta na sela.

— Que desperdício de uma boa espada — disse Steinólfur.

Geirmund deu de ombros.

— Melhor do que desperdiçar um bom guerreiro.

— Mesmo um bom guerreiro saxão? — perguntou Thorgrim. — Os meninos quase sempre se transformam em homens, se não me engano.

— Quando aquele menino crescer e se tornar homem, ele lembrará que sua vida foi poupada; mas, antes disso, talvez Ælfred fique sabendo o que eu disse a ele. — Geirmund virou-se para Steinólfur. — Estão todos aqui?

O guerreiro mais velho assentiu.

— Todos aqui.

— Então, vamos seguir em frente.

Cruzaram o Tâmisa de Abingdon a Wessex, seguindo uma trilha para o sul até que o primeiro sinal do amanhecer os enviou em direção a uma floresta a leste. Penetraram fundo o suficiente na floresta de amieiros e carvalhos para poder acampar sem serem vistos. Para ter certeza de que ninguém os encontraria, porém, não acenderam fogueiras e comeram a comida fria e seca. Então, Geirmund definiu turnos de vigilância a fim de que seus guerreiros pudessem descansar um pouco. Em seguida, foi conversar com Rafn e Vetr.

— Precisamos saber quando Ælfred estiver próximo — disse ele.

— Quer que façamos um reconhecimento? — Vetr perguntou.

Geirmund assentiu.

— Vamos levar Skjalgi conosco — avisou Rafn. — O menino tem olhos aguçados.

Geirmund concordou. Pensou que Steinólfur poderia ficar preocupado, mas Skjalgi provou ser um guerreiro e, na verdade, não era mais um menino, embora por afeto os Hel-hides talvez demorassem algum tempo até o chamarem de outra forma.

Rafn e Vetr foram procurar Skjalgi, e Geirmund encontrou um lugar tranquilo sob um teixo gigante para descansar. Os galhos tocavam o solo como uma cabana de telhado verde e paredes trançadas, e a árvore era velha o suficiente para que o tempo tivesse cavado seu tronco. Uma fenda na madeira se espalhava quase o bastante para um guerreiro passar, mas dentro do teixo estava escuro demais para Geirmund ver, e ele se manteve longe da abertura. Era uma árvore que os videntes ouviriam e na qual fariam oferendas, uma árvore que lembrava os deuses, de onde um deus poderia pender por nove dias e nove noites. Bagas vermelhas cresciam nos galhos como gotas de sangue respingadas.

O ar sob o teixo estava pesado com o cheiro da árvore, e Geirmund sentou-se no berço formado entre duas raízes, onde as agulhas macias de incontáveis verões haviam se reunido. Recostou-se na casca áspera, fechou os olhos e sonhou com Völund.

O ferreiro não estava em sua forja no fundo do mar, mas em um lugar que parecia Wessex, com seus duns verdes, vales arborizados e cordilheiras brancas de calcário. Völund estava diante da porta de um grande túmulo, flanqueado por monólitos. Não disse nada, mas olhou para Geirmund e depois se foi, e Wessex se transformou em fogo e cinzas. Os Hel-hides lutaram contra um exército formado por feras feitas de bétulas em chamas e por crianças com presas. Em seguida, Geirmund ficou sozinho, fugindo dos draugar de Aslef e Fasti. O fogo apagou-se, e o solo ficou escorregadio e duro de geada. A respiração de Geirmund juntou-se a uma névoa espessa sobre a qual surgiu uma lua de sangue, e então ele acordou.

A princípio, pensou que a noite havia caído enquanto ele dormia, mas rapidamente percebeu que a sombra profunda sob o teixo apenas fazia que parecesse assim. Era fim de tarde, e o sol ainda não tinha se posto.

Geirmund se afastou da árvore, piscando e coçando a cabeça, e foi ver se Rafn e Vetr haviam retornado. Ele os encontrou com Steinólfur, alimentando os cavalos que relinchavam, e Skjalgi parecia satisfeito consigo mesmo por ter ido com os dois.

— Onde você estava? — o guerreiro mais velho perguntou.

Geirmund acenou com a cabeça na direção da árvore.

— Adormeci debaixo de um velho teixo.

— Ouvi dizer que um teixo provoca sonhos estranhos naqueles que dormem embaixo dele — comentou Vetr.

Geirmund escolheu falar dizer nada sobre isso.

— O que encontraram durante a exploração?

— Nenhum sinal de Ælfred — respondeu Rafn. — Mas há uma cidade a cerca de três descansos a oeste desta floresta. Podemos atacar lá esta noite e depois voltar para cá.

— Concordo — disse Geirmund. — Mas devemos seguir em frente depois disso. Uma floresta como esta seria o primeiro lugar onde eu caçaria invasores de cidades próximas.

Então, eles usaram a luz que restava para cruzar a floresta, parando na borda oeste para fazer novas tochas e esperar a noite cair. A cidade que planejavam atacar não tinha mosteiro, então nenhum monge estaria acordado cantando, e, logo depois da meia-noite, os Hel-hides colocaram suas máscaras e saíram da floresta, atravessando os campos e passando por baixo dos olmos. Quando a cidade ficou ao alcance de suas vozes, acenderam as tochas e atacaram, e, assim como com Abingdon, não havia guerreiros lá para lutar contra eles. A aldeia era pequena, com um salão modesto, e queimou facilmente, mas parecia haver poucos habitantes lá. Geirmund observou um punhado de mulheres e crianças fugindo para o oeste, frenéticas e chorando, como animais de caça esperando que os dinamarqueses as derrubassem.

— Alguém os avisou — disse ele.

— Aquele pirralho da ponte? — perguntou Thorgrim. Ele estava montado no cavalo ao lado de Geirmund e Birna, observando-os correr.

— Parece que estão fugindo para algum lugar — respondeu a donzela-escudeira. — Deve haver outra cidade naquela direção, e não muito longe.

— Talvez devêssemos continuar — sugeriu Thorgrim. — Fazer um segundo ataque.

Tinham bastante noite até o amanhecer, então Geirmund concordou. Cavalgaram para oeste, ignorando os assustados habitantes da cidade com os quais cruzaram, e seguiram a estrada por mais de cem acres de terras agrícolas, o que os levou não a uma cidade, mas a um lugar com um grande salão cercado por vários estábulos e outras construções externas. Não havia fogueiras ou lanternas acesas ali.

— As terras de um ealdorman? — Skjalgi quis saber.

— Parece que sim — respondeu Steinólfur. — Acha que ele está fora com o exército de Ælfred?

Geirmund fez Enbarr avançar.

— Vamos descobrir.

Investiram contra o lugar, mas nem todos tinham tochas, então aqueles que as possuíam cavalgaram à frente. Os Hel-hides rugiram e, a duzentos passos do salão, a sombra de um homem se afastou das construções à frente deles. Geirmund esperava que o saxão corresse, mas, em vez disso, se manteve firme, e Geirmund semicerrou os olhos, tentando ver que tipo de homem os enfrentava.

Um momento depois, uma flecha assobiou, e um cavalo perto de Geirmund gritou ao cair e derrubar seu cavaleiro. Geirmund não conseguiu ver quem era na escuridão, mas os Hel-hides estavam todos ao alcance das flechas do arqueiro; por isso, seu atacante tinha que ser derrubado rapidamente. O homem disparou mais duas flechas antes que um guerreiro conseguisse alcançá-lo. A primeira atingiu o solo, mas a segunda derrubou outro cavaleiro.

Thorgrim alcançou o arqueiro e brandiu seu machado ao passar por ele. O golpe quebrou o arco do saxão e o atingiu no ombro, o que fez o homem cambalear diante de Birna, e ele caiu sob os cascos do cavalo.

Os outros Hel-hides galoparam entre os estábulos e circularam o salão até terem certeza de que não havia outros guerreiros espreitando nas sombras. Geirmund mandou Steinólfur e alguns outros de volta para cuidarem dos caídos, enquanto ele descia de Enbarr e ia em direção ao saxão.

Encontrou o homem enrodilhado e caído, imóvel, mas ainda vivo, e mais velho do que esperava. O arqueiro tinha barba grisalha e cabeça calva manchada, e com o que restava de suas forças amaldiçoou os dinamarqueses por serem demônios pagãos.

— O rei Ælfred enviará todos vocês para o inferno! — sibilou com sangue entre os dentes.

Geirmund agachou-se ao lado dele.

— Eu já estive lá. Por isso, sou chamado Hel-hide.

— Então, Ælfred o mandará de volta para onde é seu lugar. — O homem riu, mas parecia ofegante em seu sofrimento. — Vocês são imbecis, todos vocês. Ælfred nasceu aqui, e você ousa macular estas terras? Ele vai matá-los e enterrá-los como merda pagã, e ninguém se lembrará de vocês.

— Quem é você? — perguntou Geirmund.

— Sou Sæwine. Lutei com... — Uma tosse repentina o atingiu, e ele cuspiu uma grande bola de sangue no peito. No entanto, continuou falando: — Lutei com Æthelwulf de Bearrocscire quando ele derrotou vocês, dinamarqueses, em Englefield. — O saxão fechou os olhos. — Agora que estou morrendo, meu único arrependimento é estar velho demais para lutar por Ælfred uma segunda vez e acabar com vocês de novo.

Alguns dos Hel-hides reunidos ao redor riram disso, mas suas risadas continham alguma admiração, e Geirmund compartilhava dela.

— Onde está seu povo? — perguntou ele.

O homem fechou a boca.

— Vocês foram avisados, não foram? — Geirmund disse. — Por um molecote chamado Esmond?

O saxão abriu os olhos, que se encheram de lágrimas e ódio.

— Um menino de Wessex vale mais do que um bando de dinamarqueses. E não direi mais nada.

Geirmund sabia que o velho falava sério.

— Então, não tenho mais serventia para você. — Ele puxou a faca e a enfiou no peito do homem, direto no coração, para acabar com sua dor e acelerar sua morte. Os olhos do saxão arregalaram-se em choque, e sua mandíbula abriu e fechou quando ele soltou um último suspiro irregular.

Geirmund limpou a lâmina na manga do homem e se levantou.

— Não queimem este lugar.

— Por que não? — um dos guerreiros quis saber.

— Este saxão amava seu rei — explicou Geirmund. — Ele talvez seja conhecido de Ælfred. Amarre o cadáver diante da porta do salão.

Então, ele foi ver como estavam os Hel-hides caídos e descobriu que a sorte tinha favorecido o primeiro guerreiro, que sobrevivera à queda com alguns hematomas, embora seu cavalo não. O segundo guerreiro, um homem chamado Løther, levara uma flecha no peito, o que teria sido o seu fim em um dia caso não tivesse quebrado o pescoço ao cair no chão. Geirmund ordenou que o cavalo morto fosse deixado na estrada depois que sua sela e os equipamentos fossem removidos, e deu o cavalo do guerreiro morto ao Hel-hide que sobrevivera.

— Tragam o corpo de Løther conosco — pediu Geirmund. — Vamos enterrá-lo longe deste lugar.

Ele voltou para perto dos Hel-hides no salão, onde o cadáver do saxão agora estava postado diante da entrada, a cabeça baixa e os braços estendidos como se esperasse para saudar seus visitantes com um abraço.

— Muito bem. — Geirmund esperava que a lealdade do velho a Ælfred fosse amplamente conhecida, para que todos vissem o que ela custava. — Que os corvos comecem seu trabalho.

Então, deixaram aquele lugar e galoparam de volta para a mata, correndo antes de serem alcançados pelo amanhecer. Depois que chegaram ao coração da floresta, Geirmund foi até Rafn e Vetr para enviá-los a mais uma missão de reconhecimento.

— Descansem um pouco — disse ele. — Mas depois preciso saber de uma coisa, se puderem descobrir.

— O quê? — perguntou Vetr.

— Aquele arqueiro morto disse que Ælfred nasceu nestas terras. Eu queria saber onde.

Vetr olhou para Rafn, que estreitou os olhos e, em seguida, assentiu.

— Acho que isso é algo que podemos descobrir, mesmo com os saxões mais relutantes.

CAPÍTULO 27

Antes de Rafn e Vetr retornarem com Skjalgi, caiu uma forte chuva que levantou uma névoa fina do chão da floresta e encharcou os Hel-hides de Geirmund, mesmo sob o abrigo das árvores. Eles enterraram Løther perto do velho teixo e fizeram oferendas aos deuses. As nuvens de tempestade despejaram água durante todo o dia e toda a noite; quando os batedores finalmente voltaram, pareciam seres do mar chegando à praia. Uma das mangas de Rafn havia rasgado, e o sangue escorria por uma atadura de linho em seu braço.

— Vocês lutaram? — Geirmund perguntou para eles.

Rafn olhou para o braço e deu de ombros.

— Não é nada.

— É profundo — retrucou Vetr, de cara feia.

Skjalgi olhou para o chão, parecendo abalado.

— O que aconteceu? — perguntou Geirmund.

— Tivemos um encontro com alguns dos batedores de Ælfred — explicou Vetr. — Havia cinco deles, então pensamos que poderíamos matá-los facilmente e manter um vivo para fazer perguntas.

— Nós os matamos facilmente — disse Rafn. — Mas aquele que poupamos tinha mais garras do que pensávamos. E ele também era... obstinado.

— Soube de alguma coisa por ele? — indagou Geirmund.

— Sim. — Rafn olhou para as próprias mãos. — Minha vontade se mostrou mais obstinada.

Geirmund notou sangue sob as unhas do dinamarquês, mas pensou melhor antes de perguntar que torturas Rafn havia usado no prisioneiro saxão.

Vetr olhou para Skjalgi.

— Há um salão a sudoeste desta floresta que pertence ao rei — começou ele. — Fica a cinco ou seis descansos daqui. Perto do sopé de uma grande cordilheira. É chamado de Wanating, e Ælfred nasceu lá.

— E quanto ao exército de Ælfred? — questionou Geirmund.

— Marcha pela trilha dessa cordilheira, vindo de Readingum — disse Rafn.

A notícia agradou Geirmund, pois significava que Ælfred talvez tivesse mordido a isca lançada pelos Hel-hides, mas também despertou pavor. Se o exército saxão os pegasse, não havia dúvida de que todos seriam mortos.

— A que distância daqui? — Geirmund quis saber.

— Dois dias — Vetr respondeu.

— Guthrum deve chegar a Wareham em três. — Geirmund enxugou as gotas de chuva fria que tinham se acumulado nas sobrancelhas. — Precisamos que Ælfred mantenha sua marcha na nossa direção.

Rafn deu uma risadinha.

— Um ataque ao lugar onde sua mãe o pariu deve ser capaz de atrair e manter ocupada a raiva dele.

— Esse é o plano. — Geirmund olhou novamente para o braço ferido do guerreiro e pensou em algo que Steinólfur havia dito a ele em Rogaland. — Cuide desse membro. Acho que sua espada de Miklagard sentiria falta dele, e nenhum de nós sabe como alimentar essa lâmina.

— Ele vai cuidar disso — garantiu Vetr.

— Vá conversar com Steinólfur. — Geirmund apontou para as árvores em direção ao guerreiro mais velho. — Ele tem alguma habilidade com a cura, mas já aviso que a cicatriz vai ficar feia.

— Cicatrizes feias são melhores para se gabar — disse Rafn, e então ele e Vetr foram embora para dentro da floresta garoante, deixando Geirmund com Skjalgi.

O garoto estava sentado no tronco de uma árvore caída, encostado em um grosso galho quebrado que parecia um poste.

Geirmund se sentou ao lado dele.

— Você está bem? — perguntou ele.

Skjalgi acenou com a cabeça.

— Estou bem.

Geirmund sabia que ele não estava e adivinhou que a razão tinha a ver com a maneira como Rafn havia tirado a informação de que precisava do saxão. Um momento passou, e ele perguntou:

— Você cumpriu seus juramentos? Matou alguém que não tenha levantado nenhuma arma contra você?

Skjalgi fez que não com a cabeça.

— Então manteve sua honra e não precisa se envergonhar. Nenhum homem responde pelas ações de outro. Cuide do seu próprio destino e deixe Rafn cuidar do dele. Entendeu?

O rapaz ergueu os olhos pela primeira vez, e seus ombros pareceram erguer-se um pouco.

— Entendi.

— Ótimo. Então, vou deixar você descansar — avisou Geirmund, e permitiu que todos os seus Hel-hides fizessem o mesmo, até que a tempestade pareceu passar e a chuva diminuiu, embora nuvens pesadas permanecessem.

Saíram da floresta quando ainda havia alguma luz, e então cavalgaram para o sul com as tochas acesas na escuridão do céu sem lua e sem estrelas. A lama e a água na estrada os atrasaram ainda mais, pois nenhum guerreiro queria se arriscar a deixar um cavalo manco. Depois de viajar quatro descansos, a chuva voltou tão forte quanto havia caído o dia todo, deixando-os encharcados e gelados da pele aos ossos.

Quando finalmente alcançaram o salão em Wanating, encontraram uma fortaleza com muralhas altas de madeira, cercada por uma vala profunda que acumulava no fundo um metro e meio ou dois de água da chuva. Era uma fortaleza grande o suficiente para abrigar um pequeno exército, e Geirmund observou o alto das muralhas em busca de movimento, mas não viu nada, nem luz, e tampouco sentiu cheiro de fumaça de lenha.

— Parece vazio — comentou Birna.

— Está úmido demais para o fogo pegar — disse Steinólfur. — A chuva apagará qualquer incêndio que comecemos.

Skjalgi apontou.

— O portão está aberto.

Geirmund tentou espiar através da escuridão e da chuva que caía inclinada para ver se o garoto estava certo, mas não conseguiu dizer.

— Tem certeza?

— Tenho — respondeu Skjalgi.

— Talvez tenham ouvido falar de nós e fugido — supôs Birna.

— Vamos entrar e descobrir — sugeriu Thorgrim.

Geirmund achou tentador, pelo menos para sair da chuva. Voltar para a mata não fazia sentido, pois não estava mais seca do que a estrada, e ele queria ver-se livre daquela floresta.

— Vamos entrar. — Geirmund tirou a máscara. — Mas lembrem-se daquele arqueiro saxão e tenham cuidado com as armadilhas.

Então seguiram em frente. Quando chegaram à fortaleza, Geirmund foi adiante pela ponte de madeira sobre a vala, seu olhar fixo no alto das muralhas. Através do portão, viu um salão na parte de trás e, ao norte, um pátio aberto. Era cercado por construções menores, estábulos e galpões, que formavam as defesas, e havia um poço no lado oeste. A água da chuva jorrava dos telhados em riachos, passando por janelas fechadas e escurecidas, formando lama nos cantos da fortificação. Geirmund não viu ninguém e não ouviu nenhum som acima da chuva.

Ele apeou.

— Rafn, Vetr, vejam se conseguem encontrar algo de estranho nessas dependências. Thorgrim, Birna, venham comigo. Todos os outros, estejam prontos para lutar ou fugir.

Ele arrastou-se pelo pátio em direção ao salão, e Birna e Thorgrim desmontaram dos cavalos para segui-lo. Antes de entrar no prédio, Geirmund desembainhou a espada, e os dois guerreiros com ele também sacaram suas armas. Do outro lado, Rafn e Vetr entraram na cabana mais próxima por uma porta baixa, os seaxes em riste, e Geirmund empurrou a porta do salão para dentro.

Sem a tocha que Thorgrim carregava, não teriam conseguido ver nada lá dentro, onde a escuridão era mais densa do que no pátio. O silêncio ali também parecia mais pesado, e a chuva batia distante no telhado.

Geirmund avançou pela luz limitada da tocha, passando por mesas e bancos, e por uma lareira com cinzas frias. Nada naquele lugar aparentava ameaça, fosse visível ou invisível.

— Parece que eles realmente se foram — disse Birna.

A luz do fogo cresceu de um fogareiro que Thorgrim encontrara e acendera com a tocha, revelando mais do salão. Um trono ficava na outra extremidade, e parecia haver salas atrás dele através de duas portas de cada lado, e também acima, no segundo andar.

Thorgrim moveu-se pelo salão, passando pelo trono e pela porta à direita. Alguns momentos depois, ele voltou pela porta à esquerda, segurando um pão e balançando a cabeça.

— A despensa lá atrás está cheia — comentou ele.

— É isso que o medo dos dinamarqueses faz — disse Birna. — Eles foram embora com pressa.

Era o que parecia, mas Geirmund pegou a tocha de Thorgrim e encontrou a escada que conduzia para cima ao longo da parede norte para fazer uma varredura nos aposentos superiores. Viu camas, cadeiras e mesas, mas nada de grande valor, e nenhum saxão escondido. Das janelas voltadas para o sul, podia espiar o quintal, onde seus Hel-hides o esperavam na chuva, parecendo miseráveis no frio que fazia.

Ele voltou para o andar inferior.

— Vamos passar a noite aqui — disse ele. — Fechem e tranquem o portão. Procurem lugares secos nos estábulos e galpões para deixar os cavalos. Então, peçam que todos entrem.

Birna e Thorgrim assentiram e saíram, e Geirmund encontrou uma pilha de lenha perto da lareira para acender uma fogueira. Em seguida, foi até a despensa para ver o que Thorgrim tinha visto e encontrou prateleiras cedendo sob o peso de rodas de queijo, filões de pães, ovos, cestas de frutas e cogumelos secos e barris de cerveja e vinho. Uma perna de porco defumada e com crosta de sal estava pendurada no teto.

Ele não conseguia imaginar por que os saxões tinham levado tudo mais com eles e deixado aqueles estoques para trás, mas já sentia a boca se enchendo de água com a visão de tanta comida, e os Hel-hides não permitiriam que aquilo fosse para o lixo como os saxões aparentemente estavam dispostos a fazer.

Ele pegou o presunto que estava pendurado e levou-o para o salão principal enquanto os primeiros de seus homens entravam, pisando forte e sacudindo a chuva da cabeça e da barba. Os guerreiros olharam quando ele jogou o presunto sobre a mesa central com um baque alto, tirando um pouco da casca de sal.

— Comeremos bem esta noite — disse ele, e todos comeram.

Muito antes do nascer do sol, a despensa estava vazia, e cada ventre naquele salão saxão estava cheio de comida e bebida. A chuva passou, e as nuvens se abriram diante das estrelas, o que significava que eles poderiam queimar aquele lugar quando o deixassem para trás, mas Geirmund decidiu esperar até de manhã e permitir que seus Hel-hides dormissem algumas horas para curar a bebedeira da cerveja.

O nascer do sol encontrou-o na muralha da fortaleza, olhando para as ricas terras de Wessex, com campos, pastagens e florestas. Muitos dos carvalhos que Geirmund via cresciam retos e altos, dignos do machado dos construtores de navios, esperando para ser talhados em quilha, estrutura e carreira de tábuas. No horizonte sul, uma cordilheira verde se estendia de leste a oeste, a luz oblíqua do amanhecer batendo em sua face e lançando sombras nebulosas em seus desvãos.

Ao contrário dos templos e mosteiros cristãos, a fortaleza de Wanating tinha fortes defesas, com ameias para flechas, vigias e uma abertura estreita e inclinada acima do portão, através da qual os defensores podiam atacar os inimigos que viessem pela ponte. Geirmund ouviu passos subindo as escadas de madeira do pátio e se virou quando Skjalgi chegou à muralha para se juntar a ele. Encostaram-se na madeira, que ainda estava úmida da chuva, e cruzaram os braços sobre o topo das tábuas. O amanhecer dourado e potente encheu os olhos azuis de Skjalgi, e Geirmund viu pelo franzir de cenho do garoto que ele tinha um assunto importante em mente.

— Marcharemos em breve — disse ele. — Pode demorar algum tempo até que você pergunte o que deseja perguntar.

Skjalgi riu e esfregou a cicatriz sobre o olho.

— Você me conhece bem.

Geirmund esperou enquanto ele pensava nas palavras que queria dizer.

— Lá na floresta — começou o rapaz —, você me disse que nenhum guerreiro responde pelos feitos de outro.

Geirmund acenou com a cabeça.

— Sim, eu disse.

— Mas e quanto aos juramentos? Se um guerreiro faz um juramento a um rei, e esse rei pede ao guerreiro para fazer algo sem honra, o que o guerreiro deve fazer? É pior quebrar um juramento ou fazer coisas desonrosas?

Geirmund voltou seu olhar para a cordilheira sul, sem saber como responder.

— Se você está preocupado com seu lugar em Valhalla, não sei como Óðinn veria essa questão. Só um vidente poderia dizer isso a você. Mas, falando por mim, sei com que tipo de vergonha posso viver. Quebrar um juramento não é pouca coisa, mas acho pior fazer algo desonroso e culpar outra pessoa por isso.

— Até mesmo um rei?

— Principalmente um rei. Se todo guerreiro escolhesse a honra, não haveria reis desonrados.

— Acho que isso é verdade. Acho que Guthrum... — Skjalgi parou e apontou para o sudeste. — O que é aquilo?

Geirmund olhou, apertou os olhos e se afastou da muralha. Uma linha escura apareceu na cordilheira, mais espessa e longa a cada momento que passava.

— Aquilo é um exército — respondeu ele.

— Ælfred?

— Continue vigiando!

Geirmund virou-se e desceu as escadas em disparada, saltando vários degraus de uma vez, e então marchou pelo pátio em direção ao salão. Lá dentro, correu pelo patamar para despertar seus Hel-hides adormecidos, gritando e chutando enquanto eles lutavam para sair do estupor.

— Ælfred está vindo! — gritou. — Reúnam suas armas! Para o pátio, todos vocês!

— Ælfred? — Thorgrim sentou-se com os olhos turvos e empurrou uma cesta de miolos de maçã que alguém jogara sobre ele enquanto dormia. — Achei que ele estava a dois dias de distância.

— Eu também — disse Geirmund. — Deve ter marchado durante a noite.

— Ou aquele saxão teve uma força de vontade mais forte do que eu pensava — Rafn comentou do outro lado do cômodo, estremecendo enquanto vestia o cinto com as espadas.

Esse pensamento também ocorrera a Geirmund.

— Pouco importa agora. — Geirmund, então, se virou e saiu do salão para o pátio, onde gritou para Skjalgi. — O que você vê?

— A fileira deles não tem fim! — gritou o rapaz como resposta.

Geirmund amaldiçoou-se pela própria tolice. Entrara em Wanating procurando apenas inimigos ocultos, mas agora estava perguntando se a comida deixada pelos saxões não tinha sido a verdadeira isca, destinada a manter os dinamarqueses ali até que Ælfred viesse matá-los. Nesse caso, o aviso de Esmond se espalhara ainda mais rápido e mais longe do que Geirmund havia planejado. Alguns podiam agora questionar a sensatez de deixar o rapaz vivo, mas Geirmund teria feito uma escolha diferente se sua tarefa fosse outra. Ele e seus Hel-hides tinham sido enviados para atrair a atenção de Ælfred, uma tarefa que haviam desempenhado bem e cujos riscos conheciam bem.

O sol ainda não se erguera acima das muralhas, e os guerreiros sopravam névoa tentando aquecer as mãos enquanto emergiam do salão para a sombra azul da manhã fria. Quando todos os Hel-hides se reuniram, Geirmund subiu até a metade da escada e se virou para encará-los e falar com sinceridade.

— Firmaremos nossa posição aqui! — ele disse. — Até o último guerreiro! Se tentarmos fugir, Ælfred nos verá facilmente do cume e saberá do nosso contingente verdadeiro. Pode então nos perseguir para nos matar, mas não é isso que temo. Quando Ælfred vir que não somos um exército, creio que o astuto rei saxão saberá que foi enganado. — Geirmund apontou para o sul. — Guthrum precisa de apenas mais dois dias para tomar Wareham! Por aqueles que caíram e por aqueles que ainda lutam, devemos manter o exército de Ælfred aqui! — Ele apontou para o chão abaixo dele, que ainda estava encharcado pela chuva. — Vocês podem pensar que somos poucos, mas os saxões não sabem quantos guerreiros estão atrás destas muralhas. Não sabem com que tipo de dinamarqueses estão prestes a lutar! — Ele desembainhou sua espada, Bróðirgjöfr, e a ergueu. — Depois de hoje, eles vão nos conhecer! Depois de hoje, toda a Inglaterra estremecerá ao ouvir nosso nome, pois somos Hel-hides!

Os guerreiros soltaram um rugido em resposta, e muitos deles sacudiram as armas acima da cabeças. Geirmund desceu as escadas e ordenou que o portão fosse escorado e reforçado com as vigas mais pesadas encontradas dentro da fortaleza. Então, ordenou que avivassem as fogueiras no salão com toda e qualquer madeira, até as mesas e bancos, e que jogassem todas as pedras nas chamas para aquecer.

Steinólfur logo encontrou Geirmund, acenando em aprovação aos preparativos, e apontou para uma grande chaleira.

— Não temos muita gordura para ferver, mas poderíamos encher com água.

— Adicione um pouco de merda de cavalo e lama — disse Geirmund. — Algo para se agarrar à carne saxônica. Mas derreta a gordura que temos também.

O guerreiro mais velho acenou com a cabeça novamente e foi providenciar o que tinha sido pedido, enquanto Geirmund voltou ao pátio, onde descobriu que o portão havia sido reforçado o suficiente para resistir a muitas batidas. Não sabia se resistiria a dois dias de ataque, ou mesmo a um, mas o destino haveria de decidir. Com pouca comida e poucos guerreiros, apenas as Três Tecelás sabiam quem entre os Hel-hides sobreviveria à batalha que se aproximava.

Geirmund chamou os poucos arqueiros de sua companhia e ordenou que se posicionassem diante das fendas na muralha. Então, subiu para olhar o inimigo e viu os líderes montados do exército de Ælfred a praticamente um descanso de Wanating, tendo virado para o norte e descido da trilha em direção à fortaleza. A fileira de saxões atrás deles marchava ombro a ombro, cinco ou seis guerreiros de largura, e se estendia por cerca de um descanso, quase até a cordilheira de onde tinham vindo.

— Quantos? — perguntou Skjalgi.

— Pelo menos três mil — disse Geirmund.

— Pela mão de Týr — sussurrou o menino. — Acho que não há dúvidas de que chamamos a atenção de Ælfred.

— A notícia de um exército dinamarquês deve ter chegado a ele, então ele trouxe um exército de saxões. — Ele olhou lá atrás, para o pátio. — Não somos um exército, mas devemos fazer o nosso melhor para dar ao rei de Wessex o que ele veio buscar.

Skjalgi sorriu com afetação.

— Não queremos decepcionar um rei, mesmo que seja um rei saxão.

Geirmund deu uma risadinha, e juntos observaram o inimigo se aproximar, até que os cavaleiros pararam seus cavalos a um quarto de descanso das muralhas da fortaleza. Os guerreiros marchando atrás deles espalharam-se para os dois lados, formando uma fileira de pelo menos cem braças de largura e seis guerreiros de profundidade, seguida por uma segunda fileira de retaguarda do mesmo tamanho e força.

— Não podem estar achando que vamos cavalgar para lutar contra eles, podem? — quis saber Skjalgi.

— Eles nos receberiam de bom grado se o fizéssemos — disse Geirmund. — Mas acho que simplesmente querem que saibamos que estamos cercados.

— Você acha que Ælfred está com eles?

— Sim — respondeu Geirmund. — Ele não é covarde.

Logo depois disso, vários dos saxões a cavalo conduziram um grupo de guerreiros para longe do corpo do exército em direção a um bosque de olmos, onde Geirmund sabia que cortariam uma árvore para fazer um aríete, e ficou irritado por não poder fazer nada além de observar e esperar que seu inimigo agisse contra ele. Ouviu a batida distante dos machados. Quando os cavaleiros finalmente retornaram, arrastavam o tronco de uma árvore atrás de seus cavalos, e Geirmund sabia que a batalha logo começaria.

— Para a muralha! — gritou. — Tragam fogo! Tragam pedras!

Os Hel-hides saíram do salão carregando baldes suados e fumegantes cheios de pedras e brasas acesas, seguidos por dois guerreiros que se arrastavam sob o peso da chaleira borbulhante e fedorenta, que pendia entre eles de um mastro flácido apoiado em seus ombros. Quando chegaram ao portão, amarraram um berço de corda ao redor do pote pesado e, ao erguê-lo até o topo da muralha, uma grande tropa de saxões marchou até o portão com seu aríete, cada passo vencido de maneira lenta e difícil.

Antes que o inimigo chegasse ao alcance de qualquer flecha dos Hel-hides, eles ergueram os escudos, mas os arqueiros de Geirmund prepararam as armas e miraram, prontos para atirar através de qualquer espaço vulnerável ou abertura que os saxões lhes oferecessem.

— Aguentem firme! — Geirmund gritou.

Uma parede de escudos com a largura de uma dúzia de guerreiros seguia atrás do aríete, protegendo os arqueiros e uma segunda leva de saxões, que estavam prontos para ocupar o lugar de qualquer caído. A ponte diante do portão rangeu quando o pesado aríete a cruzou, e em seguida a parede de escudos se dividiu, apenas o suficiente para permitir que os arqueiros atrás deles disparassem suas flechas.

— Protejam-se! — bradou Geirmund.

Ele e seus Hel-hides mergulharam atrás das defesas enquanto as flechas do inimigo assobiavam ao redor deles, e então toda a fortaleza pareceu estremecer com o primeiro ataque estrondoso do aríete.

— Flechas! — gritou Geirmund.

Os arqueiros avançaram para as ameias na muralha e dispararam as flechas, mirando na parede de escudos para forçar aqueles saxões a se esconderem por um ou dois minutos. Nesse intervalo, Geirmund ergueu a mão para sinalizar a chaleira fervendo e, assim que o aríete atacou de novo, ele deu a ordem, e três Hel-hides despejaram seu conteúdo escaldante na fenda inclinada acima do portão.

Homens gritaram lá embaixo enquanto a lama sibilante escorria por entre os escudos e as armaduras. Muitos deles caíram na vala cheia d'água, onde ficaram se contorcendo, e, sem a força deles, a extremidade dianteira do aríete tombou para o chão. Saxões correram de trás da parede de escudos para endireitá-la, e Geirmund sabia que tinha de empurrá-los para trás.

— Chuva de fogo! — ele bramiu.

Os Hel-hides suspenderam os baldes de brasas e pedras por sobre a muralha e jogaram o entulho incandescente na fenda acima do portão, de modo que ele bateu em carne e ossos e afastou os escudos. Os arqueiros atiraram flecha após flecha nos guerreiros da ponte, mandando mais deles para a vala, mas os arqueiros de Ælfred devolveram na mesma moeda.

Geirmund sabia que havia perdido guerreiros. Ouvia seus gritos e, pelo canto dos olhos, via alguns deles caírem da muralha para o pátio abaixo, mas ainda não conseguia parar para saber quem eram ou lamentá-los.

Quando os saxões na ponte finalmente perderam guerreiros demais para suportar o peso do aríete, a extremidade traseira do tronco da árvore caiu com um baque forte e um estalo, e os inimigos que ainda estavam de pé recuaram rapidamente da ponte, para trás da parede de escudos, deixando o aríete onde estava.

— O óleo! — berrou Geirmund. — Despejem no aríete!

Os guerreiros próximos pareciam confusos, sem dúvida pensando que a gordura quente seria desperdiçada sem um inimigo lá embaixo para queimar, mas não tinha sido por isso que Geirmund dera aquela ordem. O óleo deixaria o aríete escorregadio e mais difícil de carregar para a segunda onda que Ælfred certamente enviaria para pegá-lo, embora Geirmund soubesse que isso não salvaria seus Hel-hides por muito tempo.

O rei de Wessex acabara de perder talvez trinta ou quarenta saxões, quase o contingente inteiro do bando de guerra de Geirmund, mas ainda liderava um exército de três mil. O primeiro ataque de Ælfred provavelmente tinha o objetivo apenas de testar as defesas da fortaleza. O segundo ataque seria a valer.

— Mais fogo e pedra! — Geirmund continuou a gritar. — Encham a chaleira!

Os guerreiros desceram a muralha com seus baldes e baixaram a panela pesada até o pátio, mas Geirmund temeu que não fosse o suficiente. A pouca lenha que tinham para as brasas logo terminaria, e os arqueiros ficariam sem flechas. Parecia que os saxões quebrariam o portão antes do pôr do sol, e Geirmund precisava de um plano para a luta sangrenta que certamente se seguiria. No entanto, até que isso acontecesse, ele buscava uma maneira de desacelerar o inimigo, talvez destruindo a ponte.

Geirmund caminhou ao longo da parede até o portão e olhou para baixo, onde viu corpos de saxões empilhados na vala de cada lado da ponte, cheios de bolhas e cravados de flechas, alguns deles ainda se mexendo. Decidiu que o aríete deveria permanecer no lugar em que estava, na ponte. Estava verde demais para queimar e, mesmo que seus Hel-hides conseguissem rolá-lo da ponte para a vala, os saxões simplesmente derrubariam outro. Se Geirmund queimasse a ponte por baixo do aríete, porém, não importaria quantas árvores Ælfred derrubasse.

— Os saxões estão fugindo! — um de seus guerreiros avisou aos berros.

Geirmund olhou para o sul, para onde o exército de Ælfred parecia bater em retirada repentina, recuando em direção ao cume em marcha rápida, mas Geirmund duvidou que fosse verdade, mesmo quando um grito selvagem subiu entre seus Hel-hides.

Steinólfur juntou-se a ele na muralha, com o peito coberto de sangue, porém, antes que Geirmund pudesse perguntar sobre aquilo, o guerreiro mais velho balançou a cabeça e disse:

— Não é meu.

— Skjalgi? — quis saber Geirmund.

— Ele está ileso.

— Então quem...

— Thorgrim — respondeu o guerreiro mais velho. — Provavelmente não sobreviverá. Mas não tenho certeza de que algum de nós vai viver. O que Ælfred está fazendo?

Geirmund balançou a cabeça.

— Parece que está indo embora.

— Indo embora? Depois de algumas pedrinhas e de uma sopa de estrume? Não é possível que tenha se assustado tão facilmente.

— Talvez espere nos atrair para fora.

— Duvido. — Steinólfur olhou para o cume com os olhos semicerrados. — Ælfred sabe que estas muralhas não podem conter mais do que mil guerreiros, e mesmo tal contingente já seria demais para aguentar. Significa também que ele sabe que tem um exército pelo menos três vezes maior que o nosso. Teria que ser um tolo, ou pensar que somos tolos, para esperar que o perseguíssemos.

— Talvez ele tenha ouvido falar de Guthrum.

— Talvez — falou Steinólfur. — Mas ele parece estar marchando para o oeste, não para o sul.

— Preciso saber aonde ele vai — disse Geirmund, enquanto observava a fileira saxônica bater em retirada. — Não gosto disso.

— Gosto de estar vivo — comentou o guerreiro mais velho. — Parece que a sorte e os deuses ainda estão com você.

Geirmund queria concordar com ele, mas não sentia a presença dos deuses ou da sorte na virada do destino de seu bando de guerra. Em vez disso, o pavor que pairava em seu peito parecia sussurrar-lhe no ouvido que todos os guerreiros deveriam ter morrido, mas que, de alguma forma, eles haviam enganado a morte, e por isso Geirmund temia que um preço alto fosse cobrado.

CAPÍTULO 28

Os Hel-hides tinham perdido três de seus guerreiros para os arqueiros saxões durante o ataque, e vários outros estavam feridos, dois deles tão gravemente que Geirmund temeu que não viveriam muito mais, em especial Thorgrim. O robusto dinamarquês havia recebido uma flechada que perfurara seu fígado entre duas costelas inferiores do lado direito, mas, na fúria da batalha, ele quebrara a haste da flecha para continuar lutando, deixando a ponta farpada alojada dentro de si. As tentativas de Steinólfur de retirá-la o haviam deixado coberto com o sangue de Thorgrim, e o guerreiro mais velho, depois de falar com cada Hel-hide habilidoso em cura, decidira não arriscar mais esforços até que Thorgrim estivesse com sua espada na mão, pronto para morrer, pois provavelmente esse seria o resultado.

Birna tinha ficado com o guerreiro ferido o tempo todo desde o fim do ataque e a retirada de Ælfred, e, naquela noite, Geirmund se sentou com os dois em uma das salas atrás do trono no salão. Thorgrim estava deitado no chão em uma cama de peles e cobertores, a pele pálida e a respiração curta e rápida. Uma bacia de água vermelha estava perto dele, com trapos ensanguentados e ferramentas de metal ao lado. O guerreiro não se mexia, pois sentia dor ao menor movimento, e mantinha os olhos fechados, mas ainda não havia caído no sono da perda de sangue.

— Faça uma coisa por mim, Hel-hide — pediu ele, rangendo os dentes.

— Diga — disse Geirmund.

— Faça Guthrum dar minhas dez libras de prata para aquela que aquece minha cama.

Geirmund olhou para Birna, que estendeu a mão e tomou a de Thorgrim.

— Não me importo com isso — ela avisou. — Não quero isso.

— Mas eu quero que a prata fique com você. — Thorgrim abriu os olhos e encarou Geirmund. — Vai fazer isso por mim, Hel-hide?

Geirmund não tinha se dado conta do quanto os dois guerreiros haviam se aproximado, e sequer sabia que compartilhavam a cama. Como comandante e como amigo, sentiu aquilo como uma falha sua, mas fez que sim com a cabeça.

— Farei o meu melhor para que assim seja.

Com isso, Thorgrim pareceu amolecer e se acomodar ainda mais na cama, fechando os olhos de novo.

— Alguma notícia de Ælfred?

— Rafn e Vetr não voltaram — avisou Geirmund. — Sabemos apenas que ele marchou com seu exército para o oeste.

— O que há a oeste daqui? — perguntou Birna.

— Saxões — respondeu Thorgrim. — E mais saxões a oeste desses saxões. Depois os britânicos, depois o mar. — Um rosnado baixo retumbou na garganta e no peito dele. — Gostaria de ter vivido para ver a queda de Wessex e da Inglaterra. Mas o destino tinha outro plano.

— Vão cair — disse Birna. — Mas você ainda pode viver para ver isso...

— Já estou morto. — Thorgrim abriu os olhos para olhá-la. — Você sabe que estou.

Ela parecia prestes a contestar, mas se conteve e assentiu.

— Se for assim, gritarei seu nome na última batalha para que possa ouvi-lo em Valhalla.

— Você foi a única mulher que me assustou — revelou Thorgrim.

— Acho que é por isso que você foi a única mulher que amei. Minha guerreira.

Birna fechou os olhos com força e abaixou a cabeça.

— Estou pronto, Hel-hide — disse Thorgrim. — Você vai precisar marchar logo, e eu não ganho nada me demorando aqui.

Geirmund fez menção de se levantar.

— Vou buscar Steinólfur...

— Não — impediu Thorgrim. — Dê a pinça para mim. Vou fazer isso sozinho.

Birna olhou para Geirmund, e ele hesitou, depois pegou a ferramenta.

— Vou precisar que você encontre a ponta — Thorgrim continuou. — Depois, deixe comigo.

Geirmund assentiu com a cabeça, em seguida tirou a atadura de linho do flanco de Thorgrim para examinar o ferimento. Parecia que, na caça de Steinólfur pela ponta da flecha, o guerreiro mais velho havia feito cortes para abrir mais a carne. Com o máximo de gentileza que pôde, Geirmund esticou a pele, causando novo sangramento, que Birna enxugou sem que ele precisasse pedir.

Thorgrim estremeceu e grunhiu.

— Consegue ver? — perguntou ele.

Geirmund perscrutou o ferimento e vislumbrou a ponta irregular da haste de uma flecha que mal aparecia entre o branco das duas costelas.

— Consigo.

— Segure-a firme com a pinça.

O suor acumulava-se na testa de Geirmund, e ele prendeu a respiração ao empurrar a ferramenta para dentro do flanco do guerreiro. Thorgrim soltou um suspiro, então rosnou com uma careta enquanto Geirmund trabalhava para encaixar as pontas da pinça ao redor do fino pedaço de madeira. Quando conseguiu segurá-la com força, inclinou-se um pouco para trás de forma que Thorgrim pegasse a ferramenta.

— Quando estiver pronto — avisou ele.

Thorgrim estendeu a mão e agarrou a pinça.

— Tive a honra de lutar por você, Geirmund Hjörrsson.

— A honra foi minha — disse Geirmund.

Thorgrim abriu a outra mão, e Birna colocou o machado barbudo nela.

— Tive a honra de lutar ao seu lado, Birna Gormsdóttir. — Algumas lágrimas brotaram dos olhos dele e escorreram pelas têmporas. — Vou reservar um lugar para você no banco ao meu lado.

— Vou me juntar a você — disse ela —, assim que o destino quiser.

Thorgrim olhou para o teto, respirou fundo e soltou um rugido ao puxar a ponta da flecha do torso. As farpas arrancaram pedaços macios de fígado com seus ganchos, e o sangue jorrou da ferida como uma fonte. Birna inclinou-se para a frente e apertou um pano contra a abertura para interromper o fluxo, o que Thorgrim pareceu não notar. Em vez disso, segurou a ponta da flecha diante dos olhos.

— Eu gostaria de poder devolver este presente ao saxão que o deu para mim.

Birna gemeu, as mãos encharcadas de sangue, incapaz de impedir o riacho vermelho.

O braço de Thorgrim lentamente ficou mole e caiu para o lado, e a pinça se soltou da mão, mas ele segurou o machado enquanto a visão deixava seus olhos e a respiração abandonava seu peito. Depois que ele morreu, Birna demorou a se afastar, olhando para o cadáver, e demorou mais ainda até falar.

— Você não vai pedir a prata a Guthrum — disse ela.

— Eu avisei a ele que pediria.

Ela olhou para as mãos e depois se virou para mergulhá-las na bacia. Esfregou as palmas e os dedos na água, retorcendo-os como se quisesse limpá-los de mais do que sangue.

— Ele tinha um plano — revelou ela.

— Que plano?

— Queria usar nossa prata, a dele e a minha, para comprar uma grande fazenda e construir um salão, onde viveríamos juntos como marido e mulher. — Ela ergueu as mãos pingando da bacia. — Falava disso com frequência.

— Você queria essa vida?

Birna suspirou e apertou as costas da mão molhada contra a testa.

— Eu não havia me decidido. Talvez quisesse. — Então, olhou para Thorgrim. — Eu o deixei pensar que eu queria.

— Certa vez, um skald do castelo de meu pai me disse que a guerra e a agricultura são praticamente a mesma coisa. Mas devo dizer que não consigo imaginar você feliz ordenhando cabras e vacas ou colhendo ovos.

Ela riu, mas era quase um soluço de choro.

— Eu disse quase as mesmas palavras para ele.

— Conversamos sobre agricultura em Lunden, você e eu, com Aslef. Você se lembra?

— Lembro. Deixei vocês, bezerrinhos, para ir falar com Thorgrim. — Ela sorriu para si. — Foi quando comecei com ele.

Geirmund não sabia disso e sentiu novamente a própria falha.

— Agora entendo por que ele queria que você ficasse com a prata dele.

— E é por isso que não vou aceitar, então não a peça a Guthrum. Mesmo se eu quisesse essa vida, ela se foi agora, e não a teria com mais ninguém.

Geirmund baixou a cabeça.

— Que assim seja.

— Em vez disso, vou pedir outra coisa a você.

— Diga.

— Dê-me saxões para matar. Muitos, muitos saxões.

Ele acenou com a cabeça novamente.

— Isso eu posso fazer. Talvez nós...

— Geirmund! — Steinólfur entrou na sala, mas parou logo depois da porta, e seu olhar pousou em Birna, no corpo de Thorgrim, no sangue acumulado e na pinça. Ele soltou um suspiro curto e agudo. — Estou feliz que a dor dele tenha acabado — falou. — E melhor agora do que mais tarde.

— Por que está dizendo isso?

— Rafn e Vetr voltaram.

Geirmund olhou para Birna, preocupado em deixá-la, mas ela acenou com a cabeça, e ele tocou o ombro dela antes de se levantar. Em seguida, cruzou a sala e voltou para o salão principal com Steinólfur, onde os dois batedores aguardavam.

— O que descobriram? — perguntou ele.

— Um exército de dinamarqueses — disse Vetr.

— O quê? — Geirmund pensou que pudesse ter ouvido mal. — Quem os lidera?

— Ubba — respondeu Steinólfur. — Não pode ser mais ninguém. Ele deve ter voltado da Irlanda.

— Achamos que é Ubba, sim. — Rafn parecia sem fôlego, e seu rosto estava pálido. — O exército de Ælfred já havia atacado quando os alcançamos, então mantivemos distância.

— Estão longe? — indagou Steinólfur.

— A seis descansos daqui — disse Rafn.

— Quantos dinamarqueses? — quis saber Geirmund.

Vetr hesitou antes de responder.

— Talvez seiscentos. Não mais do que oitocentos.

Houve silêncio, e então Steinólfur se virou para Geirmund.

— O que vai fazer?

Geirmund pensou por alguns instantes.

— Será uma noite escura para uma marcha tão longa através de um país desconhecido, mas cada Hel-hide capaz de cavalgar deve estar pronto antes do amanhecer. Os feridos podem seguir atrás. Se a batalha ainda não estiver decidida quando chegarmos ao campo, lutaremos ao lado de Ubba contra Ælfred.

— Isso é inteligente? — perguntou o guerreiro mais velho. — Ælfred tem quase quatro saxões para cada dinamarquês. Nosso pequeno contingente não influenciará essa luta. — Ele se inclinou mais para perto. — E, não se esqueça, ainda há a questão da sua rixa de sangue com Ubba.

— Não esqueci — comentou Geirmund. — Mas apenas o covarde acredita que viverá para sempre se evitar a batalha. São dinamarqueses lutando contra Wessex, e pode até ser que tenhamos levado Ælfred a eles. A batalha deles é a nossa batalha.

Steinólfur franziu a testa, mas aceitou a decisão de Geirmund de cabeça baixa. Então, foi espalhar o plano, e Geirmund se virou para Rafn.

— Você não parece bem, meu amigo.

— Não é nada... — ele deu de ombros. — Um resfriado da chuva de ontem à noite.

— O braço dele está inflamado — disse Vetr.

Geirmund olhou para as ataduras de linho.

— Mostre-me.

— Talvez mais tarde — falou Rafn. — Você tem assuntos mais difíceis para resolver antes de se preocupar com um arranhão no meu braço.

— Então cuide disso. — Geirmund olhou para Vetr. — Antes que vire um assunto difícil.

O dinamarquês de cabelos brancos fez que sim com a cabeça e olhou feio para Rafn, como se eles já tivessem tido a mesma briga muitas vezes.

Geirmund deixou-os e foi contar a Birna que logo ela teria um exército de saxões para matar. Em seguida, ele a ajudou a envolver o corpo de Thorgrim e a carregá-lo para o salão principal, onde o colocaram ao lado dos corpos dos outros guerreiros mortos. Durante grande parte daquela noite, os Hel-hides homenagearam os caídos com histórias e canções, depois sacrificaram os cavalos dos mortos como oferendas e, antes de partirem na manhã seguinte, incendiaram a fortaleza de Wanating para formar uma pira funerária.

Em vez de seguir para o sul e usar a mesma cordilheira que o exército de Ælfred havia percorrido, Geirmund marchou com seus guerreiros para o oeste ao longo de uma estrada baixa que seguia o curso das colinas e lhes oferecia a cobertura de florestas e bosques. Rafn e Vetr foram à frente, e os Hel-hides cavalgaram rápido, alcançando o campo de batalha antes do meio-dia.

Geirmund sentiu o cheiro da morte antes de vê-la e não ouviu nada além do bater de asas e do grasnar de corvos alegres quando seu bando de guerra entrou em um vale largo e raso, encharcado de sangue e coberto com os corpos de muitas centenas de dinamarqueses. Montes de cinzas fumegantes marcavam onde as tendas de um acampamento haviam estado, não muito longe das margens de um rio estreito, e parecia que os saxões já haviam seguido em sua marcha, deixando os mortos silenciosos apodrecerem ao sol onde haviam caído.

— As portas de Valhalla estarão lotadas hoje — comentou Steinólfur.

Geirmund olhou para os corpos dilacerados, perfurados e decepados, e o pavor que sentira com a retirada de Ælfred voltou, como um toque frio no pescoço e no fundo das entranhas. Sabia que haveria um preço por sua sorte, e os mortos diante dele o haviam pagado.

— Ubba caiu — disse ele.

— Como sabe? — perguntou Skjalgi.

Birna respondeu.

— Nenhum filho de Ragnar fugiria de uma batalha. Lutaria até o fim e morreria com seus guerreiros.

A morte de Ubba significava que a rixa de sangue de Geirmund com o dinamarquês havia chegado ao fim, mas a maneira como terminara não lhe trouxe alegria nem conforto.

— Guthrum vai sentir muito essa perda.

— Vai? — perguntou Steinólfur.

— Como assim?

— Será que este era o plano dele? Acha que ele sabia que Ubba estaria aqui?

Os outros Hel-hides olharam para ele de cara feia, e o guerreiro mais velho se levantou em atitude defensiva.

— Não devo ser o único a pensar isso — disse ele. — Guthrum nos enviou aqui para trazer Ælfred à procura de um exército dinamarquês. — Ele apontou com a cabeça em direção ao campo de batalha. — Ælfred encontrou um exército dinamarquês, e agora Guthrum é um dos últimos reis dinamarqueses que restaram na Inglaterra.

Geirmund esperava que Steinólfur estivesse errado, mas, ao pensar em Guthrum, lembrou-se da dúvida e da desconfiança que sentira em Grantebridge. Os Hel-hides que estavam mais próximos ficaram incomodados, mexendo-se nas selas, olhando um para o outro com desconforto, porém não disseram nada.

Então Birna falou.

— Guthrum é astuto, mas nunca trairia um filho de Ragnar. Precisava de Ubba para tomar Wessex.

— Onde está Ælfred agora? — indagou Vetr. — Os saxões devem ter marchado daqui antes que o sangue secasse.

Geirmund esporeou Enbarr para entrar no campo. O cavalo bufou ao ver e cheirar a morte, e em poucos passos haviam passado por muitas dezenas de cadáveres que se estendiam ao norte e ao sul. Geirmund olhou para eles, sem saber o que estava procurando, além de um significado ou razão para tamanha perda que ele sabia ser impossível de encontrar. Se as Três Tecelás tinham motivos que guiavam seus dedos e tesouras, não os davam a conhecer.

Os Hel-hides seguiram Geirmund pela carnificina e, enquanto Enbarr descia pesadamente pelo campo, Skjalgi falou atrás dele:

— O que é aquilo? É um cavalo?

Geirmund olhou para trás, depois olhou na direção que o menino apontava, onde no alto da encosta de uma colina acima do vale alguém havia esculpido um cavalo gigante na terra. Ele brilhava branco contra a relva verde do dun, com pelo menos cinquenta braças de comprimento do nariz à cauda, congelado no ato de galopar sobre a terra. O tamanho e a beleza dele fizeram Geirmund pensar no cavalo de Óðinn, Sleipnir, e sua grande presença olhando para o campo quase o fez esquecer os cadáveres por onde pisava.

O cavalo branco distraiu tanto os Hel-hides que eles quase não perceberam um bando de ladrões saxões e carniceiros fuçando os mortos, mas Birna os atropelou e matou quatro deles com a ajuda de Rafn e Vetr. Antes de Geirmund deixá-la ter o prazer de matá-los, arrancou o que eles sabiam sobre a batalha que ocorrera ali, e parecia que eles sabiam bastante.

Os ladrões sabiam que o acampamento incendiado estava sob o comando de Ubba, pois os saxões haviam tomado sua bandeira de corvo. Também sabiam que Ubba havia caído, porque os saxões depois falaram sobre como tinha sido difícil matar o rei dinamarquês e sobre quantos guerreiros Ubba matara com as próprias mãos antes de finalmente morrer. Os carniceiros não sabiam para onde Ælfred marchara, mas disseram que seu exército descera a encosta com grande pressa para lutar contra mais dinamarqueses. Quando Skjalgi perguntou a eles quem esculpira o cavalo branco na encosta, disseram que era obra de gigantes que viviam naquelas terras muito antes de os romanos chegarem à Inglaterra, e falaram que no alto da cordilheira havia uma ferraria que pertencia a um gigante chamado Wayland. Então, Birna cortou suas gargantas e abriu suas cabeças com o machado barbudo de Thorgrim, que agora carregava em homenagem a ele.

— Ælfred marcha para Wareham — disse Vetr.

— Esteja ele marchando para lá ou não — comentou Geirmund —, cumprimos nossa tarefa e agora devemos cavalgar para o rio Exe, até a frota. Usaremos o caminho da cordilheira saxônica.

— E pararemos na ferraria de Wayland? — perguntou Steinólfur, mantendo a voz baixa o suficiente para que os outros não o escutassem.

Esse nome também impressionara Geirmund, que pensou que talvez fosse assim que os saxões chamassem Völund. Olhou em volta antes de responder:

— Veremos o que existe lá.

Eles esperaram até que os Hel-hides feridos os alcançassem, e então Geirmund conduziu seu bando de guerra para longe do vale dos mortos e do cavalo branco, subindo o cume ao sul até a trilha, de onde enxergava vários descansos em todas as direções. Os ventos lá em cima sopravam fortes e revoltos enquanto os guerreiros seguiam a trilha para sudoeste, até chegarem uma floresta estreita de madeira de faia que Geirmund reconhecia.

— Eu conheço este lugar — disse ele a Steinólfur.

— Como?

— Sonhei com ele debaixo do teixo.

A uma curta distância para dentro daquela floresta, chegaram ao mesmo túmulo comprido que Geirmund vira, diante do qual Völund aparecera, embora em seu sonho as pedras monolíticas parecessem ter sido cortadas mais recentemente. Sob a luz do dia, com seus guerreiros ao redor, aquele lugar parecia muito mais antigo do que qualquer cidade ou coliseu romano em ruínas, e mais perene. Geirmund puxou as rédeas de Enbarr na direção do monte, onde ficava a abertura baixa e escura do túmulo que conduzia para a terra, enquanto a maioria dos Hel-hides se movia para o outro lado da cordilheira à medida que eles passavam, olhando de soslaio para ela. Ninguém, a não ser Steinólfur e

Skjalgi, o seguiu mais de perto, embora Birna tenha parado mais perto do túmulo que os outros.

— O que está fazendo? — perguntou ela.

— Continuem em frente — pediu Geirmund, sabendo que os feridos retardariam a marcha. — Alcançaremos vocês mais tarde.

Ela se inclinou e olhou para trás dele, para o monte e as pedras, franzindo a testa em confusão, mas finalmente assentiu e seguiu em frente. Geirmund esperou e observou os Hel-hides sumirem de vista nas árvores, e então apeou de Enbarr. Steinólfur e Skjalgi fizeram o mesmo, mas Geirmund os deteve quando seguiram com ele na direção do túmulo.

— Vou sozinho — avisou ele.

Steinólfur olhou para a escuridão da boca do túmulo.

— Tem certeza?

— Tenho.

O guerreiro mais velho apontou para a árvore mais próxima.

— Vai querer uma tocha para...

— Se esta for realmente outra das forjas de Völund — disse Geirmund —, não vou precisar.

Steinólfur piscou e balançou a cabeça, então falou:

— Pegue isto, pelo menos. — Ele sacou seu seax, girou-o na mão e ofereceu a alça a Geirmund. — Pode precisar de algo mais curto do que a espada para uma luta acirrada, e sua bainha está vazia desde Ravensthorpe.

— Obrigado. — Geirmund aceitou a lâmina, não porque compartilhasse do medo de Steinólfur, mas para acalmá-lo.

— Não vai ajudá-lo contra um draugr — lembrou Skjalgi.

Geirmund sorriu.

— Não há draugr aqui. — Em seguida, virou-se e caminhou em direção à abertura do túmulo, parando apenas por um momento para verificar onde estava pisando antes de dar o primeiro passo para dentro da escuridão.

O caminho de pedra não desceu muito para dentro da terra antes de levar Geirmund a um corredor estreito, no qual o teto baixo de pedra o forçou a se inclinar. Por aquela passagem, fora do alcance da luz solar externa, entrou em uma câmara vazia e apertada e, apesar da escuridão, conseguia dizer que não se parecia em nada com o salão submarino de Völund. Geirmund sentiu o cheiro de terra úmida e o toque da pedra áspera moldada por mãos de Midgard, não pelas mãos de Æsir, trolls ou elfos, e notou que não era uma ferraria dos deuses.

Sentou-se em silêncio sentindo-se frustrado, mas também não podia dizer o que esperava quando entrou, e se perguntou o significado do sonho que tivera, pois sabia que tinha visto aquele lugar.

— Völund? — sussurrou ele, e as paredes de pedra ecoaram sua voz para torná-la mais alta. — O senhor está aqui?

O ferreiro apareceu diante dele, tão repentino e brilhante quanto uma chama em madeira seca, de pé no meio do chão de pedra, como se tivesse brotado dali. Usava uma túnica diferente de antes e estava sem elmo ou placas de armadura, mas Geirmund reconheceu os olhos e o formato do rosto comprido.

— É o senhor — disse Geirmund. — E também é chamado de Wayland.

— Por alguns — respondeu o ferreiro.

Geirmund olhou ao redor da pequena câmara.

— E esta forja é sua?

— Esta forja não é minha — respondeu. — Este monte de terra e pedra é muito novo, mas fica dentro dos limites de minha forja.

— Então onde fica sua forja?

— Aqui, mas bem no fundo do solo. O caminho está fechado para você. — Ele se aproximou, deslizando pela pedra. — Como você me conhece?

A pergunta do ferreiro o confundiu, e Geirmund ficou em silêncio por um instante.

— Eu sou Geirmund, filho de Hjörr, que era filho de Half, cujo pai era Hjörrleif. Você me trouxe para sua forja no fundo do mar. Não se lembra de mim?

— Não. Eu não sou o Völund que você conheceu.

Geirmund esforçou-se para entender aquilo.

— Você compartilha o nome com outro?

— Sim. Somos lembranças diferentes do mesmo ser, mas há muito tempo não consigo ouvir as vozes dos outros.

— Por quê?

— É difícil de explicar. Eu estou... morrendo. Mas devagar. Os filhos de seus filhos estarão mortos muito antes de eu partir totalmente.

— Não entendo sua espécie — disse Geirmund.

— Seria altamente inesperado se entendesse.

— Você conhece o bracelete, Hnituðr?

— Conheço todos os braceletes que já fiz, mas nenhum com um nome tão novo. Por que você pergunta?

— Você... Não, o Völund no fundo do mar me deu aquele bracelete.

— Ele lhe deu? — O ferreiro fez uma pausa. — Está com você?

Quando Geirmund abriu a boca para responder, uma pontada repentina de vergonha o surpreendeu e o calou por um momento.

— Não.

— Onde está?

A pergunta fez Geirmund sentir que de alguma forma havia falhado com o ferreiro, ou consigo mesmo, e olhou para o chão do túmulo.

— Eu o dei ao meu rei.

Völund ergueu uma das sobrancelhas.

— Por quê?

— Achei que era o destino dele usá-lo.

— O destino é feito pela mente — refletiu Völund. — O bracelete é lei. Se foi dado a você, era você que deveria usá-lo. Abrir mão de um dos meus braceletes é abrir mão de um grande poder.

Geirmund não respondeu porque sabia que era verdade, embora precisasse das palavras de Völund para ver isso com clareza. Uma parte dele sempre se arrependera de dar o bracelete a Guthrum, fosse o destino ou não. Sua honra o impedira de admitir isso para si mesmo, porque havia jurado lealdade ao dinamarquês, porém agora via que o assunto tinha pouco a ver com sua honra, mas sim com seu poder, que sempre havia sido seu para dar ou receber, e quanto mais duvidava do rei dinamarquês, mais queria pegar o bracelete de volta.

— Por que você veio até aqui? — perguntou Völund. — Minha forja está enterrada e fria. Não posso lhe dar mais nada.

— Não foi por isso que vim — começou Geirmund. — Eu sonhei com este lugar.

— Isso aconteceu porque você esteve dentro de uma das minhas forjas. Ao se aproximar de outra, as partes mais profundas de sua mente a sentiram e se ergueram para encontrá-la.

— Pode ser, mas acho que há mais. Acho que precisava ouvir você falar do bracelete.

— Também pode ser — afirmou Völund. — Sua espécie com frequência ouve o que quer e precisa ouvir quando quer. Gostaria de falar sobre mais alguma coisa?

Se o Völund diante dele fosse mais parecido com o Völund no fundo do mar, Geirmund poderia ter se demorado mais, mas aparentava ter chegado ao fim de seu propósito predestinado ali, e sabia que Steinólfur e Skjalgi estariam começando a se preocupar.

— Não, mas obrigado — disse ele. — Vou sair agora.

— Não tenho poder para mandá-lo embora ou segurá-lo, mas você é bem-vindo, Geirmund, filho de Hjörr, que era filho de Half, cujo pai era Hjörrleif.

Geirmund abaixou a cabeça. Quando ergueu os olhos, o ferreiro havia partido, e ele estava sozinho de novo no pequeno túmulo escuro. Saiu da câmara e voltou pela estreita passagem de pedra para a forte e ofuscante luz do sol. Por um momento, teve de proteger os olhos com a palma da mão e estreitar os olhos para Steinólfur e Skjalgi.

— Então? — perguntou o guerreiro mais velho. — Você ficou lá embaixo tempo suficiente para que algo acontecesse.

Geirmund devolveu a lâmina para ele.

— Conversei com Völund.

— O que ele disse? — indagou Skjalgi.

— Menos do que disse da primeira vez que falou comigo. Mas o suficiente.

Steinólfur embainhou seu seax.

— O suficiente para quê?

— Para saber o que devo fazer. — Geirmund foi até Enbarr e montou no cavalo. — Mas primeiro devemos tomar Wessex.

CAPÍTULO 29

A MARCHA EM DIREÇÃO A DEFENASCIRE E AO RIO Exe durou cinco dias. Geirmund poderia ter forçado mais seus Hel-hides para terminá-la em quatro, mas os feridos da companhia precisavam de um ritmo mais lento.

Mantiveram o caminho da cordilheira através de Wessex e para dentro de Dorsetscire até o rio Lym, de onde seguiram pela costa oeste até chegarem ao Exe e à cidade romana que Guthrum queria que eles tomassem. Geirmund esperava ver uma frota de duzentos barcos ou mais, carregando um exército de quatro mil dinamarqueses, mas encontrou apenas algumas dezenas de navios atracados na margem do rio.

Ao entrar na cidade, Geirmund ficou sabendo que uma tempestade no mar afundara cento e vinte navios, afogando mais de três mil guerreiros, incluindo os reis Anwend e Oscetel. O desastre assolara tanto as tripulações sobreviventes que muitos navegaram de volta para o lugar de onde vieram, acreditando que a tempestade era um mau presságio, e os dinamarqueses que permaneceram em Defenascire não estavam ansiosos para a batalha.

A perda da frota também atingiu duramente os Hel-hides, especialmente depois de encontrarem o exército de Ubba massacrado, e o clima no acampamento trazia pouca esperança. Só um tolo não se perguntaria se a sorte, o destino ou os deuses haviam se voltado contra os dinamarqueses e os enviado a todos para a ruína.

— Como Guthrum tomará Wessex agora? — Steinólfur perguntou tarde da noite, quando havia poucos para ouvi-lo, olhando para o fogo. — Sem Ubba e com a frota no fundo do mar, os dinamarqueses não podem derrotar Ælfred.

— Guthrum é astuto — disse Birna. — Ele vai encontrar um jeito.

Steinólfur cuspiu nas brasas, que sibilaram em resposta.

— Ælfred também é astuto.

Geirmund talvez tendesse a concordar com o guerreiro mais velho, não fosse por Hnituðr. Enquanto os dinamarqueses tivessem o bracelete a seu lado, ainda poderiam tomar Wessex, apesar das pesadas perdas que haviam se abatido sobre eles.

— Talvez Ælfred já tenha caído — supôs Vetr. Sentava-se perto de Rafn, que estava deitado ao lado do fogo, enfraquecido e febril. — Guthrum pode ter derrotado os saxões em Wareham.

Steinólfur balançou a cabeça, como se não acreditasse que isso fosse possível.

— Nós podemos apenas esperar por notícias do resultado — disse Geirmund. — E esperar que assim seja.

A notícia veio alguns dias depois, transmitida por Eskil, que Geirmund não via desde Lunden. O guerreiro havia cavalgado muito desde

Wareham, sessenta descansos a leste, quase aleijando seu cavalo, e os Hel-hides o colocaram diante do fogo para dar-lhe comida, bebida e descanso.

— Guthrum conquistou Wareham facilmente — falou o dinamarquês. — Mas Ælfred veio com um exército logo depois, e por enquanto... há uma trégua entre eles.

Geirmund lutou para acreditar.

— Uma trégua? — ele quase gritou. — Depois de tudo que arriscamos e perdemos pelo plano de Guthrum, ele fez as pazes com os saxões?

— Ele fez. — A cara feia de Eskil dizia que ele compartilhava das frustrações de Geirmund com o rei. — Ælfred fez Guthrum jurar sobre a cruz do deus dele.

— Então o juramento de Guthrum é vazio — concluiu Birna. — A cruz não significa nada. Ele deve ter um plano.

Eskil não respondeu, mas olhou fixamente para Geirmund.

— O que foi? — perguntou ele.

O dinamarquês passou a língua pelos dentes, como se não gostasse do gosto das palavras na boca.

— Guthrum também jurou pelo bracelete que você deu a ele. Ælfred sabia disso de alguma forma, e exigiu um juramento sobre ele.

— E Guthrum concordou — disse Steinólfur, sorrindo com desdém.

— Guthrum mudou — afirmou Eskil, depois balançou a cabeça. — Não é mais o homem a quem jurei em Jutland. Ele encarou a morte de Ubba com mais dificuldade do que a perda de seus barcos, e agora oscila entre a tristeza e a raiva em certos momentos, sem o raciocínio e sem a astúcia que costumava ter. Mas Eivor foi até Wareham quando saí, e parece que ele a escuta, então nem tudo está perdido.

Saber que Eivor aconselhava o rei trouxe algum conforto, mas Geirmund preocupava-se com o fato de Ælfred conhecer Hnituðr. Não sabia como o rei saxão tinha ouvido falar do bracelete, porém rumores sobre ele também haviam chegado a Hytham em Ravensthorpe, e Geirmund lembrou-se do padre John perguntando se Guthrum extraía poder de uma relíquia pagã, então talvez a obra de Völund não fosse exatamente o segredo que Geirmund pensava ser.

— O que Guthrum pede dos Hel-hides? — quis saber Rafn, com a voz tensa, deitado perto de Vetr.

Eskil pareceu hesitar antes de responder.

— A essa altura, Guthrum e Eivor acabaram com a trégua e incendiaram Wareham.

— Ele quebraria seu juramento? — Skjalgi perguntou.

— Eu não ficaria vinculada a um saxão por nenhum juramento — disse Birna.

Geirmund não sabia se acreditava nisso por uma questão de honra, mas especialmente pelo juramento que havia sido feito sobre Hnituðr.

— Onde está Ælfred agora? — indagou.

— Num lugar chamado Cippanhamm — respondeu Eskil. — Não é cercado por muralhas, e Ælfred tem poucos guerreiros com ele. Está lá para uma festa cristã, e é aí que Guthrum planeja atacar. Está convocando todos os machados e todas as espadas para juntarem-se a ele na batalha.

— Que espadas? — exclamou Steinólfur. — A frota está afundada e espalhada. Ubba está morto.

— Nem todos os saxões estão dispostos a morrer por Ælfred — disse Eskil. — Espalhou-se a notícia de um velho leal ao rei que foi partido em dois e amarrado à porta do salão de seu ealdorman. Wulfere de Wiltescire já prestou lealdade a Guthrum. E Eivor tem muitos aliados em toda a Inglaterra, assim como rivais em dívida, que lutarão sob sua bandeira. — Ele se virou para Geirmund. — Ouvi dizer que Hjörr e Ljufvina atenderão ao chamado dela.

— Nem tudo está perdido — comentou Geirmund.

Eskil acenou com a cabeça.

— Nem tudo está perdido.

— Quando atacamos? — Vetr perguntou lançando um olhar para Rafn.

— Em quatro dias — disse o dinamarquês —, durante a festa que os cristãos chamam de Décima Segunda Noite.

— Guthrum não nos deu muito tempo para marchar — avisou Steinólfur.

Eskil hesitou novamente.

— O rei não me enviou. Vim procurá-los por vontade própria, porque vocês são guerreiros de grande coragem e honra. Sabia que gostariam de lutar ao lado de seus parentes e companheiros dinamarqueses.

Os Hel-hides ao redor do fogo ficaram em silêncio, confusos e raivosos com o desprezo de Guthrum por seu bando de guerra.

— Nós lutamos e morremos por ele — Vetr finalmente disse. — E ele deseja nos esquecer.

— É pela prata que nos deve? — Rafn perguntou. — Talvez ele...

— Não é por isso. — Steinólfur olhou ao redor do círculo. — Ou não é só por isso. É muito mais simples do que ganância. — Ele virou-se para Geirmund. — O rei dinamarquês faz o que faz porque teme você. Guthrum vê o mesmo que eu vi tantos anos atrás. Você é um rei, Geirmund Hjörrsson. É apenas uma questão de tempo até você perceber isso e tomar um reino para si.

Geirmund sentiu um calor nas bochechas que não vinha do fogo e esperou que pelo menos um de seus Hel-hides contestasse o guerreiro mais velho, em defesa da honra de Guthrum, mas nenhum deles o fez, nem mesmo Eskil.

— Vamos marchar? — perguntou Skjalgi.

Geirmund não precisou pensar muito na resposta.

— Sim, marcharemos. Mas não lutaremos por Guthrum. Lutaremos por Muli, Aslef, Thorgrim e cada Hel-hide que caiu. Lutaremos por Eivor e por nossos parentes que marcham para Cippanhamm atendendo a seu chamado. Vocês estão comigo?

— Você está esquecendo alguém — comentou Vetr.

Geirmund sentiu o olhar do círculo sobre ele, mas não conseguia imaginar o que o guerreiro queria dizer.

— Quem?

Steinólfur soltou um grunhido.

— É você, seu cara de cavalo. Nós lutamos por você.

Um momento se passou, e então todos os guerreiros caíram na gargalhada, o que durou algum tempo, e em seguida os Hel-hides foram se preparar para a batalha. Depois disso, Eskil foi até Geirmund.

— Para onde você cavalga a partir daqui? — perguntou ao gigante dinamarquês.

— Marcharei com você — respondeu Eskil —, se me aceitar.

A oferta surpreendeu Geirmund.

— Não se preocupa que Guthrum vá chamá-lo de traidor?

Eskil abanou a cabeça.

— Não me importo com o que um traidor possa dizer de mim.

— Então, convido você a marchar conosco. E terei a honra de lutar ao seu lado mais uma vez.

Eles deixaram o rio Exe na manhã seguinte e viajaram por uma estrada romana. Um dia de árdua cavalgada os levou à beira de um vasto pântano com rios, lagos e ilhas, fazendo Geirmund se lembrar dos pântanos que tinha cruzado quando chegara pela primeira vez à costa da Inglaterra. A estrada romana elevada os levou para o norte e evitou que ficassem atolados nas terras baixas, que se estendiam até o horizonte oeste e além, mas outro dia inteiro se passou antes que deixassem os pântanos para trás e chegassem a uma região montanhosa mais seca.

Desse lugar alto, viam uma grande floresta aparentemente interminável a leste, que Eskil chamava de Selwood, e que pairava ao longo da estrada romana por mais um dia inteiro. Quando pararam para descansar naquela noite, o fizeram quase à sombra de suas árvores, perto de uma grande rocha denteada que poderia ter sido uma pedra erigida pelos mesmos gigantes que esculpiram o cavalo branco.

Geirmund teve dificuldade de dormir ali, sabendo que o dia seguinte os levaria a Cippanhamm para a batalha, onde lutaria ao lado do pai e da mãe. Levantou-se cedo na manhã seguinte, os cobertores e o solo ao redor dele com uma geada fina, os dentes batendo de frio. Assim que os Hel-hides montaram nos cavalos para partir, Rafn despencou da sela, caindo de lado com toda força.

Vetr saltou e voou até ele, e logo Geirmund e alguns outros estavam sobre os dois dinamarqueses. Rafn murmurou, mas eram palavras sem sentido, e seus lábios ficaram azuis.

— É o braço dele — disse Vetr. — A febre do ferimento se espalhou.

Steinólfur se ajoelhou ao lado dele.

— Deixe-me dar uma olhada.

Então, ele e Vetr removeram a armadura, a túnica e o linho de Rafn, uma tarefa difícil porque o corpo dele estava fraco. Quando puxaram a atadura do braço ferido, o estômago de Geirmund se revirou. A carne de Rafn tinha ficado pútrida, e linhas escuras rastejavam sob sua pele como serpentes venenosas.

— Seu idiota desgraçado e orgulhoso — murmurou Steinólfur.

A lembrança da morte de Thorgrim ainda pesava na mente de Geirmund, e ele se enfureceu com a ideia de agora perder Rafn.

— O que deve ser feito? — perguntou.

Steinólfur recostou-se com as mãos nas coxas e olhou o braço de cima a baixo. — Este membro precisa ser extirpado — disse ele —, e precisa ser agora. Ele vai morrer se não o fizermos. Mas mesmo isso pode não ser suficiente.

Embora Geirmund já esperasse por essa conclusão, achou difícil falar. Para um guerreiro como Rafn, a perda de um braço seria o mesmo que a morte. Vetr colocou a mão na testa do companheiro e inclinou-se para perto, procurando o rosto de Rafn como se pedisse permissão para fazer o que precisava ser feito, mas a mente do dinamarquês de cabelo preto estava perdida, totalmente inconsciente do que acontecia com o corpo. Vetr olhou para Steinólfur, fechou os olhos e assentiu com a cabeça uma vez.

— Espero que ele me perdoe — falou.

Geirmund desviou o olhar de Vetr e olhou para seus Hel-hides, muitos dos quais ainda permaneciam em seus cavalos, e pensou no dia que ainda tinham pela frente.

— Quanto tempo vai levar? — perguntou a Steinólfur.

— Para reunir o que precisamos e fazer isso direito? — indagou Steinólfur. — Meio dia, pelo menos.

— Isso nos atrasará para o campo de batalha — disse Eskil.

Geirmund não queria arriscar um resultado como o que havia acontecido com jarl Sidroc e seus guerreiros em Ashdown. E, para evitar isso, ordenou que seu bando de guerra seguisse a marcha conforme planejado.

— Vou ficar com Rafn — avisou ele. — Jurei a vocês em Abingdon que não deixaria ninguém para trás, e não vou quebrar esse juramento agora. Vetr vai ficar, tenho certeza, assim como Steinólfur e Skjalgi. Todos os outros devem...

— Eu também vou ficar — disse Eskil. — Eu marcho com você, Hel-hide.

Geirmund olhou para o dinamarquês e acenou com a cabeça. Em seguida, se virou para Birna. — Eu falei que daria saxões para você matar.

— Sim — disse ela —, você falou.

— Eu confiaria em poucos outros para liderar nossos guerreiros na batalha.

— Eu também. — Ela sorriu, foi até seu cavalo e subiu na sela. — Vou tentar deixar alguns saxões para você matar, mas não prometo nada.

— Faça o que for preciso — pediu Geirmund. — Que Óðinn e Týr a acompanhem.

Ela acenou com a cabeça para ele, depois chamou os Hel-hides, e todos partiram a galope. Geirmund voltou-se para Rafn antes que eles tivessem sumido de vista e perguntou a Steinólfur:

— Do que você precisa?

— Água limpa — respondeu o guerreiro mais velho. — Fogo e aço quente. Plantas para cura. Linho para ataduras.

— Vamos fazer isso logo — disse Vetr, e eles se mobilizaram para providenciar tudo.

Por volta do meio-dia, já tinham coletado água de um riacho límpido e plantas da floresta, e enterraram as lâminas de vários machados e facas em brasas vermelhas. Rafn havia parado de resmungar e agora oscilava entre o sono e a vigília, mas Steinólfur disse que ele ainda lutaria como um urso no momento que fizessem o primeiro corte, então eles o amarraram e puxaram uma correia de couro entre seus dentes. Todos desviaram o olhar, observaram, depois desviaram o olhar de novo enquanto Steinólfur dava início à carnificina.

Primeiro, cortou a camada superior da pele ao redor do braço de Rafn com uma faca fria, para que a carne se unisse novamente mais tarde, e enrolou a pele do dinamarquês para cima como uma manga de camisa. Depois, usou uma faca quente para cortar as fibras mais profundas da carne, enchendo o ar com sons e com o cheiro de carne carbonizada, e Geirmund se lembrou instantaneamente da provação com Hámund nas montanhas. A queimadura do aço quente diminuiu muito o sangramento, porém não totalmente, e o solo abaixo de Rafn virou lama. Em meio a tudo isso, o dinamarquês uivava, olhos esbugalhados, o pescoço tão tenso quanto a corda retesada de um navio.

Quando Steinólfur chegou ao osso, trocou a faca por um machado e colocou uma pedra plana sob o braço de Rafn para golpear. O guerreiro mais velho pingava de suor, e inspirou e expirou algumas vezes antes de baixar o machado. Houve um baque surdo, depois outro, e então um tinido quando a lâmina atingiu a pedra e o osso se partiu em dois. O braço caiu.

— Teria sido melhor com uma serra — concluiu Steinólfur enquanto recolhia lascas soltas de osso.

O guerreiro mais velho então lavou a carne rasgada no coto com água quente e rolou a pele e o tecido de volta para baixo, que ele então juntou e costurou como uma bolsa, mas a deixou parcialmente aberta para o gotejamento, e tapou a abertura com as plantas que haviam colhido.

Rafn tinha parado de gritar e agora choramingava atordoado. Depois que o desamarraram, Eskil o ergueu tão facilmente quanto uma criança e o carregou para a floresta por uma curta distância. Vetr disse ao gigante onde colocar Rafn, e então Steinólfur envolveu todo o corpo dele com cobertores e peles.

— Só o choque já seria o bastante para matar um homem — disse Steinólfur. — Mantenham-no aquecido.

— Farei isso — concordou Vetr. — E não importa o que aconteça, sou grato a você.

— Espero que tenha sido o suficiente. — O guerreiro mais velho abaixou a cabeça e recuou.

— Sou grato a todos vocês — disse Vetr. — Mas agora vocês devem cavalgar para Cippanhamm. Levarei Rafn para lá assim que puder.

— Não deixarei vocês para trás — avisou Geirmund.

Vetr colocou a mão no ombro de Geirmund.

— Não há mais nada que você possa fazer. Agora depende do destino, e, se Rafn tiver que morrer, desejo ficar a sós com ele antes de ir para Valhalla.

Alguns momentos se passaram antes que Geirmund concordasse.

— Se eu não vir vocês em Cippanhamm logo, voltarei para buscá-los.

— Se não lá, estaremos aqui — falou Vetr. — Agora vá, antes que Birna mate todos os saxões.

Geirmund olhou para Rafn e depois se afastou, saindo da floresta em direção aos cavalos. Foi até Enbarr, e os outros Hel-hides se direcionaram a suas montarias, enquanto Vetr pegava seu cavalo e o de Rafn para levá-los de volta para as árvores.

— Queime esse braço — pediu Steinólfur. — Caso contrário, o hugr dentro dele atormentará Rafn com dor e uma coceira que ele não poderá coçar.

— Cuidarei disso — disse Vetr.

Então, Geirmund esporeou Enbarr para o norte, mas deixou para trás um apelo aos deuses para concederem a Rafn a força de que precisava para se curar.

CAPÍTULO 30

HAVIAM VIAJADO DEZ DESCANSOS PELA ESTRAda romana em direção a Cippanhamm quando Skjalgi avistou a leste um bando de guerra montado indo a toda velocidade para o sul ao longo da cordilheira, e Geirmund parou seus guerreiros para ver quem seriam os cavaleiros. Os estranhos, talvez uns trinta homens fortes, galopavam com força e não carregavam bandeiras.

— São saxões — concluiu Steinólfur. — Isso fica claro pelos escudos e elmos. Além disso, não sei...

— É Ælfred — disse Eskil.

Geirmund esforçou-se para ver melhor os guerreiros.

— Ælfred?

— Sim, Ælfred. — Cuspiu no chão de cima da sela. — Eu o vi em Wareham, e aqueles mesmos guerreiros estavam com ele. Conheço as cores de seus cavalos.

— O que ele está fazendo? — Skjalgi perguntou.

— Fugindo da batalha — respondeu Steinólfur. — Talvez já esteja perdendo.

— Talvez — disse Geirmund.

Ele tinha uma escolha a fazer, e apenas alguns momentos para decidir se perseguia o bando de guerra ou cavalgava em direção a Cippanhamm. Tinha apenas a si mesmo e mais três guerreiros, muito poucos para lutar contra os saxões. No entanto, se Eskil estivesse certo, então Ælfred havia escapulido dos dinamarqueses, o que significava que a batalha em Cippanhamm não seria o fim de Wessex, não importava quem se mantivesse firme no final, porque Wessex só cairia quando Ælfred fosse capturado e morto.

— Tem certeza de que é ele? — Geirmund indagou.

— Juraria pela espada do meu irmão — disse Eskil. — Esse é Ælfred.

— Será que nos viram? — quis saber Skjalgi.

— Não diminuíram a velocidade nem mudaram de curso — explicou Steinólfur, depois olhou em volta. — Estamos mais abaixo aqui, com algumas árvores para nos proteger, e somos apenas quatro. Talvez não tenham nos visto.

— Temos que segui-lo — avisou Geirmund. — Não podemos lutar contra tantos homens, mas podemos ver aonde ele vai e talvez encontrar uma maneira de matá-lo. Se não, pelo menos saberemos onde está para voltarmos mais tarde com mais guerreiros.

Todos concordaram com o plano, então deram meia-volta e cavalgaram atrás do bando de guerra, mantendo-se escondidos o melhor que podiam enquanto marcavam o caminho do inimigo. Os saxões seguiram a cordilheira até chegarem à borda norte da floresta de Selwood, fronteira em que desceram do terreno mais alto e cavalgaram para o sul ao longo da estrada romana. Geirmund e seus guerreiros ficaram o mais longe que podiam sem perder o rei de vista, confiando que, mesmo se fossem vistos, os saxões não presumiriam que quatro cavaleiros fossem inimigos dinamarqueses enviados por Guthrum.

Por fim, chegaram à pedra que marcava o lugar onde, naquela manhã, haviam tirado o braço de Rafn. Geirmund viu o chão ensanguentado enquanto galopavam e desejou poder parar e ver se Rafn ainda estava vivo, mas não tinham tempo para desvios.

Quando o sol baixou, alguns descansos adiante, os saxões pararam e montaram acampamento fora da estrada para a noite. Nenhuma das companhias acendeu fogueiras, e Geirmund manteve seus guerreiros a uma distância segura para evitar quaisquer batedores que Ælfred colocasse para vigiar.

Antes que o sol nascesse novamente, o inimigo seguiu em frente, e naquele dia cavalgou para a região montanhosa de duns e vales que antes elevara os Hel-hides acima dos pântanos. Por seis descansos, viajaram por bosques de freixo e bordo, sob colinas cobertas de grama e penhascos de pedra clara. Quando a estrada romana desceu das terras altas para os pântanos, os saxões correram para o sul por quase vinte descansos antes de pararem novamente para uma noite de descanso. Na manhã seguinte, partiram para oeste da estrada e avançaram para o nível dos pântanos.

— Parece que conhecem caminhos através dos pântanos — comentou Steinólfur.

— Acho que conhecem o caminho desde que deixaram Cippanhamm — supôs Eskil. — Esta fuga me parece planejada.

— Com que objetivo? — Skjalgi perguntou. — Para onde eles vão?

— Em breve saberemos — disse Geirmund.

Em seguida, ele e seus guerreiros avançaram na perseguição até os pântanos, através da grama alta e de densos bosques de amieiros envoltos na névoa, e mantiveram os pés secos apenas porque os saxões que os lideravam precisavam de trechos firmes para seus cavalos. Mesmo assim, a marcha era bastante estreita e traiçoeira, e, ao meio-dia, chegaram ao fim da caçada e não puderam ir mais longe.

Agacharam-se no matagal, espiando por entre os juncos enquanto Ælfred e seus guerreiros cavalgavam para uma fortaleza de pequenas ilhas ligadas por um passadiço de madeira sobre um amplo lago. Uma aldeia modesta ficava na ilha mais próxima da costa, movimentada com pequenos navios e defendida por um portão e muitos guerreiros, mas na segunda ilha além dela os saxões tinham erguido altas muralhas de estacas e uma fortificação entre as árvores que lá cresciam.

Eskil balançou a cabeça.

— É como eu disse. Isso foi planejado.

— Acho que você está certo — falou Steinólfur. — Essa fortificação é resistente e parece recém-construída.

— Pode ser tomada? — Skjalgi perguntou.

O guerreiro mais velho olhou para trás, para o caminho por onde tinham vindo.

— Nenhum exército poderia marchar sobre aquele terreno.

— Navios poderiam alcançá-lo. — Eskil apontou para a água ao redor da ilha. — Esse lago certamente deve encontrar o mar se...

— Mas Guthrum não tem frota — lembrou Geirmund, com a voz aguda de frustração. — E tenho certeza de que Ælfred sabe disso. Ele escolheu este lugar porque sabe que os dinamarqueses não podem tomá-lo e porque tem tudo de que ele precisa. Há água e comida, e está além do nosso alcance. Ælfred poderia ficar sentado naquela ilha e continuar se intitulando rei de Wessex até morrer de velhice.

— Ele pode se chamar de rei — disse Steinólfur —, mas rei de quê? Deste pântano abandonado?

— Ele é um rei de mais do que terras para os saxões — opinou Geirmund. — Você precisa pensar como um cristão. Ælfred é o rei do deus deles. Enquanto viver, sempre haverá ealdormen em Wessex que o seguirão, mesmo que ele esteja em seu salão no meio do pântano.

— Então, o que podemos fazer? — Skjalgi perguntou.

— Não sei — respondeu Geirmund. — Mas temos que deixar esse plano para outro dia. Por enquanto, vamos a Cippanhamm para lutar e contar a Guthrum e aos outros dinamarqueses o que sabemos.

Seus três guerreiros pareciam relutantes em partir, e Geirmund entendeu por quê. A ilha para a qual Ælfred havia fugido estava logo adiante, quase ao alcance de uma flecha, e era enlouquecedor ficar tão perto do inimigo e ainda assim não ter poder para pegá-lo e matá-lo.

— Vamos embora — disse Geirmund.

Eles tentaram sair do pântano pelos caminhos por onde tinham chegado, mas se perderam várias vezes no labirinto de floresta, mato e lama, o que revelou ainda mais a força do domínio de Ælfred. Quando finalmente emergiram do pântano para a estrada romana, fatigados e cheios de mordidas de mosquitos, a luz do dia tinha acabado, e eles tiveram de descansar durante a noite antes de marchar novamente para o norte.

Dois dias depois, alcançaram a pedra de Selwood, e Geirmund parou ali para ver se Vetr ainda permanecia na floresta vizinha, e o que acontecera com Rafn. Foram a pé, conduzindo os cavalos pelas árvores, e encontraram o dinamarquês ferido deitado no mesmo lugar em que o haviam deixado. Seus olhos permaneciam fechados, e ele estava quase tão pálido quanto Vetr. O peito não parecia se mover com qualquer sinal de respiração sob as peles. Geirmund não viu sinal de Vetr, mas sabia que o outro guerreiro estaria em algum lugar próximo, e, enquanto se movia em direção a Rafn, ele se perguntou se o dinamarquês já despertara da febre e do choque em que o haviam deixado.

Nesse momento, Geirmund ouviu um sopro baixo de vento e se virou quando a ponta de uma lança cortou de raspão sua garganta por trás de uma árvore, mas a arma recuou quando o guerreiro que a empunhava viu quem era.

— Geirmund! — Vetr plantou a ponta do Dauðavindur no chão e abaixou a cabeça. — Perdoe-me, eu deveria ter olhado.

— Você olhou — disse Geirmund —, e é por isso que ainda tenho minha cabeça.

— Hel-hide?

A voz vinha do chão. Geirmund olhou para Rafn, surpreso ao ver o dinamarquês olhando para cima, e então se ajoelhou ao lado dele.

— Você está vivo?

— Espero que esteja — respondeu Rafn, com a voz suave e um sorriso fraco. — Porque sei que não estou em Valhalla.

— Você tem a força de Thór — comentou Geirmund.

— E a sorte de Týr. — Rafn olhou para seu coto. — Mas, em vez de perder meu membro para os dentes de Fenrir, eu o perdi para uma lâmina saxã e para a minha própria tolice.

— Sinto muito — lamentou Geirmund. — Se pudéssemos tê-lo salvado...

— Eu sei. — Rafn olhou para Vetr, e um significado não dito passou entre eles. — A culpa é minha. E a ruína também.

— Nada foi arruinado — disse Geirmund. — Você ainda é um Hel-hide e, mesmo com um braço só, ainda é duas vezes mais mortal do que qualquer saxão.

Rafn bufou.

— Isso não é lá um grande feito, mas agradeço por dizer isso.

— Como está seu braço? — perguntou Steinólfur.

— Acho que Vetr o incendiou.

Skjalgi riu, mas Steinólfur não.

— Você sabe o que quero dizer — falou o guerreiro mais velho.

— Sinto dor. — Rafn olhou novamente para o coto. — Mas isso se cura.

Steinólfur voltou-se para Vetr.

— Febre?

— Ele queimou por dois dias, mas depois a febre cedeu — disse o pálido dinamarquês. — A ferida ainda escorre, mas a secreção está quase limpa.

Steinólfur sorriu.

— Isso é bom de ouvir. Ele precisa comer muito queijo, carne, mel e beber muita cerveja.

— Eu posso fazer isso — avisou Rafn.

— Consegue cavalgar? — Geirmund quis saber.

Vetr parecia prestes a dizer não por ele, mas Rafn falou primeiro.

— Vou cavalgar. Estou ficando entediado com esses bosques, e não há muito mais para comer além de esquilos.

— Então, vamos cavalgar — sugeriu Geirmund.

Moveram-se rapidamente para levantar acampamento, e em seguida ajudaram Rafn a se levantar. Ele estremeceu quando as peles e os cobertores caíram, e estava menos firme nos pés do que Geirmund esperava. O dinamarquês precisaria de alguém para cavalgar com ele e mantê-lo na sela, e uma vez que Enbarr era a montaria mais alta e mais larga daquele pequeno grupo, Geirmund ofereceu seu cavalo para Vetr e Rafn montarem juntos, enquanto ele pegava o animal de Vetr.

Apesar da força e do passo fácil de Enbarr, o balanço e o impacto em seu andar causaram dor no coto de Rafn, fazendo seu rosto suar e se contorcer em caretas, mas ele se recusou a reclamar. Pararam muitas vezes para lhe dar descanso, o que prolongou a jornada e os obrigou a passar mais uma noite acampados ao lado da estrada romana.

Quando finalmente chegaram a Cippanhamm, viram os restos da batalha nas terras vizinhas. A cidade ficava em uma colina, e uma névoa matinal fina espreitava nas depressões baixas a seus pés. Montes de cadáveres de saxões apodrecidos ofereciam um banquete sangrento aos corvos, às raposas e a outros animais carniceiros, e o leve cheiro de fumaça das piras funerárias ainda pairava no ar. Geirmund contou as pilhas de madeira carbonizadas e ofereceu sua silenciosa gratidão a Óðinn por haver muito menos delas do que corpos de saxões, e pelo fato de que, embora Ælfred pudesse ter fugido, parecia que os dinamarqueses haviam tomado o campo.

Enquanto Geirmund e sua pequena companhia subiam a colina em direção à cidade, passaram por dinamarqueses e escravos saxões cavando trincheiras profundas e erguendo muralhas.

— Guthrum planeja ficar e defender este lugar — disse Eskil.

— Ele deveria marchar para Wintanceastre — opinou Steinólfur.

Eskil concordou com a cabeça.

Depois de encontrar uma taberna onde Rafn pudesse descansar, Geirmund foi procurar Birna e seus Hel-hides para ver como tinham se saído, e ficou emocionado pela alegria de encontrá-la ilesa. Em seu coração e em sua mente, ela ainda lamentava a perda de Thorgrim, uma bacia fria que ainda não fora capaz de encher com sangue quente saxão, não importava o quanto tivesse derramado, mas seu humor melhorou quando soube que Rafn ainda estava vivo, e foi procurá-lo. Dos outros Hel-hides de Geirmund, vinte e sete permaneciam, e ele cumprimentou cada um deles antes de procurar os pais.

Tentou perguntar a alguns dinamarqueses na cidade onde poderia encontrar Hjörr e Ljufvina, mas os dinamarqueses olhavam para baixo toda vez que ouviam esses nomes e simplesmente apontavam o caminho. Quando Geirmund chegou à casa para a qual o haviam enviado, soube o motivo de seu silêncio.

A mãe estava sentada sozinha à sombra de um olmo, em um banco encostado na parede da cabana onde dormia, e Geirmund a observou sem que ela percebesse. Estava virada para algum lugar além das fronteiras da aldeia, e o rosto e os olhos dela não exibiam nenhum sentimento ou pensamento, como se seu hugr tivesse deixado o corpo. Quando finalmente olhou para cima e o viu, pareceu não reconhecê-lo por um momento, e no instante seguinte acordou e voltou a si.

— Geirmund — disse ela, levantando-se quando ele se aproximou.

— Mãe.

Eles se abraçaram com força por algum tempo, sem dizer nada, pois Geirmund não queria ouvir o que sabia que ela estava prestes a dizer, e sabia que ela também não desejava dizê-lo. Sentia como se estivesse no limiar de alguma porta do destino, e, uma vez que a cruzasse, não poderia voltar atrás.

Ela parecia magra quando ele a abraçou, e o cabelo ainda cheirava a fumaça da pira.

— Pai? — ele finalmente sussurrou, pronto para saber.

Ela o apertou com mais força, sem dizer nada por alguns momentos, e então se afastou com os olhos vermelhos, mas secos, como se tivesse chorado até esgotar as lágrimas.

— Todas as cores estão esmaecidas — ela disse, tocando um broche de prata que usava. — Sinto meu coração no peito, mas não consigo entender. Como pode um coração que morreu continuar batendo?

— Lamento por não ter estado lá — Geirmund falou, pensando em seu pai no campo de batalha, sozinho, cercado por saxões, precisando de outra espada, e em como Geirmund teria corrido para o lado dele, mas era como tentar fugir de uma onda quebrando dentro de si. — Se eu estivesse lá, talvez pudesse...

Ela cobriu os lábios dele.

— Silêncio, meu filho. Não há nada que você pudesse ter feito. Foi o destino.

Ele puxou a mão dela de sua boca.

— Pedi a ele que lutasse contra Wessex junto a mim. Estávamos à beira do rio em Jorvik e eu perguntei a ele...

— Foi o destino — comentou ela. — O covarde acredita que viverá para sempre se evitar a batalha, mas não existe trégua com a morte. Não era isso que Bragi sempre dizia? Orgulhe-se de que seu pai encontrou a morte com coragem e honra.

Naquele momento, Geirmund sentiu-se ultrapassar a soleira na qual estivera se demorando para adentrar um salão escuro com um trono vazio, e o vazio daquele assento o deixou sem fôlego. Pouca coisa havia mudado e, ainda assim, tudo ao seu redor havia se tornado desconhecido, como se as coisas fizessem sentido apenas em comparação ao que ele perdera.

— Espere aqui — pediu a mãe, e se abaixou para passar pela porta baixa da cabana. Alguns momentos depois, voltou carregando um seax.

— Isto era do seu pai. Algo me disse para mantê-lo longe do fogo, e agora vejo que você perdeu uma arma.

Ela deu-lhe o seax, que tinha um cabo feito de chifre polido e uma lâmina de aço de Frakkland, e a arma agradou tanto a mão de Geirmund quando a segurou que ele sabia que também agradava aos deuses. Parecia ter o mesmo comprimento e largura do seax de John que ele dera à völva para queimar, e descobriu que cabia na bainha vazia que ainda usava no cinto, como se tivessem sido fabricados juntos.

— A vidente em Ravensthorpe me disse que eu encontraria outro — comentou ele.

— Reinos passarão — disse a mãe. — A riqueza passará. Os guerreiros passarão. Eu vou passar, e você também. Apenas uma coisa jamais passará, e essa é a honra. E a fama de quem a conquistou. Lembre sempre que você é filho de Hjörr.

— E de Ljufvina.

Ela sorriu, algo que pelo visto não fazia havia dias.

— Tenho orgulho de ser sua mãe e sei que seu pai também tinha orgulho de você. Ele queria Wessex para você. E agora você a ganhou.

Geirmund congelou, pensando em como falar a verdade sem tirar um pouco do conforto da mãe.

— Está quase ganha — revelou ele.

Quando ela lhe perguntou o que queria dizer, ele explicou o que sabia sobre Ælfred. A mãe concordou que o rei saxão não poderia ser deixado em sua fortaleza no pântano.

— Você contou a Guthrum? — ela perguntou.

— Ainda não o vi.

— Vá agora — pediu ela. — Ælfred não pode ter tempo nem liberdade para planejar seu retorno. Mas escolha suas palavras com cuidado. Guthrum agora é um dinamarquês de muitas personalidades, e você nem sempre sabe com qual delas está falando.

Ela apontou para um templo cristão situado no topo da colina da aldeia, e ele a deixou para ir procurar o rei, mas no caminho encontrou

Eivor enquanto ela descia da colina. Ficou feliz em vê-la novamente, e eles apertaram as mãos em saudação, parando juntos na sombra do templo. Ela falou brevemente sobre o respeito por seu pai e sobre o luto por ele, embora parecesse sentir mais tristeza por Ljufvina, e por isso Geirmund era grato. Sabia que a mãe precisaria de amigos nos dias e nos anos solitários que viriam.

— Ouvi dizer que Guthrum tem uma grande dívida com você, Eivor — começou Geirmund. — Não acho que ele poderia ter vencido essa batalha sem você.

— Lamento que você a tenha perdido, meu amigo.

— Eu perdi uma luta — disse Geirmund. — Não perdi a guerra.

Ela abriu um sorriso perplexo.

— O que isso significa?

— Wessex ainda não caiu.

— Dê uma olhada, Hel-hide. — Ela fez um gesto ao redor deles, abarcando a cidade. — Nós desferimos um golpe poderoso…

— Ælfred está vivo — revelou Geirmund.

O humor dela piorou, como se uma sombra tivesse passado sobre seus olhos.

— Ele escapou de nossas mãos, é verdade. É astuto, aquele rei saxão.

— Nós o vimos fugir — disse Geirmund. — Eu e alguns dos meus guerreiros. Nós o seguimos até uma fortaleza nos pântanos ao sul.

— Ele está em Sumorsæte? — ela quis saber.

— Não sei o nome daquele lugar, mas ele está atrás das muralhas de uma fortaleza em uma ilha nos pântanos.

Ela assentiu com a cabeça lentamente, como se estivesse pensando consigo mesma.

— Ælfred tem traçado seus planos ocultos há muito tempo. Tinha grandes ambições para todos os reinos saxões da Inglaterra, e ainda as tem.

— Não há mais reinos saxões — disse Geirmund. — Existem Daneland e Wessex, mas Wessex logo cairá. — Ele olhou para o alto da colina em direção ao templo. — Vou até Guthrum agora, fazer planos para…

— Ele não vai receber você — avisou ela. — Estou vindo de lá, e ele me recusou. Não nos falamos desde que colocamos fogo nas piras dos caídos. Ele falou da cruz cristã de um jeito que…

— Como?

Ela balançou a cabeça.

— Ele é um homem mudado, Geirmund. Isso eu digo a você.

— Vejo que sua língua não está tão solta e honesta como antes.

— Talvez não. Mas espero que esteja mais sábia.

— Ele pode ter mudado, mas não vai me recusar. — Geirmund avançou para passar por ela. — Farei que ele me ouça.

Ela apertou a mão contra o peito dele para detê-lo.

— Vá com cuidado, Hel-hide. Sua língua talvez precise de mais sabedoria. — Então, ela o soltou. — Existem muitas trilhas na vida, e muitas rotas marítimas. Se chegar o dia em que sua lealdade não esteja mais presa a Guthrum, você terá uma casa em Ravensthorpe.

— Agradeço, Eivor. — Ele olhou colina abaixo em direção à cabana da mãe. — Espero que Ljufvina também tenha um lugar lá. Odeio pensar nela sozinha em Jorvik.

— Ela tem um lugar. — O sorriso da donzela-escudeira era triste e gentil. — E ela sabe disso. Mas você também sabe que ela vai aonde quer.

Geirmund sorriu.

— Eu sei.

— Estou indo embora de Cippanhamm, mas espero vê-lo novamente. — Ela olhou para o alto da colina, e seu sorriso desapareceu. — Um nórdico na Inglaterra sempre precisará de aliados.

Eles se abraçaram e se separaram. Eivor desceu a colina, e Geirmund subiu até o templo cristão, que se parecia muito com o de Torthred e seus monges, embora menor. As vigas da porta na lateral do tempo pendiam pelas ferragens e dobradiças, e ao passar por elas Geirmund falou:

— Meu rei? O senhor está aqui?

— Estou aqui — veio uma resposta do interior. — É Geirmund Hel-hide, que voltou dos mortos mais uma vez?

Geirmund avançou até fundo no escuro templo, tomando cuidado com onde pisava. Algumas das janelas tinham vidros coloridos, mas outras haviam sido arrancadas das esquadrias, permitindo a entrada de lâminas de luz afiadas que cruzavam a sala como espadas se chocando. Geirmund sentiu os estalos do vidro estilhaçado sob as botas.

— Voltei — disse Geirmund. — Com notícias de Ælfred.

Guthrum ficou em silêncio por um momento, e então simplesmente repetiu o nome.

— Ælfred.

A voz do rei vinha de uma extremidade do templo, e Geirmund caminhou em direção a ela através das sombras, da luz e do ar empoeirado.

— Sim, Ælfred. Está escondido em uma fortaleza a sudoeste. Eivor disse que o lugar se chama Sumorsæte. É uma terra traiçoeira de pântanos profundos, mas acho que podemos traçar um plano para tirá-lo de lá.

Guthrum não respondeu, e Geirmund o encontrou parado diante do altar cristão.

— O senhor me ouviu, meu rei? — perguntou ele. — Ælfred está...

— Eu ouvi. Ælfred está em Sumorsæte.

A maneira como falou indicava a Geirmund que talvez ele já soubesse disso.

— Tenho pensado em como podemos ir atrás dele — falou Geirmund. — A tarefa será difícil, mas pode ser feita. Não com um grande exército, mas eu precisaria de mais guerreiros do que apenas meus Hel-hides. Se o senhor me der...

— Você vai deixar Ælfred onde ele está — disse Guthrum.

— Mas, meu rei, isso pode ser feito. E Wessex nunca vai...

— Você vai deixá-lo onde está!

A rapidez da raiva do dinamarquês fez Geirmund recuar um passo.

— Guthrum, minha intenção não é desonrá-lo. Só falo assim com o senhor porque a luta por Wessex ainda não está terminada.

O rei pareceu se acalmar.

— Pode ser que esteja.

— Como? — Geirmund franziu a testa, pensando nos muitos significados possíveis por trás das palavras de Guthrum. — O que está dizendo?

Guthrum suspirou, pesada e profundamente, e parecia quase ter encolhido de tamanho.

— Estou dizendo que me sinto mais cansado da guerra do que quando fui pela primeira vez ao salão de seu pai.

— Estamos todos cansados da guerra! — Geirmund gritou, a raiva e a tristeza levantando sua voz antes que ele pudesse controlá-las. — O senhor deseja esconder-se dela? Aqui neste templo cristão?

— Esconder-me? — Guthrum se afastou do altar pela primeira vez para encará-lo. — Você ousa me chamar de covarde?

— Espero que não. — Geirmund ficou quieto, pensando no que Eivor havia dito, pesando cada palavra com cuidado. — Vejo que o senhor está construindo defesas aqui, e isso é sábio. Há momentos em que é aconselhável recuar e reunir forças. Mas uma pausa para buscar forças pode facilmente durar mais tempo do que deveria por causa do medo. Pode ter certeza de que Ælfred não está ocioso em sua fortaleza. Cada dia que o deixamos lá significa mais tempo para que ele também reúna forças.

— E daí? — Guthrum disse. — Ele não pode tomar a Mércia ou a Ânglia Oriental de nós. Não pode tomar a Nortúmbria. Elas são Daneland. E ele sabe disso.

— Por enquanto. Mas se deixarmos pelo menos um rei saxão de pé, especialmente Ælfred de Wessex, um dia eles tomarão de volta suas terras. O senhor sabe disso.

Guthrum voltou-se para o altar.

— Talvez haja uma maneira de estabelecer uma paz duradoura com Ælfred.

— Uma paz duradoura? — Geirmund indagou. — Que conversa é essa? O que aconteceu ao dinamarquês que foi a Avaldsnes? O senhor jurou que a Inglaterra seria nossa, mas só depois de tomarmos Wessex. Foi para isso que naveguei até estas praias, e foi esse o juramento que fiz a mim mesmo. Foi esse o juramento que fiz ao senhor! Virei as costas para meu pai, minha mãe e meu irmão. — Geirmund pressionou o punho contra o peito como se o esfaqueasse com uma faca. — Meu pai morreu aqui! Perdi guerreiros e amigos! Essas mortes não serão em vão.

O rei suspirou novamente.

— Agradeço sua honestidade, Hel-hide. Vou pensar no que você disse. Mas, por enquanto, este assunto está encerrado. Deixe-me.

Geirmund ficou ali por alguns momentos, atordoado, em silêncio, tremendo de raiva. Viu que não chegaria a lugar nenhum com o rei e ficou preocupado com o que sua raiva o levaria a dizer e a fazer. Então, se virou e saiu correndo.

CAPÍTULO 31

— Você deveria matá-lo — falou Birna. As palavras surpreenderam Geirmund e pareceram surpreender também os outros Hel-hides reunidos em torno da fogueira. Vários dias tinham se passado desde a reunião do grupo em Cippanhamm. Eivor havia partido, e a mãe de Geirmund fora para o norte para aguardar em Jorvik o retorno de Hámund. O rei recusara-se a ouvir Geirmund desde a última vez conversa e, além das defesas da cidade, não fez nenhum movimento ou plano contra Ælfred ou Wessex. Mesmo assim, o fato de Birna falar abertamente em matar Guthrum não parecia se encaixar em sua honra nem agradar aos outros guerreiros.

— Cuidado com as palavras vãs — disse Eskil. — Alguns podem interpretar mal seu significado.

— Minhas palavras não são vãs — retrucou a donzela-escudeira. — E não me refiro a assassinato. Geirmund deveria desafiar o rei abertamente. Muitos o seguiriam.

— Não é o momento para isso — lembrou Steinólfur. — Guthrum ainda é muito forte.

Geirmund sabia que o guerreiro mais velho falava de Hnituðr, mas havia poucos naquele círculo que entendiam o significado completo. Eskil sabia do poder do bracelete, Skjalgi também, mas os outros não. Sabiam apenas dos feitos de Guthrum em batalha, de como ele havia matado Æthelred, porém isso parecia ser o suficiente para concordarem com Steinólfur, mesmo que Birna zombasse dele.

— Se Guthrum é tão forte — começou Skjalgi —, por que não mata Ælfred? O que ele teme?

Geirmund havia se perguntado a mesma coisa muitas vezes. Hnituðr dava ao rei o poder de marchar por Sumorsæte quase como se fosse um exército de um homem só. O fato de Guthrum permanecer em Cippanhamm sugeria a Geirmund que o rei havia perdido a confiança no bracelete, ou que tinha um plano oculto e surpreendente que ninguém mais conhecia.

— O medo vem de muitos lugares — disse Vetr. — Vi guerreiros poderosos serem abatidos pelo medo de uma pequena aranha.

— Era uma aranha venenosa — Rafn comentou ao lado dele, parecendo irritado. O dinamarquês já conseguia se sentar e tinha mais cor nas faces. Ainda dormia a maior parte do dia, mas Steinólfur dissera que ele cruzara o estreito de maior perigo e se curaria. — Uma aranha mortal — concluiu Rafn.

— Acho que a aranha Ælfred está tecendo uma teia — disse Eskil.

— Talvez Guthrum esteja tecendo a própria teia também — supôs Skjalgi.

— Para tecer uma teia — disse Vetr —, uma aranha deve deixar seu covil e arriscar-se a escalar o galho.

Geirmund olhou para a silhueta do templo no topo da colina contra o céu noturno, as janelas de um preto mais profundo, exceto pela única luz fraca que tremeluzia em uma das extremidades. Não sabia por que Guthrum continuava naquele lugar, mas isso o preocupava. Völund e a völva haviam falado sobre uma traição no destino de Geirmund, e ele estava começando a entender o que isso significava. Guthrum traíra a ele e aos dinamarqueses, mas não totalmente, e nem tudo estava perdido ainda, contudo às vezes parecia que sim. Geirmund frequentemente tinha de lembrar a si mesmo de que a vidente também dissera que seu caminho para a vitória já estava garantido, precisava apenas saber qual era. Ele se levantou.

— Aonde vocês vão? — perguntou Steinólfur.

Geirmund acenou com a cabeça para a colina acima.

— Tentaremos novamente.

— Vá, então — disse Birna. — Continue falando. Mas chegará o momento em que as palavras já não bastarão, e não restará mais nada além de agir. Não adie esse momento e não se esconda dele se quiser que os guerreiros o sigam.

Geirmund meneou a cabeça, não porque concordava, mas para sinalizar que a ouvira. Então se afastou da fogueira e subiu a colina com dificuldade. Um vento soprava naquela noite, agitando as copas das árvores e arrastando nuvens finas sobre as estrelas, e quanto mais alto ele subia, mais áspero era o vento que varria a colina. Caminhou curvado e com os olhos baixos, e mal percebeu as duas figuras se esgueirando para longe da porta do templo quando ele alcançou o topo.

Não pareciam dinamarqueses. Embora fossem apenas sombras, Geirmund viu as vestes de sacerdote balançando ao redor de um deles ao vento, enquanto o outro usava roupas estranhas, com borlas e um chapéu. Correram como ladrões pelo outro lado da colina, para longe da cidade, e Geirmund se abaixou para persegui-los, mas logo os perdeu em meio à escuridão entre as árvores e aos rebanhos de ovelhas adormecidas.

Pensou em Guthrum e correu para o templo, temendo que o rei pudesse ter sido morto, e bateu com o punho na porta recém-consertada.

— Guthrum! — ele gritou. — Meu rei, está me ouvindo?

Um momento depois, uma fresta da porta se abriu, e o rei olhou para ele pela abertura.

— Eu estava dormindo — disse ele. — O que você quer?

Geirmund não percebia o sono na voz de Guthrum, nem o via no rosto do rei. Olhou na direção em que os ladrões tinham ido e quase os mencionou, mas se conteve.

— Então? — perguntou o rei.

— Lamento ter acordado o senhor — desculpou-se Geirmund. — Devo ter ouvido algo no vento.

Guthrum grunhiu e fechou a porta, deixando Geirmund do lado de fora no frio, pensando nos dois ladrões. Percebeu, ao lembrar-se do que tinha visto, que eles tinham vindo de dentro do templo, e o rei estava acordado e ileso, tendo mentido sobre estar na cama. Geirmund sabia que, se tivesse perguntado sobre os estranhos, o rei teria mentido sobre eles também, e talvez tomado medidas para impedi-lo de descobrir a verdade.

Depois disso, Geirmund passou a se esconder todas as noites entre as ovelhas perto do sopé da colina, observando o bosque e a encosta, esperando que retornassem. Não contou a ninguém, nem mesmo a Steinólfur. Por oito noites observou, e por oito noites não viu nada, rastejando para a cama dolorido e com frio todas as madrugadas logo antes do amanhecer. Na nona noite, porém, o ladrão com as vestes de padre voltou sozinho.

Geirmund aproximou-se sorrateiramente do estranho e o jogou no chão com facilidade, dispersando as ovelhas que berravam, então imobilizou o homem com o seax do pai em sua garganta. Só então viu quem havia capturado.

— John?

O terror nos olhos do padre se desvaneceu.

— Geirmund, louvado seja Deus.

— Não o louve ainda. — Geirmund deixou o gume de sua lâmina onde estava. — O que está fazendo aqui, padre?

— E-estou aqui... — ele gaguejou. — Vim ver como os dinamarqueses estão tratando o povo escravizado de Cippanhamm.

— Foi isso que o trouxe aqui nove noites atrás?

O branco dos olhos de John ficou um pouco maior ao luar.

— Eu...

— Você estava no templo com Guthrum, e havia outro com você. Quem era?

O padre hesitou.

— Era um menestrel.

— O que é um menestrel?

— Um contador de histórias, uma... uma espécie de cantor.

— Um skald?

— Um dinamarquês pode chamá-lo assim.

Geirmund notou uma bolsa de couro sobre o ombro do padre.

— O que você carrega?

— Nada — disse John. — Um pouco de comida. Só isso.

— Dê-me isso.

— Geirmund, por favor...

— Dê-me isso! Ou vou tomar de você.

Em vez de fazer John se encolher, isso fez parte do medo dele desaparecer, como se estivesse fingindo. Seus olhos estreitaram-se e seu corpo relaxou apesar da arma na garganta, e Geirmund teve um vislumbre de um homem dentro do padre que ele não conhecera nem vira em todos os dias que haviam passado juntos.

— Você vai me matar, Hel-hide?

— Não me chame por esse nome. — Geirmund se abaixou, agarrou a bolsa de couro e a arrancou do braço do sacerdote. O esforço fez o seax deslizar no pescoço de John e deixar para trás um fio fino de sangue. Geirmund puxou a lâmina e recuou. — Você mudou muito, padre. O que Ælfred fez com você?

— Ele me mostrou o reino de Deus.

— Estou farto de reis e reinos. Levante-se.

John se levantou devagar e limpou o sangue do pescoço com dois dedos, enquanto Geirmund olhava dentro da bolsa. Viu vários pedaços de pergaminho, enrolados e dobrados, e percebeu que John era simplesmente o mensageiro, mas agora Geirmund tinha a mensagem, e o padre não sabia que ele podia ler.

— Vá — disse Geirmund. — De volta ao seu rei pantanoso.

— O que vai fazer com minha bolsa?

— Vou levá-la para Guthrum.

John assentiu e pareceu sorrir na escuridão.

— E se eu decidir não ir?

— Não vou matar você, padre. — Geirmund embainhou sua lâmina. — Eu me pergunto agora se cheguei a conhecê-lo, mas, em respeito a nossas viagens anteriores juntos, não vou matá-lo.

John abaixou a cabeça.

— Eu sou grato por...

— Mas os outros dinamarqueses vão matá-lo quando eu os chamar, e não será uma morte rápida.

O padre olhou colina acima.

— Você faria isso?

— Faria — disse Geirmund. — Não sei por que você está aqui, mas lhe dou sua vida como um presente de despedida, junto com um aviso. Se nos encontrarmos novamente, seremos como estranhos, nórdico e saxão, pagão e sacerdote.

John não se moveu nem falou por vários instantes. Então, abaixou a cabeça novamente.

— Eu ainda vou orar por sua alma, Geirmund Hjörrsson.

Geirmund deu de ombros.

— O fôlego é seu se quiser desperdiçá-lo.

John sorriu, então se virou e foi embora sem pressa. Geirmund observou-o desaparecer nas sombras sob as árvores, e então subiu a colina em direção ao templo.

Ele não foi direto até Guthrum, mas voltou para a fogueira dos Hel-hides e, à luz das chamas, leu as mensagens na bolsa de John. Achou algumas palavras difíceis, mas entendeu o suficiente da escrita para finalmente ver a profundidade da desonra e da traição de Guthrum e soube que parte de seu destino havia se cumprido. Esse entendimento lhe trouxe paz, porém era a paz amarga e implacável do inverno sobre uma terra congelada. Sabia o que fazer e acordou Steinólfur para compartilhar o que descobrira.

O guerreiro mais velho talvez não tivesse acreditado em Geirmund, não fosse pelos pedaços de pergaminho à sua frente, e sua boca estava aberta em choque.

— Não entendo — disse ele. — Guthrum e Ælfred trabalham juntos?

— Sim.

— Faz quanto tempo?

— Não sei. Mas haverá outra batalha entre os dinamarqueses e os saxões, e Guthrum se renderá lá. Será batizado como cristão e receberá as terras a leste da via romana chamada Wæcelinga. Ælfred ficará com Wessex.

— Por que Guthrum faria isso?

— Só ele pode dizer. Descobri que há forças invisíveis agindo na Inglaterra, antigas irmandades e ordens. Meu pai e minha mãe lutaram contra eles em Jorvik, e parece que Ælfred teve alguma participação em tudo isso.

— E agora ele prendeu Guthrum em uma armadilha — disse Steinólfur. — Talvez Ælfred seja realmente uma aranha.

— Há mais uma coisa — começou Geirmund. — Ælfred exige que Guthrum abra mão do bracelete. Não deixarei que isso aconteça.

— O que vai fazer?

— Eu o pegarei de volta.

— Como?

— Ainda não sei. Mas a vidente disse que eu já tinha o caminho.

— Quando?

— Esta noite. Agora. O mensageiro de Ælfred vai dizer a ele que peguei a sacola de mensagens, e o rei com certeza tomará providências.

O guerreiro mais velho se moveu para se levantar.

— Então vamos...

— Não, meu velho amigo — disse Geirmund. — Farei isso sozinho. Você deve despertar os Hel-hides e estar pronto para liderá-los para longe deste lugar, não importa o resultado. Se for meu destino cair, todos os que me seguiram se tornarão inimigos de Guthrum. Mas não acho que seja meu destino cair.

Steinólfur agarrou Geirmund e o puxou para um abraço forte, algo que nunca tinha feito. Geirmund sentiu a frustração, o orgulho e o amor do guerreiro mais velho.

— Não é seu destino cair — comentou Steinólfur. Então se afastou, enxugando as lágrimas dos olhos.

— Despertarei os Hel-hides, mas não vamos cavalgar sem você, porque você vai nos liderar.

Geirmund deu-lhe um último aceno de cabeça antes de partir em direção à colina. Não tinha plano algum e sabia que nenhuma astúcia poderia derrotar Guthrum enquanto ele usasse o bracelete. Apenas alguns anos antes, em Avaldsnes, ele poderia ter sido chamado de imprudente e de tolo pelo que estava prestes a fazer, mas imprudência era perseguir o destino enquanto o temia e também esconder esse medo por trás do desprezo. Geirmund já havia feito isso antes, mas não mais. Não temia seu destino e não iria persegui-lo, então não correu colina acima para enfrentá-lo. Ele marchou.

Quando chegou à porta do templo, bateu com os nós dos dedos e ouviu a voz distante de Guthrum lá dentro.

— Entre!

Geirmund abriu a porta e entrou.

— Você está atrasado — repreendeu o rei, de frente para o altar no final do salão do templo, onde uma lanterna de pedra-sabão brilhava. Ao se virar, porém, Guthrum estremeceu de surpresa. — Geirmund? O que você…

— Quem você estava esperando?

O rei fez uma pausa.

— O que você quer, Hel-hide?

Geirmund caminhou pelo salão em direção a ele.

— Quero o bracelete.

Guthrum riu.

— O quê?

O bracelete de Völund, Hnituðr. Vim para pegá-lo de volta e em seguida vou embora com meus Hel-hides.

— Por fim você admite ser um traidor de juramento. Sabia que um dia você me trairia. Foi você mesmo quem me avisou para temê-lo.

— Foi por isso que me enviou para morrer? Duas vezes?

— Sim. — A luz atrás do rei projetou sua longa sombra sobre Geirmund, sobre o chão e as paredes, parecendo inflá-lo ao tamanho de um jötunn. — Mas todas as vezes também torci pelo seu retorno.

Geirmund parou a alguns passos do altar.

— Estou aqui. E o traidor é você.

O rei bufou.

— Como?

— Você negocia secretamente com Ælfred. Está disposto a se tornar cristão e trair seus deuses e seus guerreiros ao se render àquela aranha saxã.

Guthrum não disse nada por um momento.

— Você é astuto, Hel-hide. Mas está enganado. Não posso ser um violador de juramentos, pois sou um rei, não presto lealdade a ninguém.

— E quanto à honra? — Geirmund perguntou.

— E quanto à paz?! — Guthrum gritou. — Os filhos de Ragnar e os guerreiros que lhe prestaram lealdade foram todos levados para seus leitos de morte pelo sono das espadas. Que conforto é a honra para eles? Nós, dinamarqueses, estamos fartos de saques e guerras. Meus guerreiros querem se estabelecer nas terras que conquistaram. Querem beber, caçar, foder, ter filhos e envelhecer contando mentiras sobre a juventude. Quer que eu diga a eles para continuarem lutando e morrendo em vez disso?

— Eles vão morrer fodendo ou vão morrer lutando, mas vão morrer, pois não há trégua com a morte. Apenas o covarde...

— Não me fale do destino! — A mão de Guthrum agarrou-se à espada. — O destino afundou minha frota e afogou meu exército? O destino matou Ubba, Ivarr e Bersi? O destino deu a Ælfred e ao irmão dele a vitória em Ashdown?

— Sim — disse Geirmund. — Mas o destino também lhe deu Cippanhamm.

— Cippanhamm? — O rei riu, cheio de amargura e derrota. — Não viemos para cá por causa de Cippanhamm! O que é Cippanhamm sem Ælfred, se não uma espelunca coberta de bosta de ovelha. — Desembainhou a espada e a apontou para Geirmund. — Viemos aqui pelo rei de Wessex! Escolhemos este lugar para enfrentarmos a sua hirð, e ainda assim ele escapuliu. Não podemos lutar contra os fyrds dos ealdormen, não temos força, e agora estamos cercados pelos guerreiros de Wiltescire, Bearrocscire e Defenascire. Se você diz que isso é o destino, então digo que somos amaldiçoados.

— Mas você está com o bracelete — exclamou Geirmund.

— O bracelete é a guerra! — Guthrum berrou. — E eu quero a paz. Digo que não há destino e não há maldição. Somos apenas bonecos de palha e devemos fazer nossa própria paz e nosso próprio destino.

Geirmund então percebeu que a mente do rei não poderia ser mudada por ninguém além de um poderoso vidente. Guthrum negava o poder das Três Tecelãs porque não tinha coragem de enfrentar o destino que haviam criado para ele. Esse tipo de covardia raramente se transformava em coragem.

— Desistirei da luta por Wessex — Geirmund avisou. — Vou deixá-lo em paz com Ælfred, mas apenas quando eu tiver o bracelete de volta.

Guthrum suspirou.

— Você terá de vir pegá-lo, Hel-hide, se puder, pois eu não o darei a você.

— Por quê?

— Ælfred quer destruí-lo. — Ele deu de ombros. — É o preço da paz.

Geirmund desembainhou sua espada, Bróðirgjöfr, e investiu contra o rei. Guthrum manteve-se firme, sem se mover, e mal ergueu a lâmina quando Geirmund desceu a espada por cima da cabeça com a força dos dois braços.

Antes que o golpe aterrissasse, Geirmund sentiu a lâmina lenta, como se cortasse água. Então, ela pareceu bater em uma pedra ao desviar-se do dinamarquês com uma força que fez os ossos do braço de Geirmund retinirem como sinos, e ele cambaleou.

— Agora você vê — disse o rei, movendo-se na direção dele.

Geirmund recuperou o equilíbrio e voltou a enfrentar o dinamarquês. Não sabia como romper com o poder do bracelete, mas ele não se renderia naquela batalha, não importava qual fosse o fim. Aquela luta estava traçada pelo destino desde o momento em que ele dera o bracelete a Guthrum.

Ele uivou e atacou novamente, ainda segurando a espada com as duas mãos, desta vez perto do ombro, lâmina para cima, a ponta para a frente. Quando alcançou Guthrum, sentiu a mesma desaceleração da arma, que empurrou seus braços e ombros, e então o rei brandiu a própria espada e empurrou a de Geirmund para o lado com mais do que a força de um homem.

Bróðirgjöfr ricocheteou e arrastou os braços de Geirmund, fazendo-o girar ao voar de suas mãos e bater contra as pedras do templo a dez passos de distância. De soslaio, ele viu a espada de Guthrum girando para um segundo golpe, então se jogou no chão e rolou para se esquivar.

Guthrum deu uma risadinha.

— Você sabia o que era quando o deu para mim?

Geirmund levantou-se de um salto e puxou da bainha o seax do pai. Guthrum caminhou em sua direção, balançando a espada no ar como um pastor conduzindo ovelhas. Geirmund mudou a postura e a pegada, usando uma das mãos para controlar melhor seus golpes e manter o equilíbrio. Mesmo a armadura mais forte tinha lacunas e pontos fracos, então ele golpeou e se abaixou, deslizou e saltou para longe, procurando uma abertura. No entanto, o poder do bracelete cercava o dinamarquês como uma muralha, um promontório de espadas, e Geirmund apenas se cansava e se enfraquecia ao se lançar contra ele.

Recuou alguns passos para recuperar o fôlego, a testa pingando, e sabia que sua morte viria dentro de instantes. Se Guthrum fosse um homem mais jovem e mais forte, ou um guerreiro melhor, Geirmund já teria caído. Ele precisava enfraquecer o dinamarquês dentro daquela armadura invisível, da mesma forma que enfraquecera Krok.

— Depois que você se tornar cristão — disse ele —, ouvi que Ælfred lhe dará um novo nome. Você será como um de seus cachorros, lambendo o pau dele e implorando por restos.

Guthrum riu.

— Você não sabe de nada, Hel-hide. Qualquer cristão na Inglaterra ficaria honrado em ser batizado por Ælfred.

Ele investiu contra Geirmund com a espada, atacando rápido e forte. Geirmund lutava para manter o controle sobre o seax enquanto os golpes do dinamarquês o arremessavam de um lado para o outro, até que o suor em sua palma fez o cabo de chifre polido escorregar, e a lâmina voou para longe de sua vista.

O rei sorriu, um troll à luz fraca da lamparina, e bateu no rosto de Geirmund com a testa, quebrando seu nariz. Geirmund cambaleou para trás e caiu, o sangue cobrindo seus lábios, cego por faíscas e lágrimas. Piscou ao ver Guthrum vindo em sua direção, girando a espada na mão para um golpe baixo.

Sabia que no momento seguinte aquela lâmina o perfuraria, mas não tinha arma alguma na mão, maneira alguma de juntar-se ao pai em Valhalla. Possuía apenas a faca de bronze de Bragi, como quando afundara no mar. Ele a puxou da bainha, mas, ao contrário de quando pensou que se afogaria, não quis se render, pois ainda contava com uma última garra.

Geirmund segurou a faca com força até que o dinamarquês estivesse ao seu alcance.

— Adeus, Hel-hide — disse Guthrum. — Você...

Geirmund saltou de quatro como um lobo. Esperava ser lançado para o lado, mas em vez disso ouviu um grunhido. Então, seu peito bateu no chão de pedra fria enquanto o rei cambaleava para trás. Geirmund olhou para a faca ainda na mão, viu sangue na lâmina e percebeu que havia esfaqueado o dinamarquês.

Guthrum percebeu isso também. Olhou para a coxa, onde uma mancha de sangue crescia, e então olhou de volta para Geirmund e para a faca com um medo genuíno. A ferida não parecia fatal, mas essa não era a fonte de seu terror. O rei agora sabia que Geirmund tinha uma lâmina que poderia matá-lo, e sabia que Geirmund era capaz de fazê-lo. O rei enxergou seu destino.

Ele largou a espada, que caiu no chão do templo, e mancou em direção ao altar enquanto Geirmund se levantava.

— Onde conseguiu essa faca? — Guthrum perguntou.

— É uma lâmina comum — disse Geirmund. — Foi um presente para me lembrar de onde procurar os verdadeiros inimigos e os verdadeiros perigos.

O rei bateu contra o altar e colocou as mãos para trás para se apoiar.

— Se eu lhe der o bracelete, você me deixará viver?

Geirmund riu.

— Você ainda acredita que pode haver uma trégua com a morte?

— Pode haver uma trégua entre nós.

Geirmund olhou novamente para a arma de bronze e pensou em Bragi, que a havia usado pela última vez para cortar a carne do jantar, na noite em que falaram do clima para armas. Com essa lembrança, Geirmund fez sua escolha e ergueu os olhos para o dinamarquês.

— Jogue o bracelete para mim.

— Como vou saber que você...

Geirmund ergueu a faca, segurando a lâmina entre os dedos como se fosse arremessá-la no rei.

— O bracelete — repetiu ele. — Não vou errar.

Guthrum levou a mão à manga, erguendo-a, e então lentamente puxou o bracelete até que ele se soltou do braço. Olhou para ele por um momento e, em seguida, jogou-o na direção de Geirmund.

Os metais brilharam à luz, as cores girando pelas paredes do templo, e Geirmund o pegou no ar. Não o vira por anos, e admirou de novo sua arte e beleza, bem como o brilho das runas, pensando que Hytham ficaria feliz de vê-lo e provavelmente saberia mais sobre ele. Ele o deslizou pela mão e o empurrou pelo braço por cima da manga da camisa.

— Não se preocupe, dinamarquês — disse ele. — Não vou matar você. Certa vez, um homem sábio me disse que, quando chega o inverno, nem o rei nem o escravo podem esperar colher outra coisa se não o que semearam no verão. Na época eu não sabia se acreditava nisso, mas agora acredito. A Inglaterra me ensinou bem que a guerra só faz brotar mais guerra.

Guthrum zombou.

— Então, agora você quer paz?

— Não a sua paz — respondeu Geirmund. — Não a paz dos covardes e não a paz entre reis que pedem aos guerreiros que morram por eles. Nunca mais vou jurar a rei ou a jarl algum. Farei minha própria paz, com honra.

Guthrum engoliu em seco e fez uma careta, levando a mão à coxa que sangrava.

— Você vai embora da Inglaterra?

— Você tem medo de que eu fique? — indagou ele, mas não esperou pela resposta. — Irei livremente aonde minha vontade me levar. Reinos passarão. A riqueza passará. Os guerreiros passarão. Eu vou passar, e você também. Apenas uma coisa jamais passará, e é a honra. E a fama de quem a conquistou. E você, Guthrum, o cristão, nunca esquecerá que sou Geirmund Hjörrsson, chamado de Hel-hide.

Epílogo

EXISTEM REIS DA TERRA QUE GOVERNAM TRECHOS de solo e fazem guerra pelo tamanho e formato de suas fronteiras. Vivem como prisioneiros atrás das muralhas de fortes e fortalezas, com sua liberdade e riqueza vinculadas à terra. Existem também reis dos mares, cujos salões são barcos longos que navegam pelas rotas marítimas e não criam raízes. As ondas e as correntes são o seu reino, onde as únicas fronteiras que conhecem são as praias, as margens e os limites da própria coragem.

Antes de Geirmund Hel-hide tornar-se um rei dos mares, e antes de se estabelecer nos limites da ilha no extremo oeste, lutou pelos dinamarqueses contra os saxões na Inglaterra, vencendo muitas batalhas por meio de sua astúcia e coragem. Quando Guthrum, rei dos dinamarqueses, fez as pazes com Ælfred, o rei de Wessex, Geirmund e seus guerreiros Hel-hides cavalgaram para o norte e, depois de algum tempo, partiram para o mar com o irmão gêmeo de Geirmund, Hámund.

Com eles foram Steinólfur e Skjalgi, Vetr e Rafn Maneta, Eskil, o gigante, Birna, a donzela-escudeira, Thrand Canela Fina e Kjaran, junto com todos os guerreiros que estivessem dispostos a fazer os juramentos exigidos de cada Hel-hide. Fizeram comércio e invasões até os confins do mundo, realizando muitos feitos que são bem conhecidos e frequentemente contados, ganhando fama e riqueza até que seus navios fossem temidos por todos.

Diziam às vezes que Geirmund usava um bracelete feito pelo ferreiro Völund, que transformava sua pele em ferro para que nenhuma arma pudesse perfurá-lo, mas, após sua morte, nenhum bracelete foi encontrado em nenhum de seus salões nem em seu braço, tampouco enterrado com ele em seu túmulo, e todos concordaram que ele não precisava de um bracelete para fazer dele um rei, e que sua fama era bem merecida.

SOBRE O AUTOR

Matthew J. Kirby é o autor premiado e aclamado pela crítica dos romances para jovens *The Clockwork Three*, *Icefall*, *The Lost Kingdom*, *Infinity Ring: a caverna das maravilhas*, e das séries *The Quantum League*, *The Dark Gravity Sequence* e *Assassin's Creed: Last Descendants*. Foi nomeado Flying Start da *Publishers Weekly*, venceu o Edgar Award de Melhor Livro de Mistério Juvenil, o PEN Center USA Award de Literatura Infantil e o Judy Lopez Memorial Award, além de ter sido incluído na lista de Cem Livros para Ler e Compartilhar da Biblioteca Pública de Nova York e na Lista da ALA de Melhor Ficção para Jovens Adultos. Também é psicólogo escolar e atualmente mora em Utah com a esposa e três enteados.